금강연가

錦江戀歌

蜀國情思

This book is published by the arrangement of Sichuan University Press.
이 책은 쓰촨대학출판사의 지원으로 출판되었습니다.

錦江戀歌

蜀國情思

금강연가

박종무 지음

學古房

"천부天府문화시리즈"를 내며

청두사회과학원成都社會科學院은 쓰촨성四川省 그중에서도 청두成都의 과거와 현대, 그리고 미래를 관통시킬 정신·물질문화를 청두시민 외에도 지구상의 모든 가족과 함께 공유하고자 "천부天府문화시리즈"를 기획·완성하였다. 보람된 일은 천부문화의 핵심 내용을 찾는 충실한 연구의 집적이 이루어졌다는 점이다. 다만 폭넓은 문화교류를 위해선 학술서적 외에 청두와 쓰촨에 대해 전혀 모르는 사람이라도 쉽게 접근할 수 있는 평이하고 대중적인 문장이 아쉬웠는데 다행히도 『금강연가錦江戀歌』가 있어 그 역할을 맡게 되었다. 이것으로 작으나마 국경을 초월한 우호의 첫 일보를 내디딜 수 있게 되었다고 안위하는 바이다. 의미심중한 출발이기에 『금강연가錦江戀歌』를 중국의 쓰촨대학출판사와 한국의 학고방출판사가 중문본과 한글본으로 동시 출간하기로 하였으니 한중우호와 문화교류에 유익한 파장이 계속 이어지기를 축원하는 바이다.

세계는 현대기술 덕분에 훨씬 편리해진 교통·통신을 통해 국경을 초월한 접촉이나 이동이 일상생활 속에 가능한 시대로 들어섰다. 개인 혹은 국가 간의 보다 간편해진 지금의 국제교류를 선의의 방향으로 전개시켜 인류는 하나의 지구 위에서 공생을 도모하는 가족이나 다름없는 관계라는 것을 깊이 자각하느냐 못 하느냐, 여기에 21세기의 운명이 달려있다.

근대의 격랑 속에 변화를 겪기는 했지만 인간세계를 '가족관계'로 해석하는 관점은 전통의 유교문화권에서 사회와 국가를 보다 안정되게 유지하는 힘이 되었다. 그러나 역사 속의 수많은 공유와 유대에도 불구하고 우리는 이제 서로의 나라를 잘 모르거나 많이 오해하고 있는 입장이다. 엄밀하게 말하면 옛날보다 훨씬 편협한 인식으로 이웃나라를 배척하고 있는지도 모른다. 어째서 동아시아 각 나라가 근린국의 이점을 버리고 서로를 밀어내는가? 거리상의 가까움이 오히려 독이 되었는가? 그럴 수밖에 없는 이유가 아무리 많이 쌓여있다 할지라도 과연 이대로 괜찮은가. 여기엔 각자의 숙고가 필요하고 나아가 의식적 전환이 요구된다 하겠다.

옛 성현은 말하였다. "일장一丈의 도랑을 건너지 못하는 자가 어찌 십장十丈·이십장二十丈의 도랑을 건널 수 있을쏘냐."(출처 「사도초佐渡抄」) 작은 것을 이루지 못하는 자가 어찌 큰일을 달성하겠냐는 반문이다. 개인이든 단체든 누구든지 만약 지구의 평화를 위한 일분의 책임이 있음에 동의한다면 자신이 사는 지역은 물론 동아시아 이웃나라에 대해 보다 우호적인 행동은 당연한 것이다. 국토가 연접한 근린국은 멀리하면서 지구 반대편 나라하고는 화평할 수 있겠다고 한다면 미덥지 않을 것이다. 그것은 '일장의 도랑'도 못 건너면서 더 큰 강하를 건넌다고 허풍치는 사람이나 다를 바 없기 때문이다. 세계평화를 원한다면 동아시아인으로서 동아시아 근린국과의 우호에 앞장설 일이다. 평화와 문화는 뗄 수 없는 관계, 서로의 문화에 대한 관심과 이해에서 새로운 가능성이 열릴 것이다.

자타피차自他彼此의 마음 없이

보통 중국문화라면 황하문명을 시원으로 하는 한족漢族 문화를 생각한다. 한족 문화란 한나라 이후 유교와 한자 문화, 그 외 도교라든지 중국화를 거친 불교, 그리고 왕정王政체계 등을 우선 들 수 있다. 이것들이 점차주변국에 전파되었고 그것이 과거 중국문화를 대표하는 것으로 인지되었다. 하지만 중국은 현재 56개 민족으로 구성된 다민족국가로서 한족을 제외한 55개 민족을 소수민족少數民族으로 통칭하고 있다.

중국 장강長江, 揚子江의 상류지역에 위치한 쓰촨, 청두成都는 쓰촨의제일성第一城이자 중국 서남부의 중심 거점이다. 지형적으로 분지盆地인청두지역은 예부터 토지가 비옥하여 지역적인 자족이 충분히 가능하여서중원의 문명에 무조건적인 추종 없이 자신들만의 독자적이고 유유한 생활정서를 유지해왔다. 때문에 쓰촨은 외국인이 일반적으로 알고 있는 중국과는 뭔가 다른 독특한 지역문화 특성을 보유하고 있다. '파촉巴蜀'이라고도 칭해온 쓰촨지역엔 원래 지금의 소수민족에 해당할 이민족들이 세운고대국가가 존재했다. 전국시대를 거쳐 중원中原으로 흡수되면서 중원의주류문화와 고유의 지역문화가 만나 섞이면서 우리가 보통 알고 있는 중국적인 것과는 완연히 다른 독특한 향토색이 빚어진 것이다.

고촉국 시대부터 도성의 역할을 담당해온 청두의 역사와 문화는 바로그 점에서 대내외적으로 보다 연구되고 선양될 가치가 있다. 국외의 독자입장이라면 청두를 통해 중국이란 나라의 역사 저변에 인류사적으로 들여다봐야 할 중층적 융합성이 있음에 주의할 필요가 있다. 중국에 대한 오늘날의 이미지에서 벗어나 보다 깊게 중국을 알게 되고 중국이란 대륙에 아직 남아있는 흔적을 좇아 민족이동이나 문화의 융섭과 같은 대흐름을 엿보게 되면, 우리 각자의 삶이 그것에서 전혀 무관하지 않다는, 나아가 인류가 한 가족이라는 자각으로까지 연계될 것이니, 그것이 어찌 평화와 우호의 일보전진이 아니겠는가.

청두成都, 천부지국天府之國

"촉도의 험난함이여, 하늘 오르기보다 어려워라.蜀道之難, 難於上靑天." 이것은 촉 땅에서 자란 이백의 시「촉도난蜀道難」의 한 구절이다. 쓰촨은 높고 험준한 산들로 둘러싸여 있어 일찍이 중원과는 무관한 역사의 전설 시기를 길게 유지할 수 있었다.

쓰촨분지에 인류가 거주한 시기는 적어도 1만 년 이전부터인 걸로 추정 되고 있다. 고고학의 발굴에 따르면 지금으로부터 4,500여 년 전에 이 땅 에는 이미 확실하게 황하문명과 전혀 다른 아주 독립적인 문명이 존재했 다. 삼성퇴三星堆 유물은, 쓰촨의 선민先民들은 황하문명을 일군 중원의 민족과 구분되는 이민족으로 중원과는 다른 고대 신앙을 가졌으며 청동기 문화 수준이 상당히 높았음을 알려준다. 이 시기가 고촉古蜀이라고 불리는 쓰촨의 '전설傳說 시기'이다.

고촉국의 입장에서 높은 산맥이 난공불락의 성이었다. 그야말로 고산 위의 좁은 통로는 일당백이고 일당천이었을 것이다. "검각劍閣은 삐죽삐 죽 높기도 하여 한 명이 관문關門을 지키면 만 명도 못 당할 일 없다네.劍 閣峥嶸而崔嵬, 一夫當關, 萬夫莫開." 이러한 난공불락의 요새 안에서 화려 한 문화를 구가하던 고촉은 진나라에 의해 무너진다. 이백李白은 그 역사 를 몇 줄로 압축하였다. "잠총과 어부, 나라 세운 지 얼마나 아득한가. 그 로부터 사만팔천 년 동안 진나라와 서로 왕래하지 않았노라.蠶叢及魚鳬, 開 國何茫然, 爾來四萬八千歲, 不與秦塞通人烟."라고 읊었다. 여기서의 '진秦' 은 진시황 통일 이전 전국戰國시대 중원의 여러 나라 중 하나인 진이었고 고촉의 영토와 연접해 있었다.

"하늘 사다리, 잔도棧道가 꼬리를 물고 엮였도다. 위로는 여섯 용이 해 를 향해 치솟아 감도는 천 길 벼랑이요, 아래는 거센 물결 굽이치는 상류 이러라. 然後天梯石棧相鉤連, 上有六龍廻日之高標, 下有衝波逆折之回川."

「촉도난」을 쓴 이백은 당나라 때 사람이니 장안을 떠나 촉으로 들어가는 길로써 잔도栈道를 묘사했지만 산을 통하는 잔도가 처음부터 있었던 건 아니다. 절벽을 따라 인공으로 덧댄 외길인 잔도는 전설에 의하면 제갈량이 위나라를 치기 위해 만든 것이 시초라고 한다. 그러나 진의 침공과 연관하여 생각할 것은 전국戰國시대에 진秦과 촉을 잇는 길이 만들어졌다는 기록이다. 『여씨춘추呂氏春秋』에 의하면 진나라가 험난한 지세로 뚫기 어려운 이웃나라 고촉국을 공격하기 위해 술수를 하나 썼는데, 커다란 소를 돌로 만들어서 그 뒤에 금은보화를 놓고서는 그것은 이 돌 소가 싼 똥이라고 하였다. 돌 소를 촉과 진의 영토가 만나는 곳에 놓고 촉의 왕에게 보낼 예물인데 길이 없으니 갈 수 없다고 전갈을 보냈다. 이 소식에 기뻐서 촉왕은 진나라로 이어진 길을 내라 명한다. 드디어 육중한 돌 소를 싣고 올 만한 길이 완성되고 진의 병사들은 예물 호송을 이유로 촉에 입성하여 그대로 촉국을 멸망시켰다. 촉왕이 이렇게 작은 것을 탐하다 나라를 잃은 일을 가지고 소탐대실小貪大失이라는 사자성어가 생겨났다고 한다.

중국 역사에서 진시황秦始皇의 천하통일은 유명하다. 그러나 진시황 이전에 진秦나라가 경제적 자원이 풍부한 파촉 땅을 정복한 일이 나중에 진시황이 천하를 통일할 수 있는 큰 힘이 되었다는 사실까지는 아는 이가 많지 않다.

이야기의 초점을 쓰촨의 문화로 옮겨 보면 촉 땅이 진에 의해 중원에 편입된 이 역사적 사건은 파촉 문화와 중원문화가 접촉하는 기폭제로 작용했다고 할 수 있다. 토인비 박사의 역사관으로 해석하면 진나라의 침공과 함께 고대 파촉 문명은 '도전과 응전'의 새 장으로 진입했던 셈이다.

전국시대의 일로 청두의 발전사에서 우선 꼽아야 할 대사건은 리빙李氷의 치수治水일 것이다. 두장옌에서 물줄기를 가르고 청두 평원에 관개공사를 하여 한편으로는 수재水災를 방지하고 다른 한편으로는 강물을 농업과 생활에 유익하게 이용하니 리빙의 치수는 청두 평원을 '천부지국天府之國'으로 거듭나게 한 것이나 다름없다. '천부'란 '하늘이 내린 곳간'으로 평야가 넓고 기름진 토질에 물산物産이 풍족하여 많은 사람이 모여 사는 살기 좋은 국토를 가리킨다.

진나라 말기 항우項羽와 유방劉邦이 대치할 때 파촉은 한왕漢王 유방의 세력권에 속했다. 이것은 유방이 천하를 통일하고 제왕이 되어 나라를 통치하는데 촉 땅이 든든한 후방으로 작용해 주었음을 의미한다. 촉땅은 진시황 통일 이래 오늘에 이르기까지 항상 중원의 대세를 결정하는 든든한 후방이었다. 다시 말해 청두가 가진 도시의 역량이 대단했다는 의미이다. 한나라 때 청두에 부임한 문옹文翁은 전례가 없는 지방교육의 선구자였다. 인재를 양성하기 위해 문옹이 세운 석실石室은 한나라 최초의 지방교육기관이라 한다. 문옹이 일으킨 학풍이 청두에 학문전통을 만들어 그 이후 쓰촨 출신의 학자 문인들이 중원에서 이름을 날리게 되었다.

한나라의 역사서 『사기史記』에는 청두의 상업 무역의 발달을 짐작하게 하는 기록이 있다. 다름 아닌 쓰촨에서 인도로 이어진 무역로의 존재이다. 청두에서 윈난雲南을 거쳐 티베트를 넘어 네팔·인도까지 이어지는 이 길은 사막의 실크로드와 구분하여 서남실크로드라고 칭하고 있다. 그 중 남아있는 '차마고도茶馬古道'는 인류 최고最古의 교역로라고 한다.

차마고도에서도 알 수 있듯 쓰촨의 차茶는 매우 중요한 교역품이었다. 쓰촨은 차의 종주국인 중국에서도 가장 먼저 차를 재배한 지역으로 추정되며, 문헌에 의거하면 찻잎을 음용하는 풍속이 가장 일찍 성행한 지역이다. 당연한 결과로 중국 역대 차 생산에서 항상 수위를 다투었던 곳이다. 특기할 것은 시대와 함께 서구화로 전통이 사라져가는 추세에도 청두에서는 차와 함께 유유자적한 생활을 누리는 시민문화가 매우 풍성하다는 사실이다. 이것은 현재 중국의 여타 도시에서는 보기 힘든 쓰촨만의 특색 중 하나이다.

농산물이 풍부한데다 수공업과 상업이 발달하여 백성들의 삶이 여유롭고, 거기에 글을 익히는 학풍마저 구비되어 있으니 중원에서 먼 변경의 도시라고 무시할 수가 없다. 『삼국지』의 제갈량이 '천하삼분지계'를 세우면서 청두(당시의 益州)를 점찍은 것은 어쩌면 매우 당연한 일이라 하겠다. 촉한蜀漢이 위魏나 오吳와 대치구도를 만들어 버틴 것도 알고 보면 인구밀도나 도시 경제면에서 청두가 충분한 경쟁력을 갖추고 있었던 덕분에 가능했던 일이었다. 동아시아 한자문화권에 있어 예나 지금이나 "삼국지 열풍"은 여전한데 삼국지의 팬들에게 청두가 각별한 까닭은 뭐니 뭐니 해도 이 도시 안에 제갈량의 사당인 무후사武侯祠가 있고 무후사 안에 유비의 혜릉惠陵이 있어서가 아닐까 한다.

촉한의 승상으로서 제갈량의 실적은 다방면으로 알려져 있다, 제갈량은 나라의 부강하게 하기 위해 촉의 자연 자원은 물론 농업과 상업의 발달을 위해서도 여념 없이 진력했다. 그중 빼놓을 수 없는 것은 촉금蜀錦의 질과 그 생산량을 증진시킨 일이다. 자신의 집에도 누에를 키우기 위한 뽕나무를 심었다고도 하며, 무엇보다 비단 생산을 장려하는 한편 염색 공정을 개량해 좋은 상품으로 나라의 재정을 살찌웠다고 한다.

사실 촉 땅의 비단 생산은 전설의 시대부터 이어져 내려온 청두의 주요 수공업 중 하나였다. 색실을 넣어 정교한 무늬를 내는 촉의 비단蜀錦은 그 채색무늬로 하여 비단 종주국인 중국 안에서도 인기가 대단하였다. 그래서 촉금은 청두의 중요한 무역 품목이자 황궁에 바치는 조공품이었다. 자수刺繡 또한 촉의 자랑이었다. 촉수蜀繡라 부르는 쓰촨식의 자수는 촉금과 함께 명성을 떨쳤다. 촉의 '금錦'과 '수繡'는 중국 황실뿐만 아니라 국제적인 예물로써 서쪽으로는 실크로드를 통해 전해졌고 동으로는 황해를 통해 일본국에까지 전해졌다. 청두의 다른 이름이 '금관성錦官城'인 것도 청두 시가지를 가로지르는 강이 '금강錦江'인 것도 모두 청두가 촉비단錦 생산의 중심지였음을 증언하고 있다. 무후사武侯祠 옆의 민속 상가 거리가 '진리錦里'인 것도 그 유래는 비단 직조공들이 모여 살던 마을이란 뜻이다.

천부지국의 제일성第一城 청두는 일찍부터 우리가 알고 있는 이상으로 부유하고 살기 좋은 도읍이었다. 거기다 산이 가로막아 중원의 혼란으로 부터 피할 수 있다는 이점으로 하여 당나라 때 두 차례에 걸쳐 청두는 황제가 머무는 임시 황성皇城이 된다. 안사安史의 난이 일어나자 현종황제가 청두로 천도하였고 황소黃巢의 난 때에는 희종황제가 이곳으로 천도한 것이다.

장안인長安人들에게 쓰촨의 풍토는 무엇이 달랐을까? 당황제의 서천西遷과 무관하지 않아 쓰촨에 머물기도 한 인물로 잠삼岑參이라는 시인이 있다. 그는 『초북객문招北客文』에서 촉의 땅이 일 년 내내 비가 오고 습기가 많은 것이 강물 속에 사는 물고기와 같은 느낌을 갖게 한다고 썼다. 여기에서 우리는 쓰촨의 역사문화가 중원과 뿌리가 다른 사실과는 별개로 기후풍토가 중원의 기후풍토와는 전혀 다르다는 사실을 알게 된다. 높은 산으로 둘러싸인 청두 분지는 거의 날마다 운무가 짙었다. 얼마나 햇빛 보기가 힘들었던지 모처럼 하늘에 해가 나오자 어린 강아지는 난생처음 보는 해를 보고 짖었다고 한다蜀犬吠日.

늘상 흐리고 온난다습한 기후는 청두인의 입맛마저 변화시켰다. 습한 기후에는 톡 쏘는 듯 '얼얼한 매운맛'을 먹어줘야 몸이 견딘다고 믿은 이곳의 사람들이기에 음식 대부분이 양념이 진하다. 쓰촨요리에 유달리 매운맛이 강조되는 것도 그 탓이라고 한다. 쓰촨의 고대인들도 기후에 영향받긴 마찬가지이다. 고촉국 시대의 금사金沙 유적지에서 발견된 '태양새' 도안이라든지 삼성퇴 유적지에서 발굴된 청동으로 된 부상수扶桑樹(태양나무)는 태양의 소중함을 누구보다 잘 아는 이 땅의 선조들이 빚어낸 예술이자 신앙의 표징인 것이다. 그러니 우리는 쓰촨의 다양한 문화특징 속에서

12

이곳의 지형과 기후, 그리고 대자연이 지역문화에 미친 다양한 요인들을 발견하게 되는 것이다.

한편 대자연의 풍요와 아름다움에 있어 온난다습한 쓰촨의 기후는 축복이나 다름없었다. 농산물이 풍작이니 인간 및 가축의 식량이 넉넉하였고, 산림이 우거지고 화초가 만발하니 산천이 아름다웠다. 덕분에 이 땅의 사람들은 삶의 여유를 일상의 즐거움으로 누리며 생각이 낙천적이었다. 청두에서 살거나 들렀던 시인 문객들은 자족의 기쁨을 아는 도시 분위기와 아름다운 자연풍광에 청두를 노래하지 않을 수 없었다. 청두를 찾아 노래한 유명한 시문이 헤아릴 수 없이 많은 것 또한 사람이 살 만한 도읍으로서 손색없는 청두였음을 나타내는 것이다.

그렇다면 현대의 청두는 어떠한가. 시민의 행복지수가 높다고 평가된 청두는 "촉 땅에 한 번 오면 떠나기가 싫다'는 옛 속설이 여전히 유효한 현대도시이다. 결론부터 말하면 21세기의 청두는 고대를 간직하고도 능히 현대를 호흡하는 도시로서 유니크한 매력을 한껏 지닌 도시이다. 이렇듯 깊고 다양한 매력의 원천은 어디서 나오는가? 이것을 묻는 것에서 이른바 "천부문화天府文化"라는 화제話題로 진입할 일이다.

천부문화天府文化의 정신

20세기 후반부터 중국 서남부의 대표적 도시로 새롭게 주목받는 청두는 도시 자체의 오랜 역사도 흥미롭지만, 무엇보다도 지역문화의 깊이와 복합성이란 면에서 사람들의 흥미를 자아낸다. 그 옛날 이민족의 색다른 문명이 중원의 황하문명과 교차하며 긴 시간을 두고 융화해온 과정도 그렇거니와 청두의 현재가 품고 있는 고대와 현대, 중앙과 변경이라는 상대적인 것들의 조화로 하여 문화의 다양성과 조화라는 것을 새삼 사색思索하게 만든다. 어디 그뿐인가. 20세기 이후 지구상의 수많은 대도시가 서구화를 표방하는 추세임에도 현대도시로서 청두는 이제껏 지녀온 전통적 요소를 버리지 않고 적정선에서 서구 현대화를 적용하였다. 그 균형성이 어색하고 의도적이지 않음이 참으로 감탄스러운 바, 어쩌면 그 안에서 동방과 서방을 잇는 홍선紅線 같은 것을 찾아낼 수도 있을 것만 같다. 굳이 전문가적 탐구심이 아니라도 그저 며칠 들러 가는 여행객에 불과할지라도 문득 깨닫는 것은 청두만의 고유한 풍정風情이 표면적 장식이 아니라는 사실이다. 바로 이점이 사람들로 하여금 천부문화의 정신성이란 것에 주목하게 하는 것이다. 굳이 말하지 않아도 느껴지는 것, 어쩌면 그것은 어떤 상반되는 것이 만나 충돌해도 결코 극단에 치우치지 않는 중도적 지혜라고 표현할 수 있지 않을까. 그렇다면 그 지혜의 원천은 무엇인가. 속단은 금물이라지만 이것은 도시 전체가 (하나의 생명체로서) 자신의 땅 밑에서 울려오는 '민중성民衆聲'에 귀를 기울이면서 민중의 삶과 행복에 일체의 초점을 맞추어 노력을 경주해 온 그 안에 있다. 이 속에서 찾을 수 있는 것이 이른바 촉땅의 민중이 보여준 삶이자 해학이고 예술이고 지혜이다. 이것을 가능하게 한 도시이고 역사인 만큼 "천부문화"라는 이름으로 쓰촨의 청두를 널리 선양하는 바이다.

2021년 4월 15일
탄지허譚繼和(중국 역사학회이사)

'백문이 불여일견이다百聞不如一見!

중국 쓰촨성四川省 청두成都에서의 시간은 처음에는 단지 유학이 목적이었지만 점차 우정의 교류, 문화의 교류가 되었습니다. 물론 타국 생활이 쉽지만은 않았지요. 그럼에도 이제 와 돌이켜보면 기쁨 가득한 계절입니다. 청두는 어쩌면 마법의 성일까요?

제가 만난 청두 사람들은 너 나 할 것 없이 인정과 유머가 넘쳤습니다. 때때로 저를 불러 차를 따라주고 맛있는 음식을 권하면서 삶을 여유롭게 관조하는 지혜를 전수해주었습니다.

어디 그것뿐인가요? 청두 곳곳에 서려 있는 역사 이야기는 얼마나 신비롭던지요.

저 자신도 모르게 청두와 사랑에 빠져버렸는지도 모릅니다. 어느 여름날 저녁에는 제갈량의 공명등孔明燈이 하늘 높이 휘황하게 떠오르는 강변에서 당나라의 시인 설도薛濤의 노랫가락을 들었던 것도 같습니다. 이것은 한낱 이국인의 감상이었을까요?

저는 압니다. 청두가 아니라도, 여행자가 아니라도 도시마다 사람들이 모입니다. 사람들은 자신의 삶터로서 자신의 도시를 사랑하며 살아갑니다. 때문에 시간의 길이에 상관없이 사랑한 만큼 그리움이 쌓이게 됩니다.

제게 청두는 그리움의 땅입니다.

그 그리움은 뭐라 형용하기 어렵습니다. 대신 '두견杜鵑'으로 화제를 돌리겠습니다.

경이로울 정도로 금빛 찬란한 고촉古蜀의 역사는 봄날 두견 울음소리로 전승되어 왔습니다. 이 작은 새는 처음에는 그저 변방 백성들의 소박한 감흥에 불과했지만, 사람들은 끊임없이 인생에서 느끼는 희로애락을 두견에 빗대었고, 그러한 마음이 시공의 경계를 떠나 공명共鳴을 확대해 갔습니다. 청두가 바로 그 오랜 전설의 발원지입니다. 우연히 그 발원지에 머물며 두견 울음소리를 새삼 음미하게 되면서, 보이지 않는 도도한 문화의 흐름과 그 혜택에 대해 생각해보지 않을 수 없었습니다. 이에 대해 제가 존경하는 이케다 다이사쿠池田大作 박사의 말을 인용해두고 싶습니다.

> 우리는 혼자서는 존재할 수 없습니다. 국가도 마찬가지입니다. 많은 나라와 서로 도우며 존속합니다. 인종과 민족 그리고 문화의 차이를 두려워하거나 거부하지 말고, 존중하고 이해하며 자타 함께 성장하는 양분으로 삼아야 합니다.
> 동시에 우리는 과거와 동떨어져 존재할 수 없습니다. 반드시 선조들의 영위와 문화의 은혜를 입고 있습니다.
> 생명의 연관성을 그렇게 인식하는 지혜가 바로 현대에 요구되고 있습니다. ─『재즈와 불교 그리고 환희 찬 인생』, pp.249-250.

오늘도 금강錦江은 유유히 흐르고 있겠지요.

강물은 어제를 보내고 오늘을 노래하고 있지만 저는 시간이 흐를수록 더욱 생생한 감사의 마음을, 오늘의 글자로써 이 책의 앞머리에 새겨두어야겠습니다.

언어 차이를 초월하여 우정을 나누었던 청두의 이웃, 그리고 저의 박사 과정의 요람이 되어준 쓰촨대학, 그곳의 교수님들과 교직원 여러분, 바쁜 틈을 내어 대화를 주고받았던 동문들 모두 감사합니다. 그리고 저의 청두 시기에 최고의 우정으로 응원을 아끼지 않았던 김명자 님께 감사합니다. 처음 제게 청두에 대한 글을 써보도록 격려해준 후배 펑허이馮和一, 첫 구상에서 퇴고까지 중국적 표현 단계에서 도움을 준 까오훙싱高紅星, 왕젠王鵑, 린옌잉林焰英에게 감사를 드립니다. 그리고 외국인의 자유로운 입장을 한껏 발휘하도록 물심양면으로 지원을 아끼지 않은 청두사회과학원成都社會科學院과 쓰촨대학출판사四川大出版社의 관계자 여러분, 또 한국어판 편집에 애써준 명지현 팀장님 진심으로 감사드립니다.

끝으로 기쁠 때나 슬플 때나 그 안에서 인생의 묘미를 노래할 줄 아는 문인이 되도록 저를 이끌어주신 인생의 스승 이케다 박사께 마음을 다해 깊은 감사를 표합니다.

2022.8.24.

박종무

붙임

저의 졸고를 중국과 한국에서 동시에 출판하게 되었습니다. 한국어판의 중국 지명과 인명은 신해혁명을 기준점으로 삼아 이전은 한자 독음, 이후는 중국어 발음을 사용해 표기했습니다. 다만 우리에게 친숙한 이름인가 아닌가를 제가 임의로 판단하여 혼용하기도 했으니 이 점 양해바랍니다. 그리고 한국어판에서는 본문을 노랑·빨강·파랑 삼원색으로 장을 나누었습니다. 이 세 가지 빛깔 안에 제 기억 속의 사랑스러운 도시가 잘 담겨서 독자 여러분에게 전달될 수 있다면 그 또한 저의 보람이고 행복일 것입니다. 부디!

노랑 花

빨강 心

파랑 江

노랑

花

6월의 벼룩시장 _ 캠퍼스 단상

6월이면 대학 교정에서 벼룩시장이 열린다.

일 년에 딱 한 번 이때 열리는 것이다. 청두成都 생활 이듬해부터 캠퍼스 벼룩시장을 알게 되었다. 청두의 모든 대학이 다 이런지, 거기까지는 모르겠다. 아무튼 내가 아는 한 쓰촨대학에서는 졸업식이 있는 6월에 벼룩시장이 열린다.

한국에서는 주로 지역사회에서 벼룩시장을 열곤 하는데, 청두에서는 대학 캠퍼스에서 학생들이 나서서 시장을 연다는 게 좀 다르다고나 할까. 아마 학교 기숙사에서 생활하는 게 일반화된 중국의 대학 문화가 창출해 낸 생활의 지혜가 아닌가 싶다. 학생들 입장에서는 졸업과 동시에 자신의 짐을 모두 치워야 하는데, 아직 쓸 만하여 버리긴 아깝고 가져가긴 부담스러운 물건들이 너무 많은 것이다. 그것을 필요한 사람에게 적당한 값으로 팔 수 있다면 그야말로 누이 좋고 매부 좋은 일이 아니겠는가.

벼룩시장이 열리면 모처럼 신이 났다. 발걸음을 서둘러 벼룩시장으로 향할 때는 마음부터 바쁘다. 꼭 사들여야 할 물건이 딱히 있는 것도 아니고, 남이 채갈까 봐 조바심할 물건이 있는 것도 아니다. 그저 마음에 드는 물건과 해후하게 될 것 같은 예감에 신나는 것이다. 물론 나도 안다. 좋다고 가져와서는 괜히 사왔다고 후회하는 경우도 적지 않다는 것을. 감상이 앞선 충동구매에서 흔히 있는 일이다. 그렇다고 해도 벼룩시장의 일이고 보면 금전적인 손실은 너무나 작다. 작은 돈으로 잠시나마 행복했다면 오히려 큰 이익이 아니겠는가.

• • • • •

책이며 노트나 펜은 물론이고 세숫대야, 비눗갑, 탁자보 같은 갖가지 기숙사 용품들도 나와 있다. 농구공·축구공·배드민턴 라켓·탁구 라켓 같은 운동용품도 보이고 뜨개용 털실이라거나 하모니카·바둑판도 보인다. 그 옆에는 스카프며 목걸이·팔찌·머리핀·모자·양말들이 공부하는 틈틈이 멋을 내느라 바빴던 여학생들의 풋풋한 생활을 내비친다. 그런 건 전염도 빨라서, '가꾸는 것도 한때지, 이 나이쯤 되고 보면…' 체념한 것처럼 중얼대면서도 거울 속 내 눈은 반짝반짝.

그러면 그렇지, 나이 좀 먹었다고 참새가 방앗간을 그냥 지나칠쏘냐. 이처럼 벼룩시장은 에피소드의 산실이다.

거기 나온 헌 물건들이 에피소드의 주인공이 된다. 헌것이기 때문에 간직한 작은 역사가 있다. 백화점의 새 물건에서는 결코 기대할 수 없는 많은 이야기, 나에게 그것들은 너무도 사랑스럽다.

'어휴, 저렇게나 낡은 걸 갖고 팔겠다고? 너무하는 거 아냐!'

즐겁던 마음이 싹 가실 정도로 심하게 후줄근한 구두를 보았다.

나는 순간 화가 났다. 누가 보아도 구두는 일정 수명을 다했다고 여길 것이다. 아무리 헌 물건을 파는 시장이라 해도 신지도 못할 것을 들고 나오다니! 알뜰한 정도를 넘어 인색함이 아닌가! 대학생다운 마음가짐을 가지라고 훈계라도 하고 싶었다.

하지만 구두 한 켤레로 끝나지 않았다. 간간이 눈에 띄었다. 내 상식으로는 이해가 되지 않았다.

'헌것도 헌것 나름이란 걸 왜 모른단 말이야?'

못마땅한 표정을 숨기고 가까이 다가가 그들을 지켜보았다. 의외인 점은 그것을 가지고 꼼수를 부린다거나 하지는 않았다. 그제야 아들이 필통 하나를 애지중지 아끼며 칠 년도 넘게 썼던 일이 생각났다.

감청색의 화학섬유로 된 보통의 헝겊 필통이었다. 쓰는 내내 공부한다고 빨질 않아서 네 귀퉁이가 손때로 반질반질했다. 그렇게 꾀죄죄한 것을 나 같으면 벌써 버리고 새것으로 바꾸고도 남았을 텐데, 아들은 고등학교를 졸업하는 그날까지 필통이라곤 세상에 그것밖에 없는 것처럼 손에서 떼어놓지 않았다.

'맞아 맞아, 누가 보아도 폐품과 다름없지만 주인 눈에는 앞으로 얼마든지 더 쓸 수 있는 물건으로 보이는 거지.' 이것이 답이었다. 사람의 정이란 그런 것이다.

여기까지 이해하고 나니 더 이상 비난할 필요가 없었다. 그 후로 벼룩시장에서 공짜로 줘도 마다할 물건을 보게 되면 나는 고쳐 생각한다.

얼마나 아끼던 물건이었을까.

• • • • •

나는 어린 아가씨가 아니다. 캐릭터 인형 같은 것은 사도 그만 안 사도 그만이라고 생각하는 소위 '아줌마'이다. 그런데도 벼룩시장만 가면 캐릭터 인형을 한두 개 사오게 된다.

대체 무슨 까닭일까. 인형이 내뿜는 봄날 안개 같은 포근함이 고픈 건가.

내 거실 창틀에 앉혀 있는 '붉은 소', 그것도 6월 벼룩시장에서 가져온 것이다.

중국식 전통 문양이 있는 붉은 헝겊을 꿰매 만들었고 크기는 달걀 두 개만 할까? 뿔이 달린 게 황소처럼 생겼지만 엉덩이께 재봉선이 터져서 체면이 말이 아니다. 그 상처는 보호 장비 없이 세탁기에 던져 넣었던 내 탓이 크다. 그나마 바쁘다는 핑계로 수선을 미루고 있으니 붉은 소 입장에서 나는 나쁜 주인이다. 주인 잘못 만나 제 꼴이 말이 아니라고 원망하고 있을 것이다.

"바빠서 그래. 언제든 한가해지면 꿰매줄게."

눈이 마주칠 때마다 미안해서 다짐하는 나이지만 벌써 12월, 올해는 아무래도 틀린 것 같다.

• • • • •

책들이라고 펼치면 죄다 한자다.

당연하지, 여기는 중국인데.

그래서 시장에 가기 전부터 나 자신에게 주문을 건다. ― 절대 어려운 책하고 두꺼운 책은 사지 않는다. 사 봤자 그림의 떡이다.

시라면 괜찮지 않을까? 당송 시가집을 발견했을 때는 반가움이 앞섰다.

이건 무조건 사야 해!

나의 문학적 감수성이 언어 장벽쯤은 아무렇지 않게 뛰어넘을 거라는 모종의 자만심 탓도 없지 않았다.

내친 김에 속성 과외를 하려고도 했다.

"이걸로 공부하고 싶어요."

내가 당시집을 내놓자 과외교사가 짓던 난감한 표정을 잊을 수 없다.

"옛 시를요? 우리도 읽기가 어려운데 ⋯ ."

과외 교사가 조심하느라 말꼬리를 흐렸지만 그 뒷말이 들리는 듯도 했다.

'(당신은) 우물에서 숭늉을 찾는 격이군요? 회화도 버벅거리면서 꿈도 크지요.'

한번은 큰맘 먹고 한역漢譯된 『겐지 이야기源氏物語』를 골랐다.

오랫동안 소설을 못 읽은 한도 있었고, 세계 최고最古의 소설이라니 놓치기 싫어서였다. 하지만 첫 장부터 글자가 왜 그리 촘촘한지 속독은커녕 정독 자체도 인내심을 필요로 했다. 책장을 덮기로 했다. 내가 지금 소설과 씨름할 때냐? 반문하면서. 다행인 것은 그 얼마 뒤에 상가에서 동명의 만화영화 DVD를 구입할 수 있었다. 그걸로 소설을 대신하면서 변명한다는 것이 '소설을 꼭 책으로만 읽으란 법 없잖아!'

그래도 경구警句로 넘치는 고대 그리스의 묘비명집 같은 것은 '만족한 구매'였다.

시간이란 시험을 거치고 나면 그 사람 마음이 선인가 악인가 결국 다 밝혀지기 마련이다. 人心的善惡在時間過程中受到考驗.

이름은 잊었지만 일본의 모 영화감독이 쓴 단편집도 있었다.

그의 소설은 비교적 쉬웠던지 단숨에 읽었다. 한데 쉽게 읽었다는 기억만 남았을 뿐 책 속의 이야기가 어땠는지 기억이 희미하다. 몇 년 뒤에 알게 된 사실은, 내게는 그렇게 희미한데 그 책이 소년 아들에게는 어느 명작보다도 더 선명한 기억을 남겼다는 점이다. 그 뚜렷한 대비는 흑백과 천연색 장면으로 나란히 있다. 내가 있는 흑백의 공간, 나비 한 마리가 그곳에서 사라지더니 유채밭이 노랗고 그 옆으로 파밭이 푸른 총천연색 언덕께에, 소년이 서 있는 곳으로 날개를 팔랑이고 있다.

봄 햇살 속에 홍매화가 아름다운 쓰촨대학 교정　　　　　　　　필자 제공

'미래를 향해서 우리는 힘들어도 즐겁게 산답니다. 당신도 미래를 위해
힘내세요!'
그것은 동전 몇 닢으로 바꾸기에는 너무도 귀한 청춘의 소리, 삶이 삶
에게 주는 응원가이다! ─ 6월의 벼룩시장에서 내가 받아들곤 했던 값진
선물이었다.　　　　　　　　　　　　　　　　　「6월의 벼룩시장_캠퍼스 단상」

• • • • •

그날도 6월이었다.

6월임이 확실한 것은 교정에 벼룩시장이 한창이었기 때문이다.

허 교수와 논문 일로 만나기로 했다.

북서쪽에 위치한 대학원 건물에서 만나 함께 그의 연구실이 있는 동쪽의 문과대 건물로 향했다. 체육관을 지나 교내 식당을 지나 벼룩시장이 한창인 거리로 들어섰다. 무슨 물건들이 나왔나 궁금하긴 해도 교수님 옆이니 되도록 앞만 보며 걷고 있었다. 눈가에 알록달록한 색채들이 더는 안 보인다 하는 즈음에서 그때까지 말이 없던 허 교수가 문득 입을 열어,

"학생들이 졸업한다고 책을 다 내놓았네요. 책을 팔다니! 나는 이제껏 한 번도 책을 팔거나 버린 적이 없습니다."

온화한 중에도 개탄을 금할 수 없다는 어조였다.

'그렇지, 책이 얼마나 소중한데 ⋯ .'

무조건 찬성하는 심정이었다. 그러나 한편으로는 서울에서 한 일이 기억나면서 가슴이 찔렸다.

천 권도 훨씬 넘는 책을 버린 일, 다름 아닌 나의 일이다.

청두로 떠나오기 직전이었다.

출국은 코앞인데 내 책의 행선지는 정해지지 않았다. 보관해줄 우인을 찾아보았으나 마땅한 사람이 없었다. 딱 한 명 천사가 나타났지만 내가 가진 책을 다 보내는 것은 무리여서 3분의 2는 덜어내야 했다.

시간은 점점 촉박해지고 더는 미적거릴 시간이 없었다. 아무 감정도 없는 것처럼 신속하게 움직여야 했다. 마음을 다잡고 서가에 꽂힌 책들을 솎아내기 시작했다. 그것들을 아파트 일 층 폐지수집구역에 갖다놓는 동안 내 표정은 그럴 수 없이 무표정이었다.

헤어졌던 책과 우연히 재회했던 일을 말해도 될까.

청두 생활을 시작하고 그 이듬해인가 급히 서울에 갔을 때였다.

광화문에서 친구와 만나 점심을 먹고 근처의 헌책방을 찾아갔다. 입구에서부터 책이 산더미처럼 쌓여 실내가 비좁았는데, 거기서 처음 뽑아든 책이 다름 아닌 내 책이었다. 스스로도 의심스러워 두 번 세 번 다시 봤는데 속표지에 손으로 쓴 서명은 분명 내 것이었다.

책을 버리고 내게서 버림받은 책을 다시 만난 기막힌 일을, 살면서 그날까지 책 한 권 버려본 적 없다는 교수에게는 말할 수 없어서 나는 침묵 속에 중얼거렸다. '책 사랑이라면 나도 지지 않을 자신 있어요. 다만, 그 무거운 것을 맡길 수도 가져올 수도 없었다구요. 맘이 찢어지는 것 같았지만 정말 부득이했어요.'

왜 그랬는지 모른다. 잘 참다가 내면의 말이 소리를 내고 만다.

"교수님, 당신의 인생길은 너무도 평탄했던 게 분명해요."

돌아보는 허 교수의 눈에 살짝 놀람이 서린 것도 같다.

• • • • •

모퉁이에서 하얀 기타를 보았다.

그날따라 미련 때문에 농구장 철망 담이 꺾인 그 옆으로까지 발길이 닿았다.

거기서 하얀 기타를 보았다.

'앗, 이쁜 기타!'

때마침 아들 생각이 났다. 답답할 때면 혼자 피아노를 치는 아들 말이다. 이제부터 기타도 치렴. 이렇게 기타를 턱 하니 안겨주면 좋아하겠지?

"얼마예요?"

"50위안만 주세요."

가격을 말하는 남학생 표정에는 흥정에 대한 기대감이 전혀 없었다.

그 심정을 알 것 같았다. 악기란 여느 물건과는 다르다. 특별한 교감 같은 것을 나누었을 것이다. 그런 것과 이별을 하게 된다면 누구라도 마음이 착잡할 것이다. 그러한 마음에 대자면 50위안이란 액수는 얼마나 싼 가격인가.

군말 없이 사고 싶었다.

하지만 지갑이 문제였다. 돈이 턱없이 부족했다.

집에서 나올 때 현금을 조금만 넣었던 데다가, 바로 직전에 사소한 몇 가지를 샀기 때문에 지폐와 동전을 다 합쳐도 20위안이 채 될까 말까. 이쯤 되면 값을 물어봤던 것 자체가 실례일 판이었다.

더 낭패인 것은 당황하면 적당한 중국어 단어가 머리에 떠오르지 않는다는 것이었다.

할 수 없이 급작스런 반벙어리로 발길을 돌린다.

"아, 음 … 음 … ."

그날 밤도 여느 때처럼 밤 10시 넘어 도착한 아들에게 엄마는 낮의 일을 전했다.

"오늘 벼룩시장에서 하얀 기타를 봤어. 너에게 사주고 싶었는데 돈이 부족해서 못 샀어."

"기타? 내가 지금 기타 칠 시간이 어디 있다고 … ?"

파김치처럼 피곤에 절어 대꾸할 기운도 없어 보이는 아들의 반문이다.

"그래도 … ."

남은 말을 나 혼자 가슴 속에서 되뇐다.

'엄마는 그 하얀 기타를 네 방 책상 옆에 기대어놓고 싶었어. 기타를 거기 놓으면 네 방이 하얗게 빛나고 덕분에 엄마도 조금쯤 더 즐거워지

지 않을까?'

그때 내 마음이 꼭 그랬다.

내 뜻대로 되는 일이 하나도 없었던 중년의 고비였다.

안간힘을 쓰지만 하루 또 하루가 고적함의 연장이었다. 진종일 기다려 야간학습을 마치고 귀가하는 아들을 맞이한다. 그것만이 하루의 중요한 일과였던 때, 엄마는 기타와 외로운 기분을 나누고 싶었다, 그 환한 것이 아들 방에 있다는 것만으로도 모자의 시간은 한결 수월하게 흘러갈 것 같았다.

기타라도 세워뒀으면 했던 우리의 하드타임이 끝난 것은 그로부터 2년 뒤였다. 대학생이 되어 첫 겨울방학에 아들은 흰 기타가 아닌 갈색 기타 를 메고 엄마를 만나러 왔다.

문득문득 흰 기타의 행방이 궁금하다.

'지금쯤 그 기타는 어디에 있을까?'

기타의 행방을 좇던 마음은 어느새 스사삭 쓰촨대학 낯익은 캠퍼스 안 으로 들어선다. 이제 막 기숙사 건물들 사잇길로 들어서는데 어디선가 기 타 소리가 들려온다.

띠잉띵 띠이이잉 띠디디딩 띠디잉.

      ……

왈칵 반가운 마음이 들어 걸음을 멈추고 귀를 기울인다.

기타 소리에 섞여 청운의 꿈 한 줄기가 날아가고 있다.

· · · · ·

딱 한번이지만 나도 벼룩시장에 좌판을 깔아본 적 있다.

후배 리야 때문이었다.

"선배, 우리 둘이서 한번 팔아봐요."

곧 이사를 해야 하는 나로선 솔깃한 제안이었다.

그렇지만 장사의 세계는 함부로 덤빌 게 아니다. 그날 하루, 나는 '파리만 날린다'는 관용어의 말 못할 고충을 뼛속 깊이 알게 되었다.

그렇긴 해도 그날 나는 여우를 보았다. 그 이야기를 하고 싶다.

여우를 목격하게 된 직접 원인은 장사가 안 되어서였다. 하릴없이 고안해낸 놀이가 소설 만들기였다. 노트에 글을 쓸 수 없는 상황에서 오직 머리로만 이야기를 이어가는 것이다.

구성도 간단하다. 무료한 시각, 여자라고 칭해지는 나.

불현듯 여자의 휴대폰 벨이 울린다.

이것이 소설의 시작이었다.

전화 너머로 서울의 지인, 지금 청두에 내렸다는 것이다. 지인의 나타남을 계기로, 여자는 소설 속의 화자가 되어 과거와 현재를 자꾸 오가며 되새김질을 시작한다. 대략 이런 내용이다.

A의 전화다. 지금 청두예요. 서울에 있을 A가 청두라니? 단체여행을 왔다고 했다. 라싸로 가는 일정에서 하룻밤을 청두에서 머물게 되었다고. 만나요, 우리. A는 서울의 B, C, D의 소식을 들려준다. 잊은 줄 알았는데 그들 때문에 겪었던 쓸쓸한 사건, A도 무관하지 않은 옛일이 떠오른다. 여전히 생생한 아픔. 여행이 시작되어 한참 흥이 오른 A에게 나의 기억은 찬물을 끼얹는 일일 것이다. 생각이 거기에 닿자 여자는 애써 기억을 누른다. 이제 라싸로 출발해요. 여자의 갈등을 알 리 없는 A의 목소리다. A는 떠났다. 나중에 서울에서 봐요…. 인사말을 남기고.

모두 아무렇지 않은걸! 여자의 마음은 전에 없이 착잡하다. A로 하여 수면에 떠오른 옛 기억에 더해, 그들이 여전히 경박한 상태라는 게 새삼 놀라워서이다. 하지만 이제 와서 심판을 할 것인가, 복수를 할 것인가. 분노든 유감이든 다 무용無用하다 싶다. 벌어진 틈 안으로 붉게 타고 있는 용암이 보인다. 얼마나 기다려야 저 뜨거움이 사그라들까?

흐르는 강물.

여자가 사는 곳에서는 금강錦江 물줄기가 잘 보인다. 여자는 하염없이 금강을 본다.

마음의 평정을 찾으려는 그녀만의 노력일 것이다.

그러다 무슨 결심이라도 선 듯 여자는 펜을 들고 편지를 쓰기 시작한다. 처음에는 서울의 딱 한 사람에게 쓰려 했지만 글자와 글자의 여백으로 서울의 B, C, D가 등장하고 퇴장하기를 수없이 반복한다. 머릿수만큼 각각의 시점과 변명이 나오고 그 출몰과 함께 사건은 앞말과 다른 말로 진술되어 간다. 때문에 편지는 끊임없이 이어지는데, 멈추라는 소리와 멈춤을 모르는 마음이 갈등하면서 여자는 그만 펜을 놓기로 한다.

'너무 길어 부치지 못할 것이야.'

혼자 삭이며 견뎌온 세월이 아니다. 여자는 고개를 들어 하늘을 본다. 거기엔 하늘 대신 플라타너스 잎이 가득했다. 잎들 사이를 빛살 한 줄기가 뚫고 나온다. 빛을 마주보고 있으려면 눈이 아팠지만 여자는 왠지 고개를 돌리기 싫었다. 여자의 기세에 빛살이 동요했던지 살짝 흔들린다. 그 겨를에 빛 그림자 사이로 빠르게 사라지는 은빛 꼬리 같은 것이 보였던 것이다.

사라진 건 은빛 여우가 틀림없어.

직감 같은 것이 있었다.

'은빛 여우는 빛살 속에 살고 있으면서 사람들이 알아채는 순간 사라져버린다. 그렇다면 나는 지금, 인생에 있어서 순간이란 얼마나 놓치기 쉬운지를 실감한 것인가.'

은빛 여우가 내게 전해주고 싶었던 신탁인지도 모른다.

비록 씁쓸하기 그지없다 할지라도 나를 스친 순간은 바로 내 삶의 한 조각, 이 어찌 소중하지 않을소냐.

지혜를 전달하는 존재가 하필 여우라니!

백일몽에 불과할지라도 어딘지 중국적이다.

쓰촨의 공기가 나로 하여금 여우의 지혜에 귀 기울이게 한 것이다.

선명하게 새겨진 그날의 장면은 마치 나 혼자 극본, 연출, 연기를 다 하는 몇 초짜리 무성 영화 같다. 물론 카메라 감독도 나여야 할 것이다.

처음엔 상공에서 교정을 조람하듯 쓰촨대학 교정으로 가까워진다. 카메라는 점차 농구장을 에두르는 플라타너스 가로수길로 근접한다. 그 길 양쪽으로 옹기종기 좌판들이 보이고 상인과 구경꾼들이 자연스럽게 어울려 있다. 벼룩시장에 내놓은 물건들이 다채롭게 보이고, 인파 속에 옷차림도 표정도 제각각인 것도 다 보인다. 카메라 초점은 이제 사람들 눈길을 끌지 못하는 허름한 좌판을 앞에 두고 앉은 여자에게 고정된다. 머리 위 나뭇잎 사이를 뚫고 나오는 빛살과 눈싸움을 하고 있는 여자의 표정이 묘하다.

때는 청두의 6월 어느 햇빛 강한 날.

잠시 뒤 여자의 얼굴에 여유로운 미소가 떠오른다.

• • • • •

책 원고를 쓰고 있던 금년 8월의 일이다.

"엄마, 짐 정리를 하는데, 책이 많아 할 수 없이 꼭 필요한 것만 빼고 폐지 아저씨한테 팔았어. 6위안, 받은 책값이야."

아들이 10년 넘는 청두 생활을 마치고 홍콩으로 떠날 준비를 하고 있었다. 나는 청두가 아닌 다른 도시에 있었다. 때문에 모자는 휴대폰을 통한 연락이 거의 다였다.

"보관할 수 없으면 책이 가진 가치는 잊어버려야 해. 그렇지 않으면 상처 받아…, 그래서 짐은 다 수습하고?"

"(전자)피아노하고 기타만 남았어."

"어쩌려고? 그럴 줄 알고 내가 벼룩시장에 나가라 했잖아."

실은 아들한테 봄부터 몇 번이나 당부했더랬다.

"안 쓰는 물건 미리미리 싸두었다가 6월 벼룩시장 열릴 때 내다 팔아."

그 좋은 기회를 놓치고 말다니! 아들의 무심함을 탓한다.

그래도 아들이 청두를 떠난다는 그 하루 전인가? 아들은 악기 문제를 해결했다. 살 사람에게 전달까지 마쳤다고 했다.

인터넷에 올려 광고했다나? 한국으로 치면 '당근마켓' 같은 것을 활용한 모양이다.

"잘했네."

그래도 나는 내가 직접 소요逍遙했던 벼룩시장의 맛을 잊을 수 없다.

특히 고단한 유학 시절 나에겐 여름날의 축제와도 같았던 청두의 벼룩시장은 영원히 기억날 것이다.

•••••

교정에서 열리는 벼룩시장에서는 다른 어디서도 맡기 힘든 청년들의 푸른 땀 내음이 난다.

그들의 손에서 내 손으로 건네진 헌 물건들에는 뭐랄까, '미래'를 향해 나아가는 지지 않는 의지 같은 게 있다.

'미래를 향해서 우리는 힘들어도 즐겁게 산답니다. 당신도 미래를 위해 힘내세요!'

그것은 동전 몇 닢으로 바꾸기에는 너무도 귀한 청춘의 소리, 삶이 삶에게 주는 응원가이다! — 6월의 벼룩시장에서 내가 받아들곤 했던 값진 선물이었다.

뭐가 걱정일까요

"촉한 '유비의 땅'으로 떠나시는군요."

내가 곧 중국의 청두로 떠날 거라는 말에 선배의 아들이 하는 말이었다.

"촉한이라면 삼국지?"

"우리 애가 소설 『삼국지三國志』를 엄청 탐독했거든."

선배가 얼른 끼어들어 설명하는 말이었다. 그리고 보면 나도 저 나이 때 『삼국지』를 읽었거늘 나는 청두행을 결정하고도 촉한의 도읍이 청두였다는 사실에는 무지했던 것이다.

> 촉으로 가는 친구를 배웅하며送友人入蜀
>
> 이백李白
>
> 촉으로 가는 길 험난하여
> 산이 가로막고 구름은 자욱하지요
> 그래도 그 '위태한 길秦棧'을 따라
> 향그러운 수풀 이어지고
> 봄 강물 유유하게 청두에 도착합니다.
> 도착한 이후엔 뭐가 걱정일까요
> 이름난 점쟁이君平 파리나 날리라지요

見說蠶叢路, 崎嶇不易行.
山從人面起, 雲傍馬頭生.
芳樹籠秦棧, 春流繞蜀城.
升沈應已定, 不必問君平.

중원에서 촉으로 넘어가려면 길이 몹시 험했다고 한다. 높은 산에 가로막혀 길이 평탄하지 않은 건 물론이고, 잔도棧道라 하여 절벽을 따라 매달린 외길이 위태로웠다. 때문에 촉으로 떠나는 사람은 불안하기도 했을 것이다. 이백은 그런 친구로 하여금 마음준비를 시키는 한편 촉 땅의 대자연이 정말 아름답고 풍요함을 말한다. "군평君平"은 촉의 유명한 점사占師다. 그를 찾아갈 필요가 없다는 말, 그것은 청두가 얼마나 살기 좋은 도읍인지를 표현한다. 아마도 친구는 안심하고 떠났을 것이다.

'도착해서야 알게 된 청두', ― 햇빛이 구름 속에 있고, 자주 부슬비가 내리고 습기가 많다. 습기 때문인지 봄가을에 실내에 있으면 마치 찬 강물 속에 몸을 담근 것 같다. 그러나 겨울에도 기온이 따뜻한 편이라 수목의 생장이 남다르다. 덕분에 도시 한가운데의 울창한 대나무 숲이 당연하게 느껴질 정도로 어디든 푸르름이 가득하다.

청두에도 카페가 있지만 엄격히 말해 쓰촨 특유의 찻집이 훨씬 더 많다. 남방의 기후에 차를 파는 노천카페가 즐비하다. 넓은 마당 나무 그늘 아래 사람들은 '지주를 타도하자打地主!'는 농담을 하며 마작을 즐긴다.

청두 사람들은 마음을 열고 사람을 맞는다. 오늘 만남에 마음이 통하면 내일 회식을 약속한다. 크건 작건 식당마다 음식을 먹는 사람들의 웃음소리가 끊이지 않는다.

쓰촨 맛의 본고장인 청두는 독특한 매운 맛을 자랑한다. 한국인으로서 나 또한 매운 맛에 나름대로 자신이 있지만 쓰촨의 매운 맛은 단순하지 않다. 고소하면서 톡 쏘는 그런 매운 맛이다.

청두의 실감이라면 그 무엇보다도 꽃이다. 사시사철 꽃이 피어난다. 그리고 납매臘梅며 계화桂花는 꽃 향이 너무도 은은하다. 특히 종류가 다른 매화들이 번갈아 피어나면서 겨울 한복판에서 갖게 되는 봄의 느낌은 너무도 좋다. 정녕 이백의 시구처럼 청두에 사노라면 꽃과 인정에 취해 점점 걱정을 잊게 될지도 모른다.

· · · · ·

어느 날 허 교수를 만나 망강공원望江公園에서 차를 마셨다.

우리가 자리를 잡은 곳은 공원에서도 강이 보이는 노천 차관이었다. 허 교수가 문득 '노부출촉老不出蜀'의 뜻을 아느냐고 물었다.

모른다고 했더니 주위를 한번 둘러보란다. 많은 노인들이 보였다. 부부 혹은 이웃 친구들로 보이는 이들이 모여서 찻잔을 들고 담소하거나 마작을 하고 있었다. 멀지 않은 나무 아래에서 검무나 부채춤, 태극권을 연습하고 있는 노인들도 보였다.

사실 이러한 광경은 공원 밖에서도 자주 보았다. 평일 낮 시간에 퇴직한 연령대로 보이는 어르신들이 한가하게 산책을 한다든지 노인대학의 사진반이나 사생寫生 활동을 한다든지 그도 아니면 단체 춤을 익히거나 또 그도 아니면 손주를 돌보며 골목의 이웃들과 잡담을 나누는 등, 자신에게 적당한 방법을 선택해 하루하루 즐기는 평화로운 모습 말이다.

어쨌든 천천히 주위를 둘러보긴 했는데, 노부출촉이 정확히 무슨 뜻인지는 알 수 없었다.

"늙으면 촉 땅을 떠나지 않는다, 인생 노년기에 청두만큼 살기 좋은 곳은 없다는 뜻입니다."

"아아. 그건 정말 그래요."

나는 고개를 끄덕였다.

청두는 정말 노인이 행복한 도시다. 진심으로 인정한다.

인간 세상 어디에 생로병사의 고뇌가 없으랴만, 청두에는 그런 고뇌를 삶이 겪어가는 순환의 원리로 충분히 이해하고 받아들이는 듯한 포용심 같은 게 넘친다. 나이 듦은 나이 듦일 뿐, 그래서 생활상 변화가 일어났다면 그것도 내 삶일 뿐, 일부러 크게 확대하여 감상에 젖지 않을 수 있는 그 유연함, 청두의 노인들에게서 그런 것이 묻어났다.

그래서인지 내 시야 속 청두 풍경 속에는, 나이가 들었다는 이유로 사회의 구석으로 밀려 점점 위축되어 가는 노인이 없다. 이 점에 나는 늘 한 수 배우는 기분이 되곤 했다.

혹은 이것이 중국적 삶의 태도인지도 모른다. 그러나 대륙 안에서도 청두를 '한번 오면 떠나기 싫은 도시'라거나 '노인이 가장 행복한 도시'로 꼽는 걸 보면, 중국 사람 눈에도 청두만의 특별한 무엇이 있다는 말이렷다?

청두의 대기 속엔 어울림의 선율이 있다.

사람들이 서로 부드럽게 융화되는 리듬이다.

• • • • •

노년에 제일 좋은 도시.

도시에도 인간미가 있다. 청두의 덕성德性이다.

고개를 끄덕이면서 나는 나도 모르게 한국의 내 어머니를 떠올렸다.

떨어져 있지만 마음이 쓰이는 나의 어머니.

서민 중에서도 가장 서민에 속할 인생을 거치고도 세상에 자신감이 없는 나의 어머니. 어머니는 칠순을 지나 팔순이 되었다. 그러나 인간 수명 백세 시대가 아닌가. 팔순이라면 아직 창창한 나이이다. 그런데 어쩐 일인지 자신을 쓸모없는 노인이라고 낙심한 채로 지내신다. 딸의 마음으로 그런 어머니가 안쓰럽다.

나의 엄마도 청두에서 살았다면 좀 다르지 않았을까.

엄마를 청두에 살게 하고 싶다.

쓸모없게 되었다고 우울감에 젖은 엄마를 집 가까운 어디서든 삼삼오오 취미 활동을 즐기고 있는 노인들 사이로 안내하고 싶다.

춤이든 체조든 태극권이든 연날리기든 그림 그리기든, 어쩌면 마작이 나을지도 모른다. 무엇이든 좋으니 어머니가 흥미를 느끼는 것을 찾아 시간을 보내게 하고 싶다.

어머니 스스로 '나는 이걸 해보고 싶은가?' 자신에게 말을 걸게 하고 싶다.

뭔가 관심거리가 생겨서 하루하루 조금씩이라도 배우고 익혀가노라면 어제보다 늘어난 실력에 자신감이 늘어날 것이다. 그렇게 되면, 스스로 외롭다는 감상에 빠져들지 않아도 될 것이다.

물론 엄마는 한국의 노인 복지며 의료 혜택 등을 받고 오빠 부부의 효도를 받고 사니, 친척도 우인도 없는 이역의 청두까지 올 일은 없을 것이다. 아니, 집을 떠나 어딘가를 가보자는 생각 자체도 없으실 것이다. 그리고 취미 생활이라면, 한국의 어디서라도 할 수 있다. 마음만 내키면 부담 없이 즐길 수 있는 노인 활동도 얼마든지 찾을 수 있다. 특별히 학습하는 게 어려우면 걷거나 뛰는 활동으로 이웃과 만나 수다를 떨어도 된다. 노인이지만 생각에 따라 뭐든 가능하다. 그런데 내 엄마는 그걸 못하고 주저앉았다. 부득이한 사정이 있을 수 있겠으나 극복할 용기가 없어 스스로를 방안에 가두었다.

풍부한 농산물은 사람들이 쓰촨을 좋아하는 이유 중 하나_거리의 야채가게

필자 제공

그러나 엄마는 청두를 모른다.

딸이 십 년이나 산 곳인데도 그저 중국 어디라고만 알고 계신다.

비록 그렇다 해도 엄마에게 이 "행복한" 청두를 갖다 주고 싶다.

「뭐가 걱정일까요」

용기가 없는 엄마에게는 청두가 딱이다.

이것은 딸이자 청두를 아는 자로서의 나의 생각이다.

확신에 넘친 나는 엄마를 청두로 모셔오는 상상을 해본다.

청두에 온 어머니는 해 좋은 날 문을 나선다. 느릿한 걸음으로 서성이다가 화단 구석에서 혼자 태극권에 몰입해 천천히 동작을 만드는 그런 사람과 마주친다, 어머니는 그 고요한 움직임에 말이 붙이고 싶어진다. 조금 더 걷다가 자신과 나이차도 별로 안 날 것 같은 노인들을 만난다. 노인들은 손주들을 지켜보는 한편 뜨개질도 하고 해바라기 씨를 까먹기도 한다. 그 옆에 자리를 잡고 앉아 있노라면 그들의 손주가 내 손주인 듯 뭐든 대화를 나누게도 될 것이다. 기분이 내키면 좀 더 앞으로 걸어나가서 사람들이 많이 모인 공원이나 빈터 같은 곳까지 가본다. 거기엔 부채를 들고 동작을 연습하는 여인들이 있다. 그중 아무하고나 눈이 마주치면 호기심 많은 엄마는 더 이상 못 참고 물어볼 것이다.

"재미있수?"

모르는 얼굴임에도 청두 사람들은 친절하다.

"그럼요. 아주 재밌답니다. 한번 해보실래요?"

어머니는 부채를 건네받는다.

"아니, 난 한 번도 안 해봤는데 … "

"힘들 것 없어요. 이렇게 폈다가 이렇게 … .한 동작씩 익히다 보면 저절로 잘하게 돼요."

친절하게 동작을 가르쳐주는 청두의 여인.

"댁은 잘하는데 얼마나 했수?"

"저요? 몇 달 안 됐어요. 전에는 에어로빅을 했는데, 관절에 무리를 주면 안 된다고 해서 느린 춤으로 … ."

"댁도 관절이 아파요? 나도 관절이 안 좋은디 … ."

"그럼 부채춤이 좋아요. 아니면 태극권도 괜찮지요. 부드럽게 움직이니까…."

"댁은 매일 이 시간에 나오는 거요?"

"네. 보통 이 시간에 나와서 삼십 분이나 한 시간쯤 연습하고 돌아가요."

엄마는 그 이웃과 헤어지면서, 그럼 내일도 이리로 나와 볼까 생각할 것이고, 이튿날도 그 다음날도 구경꾼처럼 머뭇거리다가, 결국 동작 하나를 해낼 것이고, 자신감에 두 번째 동작을 배우겠다고 할 것이다.

자신이 무학력인 것도, 귀가 좀 멀었다는 것도 부채를 펴고 접으면서 잊게 될 것이다. 그냥 한 동작 더 배워 익힐 것에 집중하며 또 하루를 맞이할 것이다. …

이렇게 된다면 얼마나 행복하겠는가.

엄마를 주인공으로 혼자 상상을 하고 엄마를 위해 해피엔딩을 맞는다.

그러나 엄마는 청두를 모른다.

딸이 십 년이나 산 곳인데도 그저 중국 어디라고만 알고 계신다.

비록 그렇다 해도 엄마에게 이 "행복한" 청두를 갖다 주고 싶다.

반 고흐의 꽃피는 아몬드나무

쓰촨대학 동문東門은 지척에 흐르는 금강을 바라보고 서 있다.

그 동문 안으로 몇 걸음 들어가면 바로 오른편으로 커다란 도서관 건물이 보인다. 도서관 건물의 양 옆으로는 나무들이 우거진 사잇길이 있는데 그 어느 쪽으로든 빠져나가면 비교적 조용한 뒷길이 나오고 그 길 끝에 책방 서너 개가 잇닿아 있는 상가가 있다.

상가라고 해도 규모가 작다. 그래도 잘 살펴보면 복사 가게도 있고 구멍가게도 있고 분식집도 있다. 거기 분식집은 학생들 사이에 은근히 유명한데, 나도 나중에야 알았다. 분식집의 쓰촨 짜장면은 한국 짜장면하고 영 다른 맛이다. 고추장 양념이 아닌데 쓰촨 특유의 맵싸한 맛이 일품이랄까! 점심시간만 되면 학생들로 꽉 차서, 차례를 한참씩 기다려야 할 정도다. 차례를 기다리는 손님 중엔 외국인도 많다. 유학생이 다니는 어학원 건물이 가까운 데다 그만큼 맛있기로 소문이 난 때문이다. 나도 가끔 들러서 물만두며 짜장면을 사 먹곤 했다. 그러나 분식집을 안 것은 쓰촨대학에 입학하고 상당한 시간이 지난 뒤의 일이다. 처음에 나는 도서관 뒷길을 그저 책방이 있는 거리 정도로만 알고 있었던 것이다.

책방에 들락거린 것도 아니다. 정확히 말하면 나는 책방 안보다 바깥 빈터에 진열된 가판대를 좋아했다. 그리고 그 가판대가 있는 빈터가 좋았다.

체조장 울타리와 상가 사이에 난 빈터는 보는 사람 마음을 여유롭게 할 정도의 넓이를 가졌다. 거기에 여러 그루의 키 큰 플라타너스 나무들이 듬성듬성 서 있어서 시원한 그늘을 드리웠는데, 그 한쪽으로 가판대가 놓여 있었던 것이다. 가판대 그득히 책이 진열되어 있지만 사가는 손님이 몇이나 될까 싶은 그런 한적한 기운이 서린 빈터였다.

한 마디로 그곳은 갈수록 정이 드는 묘한 공간이었다.

이를테면 나 같은 사람에게 그곳은 작은 낙원이었다. 책방 주인들도 가게 밖의 가판대를 여벌로 여기는지 지키지 않는 때가 많다. 지키고 있다고 해도 내가 거기 서서 이 책 저 책을 한참 뒤적인다 해서 눈치를 주는 경우는 없다. 책을 사가면 좋지만 안 산다고 해도 상관없다 ― 이런 마인드인 것이다. 가난하지만 책을 좋아하는 그런 대학생을 어디 한두 명 보았겠는가. 하긴 교정 구석에 책방을 낸 주인이라면 애당초 손님이 많을 것을 기대했을 것 같지는 않다.

굳이 꼭 사야 할 책이 있는 것도 아니지만 기웃거리는 재미에 가게 되는 그곳, 그 빈터 가판대에서 나는 어느 날 반 고흐의 화집을 발견했다.

빈센트 반 고흐Vincent Van Gogh(1853-1890).

타국에서 고흐의 작은 화집을 펼쳐드는 순간 유다르게 반가운 기분이 들었다.

'고흐를 여기서 만나다니!'

겉표지를 넘기니 양면 가득 "매화 꽃가지"가 뻗어 있었다. 그때 내 반가움은 두 배 세 배로 늘어났다.

"고흐가 매화도 그렸네! 유럽에도 매화나무가 자라나?'

그때까지 이국의 꽃으로만 여겼던 매화가 갑자기 친근하게 다가오는 순간이었다.

물론 내가 살던 한국에도 매화가 자라고, 매화를 소재로 한 시나 그림도 적잖이 보았지만, 고궁이나 식물원이 아닌 집이나 학교 주변 같은 일상에서 매화꽃을 직접 접한 적은 없다.

그런데 청두에 날아와 그해 첫 겨울을 넘기면서 알게 된 것은, 한국과 달리 청두엔 매화꽃이 지천으로 피고 동지섣달에 피는 매화, 설날에 피는 매화, 초봄에 피는 매화 등 종류도 가지가지라는 사실이었다. 내 경험 안에서 매화는 어디까지나 청두의 꽃이다, 이것이 내 결론이다. 매화로 하여 내가 있는 곳이 타국임을 재삼 확인하는 시간 속에는 제 나라를 떠나온 자로서 어쩔 수 없는 쓸쓸함이 결코 적지 않았다.

$$\bullet \ \bullet \ \bullet \ \bullet \ \bullet$$

그해 봄 나는 몹시 외로웠다.

그 봄은 본격적인 첫 학기였다. 거친 꺾꽂이처럼 자신을 타지로 옮겨놓고 첫 목표가 박사과정을 위해 입학하기였다. 그러나 3월의 나는, 공부는 어렵지 친구는 없지, 뭐 하나 뜻대로 되는 게 없었다. 그럼에도 어김없이 봄이 오고 꽃이 핀다. 계절의 순환만은 익숙할 터인데도 타국의 꽃으로 하여 마음이 야릇하다. 너무도 흔한 매화를 보면서 심각할 정도로 외로움을 느꼈던 청두의 첫 봄이었다.

고흐가 그린 것은 매화가 아니었다.

'너도 참, 매화꽃을 많이 보더니 이제 뭐든 다 매화꽃으로만 보이디?'

나는 나 자신에게 핀잔을 주었다. 한편으로는 스스로가 가엾기도 했다. 화집 속의 고흐에게 그렇게나 반가워했다는 건 마음을 나눌 친구가 가까이에 하나도 없다는 뜻일 테니까. 그래서 화폭 가득 뻗은 꽃가지를 보자마자 이건 매화다, 라고 우기고 싶었을 테니까. 우기는 속뜻은 나름의 호소였다.

나는 고국을 떠나 매화가 흔한 청두에 와 있어. 그러니 내 친구가 되어 줘 ….

그래, 그런 거였다.

고흐가 그린 꽃가지는 아몬드나무였다.

그림의 영어 제목은 「Almond Blossom」(1890). 한국어로는 '꽃피는 아몬드나무'라고 번역되었다. 1890년 2월에 고흐 동생 테오의 첫 아기가 태어난다. 이 그림은 고흐가 조카의 탄생을 축하하며 동생 테오 부부를 위해 그린 작품이었다고 한다.

이 아몬드 꽃가지를 그릴 무렵 고흐는 어머니에게 편지를 쓴다.

"테오가 아이에게 저 아닌 아버지의 이름을 물려주면 더 좋았을 텐데 …. 아무튼 저는 테오가 침실에 걸어두도록 그림을 한 점 그리기 시작했어요."

동생이 자신의 아기에게 형의 이름을 붙여 '빈센트'로 부르겠다고 한다. 그 뜻밖의 소식을 듣고 한편 벅차고 한편 수줍었을 형은 아기에 대한 마음을 그림으로 그려 선물하겠다고 마음먹었고 그것이 바로 이 만발한 아몬드꽃이었다.*

화가 고흐의 생애에서 가장 사랑했고 가장 고마워했던 존재는 두말할 것 없이 동생 테오다. 그런 동생의 가정에 새 생명이 태어나니 고흐는 동생 이상으로 기뻤을 것이다. 아니 그것은 기쁨이기보다는 새 생명을 축복하는 심정이었을 것이다. 마치 기도와도 같이, 동생을 사랑하고 동생네 가족과 아이의 미래를 축복하는 마음으로 나뭇가지 하나 꽃송이 하나에도 온 생명을 다해 고흐는 색을 입혔을 것이다. 그렇게 완성한 그림이 바

....

* 꽃피는 아몬드나무 그림에 관하여 참고 및 인용, 빈센트 반 고흐(그림) 김영숙(글) 『Vincent Van Gogh』, 유화컴퍼니, 2011, 95쪽.

로 푸른 하늘을 배경으로 선이 야무진 가지에 희게 피어난 아몬드꽃이었는데, 나는 그걸 보고 매화나무라 여긴 것이다.

하늘 아래 꽃가지가 그처럼 행복할 수 있을까. 아몬드꽃으로 하여 나는 고흐에게 특별한 의미를 두기 시작했다. 사실 그해 봄 나는 그랬다. 아무 때나 찾을 수 있는 친구가 꼭 하나 있었으면 했고 때마침 화가 고흐를 만난 것이다.

• • • • •

유명한 화가는 보통 몇 살부터 그림 수업을 시작할까.

미술 분야는 늦어도 된다지만 고흐의 입문은 27세였다. 고흐가 서른여섯에 세상을 떠난 걸 감안하면 고흐가 화가로서 작업한 시간은 10년밖에 안 되었다. 길지 않은 이 10년 동안 고흐는 유화 900점, 스케치 1100점을 남긴다. 엄청난 작업량이다.

화가로서의 근면함도 놀랍지만 그보다 더 놀라운 일은 고흐 생전에 단한 점을 빼고는 그 많은 작품들이 누구에게도 팔리지 않았다는 사실이다. 당시 사회 관념에서 볼 때 이것은 화가로서 실패나 다름없었다.

늦은 나이에 직업화가의 길을 결정한 고흐에게 있어 그 이상으로 괴로운 일이 또 있을까?

고흐는 동생 테오에게 "아무리 발버둥을 치면서 그림을 그려본들 넌 화가가 아니라고 내면의 목소리가 말할 때, 그 목소리를 잠재우는 유일한 방법은 오직 그림을 그리는 것뿐이다."라고 고백하기도 했다.

돈이 안 되는 화가의 길을 걷고부터 수시로 찾아오는 자기부정. 자기부정과 싸워야 하는 내면의 투쟁을 누구보다 심하게 겪었던 고흐, 절대 포기할 수 없었기에 고흐는 그리고 또 그렸다. 그런 그에게 지지자라곤 동생 테오뿐이었다.

아무리 해도 주위의 인정을 받지 못한다. 그런데도 포기하지 못하는 화가의 길이다. 고흐는 고뇌가 깊었다. 많이 흔들리면서도 쉬지 않고 계속 그림을 그린다. 그의 초인적인 의지와 노력에 경탄을 금할 수가 없다.

・・・・・

늦은 나이에 뭔가를 시작하는 건 불안한 일이다.

시대가 개방되고 선택의 폭이 넓어졌어도 마찬가지이다.

덜컥 유학을 결정한 건 사십 중반 앞뒤 맥락도 없었다. 쇠뿔도 단김에 빼다고 생각에서 실행까지 한 달이나 걸렸을까. 그렇게 준비가 어설픈 채로 뛰어들었으니 뭐가 쉬울까. 사람들도 점점 의혹에 찬 눈으로 내게 물었다.

도대체 어떻게 하려고요?

그러나 타인의 시선이 따가운 건 다음 문제다.

무엇보다 내 안에 나를 부정하는 목소리가 있었다. 그 목소리에 시달렸다.

'네가 대체 뭘 할 수 있는데?'

내 안의 또 다른 나는 어떻게든 나를 포기시키고 싶어했다.

'이제 와서 유학이라고? 제대로 할 수 있을 것 같니? 웃기지 마. 차라리 하루라도 빨리 정리하고 한국으로 돌아가는 게 낫지 않을까? 미련하게 버틸수록 넌 늙어갈 거고 아무것도 못할 거야.'

이런 말들이 매일 귓가를 맴돈다. 듣고 싶지 않지만 내면의 목소리를 멈추게 할 도리가 없다. 약한 마음에 져서 내가 결국 완주를 포기하게 될까 봐 나는 내심 떨고 있었다.

"학문을 한다는 건 정말이지 마른 잎을 짜듯이 아주 팍팍한 과정입니다."

팍팍하다, ― 지도교수는 "고조적인 일枯燥的事"이라고 했다.

각오를 단단히 하라는 뜻이었을 것이다.

그게 아니면, 유달리 감상이 많고 이리저리 잘 흔들리는 내 사람됨을 간파한 건지도 모른다. 학문이라는 외길을 묵묵히 걸어온 학자의 눈에 교사라는 안정된 직업도 등단도 마친 동화작가의 길도 놔두고 갑자기 학문을 해보겠다고 덤비는 한국의 중년 여성이 그리 미더워 보이지는 않았을 것이다.

그런데 어쩌겠는가.

누구 눈에도 뻔히 보이는 그 '약하고 감상적인' 성향에도 불구하고, 그 팍팍하다는 학문의 길을 굳이 선택한 자기 자신이지 않은가. 스스로 시작한 일을 중도포기하는 건 말이 안 된다. 자신과 한 약속을 끝까지 지켜야 하는 거다. 나는 어쨌든 버티고 싶었다. 한편 실패하고 말 것 같은 예감은 매일처럼 뇌리를 마비시킬 것 같았다. 그런 즈음에 고흐를 만난 것은 잘한 일이다.

· · · · ·

청두의 내 책장에는 고흐의 화집이 하나둘 늘어갔다.

화집의 여백을 일기장 삼아 떠오르는 대로 몇 자 적어두곤 했다.

어떤 정물화 갈피에선가, 나의 하루는 이랬다.

2010년 11월 1일

나의 일상은 수행승처럼 소박한 밥상과 적적하도록 간단한 사교 범위와, 종일 좋아서 하는 일이라고는 내가 앞으로 쓸 논문에 대해서 생각하고 또 생각하는 일이다. 읽고 또 읽고 쓰고 또 쓰는 일이다. 나는 중국어로 읽는 일도, 중국어로 쓰는 일도, — 중국어를 원료原料로 사색하느라 온종일 벅차다.(힘들어도 안 할 수 없다. 왜냐하면 결국은 중국어로 논문을 써내야 하니까.) 그런데 이렇게 벅차고 더듬대는 지금이 참 평화롭다. 평화롭다고? 아니다. 그저 조촐하다.

한 권 두 권 늘어나는 고흐의 화첩 여백마다 일기로 채우던 나날들. 마음이 흔들릴 때마다 고흐의 화집을 펼쳤다. 짙은 절망의 골짜기를 뒹굴면서도 세상에 대한 사랑으로 벌떡 일어나 그림을 그리곤 했을 백여 년 전 지구 반대편에 살던 화가 친구 고흐를 떠올리곤 했다.

· · · · ·

언젠가부터 고흐는 절대 없어서는 안 될 친구가 되었다.
고흐를 빼고 설명할 길이 없는 시간들이 자꾸만 늘어났다.
굳이 그럴 필요가 없는데도 고흐를 연결시키고자 했다.
해바라기꽃을 좋아하기로 했다.
어느 날은 정말로 해바라기 한 다발을 샀다. 누군가에게 감사를 표현할 목적으로 말이다.
고흐가 그랬듯이!
아를Arles의 고흐에게 화가 친구 폴 고갱(1848-1903)이 찾아온다. 고흐가 파리에 머물던 시절 고흐의 해바라기 그림을 마음에 들어 했던 고갱은, 자신의 그림과 고흐의 그림을 맞바꾼 적이 있었다. 그에 대한 감사와 애정의 표현으로 고흐는 고갱을 맞이하는 아를의 방안을 해바라기로 장식한다. 화가로서 동료인 고갱이 홀로 떨어져 지내는 자신의 거처를 일부러 방문해주는 것에 대한 기쁨과 감사의 표현이었다.

벗이 있어 먼곳에서 찾아오니 이 또한 기쁘지 아니한가

有朋自遠方來, 不亦樂乎? 　　　　　　　　　　　　　 ―『논어論語』

그러나 서로 화가로서 잠깐 만나 얘기하는 것과, 동료로서 작업과 생활을 같이하는 일은 다른 문제다. 함께 나누려 해도 한쪽은 너무 뜨겁고 한쪽은 너무 차갑다. 일설에는 고갱에게 인색한 면이 있었다고 한다. 고흐가 그리 갈망했건만 말 한 마디 격려도 아까워하며 떠난 것이다. 고흐는 자해를 하고 그 일은 지방 신문에 보도되기까지 한다. 그렇지 않아도 명성도 없이 그림만 그리는 화가를 좋게 보아줄 리 없는 아를의 주민들이 아니었던가.

사람이 나를 알아주지 않아도 화내지 않으니 군자가 아니겠는가

人不知而不慍, 不亦君子乎? 　　　　　　　　　　　　 ―『논어論語』

주위의 시선은 따가웠지만 해바라기에 태양의 금빛을 입혔던 고흐.
해바라기 그림으로 하여 '태양의 화가'라는 칭송을 듣게 된 고흐였다.
어쨌든 해를 향해 활짝 피어나는 해바라기 꽃송이는 자신을 키운 태양 빛에 대한 최대의 감사 표현일 것이다. 내가 해바라기 꽃다발을 안고 찾은 곳은 쓰촨대학 장자개張子開 교수님의 사은회,
"오셔도 됩니다." ― 장 교수의 초대 메시지였다.
사실 나는 장 교수의 제자는 아니다. 수업을 신청한 적도 없다. 명성을 듣고 청강을 한번 했지만 교수님 말이 너무 빨라 알아들을 수 없어서 그 다음엔 가지 않았다.
그래도 다른 제자를 통해서 가끔 조언을 주었고 내 졸업을 축하해준 분이라 고마운 마음을 갖고 있었는데, 그해 여름 당신 제자들과의 특별한

모임에 특별히 나를 초대해주었다. 학위증을 받고 실질적인 졸업생이 된 뒤 아무도 내 안부를 묻지 않던 때였다. 학교가 지척인데도 들를 일이 없던 차에 그런 배려가 감격스러웠다.

그래서 나는 기다란 줄기 끝에 환하게 웃고 있는 해바라기를 안고 모임 장소로 간다. 아를의 고흐처럼 하고 싶은 것을 하느라 고독했던 나에게 누군가의 관심은 비록 그것이 단 한 순간에 불과할지라도 내 마음을 너무나 기쁘게 했다.

해바라기의 황금색 둥근 꽃송이엔 그런 찬란한 행복감이 서려 있다.

• • • • •

시야에 담기는 풍경에 또한 고흐가 있다.

그걸 착시라고 해야 하나?

정확히 언제부터였는지는 모르겠다.

내 시선이 닿는 청두 어딘가에 자꾸만 고흐의 그림이 중첩되곤 했다.

자주 오가던 구안교九眼橋에도 그런 착시감이 어룽진다.

어둠이 내리는 시각에 다리 위에 서서 망강望江공원 쪽으로 눈길을 던지면, 잉크빛 짙은 하늘과 지상의 불빛에 흔들리는 강물… . 그 풍경 위로 고흐가 그린「론 강의 별빛」Starry Night the Rhone(1888)이 중첩되었다. 혹은 반대로 고흐의「론 강의 별빛」을 펼칠 때면 구안교 위에서 담았던 금강의 야경이 오버랩되었다.

고흐는「론 강의 별빛」을 그리면서 동생 테오에게 밤하늘의 별빛과 강에 비치는 가스등 화폭 앞쪽으로 보이는 한 쌍의 연인까지 그 색채의 대비에 자신이 얼마나 집중하고 있는지를 알리고자 했다. 그 노력이 얼마나 초인적이었던지 미술 연구가들은 심지어 이 화폭에 그려진 별자리를 근거로 고흐가 그림을 그리던 시각, 즉 하늘의 별을 관찰하고 표현한 시각이 밤 12시에서 새벽 1시 사이였을 거라는 유추를 해냈을 정도였다.

별이 빛나고 있는 밤하늘과 지상의 불빛에 흔들리는 강의 물결.

시간은 그렇게 어둠의 무게 속에 반짝인다.

어느 밤이던가. 아마도 초여름 단오절 무렵이었을 거야. 멀리 망강루望江樓가 보이는 허공으로 공명등孔明燈이 두둥실 떠오르고 있었지 ….

장미꽃이 그려진 분홍 이불

"이게 다 박 선생 거예요?"

나를 빤히 보면서 호텔 직원이 묻는다.

한국을 떠나기 직전에 부친 내 짐이 오늘 도착한 것이다.

직원은 놀란 표정을 숨기지도 않는다. 그제야 아차, 내가 너무 많이 챙겨 왔구나 싶었다. 이사도 아닌데, 공부하러 오면서 말이다.

"이게 다 뭐래요?"

"책하고 옷들⋯, 공부하려면 다 필요한 것들이에요."

내용물이 무엇인지 궁금해 하는 시선에 부끄러워진 나는 대충 얼버무렸다. 상자 속에 이불이며 베개도 있다고 솔직히 말하면 어떻게 나올까?

이불하고 베개라니, 그게 무슨 고급 이불이라고? 그런 걸로 해외 배송료를 들이느니 여기서 사고 말지, 그게 훨씬 경제적일 텐데⋯, 이러면서 직원은 나를 '조금 엉뚱한 한국 아줌마'라고 여길 것 같았다.

나는 정말 이불을 갖고 오고 싶었다.

애착이라고나 할까, 이불이 보기만 해도 포근한 핑크빛인 데다 장미꽃 무늬가 화려한 것이 내 마음에 꼭 들었다. 사실 그 이불은 첫눈에 반한 경우였다. 전혀 예정에 없었는데 그것도 거주지에서 꽤 떨어진 곳에서 분홍 꽃무늬에 꽂혀서 사기로 한 것이다. 덕분에 상인에게 택배비까지 얹어줘야 했다. 그렇게 좋아했던 이불이라 낯선 땅에 비교적 늦은 나이에 유학을 떠나면서도 헤어지기 싫었다. 어떻게든 장미 이불만은 들고 오고 싶었다. 이것이 솔직한 이유겠지만 그래도 소포 상자 안에 이불까지 있어요, 라고 밝히면 누구라도 어리둥절할 것이다. 그래서 이불 얘기는 쏙 뺀 것이다.

• • • • •

떠나오기 전 나는 짐을 싸느라 아주 분주했다.

'어쨌든 짐을 먼저 부치면, 가볍게 떠날 수 있겠지?'

굵직한 물건들을 국제우편으로 먼저 보내놓으면 나는 가볍게 비행기를 탈 수 있을 것이다. 며칠을 연구한 끝에 생각해낸 꾀였다.

전화로 예약한 대로 우편 집배원이 종이 상자 접어놓은 것을 여러 장 안고 올라왔다. 짐 실을 차는 1층 입구에 주차해 놨을 것이다.

"이불도 싸야겠어요."

집배원이 이불 부피를 보더니 고개를 흔들었다. 상자에 넣기 힘들다는 것이다.

"이건 내가 아끼는 거라서요."

나는 이불을 아낀다기보다 그 핑크빛 아롱아롱한 장미 무늬를 포기하고 싶지 않았다. 그래서 아저씨가 뭐라 하건 이불을 꾹꾹 눌러가며 끈으로 바짝 당겨서 묶었다. 열심히 압축시키니 상자에 딱 맞게 들어갔다. 부피가 넘쳐 삐져나와도 눌러서 쑤셔 넣으면 되었다. 그 김에 폭신한 이불 틈으로 깨지기 쉬운 화장품병이나 작은 기념액자 같은 것도 끼워 넣을 수 있었다. 우편 집배원도 이제는 엄지 척을 해줬다.

'그렇게 이불을 갖고 떠나온 나야, 참 대단하지?' '맞아, 넌 참 용감했어.'

혼자서 자문자답하며 고개를 끄덕인다.

장미꽃이 가득 핀 이불도 내가 그날 아주 기개 있게 자신을 챙겼던 것만큼은 고마워하고 있을 것이다.

·····

그런데 어느 날 나는 이불을 갖고 다니는 게 비단 나만이 아니라는 걸 알게 되었다.

바로 '초우어炒魷魚'란 낱말 때문이었다.

이 단어는 '해고되다'나 혹은 '해고시키다'란 뜻이다. 가령 "나 오늘 회사에서 쫓겨났어."라고 할 때 '쫓겨났어'에 해당한다.

같은 한자 문화권인 한국인으로서 중국어 공부를 하면서 단어 공부가 곧 한자 공부라는 것을 알게 되었다. 다시 말해 두 자 이상으로 이루어진 단어라 할 때 한 단어 안에 모여 있는 한자 하나하나의 뜻을 파악하면 그것으로 단어의 뜻을 짐작하기 쉽다. 한자가 본래 표의문자表意文字이기 때문이다.

그런데 이 단어의 의미는 글자 각각의 뜻과 별 상관이 없어 보인다. 글자 그대로라면, '초炒'는 '(요리할 때) 불에 볶는다'는 뜻이고 '우어魷魚'는 물고기 '오징어'이다. 그렇다면 '오징어를 볶는다'는 말인데 그것에서 누가 '(회사에서) 해고되다'란 뜻을 유추해내겠는가.

게다가 마른 오징어를 아주 좋아하는 나였기에 오징어를 사용한 단어에 유독 관심이 갔고, 그래서 더더욱 궁금증이 커졌던 것이다.

마침 어원 연구에 관심이 있다는 대학원생이 있었다. 유 씨 성의 여학생이었는데 며칠이 걸려 드디어 이 단어의 유래를 알아냈다고 했다. 그녀는 이렇게 설명했다.

"오징어를 볶으면 오징어가 둥그렇게 말리잖아요. 그것이 사람들이 일

터를 떠날 때 이불을 도르르 말아서 메고 가는 것과 같아 보였대요. 그래서 그런 단어가 나온 거죠."

그리고 덧붙이기를, 지금은 교통이 발달한 탓도 있고 출퇴근 제도가 일반적이지만 예전엔 일하는 곳에서 아예 생활을 해야 하니까 보통은 몸을 덮을 이불 정도는 갖고 다녔다는 것이다.

그럴듯했다.

단어의 어원을 제대로 배운 덕분인지, 그 전까지 의식하지 못하던 것이 눈에 들어왔다. 시내에서 버스를 타면, 둘둘 말아서 끈으로 묶은 이불을 들고 버스를 타는 사람들이 간혹 있었다. 이전에도 있었지만 거기에 아무 주의를 하지 않았다면, 이제는 저절로 관심이 가고 그들이 지금 어떤 상황인지 조금쯤 알겠는 것이다.

그게 그런 뜻이었구나!

말린 이불은, 이불 주인이 새 터전을 찾아 도시 어딘가로 가고 있다는 뜻이다.

단어 하나를 앎으로써 이국의 누군가를 이해하는 이 기분은 나쁘지 않다. 일종의 동지 의식이랄지, 혼자서 반갑게 중얼거린다.

아세요? 나도 당신들처럼 이불을 둘둘 말아서 떠나왔답니다.

그들이 농민공農民工*이건 아니건 상관없다. 이불을 돌돌 말아서 어깨에 메고 청두라는 이 도시를 목적지로 삼아 모여드는 사람들, 그들은 지금 어제까지의 익숙함을 접고 새로운 터전을 찾아 희망찬 발걸음을 내디딘 것이다. 한국인인 나도 그럴 생각으로 이 도시로 온 것이다. 그래서 우리는 같은 목적의 동지이다.

....

* '농민공'이란 농촌에 집을 둔 채 도시의 건축현장 등에서 일하기 위해 임시 이동을 한 노동자를 통칭하는 말인데 자칫 비하하는 의미로 쓰여서, 최근에는 '신산업공인新産業工人'이라고 부르게 되었다고 한다.

흰 고양이 검은 고양이

"우리 쓰촨 사람은 머리 좋은 사람이 많아요."

청두 토박이 슬비의 말이다.

머리가 좋은 사람이라니까 내 머릿속에선 제일 먼저 촉한蜀漢의 승상 제갈공명이 떠올랐는데,

"덩샤오핑만 봐도 그렇지요."

슬비는 내가 미처 생각하지 못한 이름을 댔다. 덩샤오핑鄧小平(1904-1997)이 쓰촨성 광안廣安 출신이라는 것이다.

아참, 제갈량은 랑야琅琊 출신이니 쓰촨 사람이라고 할 수 없지.

그러나 쓰촨 사람이 머리가 좋은지 아닌지 어떻게 통계를 낸단 말인가. 하지만 나는 슬비의 주장에 무조건 동의하기로 했다.

슬비 자신이 증거니까!

그녀는 기지機智가 가득한 여인이다.

그녀와 기차를 타고 아미산峨眉山 갈 때의 일이다. 일행은 모두 합해 넷이었다. 나, 한국인 여학생 J, 그리고 그녀의 중3 아들, 당연히 슬비가 일행의 인솔자 역을 맡았다. 중국에서 기차여행은 처음이라 기대가 많았다.

그러나 미리 표를 예매하지 않은 터에 겨울 연휴 기간이었던가 해서 기차표는 입석밖에 못 구했고 객실마다 승객이 가득 차서 설 자리도 마

땅치 않았다. 나로 말할 것 같으면 중국에서 기차가 처음인지라 그런가보다 여겼을 뿐이다. 달리 자리를 구해야 한다든지 머리를 굴릴 생각은 아예 없었다. 그런데 슬비는 달랐다. 열차가 떠남과 동시에 검표를 하기 위해 다가온 승무원을 보더니, 나와 J를 가리키며 뭔가 중요한 요구라도 하는 것처럼 당당한 표정으로 말하기 시작했다. 내용인즉슨 이 두 사람은 외국인이다. 자신은 이 두 사람을 안내하기 위해 아미산에 간다. 그런데 기차 안이 이렇게 혼잡해서야 외국인의 안전을 보호할 수가 없다. 대충 이런 뜻이다. 나는 잠자코 있었지만 살짝 부끄러웠다.

객차가 혼잡한 것은 누구의 책임도 아닐진대 승무원이 뭘 해줄 수 있겠는가.

슬비가 공연히 일을 시끄럽게 한다고 생각했다.

전혀 예상 밖으로, 승무원은 슬비의 요구도 타당하다고 받아들였다. 아미산행 객실에서 그동안 외국인 승객도 많았을 터인데 그런 경험을 내세워 슬비의 의견을 묵살하지 않았다. 아무 거드름도 부리지 않고 마치 "인민을 위해 일하는爲人民服務" 전형적인 공무원처럼 슬비의 말을 끝까지 경청하더니 가장 적절한 해답을 내놓았다. 그의 대답은 대략 이랬다. 보다시피 좌석은 물론이고 입석 승객도 꽉 차서 여분의 좌석은 전혀 없다. 그러나 외국인의 안전을 염려하는 마음엔 협조하고 싶다. 당신 말대로 혼잡한 속에 있으면 위험성이 높으니 괜찮다면 화물칸으로 안내해 드릴 수 있다. 화물칸이 객실 좌석처럼 편한 건 아니지만 싣고 있는 화물이 얼마 안 되니 공간 확보 면에서 보다 안전할 것이다.

승무원은 또 얼마나 똑똑한가. 얼떨결에 우리는 승무원이 안내하는 대로 화물칸 쪽으로 따라갔다.

과연 공간이 넓었다. 사람이 없으니 조용하기조차 했다. 그 여유로운 화물칸 바닥에 철퍼덕 앉으면서 나는 슬비를 포함한 쓰촨 사람의 유연성에 감복하는 기분이었다. 외국인 일행을 내세워 거침없는 요구를 한 슬비도 슬비지만, 조금은 억지스러운 요구에도 아무런 막힘이 없이 대응한 젊은 승무원까지 어쩌면 저리도 지혜로운가!

그건 그렇고 외국인인 나도 일찍부터 등소평의 명성을 알고 있다. 그가 이끈 개혁적인 개방정책이 지난 세기 70, 80년대를 거쳐 오늘날 중국 경제 발전의 중요한 토대가 되었음은 아마 삼척동자도 다 아는 사실일 것이다.

등소평이 제창한 개혁 개방의 원칙은 보통 "흑묘백묘黑貓白貓 이론"으로 표현된다.

다음이 그 유명한 1962년 7월 7일의 등소평 발언이다.

"생산(경제)에 관해서는 어떤 형식이 제일 효과적인가, 이것이 중요하다고 본다. 농업생산력을 회복 발전시키는 데, 어떤 형식이 비교적 간단하고 빠를 것인가, 거기에 초점을 맞춰 그것을 채택하는 것이다. 민중이 원하는 방식이 있다면 바로 그것을 지지하고 만약 법이 장애가 되면 바로 법을 고쳐주자. … (만약 쥐를 잡는 것이 목적이라면) 누런 고양이든지 까만 고양이든지를 막론하고 쥐를 잡는 놈이 최고 아닌가."

이 발언에서는 황묘黃貓와 흑묘黑貓라고 했지만 나중에 고양이의 털색이 대비하기 쉽게 흑과 백으로 바뀐 것이다. 일설에는 쓰촨 지역에 "검둥이건 흰둥이건 쥐 잡는 놈이 진짜 고양이"라는 속담이 있는데 등소평이 이를 적절하게 인용했다고도 한다.*

사회주의라는 제도에는 그에 맞는 사상과 이념이 있고 그 속에 다른

....

* 또 다른 설로는 흑묘백묘 비유의 유래가 포송령蒲松齡의 『요재지이聊齋志異』에서 찾을 수 있다고 한다. 『요재지이』 속의 민간설화 중 「괴물을 쫓다驅怪」편에, "노란 살쾡이건 검은 살쾡이건 쥐 잡는 놈이 제일이다.黃狸黑狸, 得鼠者雄"란 구절이 나오는데 이 책의 애독자인 등소평에게 아이디어를 주었을 것이라는 추측이다.

제도를 들이기란 결코 쉽지 않은 일이다. 그러나 먼저 생각할 것은 민중의 행복이다. 이념에 맞추는 형식과 명분보다 민생 안정이라는 근본 목적에 충실하자. 이러한 발상에서 일체의 장애를 거둬낸 이 흑묘백묘론은 한마디로 일국의 미래를 생각한 과감한 용단이었을 것이다. 어쩌면 이것은 등소평이란 인물 개인이 가진 특별한 능력에서 가능했던 것인지도 모른다.

군이 또 하나 내 청두 경험에 비추어 덧붙이자면 여러 가지 상황 속에 나와 상대 모두를 위한 적절한 해결책을 찾고자 하는 일상의 유연성이 쓰촨 사람에게 배어 있고 그 미덕이 적시에 등소평이란 지도자를 통하여 국가대사에 발휘된 건지도 모른다. 어디까지나 내 생각이지만 말이다.

내 인생의 첫 고양이는 흰 고양이였다.

고양이는 내 청두 시절 중 맺은 기연奇緣 중 하나이다.

나는 그 고양이 이름을 '모모Momo'라 했다. 모모는 내 이름의 끝 자 '무茂'를 살짝 변형한 음으로 내 첫 아이디였으니 엄밀하게 말해 나는 고양이에게 내 별명을 물려준 셈이었다.

꼭 그래서는 아니겠지만 모모는 나와 많이 닮은 데가 있었다.

조용한 걸 좋아했고 추운 걸 싫어했다. 두부를 좋아했고 옥수수를 좋아했다.

닫힌 문 안에서 나와 아들이면 만족할 줄 알았다. 그런 만큼 예측불허의 집밖을 무서워했다.

손님이 오거나 해서 현관문이 열리는 기척만 있어도 후닥닥 집 안 깊숙이 숨어버리는 겁쟁이였다.

잊을 수 없는 내 청두의 기연奇緣_흰 고양이 '모모'　　　　　　　　필자 제공

이불 속이나 전기방석 위 같은 따뜻한 자리를 찾아 웅크리고 있으면
서 세상 행복해하는 모모를 보면, 나중에 커서도 쥐 같은 건 잡을
것 같지 않았다. 만약 쥐와 마주치면 잡을 생각은커녕 뒤도 안 돌아
보고 달려와서 이불 속으로 숨어버릴 놈이었다. 「흰 고양이 검은 고양이」

고양이 기르기는 처음이라 모든 고양이들이 모모처럼 밖을 두려워하는 걸로 여겼는데 알고 보니 밖에 나다니길 좋아하는 강아지 같은 고양이(즉 개냥이)도 있는 모양이었다.

이불 속이나 전기방석 위 같은 따뜻한 자리를 찾아 웅크리고 있으면서 세상 행복해하는 모모를 보면, 나중에 커서도 쥐 같은 건 잡을 것 같지 않았다. 만약 쥐와 마주치면 잡을 생각은커녕 뒤도 안 돌아보고 달려와서 이불 속으로 숨어버릴 놈이었다.

모모는 그런 놈이었다.

101번째의 돌사자와 달달박박恒恒朴朴

그믐밤의 달달박박

달도 없는 캄캄한 밤입니다. 그런데 고양이 달달박박이 생각에 잠겨 길을 걷고 있어요. 달달박박은 대체 무슨 생각을 그리 하고 있는 걸까요?

지금 달달박박의 머릿속은 온통 '부슬이'뿐입니다. 자신을 기다릴 부슬이에게 좋은 소식을 안고 돌아가겠다는 마음뿐입니다. 그러려면, 지금이라도 빨리, 집으로 가 주인아저씨 허락을 받아야 합니다. 그러나 그걸 어떻게 하겠어요? 불가능한 일입니다. 무엇보다도 다시 돌아갈 용기가 안 납니다.

주인집에서 쫓겨났던 그날 일을 생각하면 ….

추수가 끝나던 무렵이었습니다.

알곡으로 가득한 광에 쥐가 꼬일까봐 주인아저씨는 달달박박을 광에 밀어 넣고 지켜봤습니다. 그런데, 한심하게도 달달박박은 쥐를 보자마자 꼬리를 내리고 구석으로 피했던 것입니다. 주인아저씨는 그 모습에 화를 냈습니다. 일껏 키워놨더니 밥값도 못 하는 놈이라고요.

"에이, 밥충이, 겁보 같느니라고! 쥐한테 벌벌 기기만 하는, 저런 걸 고양이라고! 꼴도 보기 싫으니 나가버려!"

주인아저씨의 그 무서운 표정이라니! 어물거리다가는 주인아저씨 손에 들린 빗자루에 맞을 것 같았습니다. 때문에 달달박박은 뒤도 안 보고 뛰어, 집을 나왔습니다. 그리고는 다시 돌아갈 용기가 나지 않아, 차일피일 떠도는 중입니다.

떠돌이가 되기 전엔 몰랐습니다. 집 없는 고양이로 사는 게 얼마나 힘든지 말입니다. 마을사람들은 예전과 다르게, 달달박박을 보기만 하면, 아무것도 훔쳐 먹지 않았는데도 '저 놈의 도둑고양이'라고 쫓아내기부터 했습니다. 그런 일을 하도 많이 겪다 보니, 이젠 사람 발소리만 들리면 달달박박 쪽에서 지레 덤불이나 움푹 그늘진 곳으로 피하게끔 되었습니다.

모든 일을 혼자 힘으로 해결하려면, 이전보다 훨씬 더 담대해져야 하는데, 달달박박에게 그건 너무 힘든 일입니다. 어디서 푸드득거리는 새 날개 소리만 들어도, 오금이 저려 땅에 납작 엎드리게 되고 말거든요. 그러니, 항상 조마조마, 심장이 오그라붙어 버릴 것 같습니다. 걸핏하면 도망질치고, 숨고, 늘 배를 곯았습니다. 무엇보다 참을 수 없는 일은, 어디 한 군데 자리 잡고 편히 잠잘 수가 없다는 것입니다. 적당한 곳이지 싶어 엉덩이를 붙이고 있으면, 어디선지 임자가 나타나 눈을 부릅뜹니다.

그래도 행운이 전혀 없는 건 아니었어요. '부슬이'를 만난 것입니다. 드디어 여자친구를 만난 거예요. 눈이 파랗고, 털이 부슬부슬한 여자친구, 보자마자 그만 좋아졌습니다. 그런데 똑같이 떠돌이 신세인 게 분명한 부슬이가 오늘은 그럽니다.

"아기를 낳아야 해. 이제 곧 추운 겨울인데, 따뜻하고 아늑한 집이 있어야지. 떠돌이는 안 돼!"

그 말을 듣고 제일 먼저, 떠나온 주인집이 떠올랐습니다. 거기라면, 부슬이도 좋아할 것입니다. 무엇보다, 그 집이라면, 달달박박이 단순히 떠돌이가 아니었음을 증명해줄 것입니다. 부슬이를 데리고 주인집으로 다시 들어갈 수만 있다면 그보다 더 좋은 일은 없을 것 같습니다.

"걱정 마. 나를 믿으라구. 내게 하루만 시간을 줘!"

그런데 하루 사이에 대체 무엇을 해낼 수 있을까요? 자신은 이미 주인아저씨에게 쫓겨난 처지인데 … . 생각할수록 숨이 턱턱 막히는 기분입니다. 고민에 잠긴 달달박박은, 자신이 지금 어디로 가고 있는지, 얼마나 걸었는지도 모릅니다.

"야! 거기 서! 내 말 안 들려?"

귓가에 거친 목소리가 걸렸을 때, 달달박박은 또 깜짝 놀라 반사적으로 뛸 자세를 취했습니다.

"가지 마. 난 널 해치지 않아!"

그제야 주위가 보였습니다. 도대체 여기가 어디일까요? 어둠 속에서 거뭇거뭇 다리 난간이 보이고, 난간 위로 사자들 모습이 … . 아하, 알 것 같아요. 달달박박이 서 있는 곳이, 바로 마을 사람들이 말하던 '사자다리'인 게 분명했습니다. 마을 높은 지붕 위에서 보면, 멀리 강이 보이고 다리가 하나 길게 보였는데, 마을 사람들이 말하는 사자다리가 저긴가 했습니다. 사람들 말이, 사자다리는 아주 오래된 다리라 했습니다. 난간 기둥마다 돌사자상이 자그마치 백 개나 있어서, 사자다리라고 부른다는 것입니다. 분명히 그 사자다리 같습니다. 걷다 걷다, 어느새 여기까지 왔나 봅니다.

그런데 이 다리는 신기한 점이 있다고 합니다. 그게 말입니다, 다리를 세울 때 말이죠, 다리 양쪽 난간에 각각 오십 마리씩 해서, 모두 백 마리의 사자상을 올렸다는데, 그믐밤만 되면, 달도 없이 깜깜한 어둠 속에서 사자 한 마리가 슬그머니 늘어나 있다는 거예요. 그건 말도 안 되는 소리라고, 밥 먹고 하릴없는 사람들이 지어낸 이야기일 거라고 의심하는 사람도 있습니다. 그러나 그믐밤이면 사자상이 백한 마리가 된다는 주장은 여전히 수그러질 줄을 모른답니다.

어쩌면, 너 나 할 것 없이 바쁜 세상에, 사위가 어두운 그믐밤에, 마을에서도 뚝 떨어진 다리까지 나와서, 돌사자 머릿수가 백 개인지 백한 개인지, 그것을 세고 있을 한가한 사람이 없어서일지도 모르겠어요.

사실 그까짓 돌사자가 몇 마리건, 달달박박이 상관할 바가 아니지요. 제 발등의 불부터 꺼야 하는 마당에, 달달박박이 아닌 누구라도 돌사자 숫자 같은 거나 세면서 밤을 지새울 여유가 어디 남아 있겠어요?

"이름이 뭐냐?"

아까의 그 목소리입니다. 이상도 하지요. 앞뒤로는 꼼짝 않고 앉아 있는 돌사자들뿐인 다리인데, 말소리가 들리니 말입니다. 그래도 보이지 않는 적이 더 무서운 법입니다. 털끝이 일어서며 등이 곧추세워졌습니다.

"크하하핫, 내 목소리만 듣고도 등을 세우다니, 보기보다 겁보구나!"

"뭐야? 날더러 겁보라고?"

"아아, 미안미안. 그래도 겁보라고 말하니 효과가 있잖아. 이왕 가까이 왔으니 우리 친구하면 어때? 내 이름부터 말하지. 나 '촐랑방구'라고 해."

잔뜩 화를 내려던 달달박박이 푸하하 웃음을 터뜨리고 말았습니다. 세상에, 정말 괴상한 이름도 다 있습니다. 아무리 돌사자라도 사자 아닌가 말입니까. 동물의 왕, 사자 체면을 구겨도 유분수지, 이름이 그게 뭐냐구요, 촐랑방구라니요?

"듣기 이상한가? 나를 만들어 놓은 석수장이 어른이 지어준 이름이야. 그래도 난 불만 없어. 여기 있는 사자 중에서 이름이 달린 건 나 혼자뿐이거든. 그런데 거기 그만 웃고, 이름 좀 말하지?"

"내 이름, 달달박박."

"크, 크흐흐, 그 이름도 상당히 괴상한 걸, 흐흐, 난 또, 그쪽이 하도 웃길래 좀 고상한 이름인가 그랬 … ."

"무식하긴! 이래봬도 내 이름은 이 나라 옛 책에 나오는 이름이라구.『삼국유사』라고, 거기는 듣도 보도 못했을걸?"

사실 이제까지 한 번도 자신의 이름을 자랑스럽게 여겨본 적 없는 달달박박입니다. 그러나 어쩐지 촐랑방구란 이름보다는 훨씬 낫다는 생각이 듭니다. 이름을 설명하노라니, 주인집 형이 떠올랐습니다. 이름을 형이 지어 주었거든요. 주인집에서 달달박박을 제일 귀여워해주던 형입니다. 그 형이 공부 때문에 도시로 떠나지만 않았던들, 이렇게 어이없이 쫓겨나지는 않았을 것입니다. 그러자, 다시금 떠오르는 고민, ─ 여자 친구 부슬이는, 달달박박이 이제라도 돌아오지 않을까, 기다리고 있을 것입니다. 그 생각에 잠시 시무룩했나 봅니다.

"뭐야, 너도 지금 수수께끼를 푸는 중?"

촐랑방구가 뭘 아는 척 물어옵니다.

"난데없이 수수께끼라니? 뭔 말이래?"

"그게 아니면? 아까부터 널 지켜보았는데, 고개를 숙이고 생각에 골똘해서 걸어왔잖아. 너도 나처럼 수수께끼를 못 풀어 저러나 보다, 동지 의식을 느껴서 계속 불렀지. 그런데 너, '아침엔 네 다리, 점심엔 두 다리, 저녁엔 세 다리'라고 들어봤어?"

그거라면, 삼촌 방에서 들은 적 있습니다. 삼촌이 친구들하고 놀면서 물었었거든요.

"아하, 그것. 사람이야. 봐, 사람들은 아기 때 네 다리로 기다가, 좀 자라면 두 발로 걷지, 그리고 늙으면 지팡이를 짚고."

달달박박의 어깨가 으쓱해집니다. 사자보다 자신이 똑똑하다는 사실을 실감하는 드문 기회를 만났으니까요.

"오, 그거였구나. 고마워, 정말 고마워. 이제야, 가슴이 뻥 뚫리는 것 같아. 난 그걸 푸느라 잠을 한 달 내내 설쳤거든. 아무리 어려워도 한 달이나 걸리진 않았는데, 이건 너무 강적이었어. 아, 정말 시원하다. 오늘 너를 만나지 않았다면 난 아마 너무 답답해서 가슴이 뻥 터져서, 지금쯤 죽어 있을지도 몰라. 그러고 보니 네가 내 생명의 은인? 히야아, 친구, 이 은혜 뭘로 갚지? 거기, 원하는 거 있으면 사양 말고 말해 봐. 내가 이뤄 줄게."

과연 촐랑방구란 이름은 괜히 지은 게 아닌 모양입니다. 겨우 수수께끼 하나 푼 걸 가지고 어쩌면 저리도 호들갑일까요? 게다가, 다리 난간에 붙박여 있으면서 무슨 허풍이 저리 셀까요? 제까짓 게, 어쩌다 말은 할 수 있나 몰라도 결국 돌사자 아닙니까? 그런 주제에, 남의 소원을 이뤄주겠다는 터무니없는 큰소리까지 치다니. 그래도 그 말에 왠지 솔깃해지는 자신의 신세가 내심 초라해보여서, 더 짜증이 나는 달달박박입니다.

"됐어, 됐다구. 제자리에서 꼼짝도 할 수 없으면서 남의 소원을 들어주니 뭐니…, 그만 좀 하시지."

"친구, 날 못 믿는가? 이제 보니 겁보에 의심쟁이까지, 가지가지 하는군!"

달달박박은 방금 겁보라고 불린 게 두 번째라는 게 생각났습니다. 아까는 어영부영 넘어갔지만 이번에는 참을 수 없다는 생각이 들었습니다. 일순간에 앞발을 쳐들어, 사자 얼굴을 있는 힘껏 할퀴었습니다.

"크하하핫, 내가 돌로 만들어졌다는 걸 모르지 않을 텐데. 그만하라구. 간지럽기만 하다."

"날더러 겁보라고 한 말 당장 취소해!."

할큄질을 멈추었어도 분이 남아 씩씩거리는 달달박박입니다.

"응, 취소 취소. 화나게 했다면 미안해. 난 그저 날 믿어보란 뜻으로….."

"다신 날 그렇게 부르지 말라구! 그 말 때문에 내가 얼마나 상처를 받았는데."

달달박박은 울컥, 지난일이 생각나서 목이 멥니다.

"은인, 우는 거야? 장난이야, 난 사실 널 아주 용감하다고 생각한걸. 이제껏 내 목소릴 듣고 도망치지 않은 자가 없었거든. 내 옆으로 달려온 건 너뿐이었어. 내가 본 사람하고 동물을 통틀어 네가 제일 용감해. 그건 그렇고 너, 낮에 무슨 일이 있었던 모양이구나. 무슨 일이었는데? 나한테 말해주면 안되나?"

사자의 거친 목소리가 갑자기 부드러워집니다. 그 바람에 촐랑방구 머리칼을 어떻게든 후비려 했던 달달박박의 발톱 조임이 스르르 풀립니다. 달달박박은 온순한 태도로, 촐랑방구의 머리에서 내려와 나란히 앉았습니다.

"그 말 진심이야? 내가 용감하다고, 그런 말 처음 들어. 그것도 세상에서 제일 용감하다니. 사실, 나 말야, 겁보라서 집에서 쫓겨났거든. 마을에서도 제일 커다란 곡식창고를 가진 집이었는데 쥐가 너무 많아. 그래도 추수

전에는 나도 어렸고, 광도 비어 있어서 아무 일 없었지. 문제는 광에 곡식 자루가 쌓이고부터야. 내가 나서야 했지. 그런데 쥐들이 말야, 내 몸 만큼이나 큰 것들이, 여차하면 떼로 덤빌 것처럼 날 노려보는데, 오줌까지 지려서, 나도 모르게 뒷걸음질 쳐지더라고. 하필, 그때 주인아저씨가 광문을 벌컥 열고 들어온 거야. 그 길로 내쫓긴 거지, 뭐."

크하하하. 크하하하…. 촐랑방구가 웃음을 참지 못합니다.

"웃지 마. 친구라고 기껏 속을 털어놓는데, 비웃는 건 반칙 아닌가. 너 계속 웃을 거면 나 갈 거다."

큭. 촐랑방구는 겨우 웃음을 멈추고 입을 앙다뭅니다.

"알았어, 알았어. 쫓겨난 후엔?"

"여기저기 떠돌아다녔어. 그래봤자 마을 언저리지만. 그런데 부실이라고 여자 친구가 생겼어. 그애가 계속 떠돌아다닐 거면 그만 갈라서재. 그 말이 맞아. 곧 겨울도 되고 말야, 무엇보다 여자 친구랑 아기도 낳으려면…. 부실이랑 집에 돌아가고 싶어."

"잠깐! 친구, 집에 돌아가고 싶다, 그게 소원인 거지?

"소원? 그런 셈인 거지."

"됐네, 그걸 나한테 맡겨."

"뭐야, 또 농담? 기껏 털어놨더니. 에잇."

다시 열이 치솟습니다. 진즉 일어설 것을 괜히 시간만 버렸습니다.

"한 마디만! 내게 다 방법이 있다니까! 가더라도, 내 말을 일 분만 듣고 가. 일 분이면 돼."

촐랑방구가 급하게 말렸습니다. 그래서 다시 사자 옆에 주저앉은 달달박 박이고요.

출랑방구의 아침

해가 돋았습니다.

돋사자 출랑방구가 다리 난간에 바짝 엎드려, 양 볼에 가득 웃음을 머금고 있습니다. 그래봤자 그 표정을 알아보는 이가 있을 리 만무하지만, 간밤에 모처럼 몸을 풀어선지, 입이 자꾸 벙글어지는군요. 처음이야, 아침이 이렇게 상쾌하다니!

매번 그믐밤을 지새우고 난 다음날이면 몸과 마음이 찌뿌드드했습니다. 입이 댓 자나 나와서, 심심풀이로 수수께끼 하나를 얻어 듣고 잠을 청하려고 귀를 늘어뜨리는 게 다였습니다. 언젠가부터 안 사실인데, 늘 그 시간에 학교를 향해 다리를 지나가는 아이들이 저희들끼리 수수께끼 내기를 하곤 했거든요. 오늘도 그 소리를 들으려는 것입니다. 그런데, 이전하고 다른 점이 있다면, 설레고 즐거운 마음으로 수수께끼를 기다리는 거였지요.

"말해 봐. 사자하고 호랑이하고 싸우면 누가 이기게?"

"몰라. 뭐가 이기는데?"

"생각해 봐. 사자가 이길까, 호랑이가 이길까?"

오늘은 아주 쉬운 문제군요. 이런 문제라면 출랑방구도 금방 정답을 말할 수 있지요. 물으나마나, 힘센 놈이 이깁니다. 그리고 그 둘이 사이좋은 친구라면 싸우지 않을 거구요. 태어나 처음으로 문제를 듣자마자 답을 알았습니다. 이제 보니, 사람들이 내는 문제라고 죄 어려운 것만은 아니네. 간밤에 실컷 뛰어다닐 수 있었던 데다, 수수께끼마저 답이 바로 생각나다니, 출랑방구의 기분이 너무 좋습니다.

출랑방구 머릿속엔 어젯밤 일이 다시 떠올랐습니다. 출랑방구의 입에서 자기도 모르게 웃음소리가 새어나왔습니다. 흐흐, 흐으으.

지난밤은 정말 신났습니다. 달달박박이 일러준 대로 달려갔더니, 정말 넓은 마당에, 마을에서 제일 큰 광을 가진 집이 마을 끝에 있더군요. 쏜살같이 광의 높은 바람 창으로 날아 들어갔어요. 달달박박이 한 말들이 거짓이 아니었어요. 살찐 쥐들이, 세상 무서울 것 없이 한창 알곡들을 헤치고 있는 참이었어요. 어흐응! 고함소리 한번으로 그것들을 한쪽으로 몰아놓고는, 실컷 엄포를 놓았지요. 나중엔 모두 설설 기면서 구멍을 찾아 도망치더군요. 사자로서 그건 식은 죽 먹기나 다름없었습니다.

태어나 살면서, 지난밤처럼 신나는 밤은 난생처음이었습니다. 처음으로 외출이란 걸 했던 것이지요. 천 년 만인가. 그러고 보니 내 나이가 벌써 천 살이네. 석수장이가 자신을 돌에서 꺼내주었던 게 어제 일만 같은데 말입니다. 사자는 자신이 태어나던 날의 일을 떠올렸습니다.

존재의 비밀

옛날, 아주 아주 오래 전 일이었습니다.

돌다리 난간에 사자상 백 개를 새겨 올리라는 임금님 명을 받은 석수장이가 있었습니다.

사자마다 얼굴 표정도 몸동작도 각각 달라야 했습니다. 그래서, 석수장이 머릿속엔 늘 온갖 사자 모습으로 꽉 차 있었습니다. 그렇게 몇 달을 조각에만 매달리다보니, 너무 몰입했던 모양이에요. 촐랑방구까지 완성한 다음에야, 자신이 만든 사자상이 백 한 개라는 걸 알게 되었습니다.

"이런, 한 마리가 남는걸."

석수장이는 속정이 깊은 사람이었습니다. 정성을 다해 만든 자식 같은 작품을 이제 와서 필요 없다고 제치기는 싫었습니다. 게다가 맨 마지막 작품은 스스로 생각해도 너무 신기한 게, — 자신이 손을 대자마자 돌이 잠을 자다가 방귀라도 뀌는 것처럼 사자 한 마리가 풀썩 튀어나왔던 것입니다. 평생 돌을 만지고 살았지만 그런 일은 처음이었습니다. 그래서 대뜸 사자 이름을 출랑방구라고 지어주었습니다. 이름까지 지어주니, 그 막내 놈을 다른 형제들과 함께 다리에 죽 늘어세우고 싶은 마음이 굴뚝같았습니다.

"아무렇게나 버릴 수 없어. 그럼 너무 가엾지."

그렇긴 하지만, 다리 위 사자상이 모두 백 한 개라 보고하면, 재료로 준 돌덩이를 정확하게 백으로 나누어 재단할 줄도 모르는 어수룩한 석수장이라고 사람들이 쑤군댈지 모릅니다. 만약 이것을 빌미로, 자신이 사자상을 아무렇게나 대충대충 조각했다고 사람들이 의심을 해온다면…. 그런 소릴 들으면, 자신은 너무 억울할 것 같습니다. 어쩌면 그동안 석수장이가 임금님께 인정받는 걸 남 몰래 샘내던 동료들이, 기회는 이때다 하고 소문에 한 술 더 떠서, 없는 험담까지 지어내 떠들지도 모릅니다.

게다가, 이 나라에는 백이라는 숫자에 좋은 의미를 두어 존숭하는 풍속이 있습니다. 그런 전통에서 보면, 백과 백하나 사이에는 하늘과 땅만큼 엄청난 차이가 있는 것입니다. 무엇보다도, 임금님이 백 개를 조각하라고 명했으면 두 말 않고 백 개만 만드는 게 원칙입니다. 숫자를 늘리니 마니 주장했다간 제멋대로 하나 더 만들었다는 것이 들통 날 것이고 석수장이 주제에 나라의 길조吉兆를 망쳤다면서 무슨 날벼락을 만날지 모릅니다.

이를 어쩐다?

하나 남는 돌사자를 두고 고민을 하느라, 석수장이의 일손이 자꾸 더딥니다. 가끔씩 일손을 멈추고, 석재원료를 캔 자리로 인해 바위 속살이 하얗게 드러난 앞산을 바라봅니다.

다리에 올리지 못할 바엔 저것을 캐왔던 자리 앞산 어디쯤에 다시 가져다 묻어줘 버릴까. 산신령님이 보시기에 어느 쪽이 나을까?

이런저런 생각에 골몰하여서 하는 일이니 속도가 느린 것입니다.

그런데, 이게 웬일일까요?

백 개째 사자를 다리 난간에 올리고, 이제 남은 출랑방구 녀석을 어떻게 해야 하나 ― 석수장이가 고개를 돌렸는데 출랑방구가 안 보이는 것입니다.

놓여 있던 자리에서 사라져 버린 것입니다. 석수장이가 아무리 샅샅이 주위를 살펴보아도, 도무지 찾을 수가 없었습니다. 귀신이 곡할 노릇이었습니다. 작업장에 딱히 의심이 갈 만한 사람도 없었을 뿐더러. 들고 가자면 어지간한 장정 혼자도 벅찰 무게의 돌덩이를, 그것도 이런 대낮에 도대체 누가 감히 훔칠 수 있단 말입니까?

허어, 그놈. 내가 제 놈 때문에 고민하는 걸 알고, 제 발로 사라져 준 모양이네그려. 이 애비한테 인사조차 없이. 녀석도…. 아무튼 처음부터 신기한 녀석이었어. 그런데 애비가 제 놓일 자리 하나 못 만들어준다고 섭섭해서 가버린 건가?

막상 떠났다고 생각하니, 석수장이 속마음이 싸합니다.

이렇게 허전할 수가. 츳!

넝쿨째 호박이

츳! 석수장이 어른이 혀를 차는 소리가 아직도 귀에 울리는 것 같습니다.

허전하다는 그 혼잣말쯤에서야 촐랑방구는, 석수장이 어른에게조차 자신의 모습이 전혀 보이지 않는다는 걸 알았습니다.

그렇다면 아까 산할아버지의 말이 참말이었던 걸까요?

방금 전에 산봉우리로부터 하얀 수염을 늘인 노인이 내려와 촐랑방구를 들어 올리며 말했던 것입니다.

"네가 바로, 석수장이를 걱정시키는 그 촐랑방구란 녀석이렸다? 석수장이 정성을 봐서, 내가 널, 누구 눈에도 보이지 않게 해서, 여기 앉혀주기로 하마. 그래서 좀 답답할 게야. 대신 그믐밤만은 네게 모습을 줄 터이니, 네 자리 지켜주겠다는 놈이 있으면 그러라 하고, 실컷 놀려무나. 그러나 명심해서 새벽닭이 세 번 울 때까진 돌아와 앉도록 하여라. 그렇지 않으면 네 앉을 자리도 너도 그날로 사라지고 말 게야. 알겠느냐."

촐랑방구로선, 석수장이가 자신을 못 보는 게 아쉬웠지만 그래도 어쨌든 산할아버지 덕분에, 무사히 다리 위에 자리 하나 차지하고 앉을 수 있으니 다행이다 하고 한숨을 내쉬었지요.

　　그러나 다리위에서의 나날은, 생각보다 너무 답답하고 고적했어요.

　　그믐밤에 나타나 촐랑방구 대신 자리를 지켜주겠단 친구를 만날 수 없었거든요. 어둔 밤에 사자 소리만 듣고도, 사람들은 물론, 지나가던 날짐승 길짐승까지도, 에쿠, 무서워라 하고 뒤도 안 돌아보고 도망을 쳤으니 말이에요.

　　그런데 어젯밤은 호박이 넝쿨째 굴러온 것일까요.

　　인내는 쓰나 열매는 달다고 했던가요? 이 세상은 우선 참고 기다릴 줄 아는 놈이 제일이라고 누군가 말하더니, 그 말이 맞았어요. 이렇게 달달박박을 만나게 될 줄 어떻게 알았겠어요!

　　어떻게 생각해도, 촐랑방구와 달달박박이 만나 친구가 된 건, 너무나 잘된 일입니다.

　　보나마나, 지금쯤 주인집 뜨락 양지 아래 부슬이와 단잠을 자고 있을 달달박박도 그렇게 생각하고 있을 것입니다. 일부러 다시 물어볼 필요도 없습니다. 둘은 이미 친구니까요.

　　행복합니다, 친구가 생겨서 행복합니다.

낙산대불 樂山大佛

나라는 사람은 외출보다 집에 있는 것이 좋다.

특별한 외출이 있으면 그만큼 망설임도 크다. 꼭 가야 하는가. 외출이 정말 가치로운가. 이러한 자문자답을 거치곤 한다.

그런 내가 겨울 어느 날 문득 집을 나섰고 낙산樂山에 도착했고 산 정상에 올라 사진으로 친숙했던 대불大佛의 정수리를 마주하게 된다.

그 순간 내 입에서는 '백문이 불여일견이다百聞不如一見'라는 속담이 튀어나왔다. 백 번 전해 들어도 와닿지 않더니 눈앞에 진면목을 두고서야 가슴에 탁 하고 닿는 것. 여기에 이 말 말고 무슨 말을 보태랴.

오길 잘한 것 같아. 정말이야.

대불이 있는 쪽으로 산길을 걷는데 그런 확신이 들었다. 아직 겨울인데도 산비탈 양지에는 작은 들풀이 파릇파릇하고, 간혹 굵은 나무뿌리 밑으로 식물들의 잔뿌리가 포실포실한 흙 사이로 얽혀서 대지의 포근함을 그대로 드러내고 있었다.

이것이 얼마 만인가.

높은 산 낮은 산 할 것 없이 산길 따라 걷다보면 일부러 주의하지 않아도 보게 되는 이런 소소한 발견 말이다. 국토의 70퍼센트가 산이라는 한국에서 나고 자란 내가 아닌가. 산길 자체가 한국인인 나에게 주는 묘한 친숙감, 게다가 어린 시절에 살던 곳은 몇 걸음만 걸으면 바로 뒷동산이었다. 그래서 산은 놀이터 대신인 적도 많았다. 그 '산길'의 기억이라는 게 몸 안에 기억되어 있었던 건지, 낙산에 오르는 그 산길에서부터 내 마음은 너무나 상쾌해져 있었다.

다 오르기도 전에 마음이 다 열렸다. 그렇게 절벽 위에 당도했고 인파 속에 끼어서 부처님 뒷머리를 보게 된 것이다.

크다!

이 부처님은 대체 얼마나 크신 분인가.

누구랄 것 없이 여행객 모두가 아래를 굽어보며 헤아리는 중이다. 그러고는 부처님 발아래로 가려면 산굽이를 돌아야 한다는 걸 알게 되고 발길을 재촉한다. 그건 대불의 머리끝에서 발밑으로 내려갈 수직 코스는 없어서이다. 대불에서 멀어져 산을 아래로 감돌듯이 내려가는 것이다. 앞에 가는 행렬을 쫓아 구불구불한 길을 한참 따라가다 보면 종국에 부처님의 발치 아래 설 수 있다. 발치에 서서야 대불의 전모를 제대로 우러러볼 수 있다. 불상이 웅장함은 변함없지만 위에서 내려다보는 것과는 사뭇 다른 느낌이다. 대불의 '대人(크다)'라는 수식어가 조금도 틀리지 않는 자체가 실로 감동이다.

"듣던 대로 대단하구나!"

낙산대불이야말로 과연 명불허전이라고 감탄하지 않을 수 없었다.

낙산의 부처님은 산덩이를 커다란 일인용 소파로 삼은 형세로 앉아있다.

부처님의 발아래로는 강줄기가 감돌고 있다.

강물 위로 유유히 배 한 척이 흘러가고 있다.

뱃전에 유람객들이 서서 불상을 향해 한껏 손을 흔들고 있다.

강물이 지척에 흐르고 있는 걸 보니 여주 살 때 자주 찾았던 신륵사가 생각났다.

신륵사는 과거 남한강이 중요한 수로로서 작용할 때 상당히 번영했던 불교 사찰이다. 조선 시대까지만 해도 돛단배들이 사람들을 태우고 물자를 싣고 강을 오갔으며 절 가까이 큰 포구가 있었다. 절 마당 바깥쪽인 강가 암반 위에는 고려 때 세워졌다는 전탑이 있다. 높은 건물이 별로 없던 옛날에는 강에서도 들판에서도 탑을 표지 삼아 절을 찾아오는 사람들이 많았다고 전해진다. 강 쪽에 세운 걸로 보아 신륵사 앞을 지나는 배들에게는 탑이 등대와 마찬가지 아니었을까 싶다. 누군가는 사찰에 직접 찾아와 행운과 무사고를 기원했을 것이지만, 누군가는 뱃전에서 탑을 표지 삼아 안전 항해를 기약했을 것이다. 그리고 보니, 옛날 사찰들이 그저 단순히 종교 수행만을 위해 지어진 것만은 아니라는 말을 어디선가 들은 것도 같다.

낙산대불의 불사佛事도 강물의 수재를 막겠다는 큰 목적에서 시작되었다고 한다.

'그래, 옛 선인들이 일부러 강가의 산을 깎아 부처님을 앉힌 데는 깊은 뜻이 있었을 거야.'

듣기로는 천 년도 이전 당나라 때, 강물이 순하게 흘러가길 바라는 백성의 기원으로 새겨진 불상이라고 한다. 강줄기를 지키고 앉아 계신 큰 부처님을 바라보면서, 나는 쓰촨 사람들의 웅숭깊은 신심에 경배하고 싶은 심정이 되었다.

돌이켜보면 나는 대륙 문화의 '크다'는 특징에 모종의 오해를 품고 있었던 것 같다. 오직 물질적 크기에 집착한 것으로 여기기도 했던 것이다. 사실은 그게 아니었다. 낙산대불 앞에 서서야 제대로 인식한 것이다. '대불'이 단지 크다는 것에만 의미를 둔 게 아니라는 것, 즉 자연재해를 신앙심으로 극복하고자 하는 민중들의 기원과 정성이 모여 이루어진 결정체라는 걸 깨달았다. 크다는 것의 진정한 의미는 민중의 마음에 있었다.

즉 진심의 크기, 단결의 크기였던 것이다.

내가 정녕 찬탄하지 않을 수 없었던 것은 바로 그런 것, 대대손손 무수한 무명의 민중이 자신의 땅을 지키고 가꿔온 정성에 대해서이다. 현실과 싸우는 민중들이 새겨온 마음의 역사는 그게 어느 나라의 강산이든 우리를 숙연하게 감동시킨다. 직접 그 나라에 당도해 그러한 마음에 접촉하게 되는 순간, 보이지 않는 정신적 공명이 일어난다.

낙산에서 내가 백문이 불여일견이라 되뇌던 순간이 바로 그랬다.

부상수扶桑树

「달을 보며古朗月行」

이백李白

어릴 땐 저 달을 그냥
뽀얗게 빛나는 옥쟁반이라 여겼네.
신선이 보는 거울이라 하늘 위에 걸렸는가,
아니면 신선이 둥그렇게 말아놓은 계수나무던가.
달이 자꾸 작아지는데 두꺼비는 계속 삼키고,
누구 줄 약이라 옥토끼 하냥 방아를 찧고 있나.
궁금증 쌓이는 사이 동이 트곤 했다네.

그 옛날,
후예는 아홉 마리 까마귀를 쏘아
천상과 인간이 이처럼 안온한 것을.
어린 나는 그저, 달이 매일 밤 줄어듦에,
행여 없어질까,
맘 졸이길 몇 해였나.

小時不識月, 呼作白玉盤. 又疑瑤台鏡, 飛在靑雲端.
仙人垂兩足, 桂樹作團團. 白兔搗藥成, 問言與誰餐.

蟾蜍蝕圓影, 大明夜已殘. 羿昔落九烏, 天人淸且安.
陰精此淪惑, 去去不足觀. 憂來其如何, 凄愴摧心肝.

집에 텔레비전도 없던 어린 시절엔 밤하늘 보기를 즐겼다.

달은 한 달을 주기로 매일 그 떠오르는 시간도 방향도 그리고 모양도 다르다. 초승달이 점점 커져서 반달이 되었다가 보름달이 되면 그 보름달에서 점점 작아져서 그믐달로 변한다.

나 어릴 적, 어른들은 달을 가리키며 저 달나라엔 계수나무가 있고 그 아래서 옥토끼가 쉬지 않고 방아를 찧고 있다고 했다. 그래서 커다란 계수나무 한 그루와 옥토끼를 달 속에 그려 넣곤 했지만, 항아嫦娥님에 얽힌 달나라 이야기는 별로 들은 기억이 없다.

어쩌면 듣고도 잊었을 수 있다. 그러나 더 큰 이유는, 1969년 미국이 쏘아 올린 아폴로Apollo 11호 때문이다. 달 탐사선 뉴스는 우주 탐사 역사상 첫 쾌거라서인지 당시 한국에서도 엄청난 열풍을 일으켰다. 지금껏 내 기억에도 선명한 발자국, ― 우주복에 맞춤한 그 금속성의 신발바닥이 달 표면을 움푹하게 누른 그 특이한 발자국 말이다. 그것은 학교에서 우리들에게 한 장씩 나눠준 기념엽서에 박힌 사진이었다.

대체 어디에 달나라 궁전이 있고 계수나무가 우뚝 서 있단 말이야?

사진 속의 달 표면은 황량하기 그지없었다. 떠들썩한 과학 문명이 신화의 세계를 희미하게 한 것이다.

• • • • •

"항아님과 후예後羿는 부부랍니다."

대학원생 소아小娥, Xiaowo한테서 배운 게 많다.

하루는 소아에게 그녀의 이름이 어떻게 지어졌냐고 물었다. 소아가 대답하길, 자기 엄마가 아기를 낳고 깨어날 때 달력에 그려진 항아님이 눈에 들어와 항아의 '아'를 따서 이름을 지었단다.

"아아, 항아? 달 속에 산다는 선녀 말이죠?"

내가 아는 체를 했다. 그러자 소아가 항아님이 왜 달에 사는지도 아느냐, '후예사일後羿射日'이라고 후예가 해를 쏘아 떨어뜨린 이야기도 들어봤냐고 물은 것이다. 후예가 바로 항아의 남편이라고 관계를 설명해주면서 말이다.

거기까지는 모른다고 하니 '달나라 항아님' 이야기를 들려줬다.

• • • • •

옛날, 하늘에 열 개나 되는 태양이 하늘에 떠 있었다. 하나면 족할 것을 열 개나 불타고 있으니, 대지는 말라가고 사람들은 뜨거워서 도저히 살 길이 없었다.

이때 후예라는 활을 잘 쏘는 영웅이 나타나 필요 없는 태양 아홉 개를 다 쏘아 떨어뜨렸다.

하늘에 태양이 하나만 남으니, 천상과 인간계 모두 후예를 영웅이라고 칭송하게 되었다. 존경받는 영웅으로서 후예는 아름다운 항아님과 부부로 맺어졌다.

천상계의 왕모여왕王母娘娘님 역시도 후예를 기특히 여겨 신선만 먹는다는 불로불사不老不死의 약을 하사했다. 후예는 항아에게 그것을 잘 간직하라고 맡겼다. 그런데 그 영약靈藥을 노리는 나쁜 놈이 후예가 없는 틈에 숨어들어 항아를 위협했다. 진기한 약을 뺏길 것 같은 찰나에 항아는 재빨리 약을 입에 넣고 삼켜버렸다.

한번 삼켜진 약은 빼앗을 수 없으므로 나쁜 놈은 물러났지만 문제는 항아님이었다. 약의 효과가 발생하면서 인간의 몸이 불시에 신선으로 화化한 것이다. 불로불사의 선단仙丹이란 먹으면 그대로 신선이 되어 하늘로 오르는 것이어서 항아님은 후예와 작별할 시간도 없이 천상계로 이동하게 되었다. 뜻하지 않게 사랑하는 낭군과 헤어지게 된 걸 안 항아님은 당황하여 천상 중에서 그나마 낭군이 있는 지상에서 가장 가까운 달을 택하기로 했다. 달에서라면 낭군의 모습을 볼 수 있을 것 같아서였다. 그렇게 해서 항아님은 달나라 광한궁廣寒宮에 머물게 되었다.

· · · · ·

한국의 남원에는 광한루廣寒樓가 있다. 광한루는 원래 1419년 남원으로 유배 온 황희 정승이 세웠다고 한다. 처음에 누각의 이름은 광통루廣通樓였다. 그러다 세종26년(1444), 하동부원군이었던 정인지에 의해 광통루란 이름이 광한루로 고쳐 불리게 된다. 정인지가 이름을 고친 데에는 이유가 있었다. 그는 이곳의 아름다움이 마치 미인 항아가 사는 월궁月宮 속 '광루청허부廣樓清虛府'와 같다고 했다.

우리에게 널리 알려진, 조선 시대의 사랑 이야기인 『춘향전』에는 이몽룡과 춘향의 사랑이 싹트는 과정에서 바로 이 광한루가 중요한 배경으로 등장하고 있다.

· · · · ·

중국 고시가古詩歌를 많이 아는 바도 없는 내가 인상 깊게 여겨 몇 번이고 옮겨 써놓는 구절이 있다.

"너무 높아 견딜 수 없을 한기寒氣이리니 高處不勝寒."

― 소식蘇軾의 시 『밝은 달은 언제明月幾時有?』

여기서 '고처高處'는 높은 달, 인간세계에서 동떨어진 그곳의 서늘한 냉기를 연상시킨다. 신화 속 항아님의 입을 빌리면 그곳은 광한궁이다. 그녀는 비록 선녀로서 인간계를 떠나 천상의 궁궐에 머물지만 사랑하는 님을 멀리 두고 쓸쓸함에 견디기 너무 힘든 곳이다. 때문에 "고처불승한 高處不勝寒"을 두고 이렇게 비유하기도 한다. 어떤 분야에서 최고의 도달점에 이른 일인자는 고독할 수밖에 없다. 어쩌면 소동파 자신도 그러했으리라.

근래에 우연히 들은, 장성蔣檉 작사의 중국 노래 「광한궁廣寒宮」이 있다.

광한궁의 적막 속에 갇힌 그녀廣寒宮闕之中/鎖著她的寂寞

그녀가 바로 항아였던 것이다.

원래 신화 속의 달은 적막과 그리움으로 가득 차 있었구나. 그런 거였구나!

• • • • •

후예는 아내가 그리워 밤이면 달을 보곤 했다. 그러나 우리에게 후예는 아홉 개나 되는 해를 활로 쏘아 떨어뜨린 영웅 중의 영웅이다.

지구와 인류를 구한 후예의 멋짐은 그리스 로마 신화에 나오는 프로메테우스Prometheus에 비견할 만하다. 전자는 태양의 수효를 줄여줌으로써 후자는 인류에게 불을 가져다줌으로써 널리 은혜를 베풀었다.

그건 그렇고, 나는 열 개의 해와 관련하여 '부상수扶桑' 이야기를 접했다.

소순蘇洵·소식蘇軾·소철蘇轍, 세 문인을 모신 사당_삼소사三蘇祠　李澤梅 제공

… 때문에 "고처불승한高處不勝寒"을 두고 이렇게 비유하기도 한다. 어떤 분야에서 최고의 도달점에 이른 일인자는 고독할 수밖에 없다. 어쩌면 소동파 자신도 그러했으리라.

중국 학자 한승韓昇의 논문집인 『해동집海東集』 안에 수록된 「부상, 일본 그리고 해동扶桑, 日本與海東」에서였다. 사실 이 논문집은 연구 과제를 정하지도 못하고 정체되어 있는 나를 안타깝게 여긴 H 교수의 특별한 선물이었다.

『산해경山海經』에서는 부상수가 태양의 나무라고 말한다.

끓어오르는 물속에 부상수가 솟아 있고, 그 부상수에 열 개의 해가 깃들어 있는데(부상수 한 가지마다 태양 하나와 태양새 한 마리씩 달려 있다.) 매일 번갈아서 한 개의 해만 띄우기 위해, 태양이 달린 부상수의 아홉 개 가지는 아래로 내려뜨려져 물에 잠겨 목욕을 하고 나머지 한 가지만 위로 올려진다.*

부상 나무는 대체 얼마나 거대할까?

나무 한 그루가 바다에 뿌리를 두고 있으면서 한 가지를 들어 올리면 바로 천공 위에 해가 뜬다는 것이니 그 크기는 상상하기만도 벅찰 정도다.

부상의 바다는 동쪽에 있다. 당연한 것이 해가 뜨는 쪽이 동쪽이 아니던가. 그래서 사람들 가슴 속에는 멀고 먼 동쪽에 대한 무한한 동경이 들어찼을 것이다.

그래서였을까, 부상의 바다도 신선의 섬으로 알려진 '봉래蓬萊'도 동해 어딘가에 있다고 믿어졌다.

---

* 『山海經 · 海外東經』: "湯谷上有扶桑, 十日所浴, 居水中.九日居下枝, 一日居上枝."
  『山海經 · 大荒東經』: "汤谷上有扶木, 一曰方至, 一曰方出, 皆載於鳥."

「잡시雜詩」

이백李白

해와 달은 낮과 밤을 부지런히
유유한 시간 속에 쉴 새 없으니,
하물며 인간이 어찌 안온한 영원을 바랄까.
그런데 저 멀리 바다 가운데
봉래산이 있다지.
옥으로 된 나무에 푸른 잎 신선과神仙果,
신선이 아니면 갈 수 없는 곳.
열매 하나 먹으면 검은 머리 그대로고
두 개 먹으면 젊은 얼굴 영원하다네.
나는 정녕 그곳으로 가고 싶어
가면 다시는 돌아오지 않으리.

白日與明月, 畫夜尚不閑. 況爾悠悠人, 安得久世間.
傳聞海水上, 乃有蓬萊山. 玉樹生綠葉, 靈仙每登攀.
一食駐玄髮, 再食留紅顔. 吾欲從此去, 去之無時還.

　해가 솟는 동쪽 방향에 대한 동경심은, 중국 동해에 있다는 봉래蓬萊 방장方丈 영주瀛洲라는 신비한 섬이 있다는 믿음으로 나타났다.*

　재미있는 것은, 이 신선의 섬 중 '영주'라는 지명과 한반도 남쪽의 제주도가 무관치 않다는 점이다. 제주도의 옛 이름이 바로 영주였다. 그리고 지금 제주도에 '영주산瀛洲山'이란 산 이름이 보인다.

····················

* 『사기·봉선서』에는 봉래·방장·영주라는 이 신선산은 모두 발해(勃海) 가운데 있다고 전한다고 쓰여 있다. 『史記·封禪書』, "蓬萊, 方丈, 瀛洲, 此三神山者, 其傳在勃海中"

신선이 사는 섬에 불로장생의 신선과가 있다는 이 오랜 전설과 관련해서 생각나는 것은 '서복徐福'의 항해 자취이다.

서복은 중국 진시황제秦始皇帝 시대의 인물이다. 산둥 지방 출신인 도사道師 서복은 진시황제에게 불로초不老草가 있다는 믿음을 준다, 그 때문에 불로초를 구해오는 항해의 책임자가 되어 동남동녀童男童女들을 배에 태우고 동쪽으로 출항한다.

서복이 제주섬에서 원하던 약초를 채취해 황제가 기다리는 서쪽으로 돌아갔다. ― 이것이 제주의 '서귀포西歸浦'란 지명 유래이다. 즉 '서복이 서쪽으로 돌아간 포구'라는 뜻으로 서귀포라 불렀다는 것이다. 약간 다른 해석으로는 원래 처음엔 서복이 돌아간다고 해서 '徐歸'로 썼다가 한자의 독음이 같은 면도 있어서 점차 '서쪽으로 돌아가다西歸'로 바뀌었단다. 이처럼 불로초가 있는 신선의 섬 영주가 제주도를 가리킨다는 해석도 없지 않았다.

그런데 중국이나 일본에 전하는 서복의 전설은 다르다. 진시황에게 불로초를 가져다드리겠다고 큰소리를 쳤던 서복은 끝내 중국으로 돌아가지 못했다는 게 중국의 기록이다. 한편 일본국에는, 서복이 빈손으로 진시황에게 돌아가는 대신 일본에 정착했다는 전설이 내려오고 있단다.

학자 한승은은 바로 발해 너머 동쪽에 대한 중국의 신화에서 출발하여 태양의 나무 '부상'이 있는 나라, 즉 '부상국扶桑國'은 과연 어디인가를 묻고 있다. 그곳이 곧 한반도인가, 일본국인가? 문헌 고증을 통한 탐구가 글의 중심 내용인데, 그 결론과 상관없이 나는 그의 문장을 통하여 나 자신에게서도 '극동極東'에 대한 알 수 없는 끌림이 있음을 시인하게 되었다.

지도상 지구의 가장 동쪽에 자리한 일본국.

그래서 국명을 '일본日本'이라 했다. — 태양의 나라.

그 옛날 일본국 천황이 쓴 아주 멋진 문구 하나가 중국의 역사서에서 발견된다.

해 뜨는 나라의 천자가 해지는 나라의 천자에게 안부를 묻습니다.[*]

日出處天子致書日沒處天子無恙.　　　　　　『隋書』卷81『東夷 矮國傳』

'대업大業' 3년(607), 수양제에게 왜국矮國(지금의 일본)에서 보내온 서신의 첫 구절이었다. 수양제는 일단 '해 지는 나라'가 마음에 안 들었고, 주변국에서 '천자'라는 칭호를 대등하게 사용하는 것도 예의가 아니라고 여겼다고 한다. 그 때문에 왜왕의 두 번째 친서에서는 호칭을 조금 고치고 겸손한 뜻을 보이도록 신경 썼다고 한다.

"동쪽 나라의 천황이 서쪽 나라의 황제에게 경의를 표합니다."

이 친서에서 중시할 것은 일본국이 자국에 "해 뜨는 나라日出處"라는 방향감이 대두된 점이다. 역사적으로도 바로 그 무렵에 국명이 '왜矮'에서 '일본'으로 바뀌었다. 학자 한승은 그 원인을 6세기 이후 일본에 융성하기 시작한 불교 문화의 영향으로 보았다. 불전佛典에 나타나는 '해의 운행 방향을 근거로 한 방위 개념'이 일본인의 사고에 영향을 주었을 것이고, 그것이 일본 전통의 태양신 숭배 사상과 융합되었을 것으로 추론한다.

....

[*] "東天皇敬白西皇帝."(608, 『日本書記』 卷22)

그랬구나, 그런 거였구나.

신화에 얽힌 태양나무에서 비롯된 호기심으로 출발하여 중국과 한반도 그리고 일본국으로 이어지는 외교적 교류와 불교 문화까지 한눈에 알게하는 문장 앞에서 나는 뭐라 형언할 수 없는 자극을 받았다. 먼저 태양과 태양이 뜨는 동쪽에 대해 알고 싶은 고대인의 열망이 여전히 내 안에 있다는 확인이 있었고, 또 하나는 한 사람의 한국 유학생으로서 동아시아 역사를 고정 관념에서가 아닌 보다 열린 시각으로 바라볼 필요성을 느낀 것이다.

$$\bullet \ \bullet \ \bullet \ \bullet \ \bullet$$

중국에서도 서남부 내륙인 쓰촨의 고대에 찬란한 태양 문화가 꽃피었다는 사실을 아는가.

나는 그것을 '금사金沙 유적지'에 갔던 날 처음 알았다.

사실 박물관 입구에 서 있는 금판 원형의 태양 도안 앞에서 기념사진을 찍을 때만 해도 그 문화적 의미가 와닿지 않았다. 전시실에 진열된 고대 유물 한 점 한 점을 보면서 그것들이 하나의 제사의식으로 머릿속에서 조합되면서야 모든 게 확연해졌다. 이 땅에 살던 고대인의 삶이 얼마나 웅혼했는지가 상상되었다. 쓰촨의 선인들은 어느 누구보다 태양이 풍요를 가져옴을 알고 있었다. 그렇지 않다면 어떻게 저만한 지성至誠으로 '태양'을 섬길 것인가.

주의 깊게 황금으로 된 태양 도안을 본다.

도안 속에 정교하게 새겨진 새가 바로 태양을 상징하는 새 삼족오三足烏이다!

삼족오는 다리가 세 개인 까만 새로 털빛이 까매서가 아니라 해를 등지고 있기 때문에 검게 보이는 걸 표현했다는 설도 있다. 중국에선 4천 년 전의 고대 토기에서도 그 문양이 발견되었다는데, 청두의 이 고촉古蜀 문명은 대략 3천 년 전의 것이라 한다.

한편 나는 중학생이던 시절 역사책에서 삼족오 그림을 보았다. 고구려 고분벽화 사진이었다. 이미 시공을 초월하여 동아시아 전역에 받아들여진 태양새였던 것이다. 그때나 지금이나 하얀 태양광선에 까만 삼족오의 대비가 너무도 강렬하여 감동적인데, 태양새 삼족오 앞에서 한국에서 자란 한 소녀도 중년의 유학생도 똑같이 경건한 마음이다.

• • • • •

얼마 지나지 않아 나는 드디어 신성한 나무 부상수 앞에 당도한다.

쓰촨의 삼성퇴三星堆 유적지 박물관에 온 것이다. 이곳은 청두시에서 불과 40킬로미터 떨어진 곳으로 진사 유적과 함께 고촉 문명의 중요한 증거이다.

나는 어쩌다가 쓰촨에 와서 이런 '신수神樹'까지 직접 보게 되는 걸까.

지구상에는 이름만 달리할 뿐 '우주수宇宙樹' 신화가 널리 전승되어 있다고 한다. 이 부상수는 말하자면 고대 쓰촨의 우주수이리라. 간혹 하늘을 찌를 듯한 산봉우리를 통해 하늘과 땅을 잇는 상상의 나무를 연상한 적도 있지만, 내가 실제로 우주수에 해당하는 고대의 작품을 감상할 날이 오리라고는 생각해본 적이 없다.

이 청동수青銅樹는 내가 상상했던 어떤 우주수보다도 정교해서 입을 쩍 벌린 채 한참이나 눈을 딴 데로 돌리지를 못했다. 전문적인 발표 문장에 따르면, 청동으로 만들어진 이 부상수의 높이는 3.96미터에 달하고 지금까지 발굴된 인공물 중 가장 키가 큰 나무라고 한다. 무엇보다 주목할

점은 삼성퇴 부상수의 모양이 『산해경山海經』의 기록과 너무나도 부합하고 있다는 점이다.

청동 부상수는 가지가 솟아난 층이 세 층으로 나뉘어 각 층마다 가지 세 개씩을 가져서 아홉 개의 가지이며 아홉 개 각각에 태양새가 있어 아홉 개의 태양을 나타낸다. 이것은 『산해경』에 나타난 문장처럼, 나무에 머무는 태양은 아홉 개로 바다에 잠겨 있고 나머지 한 개만이 나무 바깥 즉 천공에 떠오른 것이라 생각할 수 있다.

삼성퇴 유적 박물관에는 외계인을 연상시키는 눈이 앞으로 크게 불거져 나온 인면상人面像이라든지 고대 신앙을 엿보게 하는 제사祭祀 문화 등, 진열되어 있는 고대 유품들이 주는 울림이 너무나 컸다. 나는 비교적 옛 물건을 좋아하는 편이지만 그래서 대강 어느 정도의 학습을 하며 참관하는 사람이지만, 삼성퇴는 여러 면에서 내가 가졌던 예상을 완전히 뛰어넘었다.

예상하지 못했던 만큼 경이감에 휩싸인 나는 그대로 5천 년 전으로 연결된 터널로 들어서는 기분이었다.

이런 감상은 나만의 과장이 아니다.

한국의 어느 저자도 삼성퇴 박물관을 말하며, "이 박물관이 있는 한 쓰촨의 문화는 무궁하리라!"[*]라고 극찬하고 있었으니까.

• • • • •

미래의 어느 날 내가 어린 손주를 무릎에 앉히는 날이 오면 나는 꼭

---

[*] 권석환·김동욱·심우영·정유선·김순희 외, 「고촉 문명의 신발견 – 삼성퇴박물관」, 『중국문화답사기 3 : 파촉지역의 천부지국을 찾아서』, 다락원, 2007. 이 글의 인용 출처는 '네이버 지식백과'임.

이 부상수, 쓰촨에서 본 태양의 나무에 대해 이야기를 들려줄 것이다.

옛날 옛날 동해 바다 가장 동쪽인 어디쯤에, 하늘까지 솟은 아주 아주 커다란 나무가 있었단다. 그 나무 이름이 '부상'이었단다. 나무가 가지를 쳐들면 그대로 구름을 뚫고 하늘에 닿았어. 그런데 이 부상수에 열 개의 태양이 깃들어 있었던 거야. 한 가지를 올리면 그 위의 태양새를 따라 가지 끝의 해님이 하늘길을 따라가며 이 세상을 비추고, 다시 가지를 내리면 물에 잠겨 쉴 수 있다는 거야. 하루에 해님 한 분만 세상을 비추면 되니까 나머지 아홉 해님은 물에 잠겨서 목욕을 즐기며 몸을 식히며 하루를 보내는 거지. 그래서 그곳의 바다는 항상 뜨겁게 끓고 있다지. 아홉이나 되는 해님들이 물속에서 놀고 있으니, 바닷물은 얼마나 뜨거울까….

파금巴金의 『집家』

"삶은 절대 비극일 수 없다. 삶은 곧 투쟁이다."　── 파금巴金

　눈에는 눈물을 머금었을지언정 삶을 투쟁이라고 정의하는 작가 파금
(1904-2005), 한국에서는 그의 이름을 '빠진BAJIN'이라고도 '파금PAGM'이
라고도 한다.

　일찍이 루쉰은 파금이야말로 열정적인 진보주의자이며, 손으로 꼽을
만한 세상에 몇 안 되는 훌륭한 작가라고 평했다. 또 어느 평론가는 "파
금은 중국 문학사에서 절대 뺄 수 없는 위대한 존재다."라고 평했다. 여
기서 더 나아가 나는 '파금은 세계 문학사에서 절대 뺄 수 없는 위대한
작가다'라고 덧붙이고 싶다. 누군가 '너는 세계 각국의 작가들을 얼마나
알기에 누구를 넣니 빼니 하느냐'고 따지고 나서면 딱히 분명한 이유를
댈 수는 없겠지만 그래도 나는 진심으로 하는 말이다. 이렇게 좋아하는
작가인데도 청두에 살면서 작가의 생가도 가보지 않았다니 누가 믿을까.

　세계적 문호 파금은 청두에서 나고 자랐다.

　작가의 생가터는 '정통순가正通順街 98호'에 있다. 생가는 청나라풍의
상당한 규모를 자랑하는 대저택이었는데 지금은 옛 모습을 찾을 수 없다
고 한다. 파금은 대저택의 손자로 자랐으니 겉으로만 보아선 상당히 유

복한 처지였다.

1922년에 시작된 5·4운동은 당시 중국의 청년들에게 큰 영향을 끼쳤는데, 소위 말하는" 대갓집 도련님" 출신의 파금 역시 이 신사조新思潮를 받아들여 일체의 봉건주의 관습에 저항하기로 한다. 그래서 유학을 희망하나 전통적인 가풍에서 어른들의 동의를 받기는 쉽지 않았고 파금의 유학이 성사되는 데엔 맏형의 희생이 컸다. 작가는 19세에 고향 청두를 떠난다(1923).

장손으로서 대가족주의의 굴레에 갇힌 채 새로운 이상을 추구하는 동생을 지원했던 맏형은 결국 자살했다고 한다.

동시대 청년들의 푸른 열정과 그 열정을 봉살封殺하는 낡은 관습의 폐단을 파금만큼 잘 표현한 이는 드물 것이다. 그의 유명한 '격류 3부곡激流三部曲『격류의 집家』(1931, 원제『家』·『봄春』(1938)·『가을秋』(1940))에는 청년의 시대적 투쟁이 작가 특유의 예민한 감성과 어우러져서 독자를 파금이 청년이었던 시대로 안내하고 있다. 때문에『격류의 집』(이하 책명을 『집』으로 통일)을 한 번이라도 읽었던 독자라면 그의 생가에 대한 일말의 호기심을 누를 길이 없다. 나도 어쩌면 그 중의 하나이다.

다행히 작가의 옛 저택을 그려놓은 유화 한 점과 복원도가 남아 있다는 글을 읽은 적 있다. 하덕화賀德華와 장요당張耀棠 두 사람이 남긴 것인데 파금 가족의 저택이 신중국 시대에 부대의 관사로 쓰이면서 그 안에 거주한 인연으로 작가의 옛집을 기억하여 그림을 남길 수 있었다고 한다.

"1952년 9월에 나는 청두에 왔는데 우리가 머물게 되는 곳이 바로 파금 선생 생가라고 하는 거예요. 담 안에 우물이 다섯 개나 있었는데, 그중 하나가 바로 소설『가을秋』에서 숙정이란 인물이 뛰어든 우물이죠. 또 연못이 하나 있는데 명봉鳴鳳이 자살한 연못이 거기라고도 아니라고도 하는 등 말이 달랐어요. 내가 그 집에서 거의 30년을 살았으니까 책임이 있지요. 작가의 생가가 어떻게 생겼는지 내가 그것을 기록해놓지 않으면 누가 하겠어요."

― 장요당

나는 『파금의 생가와 소설 『집』』巴金的家和『家』이란 책에서 생가복원도를 보았는데, 그것이 바로 장요당 선생이 그린 건지 모르겠다.

"내 얼마나 어린 시절의 그때로 돌아가고 싶은지! 내 얼마나 내가 출생한 고향에 다시 돌아가고 싶은지, 가서 마구간 바닥의 흙 한 줌이라도 만져보고 싶구나."

이렇게 고향집을 그리워했던 작가였지만 청두시가 작가를 위해 생가를 이전·복원하는 일에는 극구 사양했다고 한다.

청두시 공무원이었던 작가의 조카 이치李致의 증언에 의하면 지난 세기 80년대 청두시는 도시 개발 사업 때문에 작가의 생가가 없어질 것을 염려하여 작가에게 그 보전에 대한 상의를 했는데 그때 파금은, "나 살던데 '쌍안정雙眼井'만 있으면 나는 눈감고도 그 길을 찾아갈 수 있어요. 그러니 꼭 기념해야겠다면 달리 복원할 생각 말고 문패나 하나 매달아주시오."라며 겸양의 태도를 굽히지 않았다고 한다. 작가가 말한 쌍안정이란 우물은 사용하지 않은 지 오래인 터라 지금은 덮개가 올려 있고 작은 비석 하나가 그곳이 쌍안정이었음을 알리고 있을 뿐이라고 한다.*

이처럼 자신의 일엔 지나칠 정도로 무욕無欲함으로 일관한 작가였지만 항상 고향 청두에 보은할 길이 없을까 마음을 썼던 모양이다. 동향의 작가와 만난 자리에서 그는 자신이 소설 속에 청두를 배경으로 삼았으면서도 시내 풍경을 보다 자세히 묘사하지 못했음에 아쉬움을 토로하기

....
* 파금의 생가터에 대해서 인용출처 「巴金童年足跡 一口老井一株老樹」, 『天府朝報』 2005.10.18일자.

도 했다.

"나는 왜 청두의 거리며 다리며 강줄기며 왜 더 자세히 그려놓지 않았을까요, 그래서 내 책을 읽은 독자들에게 청두에 대한 인상이 별로 남지 않아서 조우曹禺 각색의 희곡『집』에서는 청두라는 이름이 아예 빠지고 대신 '중국 남서부의 어느 도시'라고 해버린 걸 봤어요."

이것은 1967년 작가 풍수목馮水木 씨가 파금을 처음 찾아가 들었던 말이라고 한다. 동향 작가를 만나 반가웠던 파금은 쓰촨 음식을 그리워하며 청두의 회과육回鍋肉과 짜장면雜醬面을 즐겨 먹은 일을 회고했다고 한다.

나는 한편 생각한다.

혹시 이제라도 그의 소설에 배경 삽화를 넣어준다면?

파금이 서거한 지금 파금이 가졌던 아쉬움을 청두의 문화계에서 나서서 채워줄 수는 없는 것일까.

내가 이런 아이디어를 생각해낸 것은『홍루몽紅樓夢』이란 중국의 고전소설을 연상한 때문일 수도 있다.『홍루몽』과 파금의 소설『집』은 어딘지 닮았다. 둘 다 대저택의 담장 안에 인간세상의 축도縮圖가 담겼다.

『홍루몽』과 같은 고전소설은 삽화를 곁들여서 시각적 효과를 내는 게 보통이다. 특히『홍루몽』에선 대저택 안의 인물들이 겪는 일상을 섬세하게 묘사한 면이 있어서, 인물의 몸짓이며 의상은 물론이고 대저택 안팎의 풍경 묘사들이 삽화이면서도 풍속화의 역할을 담당했다.

그것처럼 누군가 소설 파금의 소설에 그러한 삽화를 그려 넣는 것이다. 소설에 청두의 공간미를 느끼게 할 세밀하고 사실적인 풍속화가 더해지기만 하면 작가가 미처 상세히 묘사하지 못한 1920년대 무렵의 청두가 제대로 모습을 드러낼 것이다. 만약 정말 이러한 삽화를 넣으려면 청두의 근현대기를 고증해줄 많은 전문가들과 자료들이 필요할 것이다. 쉽지 않을지도 모른다. 하지만 분명 의미 있는 작업이 될 것이고 빠를수록 좋을 것이다.

‥‥‥

‘혜원慧園’을 찾아갔다.

파금 선생의 생가의 일부나마 복원한 곳이 ‘혜원’이라고 들었기 때문이었다. 소설 『집』을 감명 깊게 읽은 나는 소설 속에 등장하는 청춘남녀들을 떠올리며 사랑스럽던 그들이 화원을 거닐며 시를 읊조리던 그 현장을 느끼고 싶었다.

파금의 『집』은 대저택 안의 기성세대와 젊은 세대 간의 모순과 충돌이 매우 사실적으로 묘사된 작품이다. 혜원이란 이름은 파금의 작품 속에서도 『집』의 등장인물과 가장 깊은 관계성이 있다. 무엇보다도 혜원의 ‘혜慧’는 소설 『집』의 주인공 ─ 일설로는 작가 자신을 모델로 한 인물 ‘각혜覺慧’라는 이름에서 따온 것이다.

인물 ‘각혜’는, 지난 세기 20년대의 청년으로 중국이 대대로 신봉해온 봉건주의가 얼마나 비인간적인지를 온몸으로 체험한다. 이상을 추구하는 수많은 청춘들이 ‘전통 고수’라는 명목 아래 비명도 못 지르고 압살당했다. 그러한 까닭에 대저택에 안주하면 미래가 없다고 생각한 각혜는 용기를 내어 자신의 집을 탈출하는데 이 모든 과정은 거의 파금 자신의 체험과 같다.

혜원은 도시의 서쪽 ‘백화담공원百花潭公園’ 안에 있다.

내가 도착했을 때 혜원은 굳게 닫혀 있었다.

‘금琴’이며 ‘매화梅’며 ‘명봉鳴鳳’들이 저 안에 있을지도 모르는데 ‥‥. 하긴, 문이 닫혀 있어서 그녀들의 즐거운 말소리와 기쁜 웃음들이 담장 저 안에 고스란히 고여 있는지도.

그러나 나는 안다.

"이 세상 어디에 끝나지 않는 잔치가 있을까."

天下無不散筵席, All good things must come to an end.

소설 속 어느 대목에선가 보았던 이 경구를 우리는 시인 서정주(1915-2000)의 「행진곡」에서 그리고 시인 최영미(1961-) 「서른, 잔치는 끝났다」에서 다시 듣는다.

> "잔치는 끝났더라. 마지막 앉아서 국밥들을 마시고/ 빠알간 불 사르고/ 재를 남기고// 포장을 걷으면 저무는 하늘./ 일어서서 주인에게 인사를 하자// 결국은 모두들 조금씩 취해가지고/우리 모두 다 돌아가는 사람들"
>
> ―「행진곡」(1940)

> "잔치는 끝났다/ 술 떨어지고, 사람들은 하나 둘 지갑을 챙기고/ 마침내 그도 갔지만/ 마지막 셈을 마치고 제각기 신발을 찾아 신고 떠났지만/ 어렴풋이 나는 알고 있다/ 여기 홀로 누군가 마지막까지 남아/ 주인 대신 상을 치우고/ 그 모든 걸 기억해내며 뜨거운 눈물 흘리리란 걸"
>
> ―「서른, 잔치는 끝났다」(1994)

몽상에 가득 찬 청춘들이 모여 흥겨웠던 시간은 어느새 사라졌다. 젊은 생명들은 뿔뿔이 흩어졌다. 미래에 대한 희망에 불타오르던 생명도, 용기를 잃고 타협과 비애를 받아들인 생명도, 혹은 아무 선택권도 없이 절망 앞에 좌절한 생명도, 심지어는 피어나기도 전에 떨어진 꽃봉오리처럼 죽어간 생명도 똑같은 청춘이었다. 제각기 흩어지기 직전까지 피어나고자 안간힘을 쓰던 흩어지면서 운명에 속박되기 전의 그들 모두는 밝고 명랑한 꿈으로 벙글어지던 꽃송이들이었다. 그 꽃송이들로 하여 대저택 담장 안은 한때 흥그럽게 웃음이 가득했다.

각혜의 청춘과 사랑이 깊게 새겨진 혜원   필자 제공

"··· 하나 다행인 점은 당신의 소설엔 『홍루몽』의 허무주의와는 다른
씩씩함이 있다는 거예요. 인생과 맞선다고나 할까요? 슬픔에 멈추지
않고 어떻게든 전진하려는 의지 같은 게 느껴졌어요. '어떤 사람도,
또는 인간사회에 존속하는 어떤 제도도, 인간의 행복을 아무렇게나 박
살낼 수는 없다!'는 외침이, 무엇이 생명을 살리는 길인지 분명히 아는
청년이 그 안에 있어서 나는 정말 다행이라고 생각했어요."

「파금의 『집』」

꽃 같은 청춘, 원하는 만큼 붙잡아둘 수는 없는 것일까?

하녀였던 명봉이 역시도 자신의 신분을 모르지 않았지만 꿈을 꾸는 자유를 누릴 수 있다. 도련님을 사랑하는 마음은 행복하다. 그 어떤 그늘도 없었다. 그렇게 풍부한 꿈에 젖어 귀한 집 '아가씨'가 되어 고운 옷을 입고 멋진 도련님을 맞이하는 순간을 상상할 수도 있다. 나도 아가씨들처럼 좋은 팔자를 타고났다면 얼마나 좋았을까. 청춘은 풋풋한 것이다. 그런 풋풋함이 이 세상에 얼마나 소중한가. 한탄이랄 것 없는 가벼운 한숨, 청춘은 음울함을 모른다. 경쾌하다. 음울하고 무거운 것은 마음을 버리고 관습과 형식에 따르는 집안의 어른들.

봉이도 매화도 슬프게 생명을 마감한다.

· · · · ·

마치 동화 속 '행복한 왕자' 같다.

혜원의 담장 밖에 서 있는 파금의 동상을 보며 오스카 와일드의 『행복한 왕자』를 떠올렸다.

궁성 안에 살며 오직 행복만을 누렸던 왕자. 사람들은 그를 '행복한 왕자'라고 부른다. 왕자가 죽자 사람들은 왕자를 기리는 뜻으로 보석이 장식된 멋진 동상을 만들어 광장 높이 세웠다. 그제야 왕자는 이 세상의 불행이란 것을 보게 되고 소리 없는 눈물을 흘린다. 남쪽으로 향하는 무리에서 떨어지게 된 제비 한 마리, 투둑 떨어지는 물방울이 왕자의 눈물이란 걸 알게 된다. 왕자가 자신의 몸을 장식하고 있는 보석들을 불쌍한 사람들에게 갖다주라는 부탁을 들어주다가 하루 또 하루 남행南行을 미루는 제비, 보석을 남김없이 베풀어서 어느새 초라해지고 만 왕자, 제비는 추위에 얼어 죽고 행복한 왕자의 상은 볼품없다는 이유로 철거된다. 이것이 오스카 와일드의 『행복한 왕자』의 줄거리이다.

"안녕하세요, 행복한 왕자님."

나는 내 앞의 행복한 왕자에게 인사를 건넸다.

대저택의 담장 밖에 동상으로 서 있는 작가에게 나는 하고 싶은 말이 많았다.

다음은 그와 나눈 대화이다.

나 : 당신의 소설 『집』을 읽었어요. 그래서 혜원을 찾아온 거예요.

파금 : 『집』은 내가 사랑하는 작품입니다. 내가 바로 소설 속의 그런 가정에서 자라났어요. 소설 속의 할아버지와 큰형, 나는 거의 사실 그대로 묘사했어요. ─ 할아버지는 내 말이 곧 법이다 식의 독재적 가장이었고, 큰형은 도저히 받아들일 수 없는 어른의 명령을 거역하지 못하고 사는 착한 손자였지요. 명분은 그럴듯하게 내세우지만 실은 제 욕심 챙기기에 바쁜 내 윗대의 군상들이며 그런 어른들에 의해 피지도 못하고 떨어진 젊은 생명들이며, 무시당하고 가난한 속에 견디며 지내는 하층민들의 삶이며…, 내 글을 내가 다시 읽어도 여전히 뜨거운 인두로 가슴을 지지는 것처럼 분노가 넘치고 가슴이 아립니다.

그러나 난, 프랑스의 혁명 지도자 당통의, "대담하라, 대담하라, 끝까지 대담하라!"란 구호를 가슴에 새기며 살아왔습니다. 청춘은 정말 아름다운 것이고, 누구의 희생물이 되어선 안 된다는 이 분명한 한 가지를 알기에 '적敵' ─ 만 가지 폐단을 지닌 봉건주의 ─ 를 세상에 고소하겠다고 나는 결심한 것입니다. 그것이 글이 된 것입니다. 『집』에 이어 속편으로 『봄』과 『가을』을 완성하고서야 나 자신 끝도 없이 어둡고 긴 터널에서 빠져나온

걸 느낄 수 있었습니다.*

나 : "저는 십대에 고전소설 『홍루몽』을 접했지요. 여주인공 '임대옥
林黛玉'이 쓸쓸히 죽어가는 장면에서 너무나 슬펐던 기억이 있
어요. 그런데 당신의 소설 『집』에서도 '매화' 아씨가 사랑하는
사람과 맺어지지 못하고 혼자 쓸쓸히 죽게 되잖아요. 그 장면에
서 임대옥이 떠오르고 두 여성이 살았던 시대가 대략 150년의
차가 있음에도 불구하고 둘의 불행이 너무나 흡사해서 놀라울
지경이었어요. 하나 다행인 점은 당신의 소설엔 『홍루몽』의 허
무주의와는 다른 씩씩함이 있다는 거예요. 인생과 맞선다고나
할까요? 슬픔에 멈추지 않고 어떻게든 전진하려는 의지 같은
게 느껴졌어요. '어떤 사람도, 또는 인간사회에 존속하는 어떤
제도도, 인간의 행복을 아무렇게나 박살낼 수는 없다!'는 외침
이, 무엇이 생명을 살리는 길인지 분명히 아는 청년이 그 안에
있어서 나는 정말 다행이라고 생각했어요."

파금 : "삶은 비극이 아닙니다. 그것은 "투쟁"입니다. 인생이란 무엇인
가, 혹은 우리는 왜 살고자 하는가? 이 물음을 두고, 로망 롤랑
은, '삶을 정복하기 위해서'라고 대답했지요. 저도 같은 생각입
니다."**

나 : 어떤 사람은 차가운 가슴으로 투쟁을 외치지만, 당신의 투쟁 뒤
엔 따뜻한 눈물이 멈추지를 않는 것 같아요. 그래선지 이렇게
높다랗게 서 있는 당신을 올려다보고 있으려니 문득 당신이 오
스카 와일드의 '행복한 왕자' 같다는 생각이 드는군요. 한없이

....

* 참고인용의 출처, 巴金『文學生活50年』代序.
** 인용의 출처, 巴金『激流』總序. 파금 작가와 나누는 대화 문단은 이 외에도 巴金『家』
   跋, 『巴金文集』第一卷 前記 등을 참고함.

다정한 가슴으로 세상을 굽어보며 누군가를 돕지 않고는 가만히 있을 수 없는 왕자, 그때 제비가 있어서 왕자의 보석을 가난한 사람들에게 날라다주는 심부름을 하잖아요. 그래서 왕자는 점점 볼품없어지고 나중에는 동상이 철거되고요. 그러나 당신은 절대 눈물 때문에 초라해지지 않을 거예요. 왜냐하면 당신에겐 한없이 다정하면서도 그 눈물에 지지 않는 강함도 있으니까요.

파금 : 그 동화 이야기라면 알고도 남아요, 나도 중국어로 번역한 적이 있지요.

나 : 『집』의 후기에 쓴 당신의 마지막 문장이 기억에 남아요. ― '청춘은 아름답다. 그 청춘의 아름다움이 언제까지나 나를 고무하고 있다.' 이 문장에 화답하는 뜻으로 제가 좋아하는 작가의 시구를 인용해 드릴게요.

> 그렇게도 많은 눈물 흘렸건만
> 청춘은 너무나 짧고 아름다웠다
>
> ― 시 「산다는 것」, 박경리朴景利(1927-2008)

이 시를 쓴 작가의 생애가 어딘지 파금 선생님 당신과 닮은 데가 있어요. 그녀도 스무 살에 고향을 떠나 타향에서만 살았답니다. 그리고 작가로서 한평생 손에서 펜을 놓지 않았답니다. 아아, 그리고 또 하나가 있어요. 박경리 작가의 생가가 있는 마을에도 유명한 우물이 있답니다. 동네 이름도 명정동明井洞이고요. 그 옛 이름은 명정리明井里였대요. 그만큼 역사가 오랜 우물인 거지요. 일日과 월月이라 하는 두 개의 우물이 짝이 되어 나란히 있어서 '명정明井'이라고 부른다더군요. 박경리 작가는

『김약국의 딸들』이란 소설에서 고향 통영을 배경으로 삼아서 명정동을 묘사하기도 했지요.

지난 겨울 나는 박경리 작가의 고향에 가봤어요. 통영은 한국의 남쪽 바닷가에 있는 해안 도시인데 한번 가보면 잊을 수 없는 아름다운 지방이에요. 오십 년을 타향에서 살았다는 작가는 이제 고인이 되어서 고향땅에 안장되어 있어요. 작가의 무덤에도 가봤어요. 바다가 내려다보이는 양지 바른 언덕 위였는데, 그 양지쪽에서 문득 당신이, 아니 어쩌면 당신 청춘의 분신이었을 '각혜'가 생각났어요. 무슨 이유에선지 … ."

내 입에서 '각혜'라는 이름이 나오자 파금 선생은 잠자코 말이 없었다. 자신에게 아버지처럼 자애로왔다는 큰형에 대한 비감悲感 때문이었는지도 모른다.

대답을 기다리다가 나는 일어났다.

나중에 생각해보니, 선생이 생각에 잠긴 채 낮은 소리로 몇 마디 말씀했던 것도 같은데 나는 듣지 못했다. 때마침 한 무리의 사람들이 혜원 앞마당으로 밀려들어오면서 여러 말소리가 섞였던 탓이다.

무릉도원武陵桃源은 어디메뇨

청두에서 한국에 가봤다는 조선족 남자를 만난 적이 있다.

그런데 그가 청두하고 한국의 전주가 닮았다고 말해서 나는 속으로 깜짝 놀랐다. 고향이 전주인 나도 청두에서 문득문득 그런 느낌을 받을 때가 있었기 때문이다.

내가 청두와 전주, 두 도시가 닮았다고 느끼는 이유는, 첫째 두 도시 모두 음식 맛이 좋기로 유명하다는 것, 둘째는 여유와 인정이 넘치는 도시 분위기, 셋째는 두 도시 모두 교육과 문화에 자부심이 높다는 것, 그리고 넷째는 둘 다 복숭아 산지라서이다.

· · · · ·

그래, 복숭아 —.

청두의 과일가게마다 복숭아가 수북하다. 복숭아 철이 된 것이다.

복숭아는 내 고향 전주의 특산물이기도 하다. 그 때문일까? 청두에서 복숭아를 먹을 적에 가끔씩 나는 어린 시절 기억에 젖어들곤 했다.

복숭아 철이면 하루 장사를 마치고 돌아오는 엄마 손엔 늘 복숭아 봉지가 들려 있었다. 밥을 먹고 나면 사방이 어둑어둑한데, 그 따가운 것은 깨끗이 씻겨 바구니째로 마루에 놓이곤 했다. 내 손으로 복숭아를 씻은 기억이 없다. 털이 날리면 따가울 것이라 엄마는 우리에게 시키지 않았을 것이다.

그날도 그런 저녁이었다.

저녁 어스름이 밤 어둠으로 점점 짙어지는데, 우리는 엄마 옆에 둘러 앉아 복숭아를 먹고 있었다.

뭐가 물큰했다.

"벌레! 엄마, 복숭아에 벌레가 있어!"

나는 질겁했다.

"벌레 먹은 복숭아를 먹으면 예뻐진다던데, 우리 막내 예뻐지겠구나."

엄마는 놀라지도 않고 아주 예사롭게 벌레 먹은 부분을 떼어낸다.

예뻐지겠구나, 마법사의 주문 같은 말! 이 한 마디로 하여 나는 복숭아를 더 좋아하게 되었던 것 같다.

• • • • •

청두에서 일이다.

내가 사는 곽가교郭家橋에서 야채시장이 가까운데 거기 과일가게에 들렀을 때였다.

"이것들은 못생겼네요."

복숭아에 흠집이 많은 것이 마음에 걸리는 한편 이걸 핑계로 값을 깎을까 하는 속셈도 없지 않았다.

"못생긴 것이 맛은 더 좋다우."

가게 아저씨의 말이다.

"흥, 벌레 먹은 게 더 맛있단 얘긴 들어 봤어도, 못 생긴 게 더 맛있다는 얘긴 듣다듣다 첨이네요, 아저씨."

청두 사람 유머는 정말 못 당하겠어. 속으로 궁시렁거리면서도 나도 모르는 미소가 내 얼굴에 피어올랐다. 왜냐하면 태연자약한 아저씨의 말에서 오래전 여름날 저녁 풍경이 기억났기 때문이었다.

나의 살던 고향은 꽃 피는 산골
복숭아 꽃 살구 꽃 아기 진달래
울긋불긋 꽃 대궐 차— 린 동네
그 속에서 놀던 때가 그립습니다

이것은 「고향의 봄」의 가사이다. 우리나라에서 모르는 사람이 없다시피 한 국민 동요이다.

소녀 시절 나는 '복숭아꽃 살구꽃'이 피는 동네에서 살았다. 살구꽃은 어느 집 마당에 아름드리 나무꽃으로 피어났지만 복숭아꽃(복사꽃)은 마을 옆으로 제법 큰 과수원이 있어서 지금도 눈에 선하다.

우리 집은 야트막한 언덕마을에서도 위쪽이어서 앞이며 옆이며 시야가 넓게 트였다. 집에서 내가 사는 마을이 내려다보였다면 밭을 사이에 두고 있는 과수원은 올려다보였다. 마을 언덕보다 높은 산등성이 하나가 통째로 복숭아 과수원이었으니까 말이다.

그 과수원 주인이 누구인지도 모른다. 지척에 있는 듯해도 별도의 세계였고, 그 안으로 들어가볼 기회가 한 번도 없었다.

그래도 우리는 그 복숭아밭을 사시사철 바라보며 살았다, 일부러 보려하지 않아도 시야에 들어왔으니까, 아니 그보다는 자꾸 눈길을 끌었으니까 말이다. 왜냐하면 그 복숭아밭이 마을 이쪽에서는 이래도 저래도 올려다 보이는 언덕에 있었다. 그리고 바라보지 않을 수가 없었다. 드넓은 하늘을 배경으로 과수원의 나뭇가지들이 만드는 미감이 어린 눈에도 독특했기 때문이다. 언덕과 나무와 하늘로 이루어진 화면감은 이쪽 마을의 지붕이나 벽이나 전봇대들로 칙칙하게 구저분한 구도와는 판이하게 달라서 어딘지 신성한 기운을 내뿜고 있었다. 이를테면 가깝고도 먼 별세계였다.

나무에 꽃이 피었구나. 분홍으로 꽃빛이 산등성이에 퍼져 있다.
잎이 나는구나. 꽃이 지면서 초록이 보인다.
복숭아가 많이 열렸구나.
잎새 사이로 희끗희끗 종이봉지가 달려진 것이다.
어느새 다 수확했나 보구나. 빈 가지만 남아 있다.
거기 열린 열매를 단 한 개도 먹어보지 못한 채 수확이 끝난 것이다.
그래도 다음 해 봄을 기다린다.
봄이 되면 저 빈 가지에 또 꽃이 피겠지 ….

과수원의 일 년은 내 눈에 담긴 채로 흘러갔다.
덕분에 나는 계절의 순환과 수확의 기쁨을 간접으로 맛보았다.
그런 추억 때문인지 고향을 떠나 서울에서 살던 어느 해에는 과수원을 배경으로 아주 멋진 꿈도 꾸었다.
경사진 언덕을 따라 한 층 한 층 계단식으로 이어진 복숭아밭은 영락없는 고향의 그곳인데, 층마다 듬성듬성 나무들의 사이로 상상 속의 길조로 여겨지는 갖가지 신비한 새들이 오색찬란한 날개를 빛내며 서 있었다. 하늘은 또 어떤가. 홍자색으로 가득한 아침노을이었다. 꿈을 꾸었다는 그것만으로도 행복한, 아주 상서로운 꿈이었다.

· · · · ·

전주가 아닌 청두에서 나는 실제로 복숭아꽃 그늘로 걸어 들어간다. 소위 꿈속의 "도원桃園" 속으로 직접 들어선 것이다.

그날의 행사가 막 끝난 참이었다.

이 산 저 산 온통 복숭아밭이었다.

그곳은 청두 교외 용천龍泉의 도원이었고 그날 산언덕 위에서 복숭아 축제가 열렸다. 내가 그 '복숭아축제'에 참가하게 된 동기는 순전히 '착각' 때문이었다.

한국어 성인반 사무실에서 전화가 왔다. 쓰촨대학의 아무개가 나를 급하게 찾는다고 했다. 받은 연락처로 전화를 걸었더니 나를 찾고 있었다는 모某 씨는 너무나 반기면서 행사에 초대하는 일로 나를 수소문했다는 것이다. 그때까지 나는 청두에서 그때까지 누군가가 나를 초대하려고 내 연락처를 수소문까지 하는 일을 겪어본 적도 예상해본 적도 없었던 터였다. 많이 감격한 기분으로 무슨 행사인지 캐묻지도 않고 가겠다고 응답했다. 물론 자세히 묻지 않은 건 모씨 말투가 빨라서 전화기를 통해서는 귀에다 담을 자신이 없었던 탓도 있었다. 그러나 그보다도 내가 스스로에게 지녀왔던 자부심이 컸던 탓이다. 그때의 자부심은 "행사"며 "초대"며 모씨가 하는 말을 "국제적인 행사를 여는데 한국인인 당신이 문화 사절로서 자격이 적당하다고 인정되어 귀빈으로 초대하고자 합니다"로 이해한 것이다.

아무렴, 그렇지. 나는 충분한 자격을 갖추었지. 드디어 타국에서도 나라는 사람이 존재 가치를 나타낼 때가 오는구나!

내가 이렇게 짐작하게 된 데는 전화기 너머로 이 한 마디 때문이다.

"얼마나 찾았는지 몰라요. 쓰촨대학를 통틀어서 찾아봐도 종무 씨만큼 적당한 사람이 없어서요⋯."

이것이 착각임을 깨닫기까지 며칠은 필요했다.

나중에야 상황이 이해되었는데 모씨가 말한 '적당한 사람'이란 내가 '한국인'이면서 '중년'이고 '여성'이어야 하는 출연 조건에 알맞았다는 뜻이었다. 축제 행사를 맡은 이벤트 회사는 중국과 같은 유교 문화권인 한국과 일본 두 나라의 성인식을 재현하는 프로그램을 기획하면서 모씨에게 한국인 셋 일본인 셋, 여섯 사람을 구해 달라 했던 것이다. 모씨는 자신의 모교이면서 유학생이 많은 점에서 쓰촨대학 하나를 범주로 하여 인선人選을 했다. 모씨가 내게 인선 과정을 설명해주길, 다섯은 쉽게 구했는데 한국인 중년 여성은 잘 찾아지지 않더라는 것이다. 대학교 어학원을 통했으니 당연히 쉽지 않았을 것이다.

'그런 이유였다고?'

과정을 듣고 실망감을 느낄 때는 이미 모씨에게서 점심 한 끼를 대접받은 후였다.

• • • • •

주말인 관계로 당시 초등학생인 아들도 데리고 갔다.

리허설을 위해서 하루 전날 도착해서 한밤 자고 축제 무대에 서야 한다니 어린 아들을 혼자 집에 놔두기 불안해서였다.

무대는 바로 복숭아나무로 가득한 산허리의 평지였다. 작은 광장과 같은 그곳에 무대도 관객석도 마련되었고 하루 전의 리허설은 까다롭지 않았고 쉬면서 경사가 완만한 언덕의 복사꽃들을 바라보며 해바라기씨를 까 먹기도 했다.

전날의 준비 시간에 비해 축제 날의 재현 의식은 너무 쉽게 끝났다.

어쨌든 홀가분한 기분이 되어서 산마을을 천천히 걸으면서 복사꽃 만발한 사방을 둘러보았다.

그러다가 난생 처음으로 머리에 화관을 쓰고 사진도 찍었다.

복숭아꽃밭에서 나는 활짝 웃고 있었다. 사진 속에서 나는.

사실은 사진을 찍기 직전까지 내 속은 답답한 기분이 쌓였던 참이었다. 가장 큰 불만이라면 리허설에서 실연實演까지 꼬박 이틀을 들였는데도 그 보수는 당일 행사가 열렸던 한 시간분에 해당한 거라 했다. 애초에 괜히 응낙했다는 후회에다 싼 인건비에 불쾌한 기분이 덮친 것이다. 거기다 그날 무대화장을 해주러 온 미용사들이 아무 성의도 없이 화장을 해서 기분이 언짢았다. 무대의상으로 빌려다 준 한복은 또 왜 그리 허름한지…. 그래도 무대에 서는데 내가 예쁠 수 없어서 가슴 한쪽이 쓰렸다.

말은 못 하고 속으로만 투덜거리며 이리저리 서성이는데 아들이 문득 "엄마, 사진 찍어줄게요."라고 말하며 카메라를 들었다.

"사진?"

얼결에 마땅한 자리를 찾아 포즈를 취하려다가

"아냐, 안 찍을까 봐."

변덕이 일었다. 마음이 그래서인지 나무마다 꽃분홍인데 막상 가까이 서면 꽃가지도 디딘 땅도 배경 일체가 다 마음에 들지 않았다. 그래도 아들은 카메라를 내리지 않고 있었다. 거기다 대고 정말 찍을 마음이 없다고 말하기도 그래서 주저하고 있었다.

그런 순간에 화관을 얻은 것이다. 나처럼 일본인 배역을 맡아 참여했던 남자가 특별한 이유도 없이 아들에게 선뜻 화관 두 개를 건네주고 갔다.

아들과 나는 그걸 머리에 썼다.

화관을 쓰는 순간 기분이 일변했다. 구겨졌던 내 기분이 활짝 펴진 것이다. 화관을 써 보는 게 처음이라서…, 그림 속에서나 보았던 화관을 내 머리에 얹는 기분이 너무 좋아서…, 그래서 활짝 웃었다.

그리고 또 몇 해가 흘렀다.

그 사이 고등학생이 된 아들이 어느 오후 컴퓨터에 모아 놓은 사진들을 정리하다가,

"엄마, 이 사진!"

바탕 화면에 사진 한 장 꺼내놓고 나를 부른다.

바로 그 복사꽃 축제 때 아들과 찍었던 사진이었다.

흘러가는 모든 것은 아름답다고 했던가?

나도 아들도 머리에 화관을 올려 쓰고 있어서였을까?

봄 햇살 속에 모자는 마냥 행복해 보였다.

· · · · ·

복숭아가 많이 나는 청두가 그립다.

기억 속에 복숭아 맛은 아주 다양하다. 새콤하고 딱딱한 것부터 달고 단단한 것, 물컹하게 단물이 가득 씹히는 것…. 그 제각각의 맛으로 내게 여름도 견딜 만하다는 걸 알려준 과일.

그렇다고 여름마다 복숭아를 맘껏 먹고 산다는 건 아니다. 청두를 떠나 벌써 5년째로 접어든 요즘, 산둥 쯔보淄博의 과일전에서 나는 도대체 복숭아를 몇 번이나 사 먹었을까. 복숭아를 거의 찾지 않고도 여름은 잘도 지나갔다. 아아, 청두였기에 가능했던 일들이 얼마나 많은가.

> 복사꽃잎 물결 따라 흘러내려 가는데
> 이곳이 바로 세상 밖 '무릉도원武陵桃源'이겠지.
> 桃花流水杳然去, 別有天地非人間.　　— 이백李白『산중문답山中問答』

청두인연成都因緣

역사는 돌길 아래 묻어지고 도시의 지상은 언제나 현실로 붐빈다.

그 속에서 이름 없는 민중들이 삶과 투쟁 중이다.

청두에 사는 동안, 나는 청두의 고색창연한 역사 이야기에 참 많이도 홀렸다. 깊이 빠져들었다. 그러한 나조차 다른 수많은 도시인들과 마찬가지로 눈물 젖은 빵을 먹으며 현실과 분투 중이었다.

그 여자애도 그랬다.

그 아이를 알게 된 곳은 청두였다. 나는 중국의 동쪽나라 한국에서 젊은 날을 보내고, 중년의 나이로 청두로 날아왔다. 그 아이는 중국의 서쪽 네팔에서 태어나 유학을 위해 청두로 왔다. 우리는 어쩌다 친해졌고 나중에는 한 지붕 아래서 생활을 같이하게 되었다. 그러다 그 아이가 홀연 남자친구가 있는 도시로 떠난다. 그리고는 바로 결혼식을 올릴 거라고 알려온다.

그 아이의 혼례는 생각보다 너무 빨랐다.

조만간 결혼하지 않을까 예상하고는 있었지만 그렇게 총망할 줄은 몰랐기에, 그 애의 방은 아직 비워둔 채였다. 결혼식 날짜를 잡았다니, 이제는 방을 정리해야겠구나. 떠날 때 가져갈 것은 대충 가져갔다고 해도, 방 안에는 그 애가 흘리고 간 소소한 물건들이 꽤 있었다. 책장에 남겨진 책들이며, 몇 가지 자잘한 문구용품이며, 좀 큰 것은 그 애가 쓰던 침상의 이불과 베개…. 정이 든 사람의 물건이라서인가, 그 애 체취가 묻은 것을 내다 버릴 마음이 생기지 않았다. 물려받은 셈치고 빨아서 쓰면 될 것 같았다.

생각한 김에 세탁부터 하려고 했다. 그래서 베개 커버를 벗기는데, 나는 깜짝 놀라고 말았다. 베갯잇 속에 한가득 얼룩져 있는 눈물 자국을 본 것이다. 말라서 얼룩덜룩한 눈물 자국이 겹겹이 꽤 넓게 퍼져 있었다. 한 차례 울고 만 자국이 아니다. 거듭거듭 그리고 눈물을 많이 흘렸음이 틀림없다. 한 번 눈물로 젖을 때마다 누릿한 테두리가 생기고, 다시 또 울면 그 위로 다른 테두리가 생기고…, 내 마음이 다 망연해졌다. 그녀가 남몰래 이렇게나 많이 울고 지냈단 말인가?

이십 대 그녀는 누가 보아도 싱그럽고 명랑한 여학생이었다. 사십 대 나이의 내가 보기에, 젊고 어여쁘고 재능도 많은 이 애는, 그야말로 한창 좋은 때였다. 그런데 무슨 일로 이리 많이 울었단 말인가? 놀라움에 이어 궁금해졌다. 그러나 그 애가 결혼하고 신부가 되고 그런 연락 도중에 베개에 대해 묻는 건 실례일 것 같았다.

하나의 도시. 그 안에 살았던, 혹은 그곳을 거쳐 간 수많은 삶. 사전에 담긴 간단명료한 정보로는 도저히 알 수 없는 기억들….

나와는 다른 도시에서 갓 결혼한 신부로 살게 된 그녀는, 아기를 낳고 아기를 키우고 그 속에서 여성의 본질인 사랑의 베풂을 익혀나간다. 그런 변화 속에서도 가끔은 청두가 생각나는지, 여전히 청두에 머물고 있는 내게 가끔 이메일을 보내온다. 그 애의 편지 속에서, 그녀가 날이 갈수록 마음이 풍부한 여성으로 성장하고 있음이 느껴졌다.

그렇다고 그녀의 일상이 늘 평안한 것만도 아니어서, 어린 아기의 건강에 마음 졸이고, 친정 부모의 노후를 걱정하고, 시가 쪽 대소사에 울고 웃는 등 눈코 뜰 새 없이 바쁘다. 나 또한 나 나름의 고뇌로 힘들지만, 그 애가 힘들면 내가 응원을 보내고, 내가 힘들면 그 애가 응원을 보내오면서, 우리는 서로를 응원했다.

언젠가는 내가 악단 프락시미티 버터플라이Proximity Butterfly의 『해피엔딩Happy ending』이란 제목의 노랫말을 알려주며 힘내자고 말했다. 당시 무척이나 슬픈 일이 있었던 그 애는 무슨 대단한 도리나 듣는 것처럼 귀를 기울이고 있었다.

> … 끝까지 참고 견디노라면 반드시
> 또 다른 해피엔딩을 만들어내게 될 거예요 … "
> I believe that all the happy endings aren't found
> but with patience are made.

"리드 보컬인 미국인 조슈아 러브Joshua Love는 스물다섯 살에 청두에 와서 잠시 머무르려던 맘을 바꿔 결혼을 하고 악대를 결성하고 아이를 키우고 … 어언 청두 사람이 다 되었대요. 이 모두가 청두를 너무도 사랑하는 부인 헤더 저드슨Heather Judson 덕분이었대요. 그리고 프락시미티 버터플라이라는 밴드 이름은 나비와의 마주침에서 생겨난 거래요."

강한 그 애가 슬픔에 무너질 리는 없지만 뭐라도 위로가 되었으면 해서 이어진 이야기다.

영어 이름이 "변색호접"變色胡蝶(색이 변하는 나비)으로 번역된 이 그룹의 사연은 신문기사를 통해 읽었던 바이다.

"어느 날 이 부부가 자전거를 타고 앞서거니 뒤서거니 달리는데, 나비 한 마리가 보였대요. 조슈아가 헤더의 뒤를 따르면서, 작은 나비가 어찌 자전거 속도를 따르랴. 이대로 멀어지겠지 했는데, 웬걸! 나비가 앞의 헤더가 일으키는 바람을 타더니 같은 속도로 따라오더래요. 조금 뒤쳐졌나 싶을 때는 바로 뒤에 따라가는 조슈아가 일으키는 바람을 타면서 지치지 않고 계속 날더래요. 보기에 작은 시작도 크게 발전할 수 있다는 희망을 보여주는 듯했대요. 프락시미티 버터플라이란 이름의 의미 속에 환경이 완벽해지기만을 기다릴 게 아니라, 어떻게든, 네가 하고자 하는 일이 잘 되도록 스스로 노력하는 거야, 열심히 움직이는 거야, ― 이런 내발적인 메시지를 담았대요."

한번은 그 애의 편지에 '저는 이제까지, 작은 도시에서 조금 더 큰 도시로, 거기서 다시 좀 더 큰 도시로, 이렇게 계속 쉬지 않고 더 번화한 곳을 찾아 이동해온 게 아닌가 싶어요.'라고 쓰여 있었다.

그 애처럼 더 크고 번화한 도시로든, 나처럼 마음 닿는 도시로든, 살면서 부단히 이동하는 사람들이 있다. 또 이와는 반대로 일생을 한 도시에서 정착하여 살아가는 사람도 있다. 각자가 다른 것 같아도, 자신이 사는 도시에서 행복을 구하고 있다는 점만은 동일하다. 어딘가에서 행복할 수만 있다면, 그가 머물거나 떠나온 땅 모두가 함께 복된 것이다.

청두에서 만난 인연.

청두에서 흩어진 인연.

젊은 그 애도 중년인 나에게도, 청두는 희망이란 수목을 키우는 푸른 공간이 되어줬다. 그 애도 나도 청두의 어느 모퉁이에서, "사랑하고 고뇌하며 희망을 불태우고, 좌절하고, 상처받고 그래도 계속 걸었던 무수한 인생"* 중의 하나였다는 사실. ― 이 점에서 우리는 오래도록 '청두'라는 이름을 소중히 간직할 것이다.

....

* 인용 출처, 이케다 다이사쿠의 "이 아름다운 지구 에세이 시리즈"에서. 다만 아쉬운 것은 저장했던 자료가 사라져서 문장의 제목 등 구체적 정보를 밝힐 수 없는 점이다.

천부광장의 구름

雲帆 제공

청두에서 만난 인연.
청두에서 흩어진 인연.
젊은 그 애도 중년인 나에게도, 청두는 희망이란 수목을 키우는 푸른 공간이
되어줬다.

「청두인연」

파초芭蕉의 꿈

파초

김동명金東鳴(1900-1968)

조국을 언제 떠났노,
파초의 꿈은 가련하다.

남국南國을 향한 불타는 향수鄕愁,
너의 넋은 수녀修女보다도 더욱 외롭구나!

소낙비를 그리는 너는 정열의 여인,
나는 샘물을 길어 네 발등에 붓는다.

이제 밤이 차다.
나는 또 너를 내 머리맡에 있게 하마.
나는 즐겨 너를 위해 종—— 하인下人이 되리니,

너의 그 드리운 치맛자락으로
우리의 겨울을 가리우자.

—「월광」(1936)

청두의 내 첫 거주지, 슬비의 집 내 방 창에선 파초나무가 잘 보였다.
이곳이 바로 남국이구나.

파초 잎은 기다랗게 넓은 게―그 잎이 푸르고 싱싱한 새 잎이거나 말라서 찢어진 잎이거나에 상관없이 언제나 시원시원 마음도 후한 여인네 같다.

내가 아는 슬비 씨가 바로 그런 여인이었다.

언어도 서툰 아줌마 유학생으로서 나는 처음 그녀의 집에 세 들어 산다. 청두의 생활에 아는 바가 거의 없을 때였다. 슬비는 그런 내게 각박했던 적이 한 번도 없었다. 오히려 친자매라도 되는 것처럼 뭐든 나서서 도와주려 했다. 일 년 뒤에 내가 그 집을 나온 뒤로도 변함없이 나를 챙겼다.

슬비는 청두 토박이다. 그래서 자신이 쓰는 중국어는 기껏해야 '쓰촨식 표준어川普'라며 부끄러워한다. 혹시 내가 못 알아들을까 걱정하는 것이다. 그러나 내가 조금이라도 알아듣는 눈치만 보이면 폭포수처럼 청두 자랑을 늘어놓는다. 정말 청두를 사랑하는 것 같았다.

"천부지국天府之國"

다짜고짜 이 말을 알려준 것도 그녀였다. 사전을 찾아보니, '천부'란 '하늘이 준 창고'라는 뜻인데 땅이 비옥하고 물산이 풍부한 고장을 비유하는 말이지만 더 많이는 살기 좋은 청두(넓게는 쓰촨)를 지칭하는 용어로 쓰인다고 한다. 이 칭호가 생긴 유래는 리빙李冰이 두쟝옌都江堰을 기점으로 치수정책에 성공하면서라고 한다. 이런 역사 유래까지 제대로 이해하게 되었을 때는 내 청두생활이 거의 삼 년을 채우던 무렵이었다.

"우리 청두는 말이에요, 누구든 한 번 오면 떠나기 싫어하는 도시랍니다. 그러니 박 선생도 아예 여기 눌러 사세요."

도착한 지 한 달도 안 된 나에게 이 말부터 하던 슬비.

슬비가 말하는 청두의 매력,―"누구든 한 번 오면 떠나기 싫어한다來了就不想離開."는 말은 슬비의 친절한 환영 때문에라도 정말이었다.

그녀는 마작을 즐겼다.

사실은 내가 처음 입주하던 그날도, 그녀는 거실에서 마작을 하고 있었다. 알고 보니, 그녀는 직장이 쉬는 주말이나 명절 등의 휴가 때, 마작 모임을 열곤 했다. 밖에서도 하지만, 지인들을 집으로 초대할 때도 있다. 그럴 때면, 거실에 마작 테이블이 펼쳐지고 사람들이 웃고 떠드는 소리가 났다. 그러다가도 내가 거실에만 나타나면, "퍄오라오스朴老師!"라고 불러 세우고 기꺼이 자신의 친지이웃을 소개해주던 슬비. 부끄럼을 잘 타는 나도 슬비 옆에서는 용기가 났다.

"덩샤오핑이 있잖아요. 비행기를 타고 청두 상공에 이르렀는데, 따르르르 따르르르 기관총 소리가 크게 나서 땅 위에 전쟁이 났는가 하고 깜짝 놀랐대요."

이런 유머로 청두 사람들이 얼마나 마작을 즐기는지 알려주면서 스스로도 우스운지 깔깔깔 웃어대는 슬비였다. 슬비는 외국인인 나에게 청두를 설명할 때 유독 생기가 돌았다.

친화력이 좋은 슬비는 회식을 좋아하고 그럴 때마다 나를 끼워주려고 불러댔다.

"퍄오라오스, 퍄오라오스!"

어떤 때는 이층까지 올라오는 시간이 아까워 바깥에서 부른다. 혼자 공부를 하고 있는데 갑자기 창밖에서 "퍄오라오스!" 하는 소리가 들리면 그건 보나마나 슬비이다. 내가 창을 열고 내다보면 당장 내려오라고 손을 흔든다.

슬비는 나를 데리고 청두의 맛집을 찾아다녔다. 슬비가 하도 스스럼없어서 나는 가격도 묻지 않고 젓가락을 들었다. 대개는 그녀의 회사 동료나 친척들과 어울렸지만, 어떤 땐 슬비와 그녀의 아들이 하는 외식일 때도 있다. 이 속에서 나는 너무도 자연스럽게 슬비의 사교권에 융합되어가고 있었다.

"청두 사람은 손님에게 친절해요成都人好客."

이것 역시 슬비가 해준 말이지만 그 '하오커好客'의 전형이 바로 슬비 자신이었다. 그 덕분에 나는 슬비의 소형차 운전석 옆자리도 익숙해졌다. 병아리 노란색 차는 그녀의 명랑함에 너무나 잘 어울렸다. 밝고 명랑하다고 하지만 슬비에게는 나를 탄복시키는 내면적 강함이 있었다. 가장 탄복스러운 것은 가족에게 짜증을 내지 않고 항상 상냥하다는 점이다.

나 같으면 저럴 수 있을까?

무엇보다도 보통의 여성은 남편에게만은 요구가 많기 마련이다. 사랑을 확인하기 위해서라도 남편이 여자인 자신에게 맞춰줬으면 하는 기대 심리가 있고 그게 만족되지 않으면 불평을 나타내기 쉽다. 그런데 슬비는 전혀 불평이 없다. 한탄하지 않는다.

물론 슬비 남편 부귀는 성실한 남자다. 다만 쓰촨 사람이 아니라서인지 건강상의 문제가 있었던지 쓰촨의 진한 양념 맛이 싫다고 외식도 싫어했다. 슬비가 나까지 끌고 회식에 참가해도 부귀는 오로지 하루 세 끼집밥이었다. 모여서 먹고 떠들어야 맛인 청두식 슬비 편에서 보자면 답답하고 고지식한 남편이었다. 내 생각엔 모임을 좋아하고 회식도 즐기는 슬비로서는 얼마든지 남편의 그런 점에 화를 낼 법했다. 하지만 나는 그런 일로 남편에게 화내는 슬비를 본 적이 없다. 원래 여성은 자기 본위로 사소한 불만을 못 참는 법인데 그 작은 체구에 아량이 어찌 그리 넓을 수 있는지 자못 호기심이 생길 지경이었다.

딱 한 번 이런 말을 하기는 했다.

"다음 세상에서는 절대 여자로 태어나지 않겠어요. … "

바로 집 앞 파초나무 아래를 지나고 있을 때였다.

아마 파초의 귀에도 들렸으리라.

"다음 생에선 당신이 여자하고 나는 남자해요來世你爲女來我爲男."

이것은 쓰촨 출신 여성 시인 탁문군卓文君의 유명한 시구 아닌가?

·····

몇 년 만에 슬비네를 다녀왔다.

못 본 사이에 슬비네는 전보다 훨씬 윤택한 안정감이 흘렀다.

하나밖에 없는 아들이 대학을 졸업하여 중국 굴지의 기업으로 알려진 알리바바에 다닌다는 것이다. 소위 대기업에 취직한 것도 자랑스러운데, 아들은 자원하여 청두지사를 신청했고 그래서 집에서 통근한다니 부모로서 얼마나 뿌듯한가. 슬비는 아들이 퇴근하길 기다려 식탁을 차리고 아버지 부귀富貴는 전보다 훨씬 건강해진 얼굴로 아들의 맞은편에 앉아 아들과 대화를 나눈다. 행복한 가족이 창출해내는 전형적인 저녁 식탁 풍경이다.

그런 단란한 가족 틈에 끼어서 나는 이틀 밤을 머물렀다. 방은 예전에 내가 세 들었던 그 방이다. 슬비 말이 이제는 월세를 내놓을 필요가 없어 계속 비워두고 있다고 했다.

십 년 전 나는 그 방 기둥 벽에 "꿈은 이루어진다美夢成真."라는 사자성어라든지 릴케의 시 같은 걸 써서 붙여놓곤 했었다.

창밖으로는 여전히 파초나무가 보였다.

"남국南國을 향한 불타는 향수鄕愁".

청두를 떠나서는 파초를 보기 힘들다. 그래서인지 시구 속의 파초는 오히려 나인 것 같았다.

남국의 애환을 넓고 푸른 잎으로 덮어주는 파초

필자 제공

만약 내가 수묵화에 능하다면 쓰윽쓱 — 파초 잎 뻗어난 아래로 짚이엉을 얹은 정자 하나가 있고, 그 안에 차 한 모금 입에 머금고 소나기가 파초 잎을 두들기는 소리에 귀를 모으고 있는 회소의 시적 순간을 잘 묘사해 두리라.

「내가 파초도를 그린다면」

내가 파초도를 그린다면

정조正祖와 파초芭蕉

청두의 파초들은 큼직큼직 키도 크고 잎도 크다.

그렇게 높이 자라서는 푸른 그늘을 잘도 만들고 있다.

"저 봐, 어쩜 저렇게 키가 크니? 한국에선 크다 해도 내 키 위로 올라간 것은 못 봤는데 … ."

발걸음을 멈추고 감탄을 한다.

내가 처음으로 본 파초는 교과서에서였다. 조선 시대 왕이 그린 파초도 사진 — 정확히는 『정조어필파초도正祖御筆芭蕉圖』이다. 그런데 이 그림 속의 파초의 키는 그리 크지 않다. 나무의 수령 자체가 어렸을 수도 있겠으나, 어쩌면 한국의 기후가 건조해서 생장이 느린 탓이 클 것이다.

파초도를 그린 이는 조선 제 22대 정조(1752-1800, 재위 1776-1800) 임금이시다.

정조는 사도세자를 아버지로 혜경궁 홍씨를 어머니로 하여 태어났다. 훗날의 헌경왕후인 혜경궁 홍씨는 일종의 회고록인 『한중록』의 저자이기도 하다. 『한중록』은 왕실의 갈등을 기록한 글로 부왕 영조가 아들 세자를 죽게 한 이야기이다. 아버지에게 죽임을 당한 왕세자가 바로 사도세자

(1735-1762)이며, 정조는 영조의 왕세손인 것이다. 조선 왕조에서 영조(1694-1776, 재위 1725-1776)는 재위 기간이 가장 긴 왕이었고 다음 대를 이은 정조와 함께 조선 후기의 태평성대를 이뤘다고 평가받는다.

그런데 그 사이에 있는 사도세자는 1762년(영조 38년) 한여름 뒤주 속에 갇혀서 여드레 만에 숨을 거둔다. 정조의 나이 열한 살 때의 일이다. 할아버지에 대항해 아버지를 지킬 수 없었던 소년 왕자는 그로부터 26년 뒤 정조 13년에 부친의 묘를 양주 영우원에서 수원 화산의 현륭원으로 천장遷葬한다. 불행하게 죽은 부친에 대한 효심을 담아 정조 18년부터 20년까지 삼 년에 걸쳐 수원 성곽을 축성했다. 이것이 수원의 화성인데 조선 성곽 중 완성도가 최고라고 한다.

아버지를 잃은 비극적 가정사를 안고 소년 왕자는 외롭게 성장한다. 궁궐 안팎으로 수많은 정적政敵이 있었지만 왕자는 강했다. 고난과 시련을 통해 자신을 연마할 줄 알았다. 혹독한 공부로 인해 말년에는 안경을 쓰지 않고는 글자가 제대로 보이지 않을 정도였다고 한다. 실력을 쌓은 덕분에 반대파를 누르고 24년 재위 기간 동안 학문과 예술을 부흥시켰다. 당시 조정의 대신이나 내로라하는 유학자들도 정조의 학식을 이길 사람이 없었다 한다. 또한 정조는 시와 글에 능했을 뿐만 아니라 그림에도 뛰어났다고 한다. 이 정조가 그린 그림이 파초도였던 것이다. 그림 왼쪽 윗부분의 낙관은 정조의 호인 '홍재弘齋'라는 도장이다.

모두 알다시피 유교풍의 문인화는 담백한 화풍 속에 내면세계를 표현하는 특징이 있다. 우리가 알고 있는 매란국죽의 사군자 역시 문인화에 자주 등장하는 소재로, 고상한 인품을 가진 군자의 덕을 이 네 가지 식물로 표현하였다. 이 사군자 외에도 사대부 선비들은 파초를 소재로 삼기도 했는데, 파초는 마음을 연마하고 지식을 배양하는 향상심을 상징하는 것으로 여겼던 때문이다. 비록 말하지 못하는 식물이지만 그러한 덕성을 사람에게 일깨워준다는 이유로 조선의 사대부들은 파초 화분을 기르며, 추운 겨울엔 방안에 옮겨두고 관상했다고 한다.

당시 조선은 성리학이 대세였고 수기치인修己治人이라는 성리학의 기본 윤리에 준해 자신의 몸과 마음을 갈고 닦아 사회에 도움이 되는 사람으로 거듭나는 것을 사대부의 이상으로 여겼다. 그런 이상적 태도를 파초에 빗대었기에 정조 역시 파초를 가까이하며 그림도 그리고 시도 읊은 듯하다.

『파초芭蕉』

정원에 자라나는 봄 새싹은 아름답고
푸른 파초는 새 잎을 펼치는구나
펼쳐 올라온 그 모습은 빗자루처럼 길쭉한데
탁물이란 대인들이 힘쓰는 것이었구나
庭苑媚春蕪, 綠蕉新葉展. 展來如箒長, 托物大人勉.

파초도에 붙인 정조의 시다. 시의 끝 자인 '면勉'은 '힘쓰다'란 뜻이 있다. 정조는 파초의 푸른 잎이 길게 펼쳐지고 그 위에 자꾸 새잎이 나오는 모습에서 대인大人이 되고자 정신 연마에 힘쓰는 선비의 뜻을 담아냈다. 파초는 이렇게 쉬지 않고 인격을 기르며 학문을 계속해나가는 문인의 정신을 나타낸다.*

....

* 최형국, 『정조가 파초를 그린 이유』, 『e수원뉴스』: 2016.5.8. http://news.suwon.go.kr/_Ext/news/viewPrint.php?reqIdx=146267229823301861 참고.

회소懷素와 청두

그런데 파초 이야기로 당나라 때 승려 회소懷素(737-799)를 빠트릴 수 없다.

회소는 바로 '파초 잎에 글씨 연습을 한다芭蕉練字'란 옛이야기의 주인공이다. 회소는 어려서 출가하여 승려가 되었는데 항상 글씨를 쓰는 데 열심이었다. 그 많은 연습 종이를 장만하지 못하니 널따란 파초 잎에 글씨를 쓰곤 했다. 이러한 부단한 노력이 쌓여서 훗날 훌륭한 서예가로 이름을 날린다. 특히 회소의 초서草書는 필법이 변화무쌍하면서 가늘고도 힘찬 것이 따를 자가 없었다 한다. 이에 사람들은 그를 "초서의 성인(즉 草聖)"이라 일컬었다. 이 회소의 고사故事에서도 파초는 부단한 노력에 관련되는 바이니 파초도를 그린 정조가 노력하는 삶에 의미를 두었음을 다시 한 번 확인할 수 있다 하겠다.

회소의 전기인 『승회소전僧懷素傳』을 쓴 이가 육우陸羽이다.

육우가 누구던가, 바로 '차의 성인茶聖'이 아니던가. 육우가 저술한 『다경茶經』은 중국의 차 문화를 기록한 고전 중의 고전이다.

이런 말이 있다. 지구상에서 차의 발원국은 중국이고, 중국 차와 차 문화의 발원지는 쓰촨이다.

그 증거로 오래된 문헌인 왕포王褒의 『동약僮約』이 있는데, 기원전 59년 한나라 때 왕포란 사람이 '청두 안지리成都安志里에 사는 양혜楊惠라는 과부의 집에 머물고 있었다. 그 왕포가 주인집의 변료便了라는 노비에게 무양武陽에 가서 차를 사오라는 심부름을 시키자 변료가 자신이 손님 심부름까지 해줄 의무는 없다고 말했다는 일화가 적혀 있다. 이 일화를 통하여 쓰촨 사람이 차를 마시는 풍습이 일찍부터 성행했다는 걸 짐작할 수 있다.

왕포(BC90-BC51)는 촉蜀의 자중資中(지금의 資陽市) 사람이라고 하며 당대의 유명한 문인이었다. '무양에 가 차를 사오라武陽買茶"에서 무양은 지금의 쓰촨성 평산현彭山縣으로 추정된다. 문헌에 쓰인 '茶' 자는 차의 옛 글자라고 한다. 어쨌든 이 문장이 남아 있어, 차를 생산하고 매매하고 음용하는 2천 년 전 쓰촨의 차 문화를 상상할 수 있게 된 것이다.

또 청나라 고염무顧炎武의『일지록日知錄』에도 쓰여 있기를 "전국시대 진秦나라가 촉나라를 삼킨 이후 — 진나라 사람들이 촉의 차 문화를 배워 — 차를 마시기 시작했다.自秦人取蜀而後, 始有茗飮之事."라고 했으니, 중국 그리고 세계에서 차를 마시는 문화가 가장 먼저 시작된 곳은 쓰촨인 것이다.

일찍부터 촉의 사람들이 차를 즐겨 마신 것은 무엇보다 쓰촨의 기후 조건이 차나무 재배에 적합했던 점에 있었을 것이다. 쓰촨의 차는 점차 중원中原에도 변경의 소수민족에게도 휴식과 치유의 음료가 되었다. 중국, 티베트, 네팔, 인도를 잇는 '차마고도茶馬古道'가 증명하듯, 쓰촨의 차는 민족과 민족을 연대해주는 평화의 매개물이기도 했다.

회소는 만년晩年에 청두 보원사寶園寺에 머물렀다고 한다. 그렇다면 파촉巴蜀에서 나는 찻잎으로 차를 달이기도 했으리라. 서예가로서 승려로서 정신을 집중해야 하는 회소 같은 이에게 차 한 잔의 정적이 빠졌을 리 없다.

만약 내가 수묵화에 능하다면 쓰윽쓱 — 파초 잎 뻗어난 아래로 짚이엉을 얹은 정자 하나가 있고, 그 안에 차 한 모금 입에 머금고 소나기가 파초 잎을 두들기는 소리에 귀를 모으고 있는 회소의 시적 순간을 잘 묘사해 두리라.

태극권太極拳을 연마하는 사람들_망강공원   필자 제공

사람들은 모두 행복을 추구한다고 말한다. 자신의 행복이 그토록
목표라면 어떻게 함부로 타인을 괴롭히는가. 자기 본위를 뛰어넘을
수 없다면 그 행복은 진실한 행복일 리가 없다.
내가 갑자기 이역만리 청두로 유학을 떠난 근원에는 쉽게 풀릴 것
같지 않은 화두가 있었던 것이다.

「모녀와 홍매화」

모녀와 홍매화

"○○매화농장에서 차도 마시고 마작도 하고 맛있는 것도 먹고 친구들과 수다를 떨면 그야말로 최고지요○○梅林農家樂聊天, 喝茶, 打麻將, 品美食, 簡直巴適."

어느 블로그에서 읽은 청두의 봄이다.

'이게 바로 청두예요. 정말 쓰여 있는 그대로랍니다.'

나도 모르게 이렇게 중얼거리면서 글 사이에 삽입된 매화 사진으로 눈길을 옮기는데, 내 머릿속에서는 봄날 청두 교외의 매화 숲에서 지인들과 한가로이 식사도 하고 차도 마시며 하루를 보냈던 그 평화롭고 만족스럽던 추억들이 떠올랐다.

"정말 좋구나!"

그런 나날의 풍경들은 서녘의 하늘 모퉁이에서 뭉게뭉게 피어오르는데 나는 어느새 그 안에서 웃고 있었다.

청두는 매화의 나라 — 이것은 청두에서 첫 겨울을 지나며 알게 된 사실이었다.

겨울이 깊어지고 동지 무렵이 되자, 향기조차 연노란 납매腊梅(엄밀히 말해 매화와는 다른 종이라고 한다.)가 피어나 춥고 스산한 내 마음을 위로해주더니, 납매가 지면서 좀 더 선연한 빛깔의 황매화 홍매화가 연달아 피어난다. 마치 봄이 머지않았으니 조금만 더 힘내라고 응원해주고 싶어 날아온 요정들처럼 작은 매화 꽃송이들이 교대로 겨울을 밝히고 있었다.

처음 나를 데리고 매화 숲으로 인도해준 고마운 이는 견이다. 그녀는 이역에서 처음 설날을 맞는 나를 위해 그들의 대가족 모임에 데려가주었다. 그 장소가 홍매화 농장이었던 것이다. 세상에 태어나 그렇게 환한 꽃숲은 처음이었다.

"사진 찍어줄게요."

견이가 나를 꽃 숲에 세웠다.

그때 찍었던 사진이 십 년도 더 지난 지금까지 서울의 엄마 방에 놓여 있다.

나는 이남삼녀 중 막내다.

내가 태어날 때 이미 열여섯 살이던 큰언니는 동생이 또 하나 늘어난 일에 싫은 기색을 비쳤고 엄마는 죄지은 것 없이 부끄러웠다고 한다. 그도 그럴 것이 엄마의 회고에 따르면 내가 태어나던 무렵 우리 집 경제 사정은 최악이었다. 아버지가 애써 모은 얼마 안 되는 재산이 믿었던 사람 때문에 몽땅 날아가고 아무 계획도 없이 빈손으로 고향을 떠난 차에 내가 태어난 것이다. 철모르는 어린 나야 아무것도 모르고 자라났다지만 새 터전에서 새롭게 뿌리를 내려야 했던 부모님은 가난한 현실에 얼마나 초조했을까.

다행히 내 나이 예닐곱 살 무렵부터 우리 집 살림이 피기 시작했다. 가게가 잘 되니 부모님은 눈코 뜰 새 없이 바빠졌다. 좁은 가게에서 아침 일찍부터 밤늦게까지 분주했기에 엄마는 가장 어린 막내가 다가오는 것을 밀어내야 했다.

나가서 놀아라.

생활의 필요이니 내게 상처로 남은 것도 아니다.

늦게야 알게 된 사실 하나는, 내 마음에 아무 걸린 것 없다 하여 엄마 또한 마냥 괜찮을 줄 알았다는 게 오산이라는 것이다.

소망을 소망하지 못하고 살았던 엄마의 일생을 생각해본다. 여자아이에겐 기회를 주지 않던 과거의 우리나라. 배움을 꿈꾸지도 누리지도 못한 만큼 더더욱 근면해야 했고 그 근면의 대가를 자신에게 돌려도 된다는 걸 근본적으로 부정하는 게 옳은 삶이라 여겼다.

어디선가 읽었다. 작은 꽃에도 꽃에 필요한 힘이 담겨 있다. 자기라는 꽃을 피우는 힘은 자신 안에 있다. 그 내발적인 힘을 열게 하는 것 그것이 교육이다 — 라고. 교육이 그런 거라면 엄마의 성장기엔 너무나 큰 결핍이 존재했다. 엄마라는 소녀가 어른이 되도록 엄마 자신이 한 번도 자기 자신이란 꽃에 대하여 그것은 어떤 모양이고 어떤 색깔인지 상상해보지 못했을 것이다. 처음엔 아무도 가르쳐주지 않았고 나중엔 그런 건 없는 거려니 체념의 관성에 젖었을 것이다.

그러니까 엄마는 자기 자신이란 꽃을 피운다는 것에 대하여 자각도 희망도 없었다. 외곬으로 가진 종신終身 목표라면 아들 내외에게 여생을 의지하여 뒷방 늙은이로 평화롭게 명종命終하는 정도였을 것이다. 때문에 아들 내외에게서 일말의 효심을 발견하고 그에 의지할 수 있게 되었을 때는 세상을 다 얻은 듯 기쁘기도 했으리라.

그러나 엄마가 미처 예상하지 못한 것은 외적인 만족은 오래가지 않는다는 이치와 자기 자신이란 꽃을 피우려는 도전 없이는 내면 깊숙이까지 행복할 수 없다는 사실이다.

뭔지 모르게 불만족한 기분은 자꾸 분노가 되고 그에 대한 되새김을 모르니 엄마로선 원인을 떠넘길 대상이 있어야 했다. 가여운 본능이었다. 지금 와서 정리하자면 동아시아 근대기에 태어나 여성이라는 이유로 겪은 온갖 억눌림, 이제쯤 해방되어도 좋을 법하지만 적당한 방법을 몰라 스스로도 한심했을 엄마가 거기 있었다. 하지만 그때 나는 지금처럼 인생 경험이 많지 않았고 혼자서 초조해진 엄마는 내가 돕자고 나서기도 전에 가시만 돋쳐 있었다.

엄마의 앞모습 뒷모습을 보며 그 엄마를 둘러싼 가족들을 보며 딸로서 번민하지 않을 수 없었다. 나는 스스로에게 자문을 거듭했다.

사람들은 모두 행복을 추구한다고 말한다. 자신의 행복이 그토록 목표라면 어떻게 함부로 타인을 괴롭히는가. 자기 본위를 뛰어넘을 수 없다면 그 행복은 진실한 행복일 리가 없다.

내가 갑자기 이역만리 청두로 유학을 떠난 근원에는 쉽게 풀릴 것 같지 않은 화두가 있었던 것이다. 유학은 결단도 어려웠지만 완성이 더욱 어려웠다. 당초 예정한 삼 년을 배로 늘리고도 애면글면하는 상태에서 계절을 맞고 계절을 보냈다. 어디에도 도움을 청할 데가 없었다. 가장 먼저 경제적인 걱정이 가슴을 후볐다. 절약해야 한다는 강박관념에 설날이 와도 추석이 와도 하냥 움츠러들었다.

그래도 엄마 생각을 하면 가슴이 아려왔다.

나는 학업이라는 부목浮木이라도 껴안고 있지만 서울의 어머니는 무엇으로 세월을 버틸까. 곁으로 달려가지 못하는 대신 무언가 한마디 위로하고 싶다. 방법이 없는 속에 방법을 찾고자 눈을 굴리고 있는데 사진 한 장이 보였다.

바로 견이가 찍어준 사진이다.

사진 속 내 표정은 너무나 밝았다.

내리비치는 설날春節 햇살은 봄이 이미 당도한 것처럼 따뜻하고 찬란했다. 쓰촨은 과연 남쪽 나라였다. 그 햇살 속의 붉은 꽃빛 때문이리라. 홍매화 숲속에서 나조차 한 그루 꽃나무처럼 빛나고 있는 것은.

'어쩌면 꽃들이 이리도 밝지?'

봄 나들이 꽃 나들이   필자 제공

내리비치는 설날 햇살은 봄이 이미 당도한 것처럼 따뜻하고 찬란했
다. 쓰촨은 과연 남쪽 나라였다. 그 햇살 속의 붉은 꽃빛 때문이리라.
홍매화 숲속에서 나조차 한 그루 꽃나무처럼 빛나고 있는 것은.

「모녀와 홍매화」

활짝 핀 붉은 꽃나무 옆에 서 있노라니 늦게 공부한답시고 세상 걱정 혼자 다 짊어진 듯 무겁기만 했던 근심걱정이 한순간에 다 녹아 사라지는 것 같았다. 그래서 나도 모르게 활짝 웃었나 보다.

'맞아, 나를 기다리는 엄마한테 이 사진을 보내 드리자!'

어머니, 보세요,
저는 이렇게 밝고 환하답니다.
홍매화처럼요
그러니 내 걱정은 마세요

한 장으로는 왠지 안심이 안 되어 견이에게 따로 열 장 더 인화해 달래서 통째로 엄마에게 보냈다.

"네가 보고 싶을 때마다 이 사진을 보곤 했단다, 그동안 내가 ….."

내가 서울에 가면 가장 먼저 들르는 어머니의 방에서다.

모처럼 오랜만에 같이 식사도 하고 얘기도 나누며 앉아 있는데 엄마가 생각난 듯이 창가의 수첩더미에서 수첩 하나를 펼쳐준다. 수첩 갈피에 내 얼굴이 웃고 있었다.

맞아, 오래 전에 내가 엄마에게 보냈지.

사진을 받아들고 다시 바라본다.

그때 나는 분명히 유학생활의 스트레스로 머리가 터질 것 같았는데 …, 내가 봐도 신기한 것은 꽃가지 사이에서 이제 막 피어나는 꽃봉오리처럼 함박웃음을 짓고 있는 나였다.

"누구 딸인지 참 이쁘네요."

내 유머에 엄마도 배시시 웃음 짓는다. 지금 내가 웃고 엄마가 웃고 엄마의 좁은 방안 마주 앉은 모녀의 세월 속으로 꽃나무들이 그득하니

들어선다. 겨울이 오고 해가 바뀔 무렵마다 어김없이 피어나던 청두의 매화 송이들. 그 꽃들의 힘으로 봄이 피어난다.

엄마, 자신을 믿으세요.
봄이 되면 꽃이 피듯이
늦었다는 시간은 없답니다.
이제라도 엄마라는 꽃을 피우셔요.

빨강

心

쓰촨 대지진 I

2008년 5월 12일 오후 2시 28분, 첫 진동의 시각.

그 시각에 나는 집에 혼자 있었다.

휘잉, 하며 상하좌우의 각도가 비틀리는 순간 나는 본능적으로 알았다. 지금 지진이 일어났어. 침착하게 행동하자.

진동 한 번에 벽에 걸린 장식이 탁자 위로 떨어지고, 붙박이 책상은 한쪽으로 쏠렸다.

조금 있으니, 창문 아래서 날 부르는 소리가 들려왔다.

"박 선생님! 지진이에요. 얼른 나오세요. 아, 참 그리고 신발 하나 빌려주세요."

쓰촨 사범대에 재학 중인 비비飛飛였다. 당시 사범대 교정 안에 있는 아파트에 살면서 비비와 친하게 지내던 터였다. 당황한 중에 반갑기도 하여 나는 급히 신발 한 켤레를 들고 계단을 뛰어 내려갔다.

"기숙사에서 급히 나오느라 신발 한 짝을 못 신었어요. 그런데 민혁이는요?"

비비는 그 경황에도 내 아들 안부부터 묻는다.

"민혁인 지금 학교에 있지."

"그럼, 데리러 가요."

비비의 기숙사는 물론이고, 아들이 다니는 초등학교도 대학 교정 안에 있었다.

아들을 데려온 뒤 비비는 기숙사로 가고, 우리 모자는 어수선한 채로나마 저녁 식탁에 앉았다.

그때 전화가 왔다. 내가 이전에 살았던 하숙집 여주인 슬비世璧였다. 건물 안에 있으면 위험하니 자기 차에서 밤을 새우자는 것이다. 친절한 소리에 끌려 교문 안쪽 대로변에 세워둔 슬비의 차로 갔다. 슬비는 운전석에, 그녀의 아들은 운전석 옆자리에, 나와 아들은 뒷자리에 앉았다. 언제 또 진동이 있을지 모르는 일이라서, 넷은 그렇게 슬비의 노란 소형차 안에서 밤을 새웠다.

그 이튿날 문을 두드리는 사람이 있었다.

계단을 끼고 우리 집 맞은편에 사는 왕 여사였다. 고국을 떠나와 이런 일을 만났으니 얼마나 무섭냐고, 첫 마디부터 자상한 위로였다. 그리고는 자신의 텐트에서 밤을 보내자고 권했다. 주민들 대부분 야영하기로 했고, 자기네 식구도 교정의 백양나무 숲에 텐트를 쳤는데 꽤 넓어서 함께 잘 만하다는 설명이었다.

"고맙습니다."

잘 아는 처지도 아니면서 신세를 진다는 게 다소 미안하긴 했지만 때가 때인 만큼 나는 넙죽 받아들였다.

그날 밤이 생각난다.

숲 속, 왕 여사의 텐트에 누워 밤하늘을 바라보는데, 장막 너머 사람들 말소리가 들려오고, 불안도 외로움도 사라지고 마음이 훈훈해지는 게, '내게도 이웃이 있구나.' 마치 원시 시대 마을 공동체 안으로 들어선 듯한 그런 안심 속에 잠이 들었다.

쓰촨 대지진 II

부디 살아 있어다오!

생명이 생명을 응원하고 있었다.

재해 지역의 복구는 쉽게 끝날 일이 아니었다.

현장으로 달려갈 수 있는 사람은 달려가고, 도시에 남아 있는 사람들은 사람들대로 텔레비전 현장 중계를 주시했다.

내 가족의 생사라도 확인하는 것처럼 손에 땀을 쥐고 있었다.

어렵게 누군가가 구조되면 박수를 치며 환호했다.

살았다!

그해, 5월, 청두 그리고 쓰촨의 상공에는 서로의 삶을 응원하는 무수한 함성이 메아리치고 있었다.

어떤 어둠이 닥쳐도 우리 절대 지지 말자고!

물결 따라 다탁茶卓이 놓여진 강변의 노천찻집　　　　　　　　필자 제공

나는 금강을 빼고 청두를 생각할 수가 없다. 청두 사람들이 낙천적
이고 인정이 넘친다고들 한다. 청두인의 그런 기질은 하루아침에
만들어진 게 아닐 것이다. 하늘과 땅과 사람이 함께 빚어온 오랜
미덕이리라. 거기에 금강 너른 품도 있었으리라. 「쓰촨 대지진 Ⅲ」

쓰촨 대지진 III

때는 2008년 5월 어느 날.

쓰촨성 원촨汶川 에서 규모 8.0의 지진이 발생하고 이삼 일 지났을까.

지진의 첫 진동과 함께 너 나 할 것 없이 동요했다. 그러나 도시의 일상은 겉으로만 보아서는 언제 뒤숭숭했나 싶을 정도로 정상적으로 돌아가고 있었다. 상인들은 여전히 가게를 열고 주부들은 여전히 시장을 보고…, 여느 때와 다른 점이라면 모두들 긴장을 숨긴 채 텔레비전 뉴스에 온 신경을 집중하고 있다는 것이랄까.

바로 그런 즈음이었다. 그날 나는 무슨 일인가로 외출에서 돌아오는 길이었다.

버스 노선상 강변 정류장에서 환승을 위해 만원 버스에서 내렸고 마찬가지로 만원일 것 같은 다음 버스를 타려고 내린 자리에서 도보 2, 3분 거리인 정류장까지 걸어가는 중이었다.

'어라?'

잰걸음으로 발길을 재촉하다가 나도 모르게 멈칫했다.

뜻밖의 광경이 펼쳐져 있는 것이다.

내가 익히 알고 있는 강변이 아니었다. 그저 강과 나무, 오가는 행인이 있을 뿐인 여느 날의 칙칙한 강변길이 아니었다. 강둑을 따라 이어진 잔디밭이며 나무들, 그 뒤로 유유히 흐르는 강줄기야 그대로였지만, 강둑의 푸른 잔디와 나무 그늘 아래로, 제각각으로 알록달록한 텐트들이 세워져 있고 사람들은 그 텐트들 사이사이 삼삼오오 모여 있었다. 눈앞은 어딘지 신선하고도 쾌활한, 그야말로 휴일의 교외 같았다.

강가라지만 엄연한 도심의 도로변, 그곳이 일시에 피크닉 공간으로 변하리라고는 한 번도 상상해 본 적 없었다. 단언컨대 이방인인 내가 아니라 청두 토박이라 해도 마찬가지였을 것이다.

'도로변 강둑이 텐트장으로? 이게 정말 가능해?'

눈앞 현장을 보면서도 믿어지지 않았다.

더 모순인 것은 그걸 교외의 야영장처럼 환영하고 있는 나 자신이었다. 왜냐하면 나 자신, 이 뜻밖의 풍경이 실은 지진에 대한 불안으로 이루어진 이변이라는 걸 모르지 않았으니 말이다.

다시 말해 바로 며칠 전 청두에서 가까운 원촨에 지진이 일어났고 청두는 피해 범위 밖이라는 보도가 나왔지만 여진이 느껴질 때마다 두려운 것도 사실이었다. 사람들은 모이기만 하면 만일의 경우를 위한 정보를 교환했다. 이런 정보를 공유하다 보면 방법도 찾아지는 것이다.

"이럴 때는 집안에 있어도 위험하고 텐트라도 쳐야지 않을까?"

"어디가 좋을까?"

여러 사람들의 지혜가 모아져서 풀밭이 있는 강변 가로수길이 선택된 것이었다. 하나가 움직이니 둘이 나서고, 셋이 열이 되고 백이 되고. 생각이 그럴싸해서 사람들을 움직인 것이다. 텐트든 비닐깔개든 뭐든 맞잡고 나르다 보니 이렇게 한 무리의 부족처럼 한 자리에 모인 것이다.

뻔히 원인을 아는 처지에 마냥 환호할 수는 없는 시점이긴 하지만 목전의 풍경이 싫지 않다. 얼마나 사랑스러운가. ─ 밝은 기분을 주는 각양각색의 텐트들이며 잔디와 나무의 푸름이며, 사람들이 도란거림까지.

그야말로 금강 물줄기를 따라 이어진 시민 야영장이라고나 할지. 잠깐이나마 재난 중임을 까먹은 그날의 장면에서 금강 물줄기는 한없이 너른 어머니의 품으로 비쳤다.

　나는 금강을 빼고 청두를 생각할 수가 없다. 청두 사람들이 낙천적이고 인정이 넘친다고들 한다. 청두인의 그런 기질은 하루아침에 만들어진 게 아닐 것이다. 하늘과 땅과 사람이 함께 빚어온 오랜 미덕이리라. 거기에 금강 너른 품도 있었으리라.

불똥다리不動橋

 그게 어느 나라, 어느 도시였는지 묻지는 마.

 나는 이름이나 숫자 같은 걸 잘 기억하지 못해. 그래서 누가 그런 걸 물어오면, 마음이 답답해지고 내가 너무 바보같이 느껴지지. 그래도 별일 없이 이만큼 살아왔으니 된 거지.

 내가 그 도시에 도착했을 때는 저녁이었어. 낯선 지방에 저녁에 도착했을 때는 마음이 좀 급하기 마련이지. 캄캄해지면 좀 당황스럽거든. 그래서 공항에서 서둘러 호텔로 향했지.

 택시를 타고서야 뉴스를 들었어. 무슨 뉴스였냐고? 그게 말이야, 그날 낮에 그 도시에 지진이 일어났다는 거야. 아니, 아니. 그 도시가 진원지는 아니었고 인근 다른 도시가 무너져버렸대. 그때 이 도시에도 지진이 느껴진 거지. 굴러가던 버스도 흔들리고, 아파트도 흔들리고, 아무튼 땅에 붙어 있는 것은 다 그 흔들리는 걸 느꼈대. 그것도 크게. 그래서 온 도시가 발칵 뒤집혔어. 택시 기사가 전해준 소식이었어. 그러면서 나더러 다시 공항으로 돌아가서 비행기를 타고 이 도시를 떠나라는 거야. 위험하다고. 있던 사람들도 놀라서 도망치려는 판에 굳이 이 도시를 여행할 게 뭐 있냐고. 일리가 있는 얘기였어.

 그러나 곧 밤이 되는데, 비행기 좌석이 있다는 보장도 없잖아? 게다가 지진 때문에 도시를 빠져나가려는 사람이 많은 모양인데, 그렇다면 비행기 표 구하기가 더 어려울 거 아냐? 거기까지 생각하니 그냥 호텔로 가서 자는 게 나을 것 같았어. 내일 일은 내일 생각하자는 게 내 주의거든.

 호텔에 도착하니 이건 입구에서부터 어수선한 게, 예감이 안 좋았어. 이

거 오늘 밤 편히 못 자겠구나 예상을 하면서, 아무나 잡고 물었지. 방송이 나왔다는 거야. 건물 안에서 잠을 자다 건물이 무너지면 위험하니, 밖으로 대피하라는 경고 방송 말이야. 그래서 이동하는 거래. 그래 어디로 가느냐고 했더니, 그 사람은, 건물이 단단하다고 소문난 1급 호텔로 옮긴대. 그런데 거기는 숙박료가 상상을 초월하더라고. 비상시여서 그랬는지 모르지만 나는 꿈도 못 꿀 금액이야. 그래 다른 사람들은 어디로 가나 물었지. 가지가지였어. 어떤 사람은 그냥 호텔 앞 풀밭에 있어 볼 거라 하고, 어떤 사람은 텐트를 사겠다 하고, 별 생각이 안 나는 사람은 호텔 1층 입구에서 서성이고⋯. 어쨌든 1층이면 빨리 피하기 좋잖아.

상황을 보아하니, 침대에서 자기는 정말 그른 것 같았어. 어차피 짐을 푼 것도 아니니까 그대로 호텔 밖으로 나왔지. 평상시였다면 그런 용기가 안 났을 거야. 아무리 도시라도 번화가 몇 군데 빼고는 어둡기 일쑤라, 나는 여간 익숙한 길 아니고는 나서질 않는 편이거든.

그러나 그날은 뭔가 달랐어. 사람들이 모두 풀밭으로 내려와 있었어. 위험하다니까 호텔뿐만 아니라 사무실, 아파트 고층의 사람들이 모두 건물 밖으로 나온 거야. 그리고 풀밭이기만 하면 아무 데든 텐트나 자리를 펴고 쉬고 있었어.

계절이 여름이기도 했지만, 그건 참 색다른 풍경이었어. 한두 곳도 아니고 풀밭마다 다 그러니, 도시 전체가 어딘지 여름 캠프장 같은 경쾌한 분위기를 풍기는 거야. 겉으로만 봐선 지진 위험은커녕, 오히려 다시없이 평화로운 여름밤이었어. 그래서 길을 따라 걸어보기로 했어. 어디 적당히 야경 좋은 풀밭이라도 발견하면 거기서 쉴 생각이었지. 내가 그런다 해도 하나도 이상할 게 없는 그런 밤이었어.

길은 이내 강변으로 이어지더군. 시내를 가로질러 흐르는 강이 있었던 거야. 강가 풀밭에도 군데군데 텐트가 쳐져 있고, 카드놀이를 하는 사람, 앉아 있는 사람, 누워 있는 사람, ― 강물도 사람도 한가로워 보였어. 그리고 다리가 보였어. 다리를 건너기 시작했지.

내 진짜 이야기는 지금부터야.

다리 한가운데부터. 다리 한가운데서 굵고 투명한 줄이 늘어진 걸 발견하면서부터. 다리는 오래된 돌다리였어. 직접 밟아보니 알겠더라고.

코도 꼬리도 뭉툭해진 돌거북이 다리 입구에 엎드려 있는 것도 그렇고, 우툴두툴한 석재의 감촉도 그렇고. 낯선 여행지에서 뜻밖에 만난 유적이었어. 나는 사진기를 꺼냈지. 찍어두려고 말이야. 나는 오래된 것을 좋아하거든.

그때 보았어. 다리를 제대로 찍으려고 사진기 렌즈를 맞추면서 본 거야.

다리 한가운데였어. 투명하고 굵다란 줄이 수직으로 보이는 거야. 바로 허공에서 강으로 내려뜨려진 줄 같았어.

'응, 저게 뭐지?'

호기심이 나서 주위를 둘러봤어. 가까이 다가가기 전에 사람들에게 물어보려고 말이야. 그런데 아무도 없더군. 양쪽 강변으로 가로등불이며 텐트며 사람들이며, 지나올 때 본 대로 번화한데, 정작 다리에는 나 말고 한 사람도 없는 거야.

이상한 노릇이지. 그래서 다시 유심히 살펴보니까, 많은 게 달랐어. 오가는 차도 없고, 석등에서 비치는 불빛도 전등이 아닌 기름불이었어. 나는 이렇게 이해했지. 아하, 이 다리는 옛 모습 그대로 보존하는 특별한 다린가 보구나. 모르고 왔는데 운이 좋은 편이네. 이렇게 말이야. 그러니까 앞뒤가 맞았어. 왜, 어느 지방에 가면, 여행자들만 많고, 정작 그곳 사람들은 별로 없는 그런 관광명소가 있잖아. 그 다리가 바로 그런 곳이야. 그러니 사람이 없는 게 당연하지, 지진 때문에 여행자들도 관광할 경황이 없을 때니까 말이야. 납득이 되고 나니 마음이 느긋해지더군.

그래서 더 이상 망설이지 않고 그 줄이 있는 곳으로 가까이 갔어.

난간에 기대어 팔을 내미니 손이 닿았어. 두 손으로 당겨서 근덩근덩 흔들어봤어. 낚싯줄 대부분이 그렇듯이 줄 표면이 아주 매끄러워서, 줄을 잡는 게 아니라 두 손바닥을 줄 표면에 대고 팔을 흔드는 식으로 흔들어야 했어.

그런데 내 몸이 휘청 흔들렸어. 돌다리가 출렁한 거야. 아니, 잘 말하지. 지진이었어. 다리 양쪽에서 으악 하고 사람들 비명 소리가 울리는 걸 들었으니 틀림없이 지진이 일어났던 거야. 다리 가운데서도, 아직 건물에 남아 있던 사람들이 쏟아져 나오는 게 어렴풋하게 보였어.

그때 무서웠냐고? 아니. 발밑이 흔들렸을 때는 좀 당황했지만, 지진 현상이라고 생각하니 이상하게 마음이 안정되더군. 땅이 좀 흔들리는 것일 뿐이잖아. 그러다 죽으면 어떡하냐고? 글쎄, 이렇게 대답하면 어떨지 모르지만, 당시 나는 죽음보다는 미래가 두려웠어. 왜냐고 캐묻지는 말아줘. 그때는 그랬으니까 말이야.

하여간 나는 안심하고 다시 동아줄을 있는 힘껏 흔들었어.

"거기 누구냐!"

천둥이 치는 줄 알았어. 아까보다 심하게 발밑이 출렁거리면서 엄청나게 큰 소리가 동시에 났으니까. 나는 놀라서 나도 모르게 하늘을 올려다보았어. 그런데 말이야, 거기 하늘에 소리만큼이나 큰 얼굴이 나를 내려다보고 있는 거야.

"너냐? 내 낚싯줄을 흔든 게? 아까도 네가 흔들었겠다?"

세상에, 하늘을 다 가릴 정도로 큰 얼굴이 내게 화를 내고 있다니! 순간 뭐라 대답해야 할지도 모르고 나는 굳어져버렸어.

"사람 주제에 배짱 한번 두둑하구나! 하하."

그런데 웬걸! 큰 얼굴이 이제는 화를 거두고 웃어젖히는 거야. 겨우 한숨을 돌렸지.

"저는 그냥 흔들어도 되는 줄 알았어요. 이 줄은 뭐에 쓰는 건가요?"

"그래. 어떤 미련한 데다 성질이 제멋대로인 용 한 마리를 낚으려는 중이다."

"용이라고요?"

나는 점점 뭐가 뭔지 모르게 되었어.

큰 얼굴은 그런 내가 오히려 재미있는지, 싱글거리는 거야.

"왜? 방금 땅 밑이 진동한 걸 보고도 내 말을 못 믿겠단 말이냐? 그럼 어디 ⋯ ."

그 말과 함께 천지가 갑자기 요동치기 시작했어. 큰 얼굴이 줄을 당기면서 일어난 현상이 확실했지.

"오오, 안 돼요! 무섭단 말예요! 당신 말을 다 믿을게요."

"진즉 그럴 것이지. 졸리던 참에 마침 잘됐다. 옜다, 이 물레를 받아. 내가 잠 잘 동안 꼭 잡고 있어야 해. 가만히 잡고 있다가, 줄이 당겨지는 것 같으면 그만큼 풀어주면 돼."

큰 얼굴은 내가 거절하기도 전에 자기 할 말만 다 하고 사라졌어. 어느새 내 팔엔 줄이 잔뜩 감긴 물레 손잡이가 안겨 있더라고. 그러니까 내가 맡은 일이란 게, 줄 상태를 보면서 물레를 풀어주거나 감아주면 되는 거였어.

실수라도 하면 큰일일 것 같아서 정말로 긴장되었지. 졸리지도 않았어. 큰 얼굴이 얼마 동안이나 잠을 잘지, 나는 정말이지 벌 받는 기분으로 물레 손잡이를 꼭 잡고 있었지.

그렇게 새벽이 오고 있었어.

"아흠, 제법이군. 나보다 나은걸."

큰 얼굴 목소리가 머리 위에서 천둥소리처럼 들려오더군.

"어휴, 얼른 받으세요. 제 팔이 그만 돌이 될 것 같아요."

거대한 탑이 쑥 다가왔어. 바로 큰 얼굴의 손이었어. 그 손을 보자 퍼뜩 스치는 게 있는 거야. 나는 망설일 것도 없이, 얼른 물레를 안은 채 그 손바닥 위로 기어 올라갔어. 그리고 말했어.

"이왕 칭찬하셨으니, 상으로 천지天池라고 하늘연못 좀 구경시켜 주세요."

"연못? 그건 왜?"

"하늘연못을 들여다보면 미래가 보인다면서요? 그게 보고 싶어요."

"뭐, 그거. 어려울 거 없지."

큰 얼굴은 얼굴만큼이나 마음도 큰 것 같았어. 쉽사리 허락을 하더군.
드디어 내 소원이 곧 이루어지게 된 거야.

얼마나 기쁘던지, 아직까지 내 품에 안고 있던 물레를 살피는 것도 잊은
거야. 큰 손이 올라갈수록 줄이 점점 당겨졌는데 말이야, 한참을 몰랐어. 내
발은 큰 얼굴의 손바닥을 밟고 있었으니까 아무 느낌도 못 느낀 거지.

큰 얼굴이 먼저 이상을 발견했어.

"저런! 낚싯줄을 풀어야지! 모자란 녀석 같으니!"

벼락같은 호통 소리를 들으며 줄을 푸는데 잘 될 리가 있어? 땅에서는
난리가 났지. 높은 건물들은 거의 무너지기 직전이었어. 다행히 무너지기 전
에 수습은 되었지만. 하마터면 도시 하나가 없어질 뻔한 순간이었지.

나는 당연히 상을 받을 자격이 없어졌지.

큰 얼굴은 얼마나 화가 났던지 나를 던져버리더군.

정신을 차려보니 내가 다리 아래 풀덤불에 있는 거야. 그나마 돌다리에
떨어뜨려지지 않은 게 다행이었지. 여기저기 아침 운동을 하는 사람들도 보
이더군.

그중의 한 사람을 붙잡고 물어봤지.

"지난밤에 무슨 일 없었나요?"

"일은요? 모처럼 풀밭에서 아주 달게 잤는걸요. 그 사이 땅이 울리고 건물이
좀 흔들리긴 했지만 괜찮아요. 뭐가 무너졌다는 소리도 없고, 사람들은 다들
안전하고, 내가 이렇게 단잠을 잔 것만 보아도 분명 아무 일 없었을 거예요."

또 한 사람에게 물어봐도 비슷한 대답이었어. 안도의 긴 한숨이 내 입에
서 나왔어.

그제야 돌다리 이름이라도 알아가자는 생각이 들더군. 마침, 강물에 낚싯
줄을 드리우고 있는 할아버지가 보였어.

"할아버지, 이 다리 이름이 뭐예요?"

"불똥다리."

"예?"

"단단하게 만들어서 세상이 뒤집어져도 끄떡 않는다 해서, 아니 불不에 움직일 동動 — '부동교不動橋'인데 '불똥교'라고들 부르지. 옛날에 말이지, 용 한 마리가 야광주를 갖고 놀다가 떨어뜨렸어. 몸길이가 백 리나 되는 놈인데 그걸 찾아내겠다고 세상 온갖 곳을 쑤시고 다니니 세상이 여간 난리가 아니었어. 그걸 보고 하늘에서 그놈을 잡아 올리려고 낚싯바늘을 내려 그놈 꼬리에 꽂았는데 말이지, 하필이면 그놈이 여기 이 강물을 거슬러 올라오고 있을 때였어. 아나나 달라, 그놈이 자꾸 거슬러 올라오니까 낚싯줄이 딱 다리에 걸려버렸어. 어쩌겠어. 다리가 떡 버티고 있으니. 그놈은 그래 꼬리를 예다 두고 땅 밑으로 파고들어 가끔 요동을 치는 거고, 하늘은 하늘대로 고집이 있지, 어디 다 잡은 것을 놓아줄 수 있어? … 천 년 만 년 그러고 있는 거지. 다리가 끄떡을 안 하거든."

"에이, 할아버지는 그걸 믿어요?"

"믿으니까 여기서 용을 낚고 있지?"

몸집도 자그마한 노인이 농담은 아주 크게 하더군. 순박하고 맑은 미소를 지으면서 말이야. 문득 할아버지 얼굴이 어디서 본 듯하다는 기분이 들었어. 그래서 사진을 찍은 거야. 자, 이 사진을 봐, 할아버지가 낚시를 하고 있잖아. 다리도 보이고. 강물도 보이지? 강에서 물고기는 잡히냐고? 물고기뿐이겠어? 그 할아버지 말로는 용도 잡힌다던걸!

그 도시에서 또 지진은 없었냐고? 몰라, 난 그날로 도시를 벗어나 오지를 찾아 떠났으니까. 소문에 그 오지 어디쯤에 성스러운 천지가 있대. 그 호숫가에 서서 호수 한가운데를 잘 응시하면 미래를 볼 수 있대. 나는 그 미래가 보이는 성스러운 호수에 가보고 싶었거든.

그럼 미래를 보았겠다고?

글쎄, 더는 묻지 마. 사람마다 자기 가슴 깊숙이 간직하고 싶은 일이 하나쯤 있어야 하는 법이니까.

우리는 혼자가 아닙니다

다큐멘터리 영상 하나를 보았다.

원촨 대지진의 생존자인 대국홍代國宏이라는 청년의 인터뷰 영상이었다. 그는 십 년 전 그날을 하나도 잊지 못하고 있었다.

2008년 5월 12일.

지진이 일어나던 그 시각에 그는 학생이었고 수업을 받고 있다가 지진인 줄도 모르고 그대로 학교 건물에 매몰되었다.

첫날은 사태의 심각성도 알지 못한 채 그저 구조만을 기다렸다고 한다. 건물이 부서지고 그 아래 깔린 상태여서 친구들 모습도 보이지 않았다. 가까이에 여학생 하나가 살아 있어서 말소리를 내어 서로를 격려했다. 구조대가 올 때까지 참고 기다리자고. 그런데 이튿날 그 목소리는 이렇게 말했다고 한다.

"너는 살아나가서 나 대신 우리 부모님께 내가 많이 사랑한다고 전해줘. 나중에 너의 꿈을 다 이룬 뒤엔 잊지 말고 우리를 위해 뭔가 의의 있는 일을 해줘."

이를테면 유언이었다.

친구의 목소리조차 끊어진 캄캄한 어둠 속에서 남자아이는 버텨냈고 결국 구조되었다.

건물 파편에 다친 두 다리는 잘라내야 했다. 살아남았지만 두 다리를 잃은 장애인으로서 그는 신체적 결함을 극복하기 위해 수영을 배웠다. 그것은 운동이라기보다 적응 훈련이었다. 그의 가슴엔 친구의 유언이 깊게 새겨져, 누구에게도 부끄럽지 않은 자신이 되자고 혼신을 다했다. 적응 훈련이었던 수영이 나중에는 자신에 대한 도전으로 변했다. 2010년 (중국) 전국장애인올림픽 수영 100미터 부문에서 금메달을 따기도 했다.

칠 년 동안 각고의 노력으로 자신이 살아 있음을 증명한 이 청년은 드디어 오랫동안 미뤄왔던 일을 하기로 한다. 지진 당일 생사의 동지로 자신에게 유언을 남긴 여학생의 부모를 찾아 나서기로 한 것이다. 2015년의 일이었다.

왜 그때여야 했냐고 아나운서가 묻는다. 이에 청년은 담담히 대답한다. 여학생의 부모가 자신을 만나기까지는 아마 자녀의 생사에 대해 희망을 품어왔을 것이라는 것, 그가 그날의 기억을 전해주는 그 순간이 여학생 부모에겐 이제까지 품었던 실낱같은 희망의 불을 꺼버리는 불가피한 사망 선고의 순간이라는 것. 그걸 알기에 결코 쉽지 않은 결정이었다고.

친구의 유언을 왜 바로 전하지 않았느냐고 아나운서가 한 번 더 재우쳐 묻자 청년은 대답한다. 죽어가던 친구의 마지막 말에 걸맞은 당당한 사람이 되고자 스스로 먼저 분투해야 했다고. 자기 자신이 부끄럽지 않을 만큼 노력했다고 인정할 수 있게 되어 용기를 냈다고.

마지막으로 그는 말했다.

지진과 함께 우리에게 아픔은 새겨졌지만, 우리는 절대 혼자가 아니다. 누구도 절대 혼자가 아니라는 그 말을 전하고 싶다고 했다.

콜라 소년

2008년의 지진 속에 탄생한 '콜라 소년_{可樂男孩}'이 있다.

죽음의 위기에서 구출된 직후 구조대에게

"콜라가 먹고 싶어요."라고 말해 유명해진 소년. 소년의 본명은 설효_薛梟라고 한다.

건물 잔해 속에서 꺼내지자마자 콜라를 찾던 모습, 텔레비전 현장 중계를 통하여 나도 보았다. 세월이 흐른 지금도 눈앞에 생생하다.

중학교였다. 4층짜리 학교 건물이 붕괴된 현장이라 했고, 붕괴 후 이미 70시간이 지났는데 구조대가 폐허 같은 잔해 더미 속에서 두 남녀 학생을 꺼내고, 바로 그 부근에서 또 한 명의 남학생을 찾아냈다.

그 남학생이 구조된 것은 건물에 깔린 지 80시간이나 지난 후였다. 살아 있다고는 하나 어떤 신체적 손상이 있는지 알 수 없는 상황이었다. 구출된 소년은 오른쪽 손과 다리를 다친 채여서 급한 대로 응급처치를 받고 구급차에 실리기 직전이었다. 그런 순간에 아이가 갑자기,

"삼촌, 콜라를 마시고 싶어요!"라고 구조대원을 부른 것이다.

콜라!

이 한 마디에 구조대원들의 표정에 순간 웃음이 돌았다.

"알았다, 콜라 갖다줄게."

텔레비전으로 구조 장면을 보고 있던 나는 깜짝 놀랐다. 건물 더미에 깔려 죽을 뻔한 아이가 살아나서 "콜라"라고 할 줄 누가 알았겠는가.

물론 콜라라는 음료는 유명하다. 그렇지만 죽을 뻔한 위기에서 부활한 소년이 콜라를 찾다니! 어디 그뿐인가, 소년은 한 마디 덧붙이기까지 했다.

"찬 걸로요!"要冰凍的!

"찬 거라고, 알았어!"好的, 拿冰凍的!

어쩜 저리 태평일까, 마치 아무 일 없는 날 동네 잡화점에라도 들른 것처럼 말한다.

태연하기가 책에서나 보았던 왕자님 같다. 조금도 두려움을 모르는 소년이다.

아파트 거실에서 나는 혼자 자문했다.

쓰촨의 아이들은 모두 저러한가, 도대체 어디서 저처럼 천진한 낙관주의를 물려받았단 말인가!

나만 감탄한 게 아니었다.

알고 보니 이 순간의 보도를 접한 중국의 전 국민이 이 강하고 명랑한 소년에게 반해버렸다.

누가 아니겠는가. 대자연의 참사에 남녀노소 없이 어쩔 바를 모르는 판에 도무지 공포란 걸 모르는 듯한 소년이 나타났으니.

지진 복구 중에도 사람들은 자꾸 '콜라 소년'을 떠올리며 웃었다.

이 웃음과 함께, 그래 우린 쓰촨 사람이야. 아무리 힘들어도 웃어넘기지 못할 일은 없지. ─ 라는 메시지가 퍼져나갔다. 그 밝은 기운이 점차 확대되어 나가는 게 이방인의 눈에도 훤히 보였다.

실로 두려움 없는 생명의 영향력이었다.

콜라 소년은 십 년 후 청두시 코카콜라박물관의 청년관장이 되었다.

청년이 된 콜라 소년에게는 한 가지 바람이 있다고.

2008, 쓰촨대지진이 일어난 시간_잉슈지진유적지映秀地震遺址   熊建 제공

이 웃음과 함께, 그래 우린 쓰촨 사람이야. 아무리 힘들어도 웃어넘기지 못
할 일은 없지 — 라는 메시지가 퍼져나갔다. 그 밝은 기운이 점차 확대되어
나가는 게 이방인의 눈에도 훤히 보였다.
실로 두려움 없는 생명의 영향력이었다.   「콜라 소년」

"사람들이 먼저 저를 설효로 받아들여주고, 그 다음에 제가 그 콜라 소년이었다는 걸 기억해주면 좋겠어요."

유명해진 입장에 좌우되지 않고 자기 자신에 충실하고 싶은 건실한 마음이 엿보였다.

그렇게 건실한 청년에게도 지진으로 인한 상처가 있었다.

첫사랑인 여자 친구를 지진으로 잃은 것이다.

다시 누군가를 만나 사랑할 수 있을까?

청년은 아직 답은 모른다고 했다. 그렇지만 시간이 약이라는 속담을 믿고 있단다.

약관의 청년이 담담하게 인생 도리를 수용하고 있다. 소위 말하는 대륙인의 근성인가, 부럽기조차 했다. 내가 아는 나는 그보다 두 배의 연령이 되고도 불리한 현실에 조급해지기 일쑤인데 ··· .

폐허 속에 차가운 콜라를 찾던 소년은 이제 어엿한 사회인이다. 박물관에서 일하는 직업인으로서 관람객을 맞이하여 해설이나 안내도 해주며 충실한 일상을 보내고 있다고, 자기 나이에 맞는 노력을 하면서 열심히 살고 있다고 ─ 인터뷰 기사는 그렇게 전하고 있었다.[*]

....
* '콜라 소년'의 인터뷰 기사는 다음 신문기사를 주로 참조. 成都商报(2018.4.9.) 출처 : "新浪四川" http://sc.sina.com.cn/news/m/2018-04-09/detail-ifyvtmxe2351809-p3.shtml

화이부동和而不同

쓰촨 불냄비火鍋

"역시 공자의 나라는 다르구나.'

비행기에서 『논어』 한 구절을 보았다, 아마 청두로 가는 산둥항공이었을 것이다.

군자화이부동, 소인동이불화. 군자는 화합하되 주체를 잃지 않고, 소인배는 무리에 애써 맞추되 진정한 화목을 모른다는 뜻이다.

들어도 곧 잊어버리는 나이지만 "화이부동"이란 고사성어는 왠지 귀에 익었다.

그래, 맞아. 쓰촨 요리에 대해서였어. 쓰촨 요리의 특징을 설명하며 화이부동의 맛이라고 누가 말해줬어. 그렇게 정의한 까닭은, 쓰촨 요리는 식재료들을 하나의 요리에 모아 넣고 그 전체적 조화를 이끌어내는 한편 원재료가 가진 각각의 맛도 살리는 장점이 있어서라 했다.

쓰촨 요리에 쓰이는 양념 가짓수가 정말 많은데, 그 많은 양념들이 음식을 화합의 맛으로 만드는 작용을 한다는 점에서도 그러한 도리가 찾아진다는 것이다.

나는 화합의 맛이라는 말을 듣자 제일 먼저 쓰촨의 별미 '훠궈火鍋'가 생각났다. 이미 갖가지 양념으로 만들어진 탕 속에 야채와 고기 무엇이든 넣어 먹는 요리 말이다. 양념의 조화로 탕 맛이 결정된 위에 각자의 기호에 따라 선택한 각종 식재료들이 그 끓고 있는 탕에 데쳐진다. 그러면 감자든 소고기든 제 고유의 맛으로 익으면서 탕의 진한 맛이 겉에 입혀지기 때문에 그 맛이 독특하고 오묘하다.

내가 청두에서 만난 한국인들은 하나같이 쓰촨 훠궈의 매력에 주목하곤 했다. 언젠가는 여럿이서 한참을 훠궈에 대해 토론하기도 했다. 누군가는 이 요리가 한국에 널리 퍼질 날이 올 거라고 예언했고, 누군가는 그 말을 받아, 훠궈를 번역하여 '불냄비'라고 부르면 어떻겠냐고 물었다.(그 뜻을 받아 이하 훠궈를 불냄비라고 쓸까 한다.)

불냄비火鍋는 청두에서 처음이었다.

"쓰촨에 왔으니 매운맛을 먹어봐야지요."

고추·산초·후추… 열두 가지도 넘는 양념을 주방에 갖춘 쓰촨의 식당들, 소시지 꼬치구이를 사면서도 소시지를 고춧가루 위에 한 번 굴려서 먹길 좋아하는 쓰촨 사람들. 불냄비 역시 대표 이미지는 빨간 색 매운 맛이다.

한번 먹어보면 왜 사람들이 이 음식 이름에 '불火'자를 넣었는지 조금은 알 것 같다. 국물이 보여주는 붉은색도, 눈앞에서 내내 끓고 있는 열기도 너무 인상적이다. 거기다 매운 맛이 입안에서 화—하다. 얼마나 매운지 많이 먹으면 배탈도 나고, 열이 올라와서 얼굴에 작은 도드라기들이 돋아나기도 한다.

하지만 희뿌연 육수로 만든 순한 맛도 있다. 매운 홍탕紅湯이 싫으면 맵지 않은 백탕白湯을 요구하거나 냄비의 칸이 두 개로 나눠진 것으로 주문할 수 있다. 두 칸 냄비는 이름도 듣기 좋게 원앙과鴛鴦鍋이다.

　나를 불냄비 집으로 데려간 친구는 쓰촨 매운 맛을 자랑스러워했다. 덕분에 내가 처음 먹은 것은 붉은 탕이었고 혀는 놀라면서 반겼다. 이전엔 한 번도 먹어본 적 없는 매운 맛의 새로운 세계였다.

　국물로 말하면 우리나라와는 용도가 다르다. 불냄비의 국물은 건더기를 데치면서 표면에 묻히는 정도를 먹는 것일 뿐, 맛이 있기만 하면 국물을 즐겨 떠먹는 한국인의 식습관하고는 다르다. 그래도 쓰촨의 불냄비는 유혹적인 맛이다. 나 역시 팔팔 끓는 불냄비의 맛에 금세 빨려들었다. 쓰촨 불냄비야말로, 먹어도 먹어도 늘 새롭게 느껴지는 이 세상의 몇 안 되는 음식 중 하나가 아닐까.

　내가 쓰촨 불냄비에 홀린 이유가 단순히 맛 때문만은 아니다. ― 젓가락으로 맵고 뜨거운 음식을 입안에 넣었을 때, 기실其實 식도를 타고 가슴에 닿는 것은 동석한 사람들의 말소리와 웃음소리, 그야말로 인간 세상에 어울리는 맛, 즉 사람 사는 맛이다. 이처럼 유쾌한 맛을 달리 어디서 구하랴!

　사람들은 너 나 할 것 없이 유쾌한 얼굴이다. 다양한 재료들이 접시마다 담겨 있다. 그 중에 한두 접시를 탕에 넣는다. 딱히 원칙이 있는 건 아니라지만 음식 재료마다 익는 속성의 차이를 알아서 어떤 것은 넣자마자 익고 어떤 것은 조금 기다려주고, 또 어떤 것은 좀 더 오래 기다려주고, … 제때 알아서 건져 먹는다. 얼추 먹었으면 다른 재료를 넣고 누구에게 미루면 안 된다. 먹으면서 부으면서 또 서로 권하면서 입도 손도 부지런히 놀리는 거다. 원탁에 놓인 음식을 다 먹을 때까지 이 하나의 요리에 집중하는 것이다. 먹는 데 단결하며 화목해지게 된다. 단결하지 않을 수 없다. 우선 솥의 국물이 보글보글 끓고 있다. 아직 비우지 않은 접시가 많다. 종류가 많으니 다음 맛이 기대된다. 그러니 안 바쁠 수가 없다. 국에 넣고 건져 올리는 단순한 작업에 서로 미룰 이유가 없다. 평등하게 바쁜 것이다.

내 기억 속에서 쓰촨 불냄비는 유쾌한 행복의 맛이다.

그런데 원래 쓰촨 불냄비를 끓이는 그릇은 지금의 솥보다 훨씬 크고 육중한 청동 솥이었을 거라 한다. 그 말이 사실일진대 이 요리의 유래는 청동기 시대로까지 거슬러 올라가야 할 것이다. 그렇다면 국가적 대사를 앞두고 그 성공을 다짐하며 의식처럼 이 음식을 나누기도 했으리라. 백성들끼리라도 좋다. 장작불 위에 큰솥을 올려놓고 많은 사람들이 둘러앉아 뜨거운 것을 후후 불며 먹었을 그 현장감을 생각하면 청동 솥 요리는 옛날 옛적부터 여럿이 떠들썩하게 먹고 마시는 자리의 메인 요리였을 게 분명하다. 음식에 담긴 장중한 역사와 우의 넘치는 분위기, 여기에 외국인이 매력을 느끼는 것인지도 모른다.

최근에 한국에도 훠궈집과 마라탕집이 많이 생겨났다. 마라탕 역시 쓰촨의 맛이고, 맛은 훠궈와 비슷하다. 이 둘에 대해 개인적인 의견을 보태자면 청두 사람처럼 아무 때나 친한 이들이 한자리에 모여서 솥을 둘러싸고서 서로의 마음을 나누면서 부지런히 먹을 자신이 없다면 훠궈집보다는 마라탕집을 선택하는 게 나을 것이다.

요즘 나는 한 가지 사실을 깨닫는다. 쓰촨 맛을 기억하는 내가 진정 가져오고 싶은 것은 단순한 쓰촨 요리가 아니다. 쓰촨 사람들의 정이다.

사실 요즘 같은 국제화 시대에 쓰촨 맛이 세계 어디로 옮겨지든 하등 이상한 게 없다. 그 물리적인 맛이 다가 아니다. 음식에 담긴 쓰촨 사람들의 개방성과 낙천성, 그것들을 가슴으로 받지 않는 한 쓰촨의 화이부동의 맛을 음미하기는 쉽지 않을 수 있다.

양옆으로 야채시장이 있고 금강이 있던 곽가교郭家橋   필자 제공

아파트 단지 바로 옆에 야채시장이 있고 거기 2층에 두부가게가 있는데,
부지런한 젊은 부부가 운영하고 있었다. 남편은 주로 두부를 만드느라
바쁘고 가게를 지키는 건 달덩이처럼 얼굴이 고운 새댁이었다.

「화이부동」

전주비빔밥

화이부동의 맛이라 하니 우리의 비빔밥이 생각난다.

비빔밥이라면 전주비빔밥이 유명하다.

전주는 내가 대학 입학으로 인해 상경하기 전까지 살았던 곳, 즉 나의 고향이다. 고향을 떠나오니 전주비빔밥에 대해 물어오는 친구들이 가끔 있다. 정통 전주비빔밥은 36가지 이상의 갖가지 재료들을 밥 위에 얹어 함께 비빈다고 한다. 한 그릇에 36가지 맛이 합쳐져 서로 어울리니 그 속에 조화의 원리가 있다는 것이다.

하지만 우리가 고급스런 전주비빔밥만 고집할 필요가 있을까. 비빔밥은 다양한 창조가 가능하다. 상황에 맞게 쉽게 구할 수 있는 재료로 밥을 비벼 먹는 방법은 한국인에게 친숙하고 보편적인 조리법이다. 비빔밥의 재료가 때로는 네댓 가지 혹은 한두 가지뿐일 때도 있다. 그래도 맛있을 수 있는 것은 비벼주는 어머니의 손맛 때문이거나 또 한 끼 먹을 수 있음에 감사하는 마음 때문일 것이다.

내가 엄마에게 전수 받은 요리법 하나가 있다. 어찌 보면 비빔밥이고 어찌 보면 볶음밥인데, 익은 김치와 씻은 콩나물, 그리고 밥만 있으면 할 수 있다. 조리법도 간단하다. 솥 바닥에 물은 조금 붓고 그 위에 콩나물 그리고 송송 썬 묵은 김치, 그 위에 밥을 얹고 참기름이 있으면 쪼르르 부은 다음 솥뚜껑을 닫고 콩나물이 익을 만큼 가열한다. 적당히 익었다 싶을 때 주걱으로 비벼주면 새콤한 김치 맛에 콩나물의 아삭한 식감이 어우러져 나름대로 만족스러운 한 끼가 되는 것이다.

콩나물이라면 또 전주 콩나물이 유명하다. 그래서인지 어렸을 때 밥상엔 거의 날마다 콩나물무침 아니면 콩나물국이 올라왔다. 콩나물 두어 줌이면 뚝딱뚝딱 반찬이 만들어지는 것이다. 겨울날이면 묵은 김장김치와 콩나물을 넣고 끓인 엄마표 콩나물죽도 별미였다. 감기를 앓다가도 콩나물죽을 먹으면 거뜬해지는 기분이기도 했다.

명절날 임박해서는 마루 한구석에 고무대야에 시루가 얹어지고 콩나물콩을 담아 매일처럼 물을 부어준다. 그러면 한동안은 사 먹지 않아도 되는 것이다.

크고 나서 알게 된 사실인데 전주 콩나물의 맛이 더 좋은 까닭은 물이 달라서라고 한다. 전주의 한벽당寒碧堂 밑으로 작은 강이 흐르는데 그 강 상류의 물로 길러져서 전주 콩나물만의 맛이 난다는 것이다. 전주 콩나물이 유명하다 보니까 콩나물국밥을 파는 식당들은 곧잘 '전주'를 앞에 내세운다.

서울에 살면서 딱 한 번 나는 이름에 '전주'를 붙인 식당에서 콩나물국밥을 먹어본 적 있다.

출판사 사장이 특별히 나를 안내한 곳이었다.

친구의 소개를 받아 출판사를 찾아간 날이었다.

그즈음 나는 동화책을 출간하고 싶어 했다. 내 생각을 듣고 지인이 어린이 책을 내는 출판사 사장에게 다리를 놓아줬다. 만나자는 연락이 왔다. 사장은 책 출판은 어렵지 않다고 했다. 식사 먼저 하고 얘기를 나누자며 나를 안내했는데 간판을 보니 '전주 콩나물국밥'이라고 쓰여 있었다.

이거 뜻밖에 사장에게서 고향 음식을 대접받는 셈이 되었구나!

그가 내 고향이 전주인 걸 알 리 없는데 싶으면서도 그 우연이 더 감격스러웠다. 내 책을 출간하는 일을 선선히 응낙한 것도 그렇고…. 오늘 내가 귀인을 제대로 만난 것인가. 목으로 넘어가는 얼큰한 국물이 시원했다.

내 기분 탓인지 사장은 드물게 말이 통하는 사람 같았고 대화도 즐거웠다. 그러다 문득 생각난 듯 사장이 내게 넌지시 묻는다. 때마침 인쇄 들어가기 직전의 원고가 있는데 수정을 부탁해도 되겠냐고. 나는 아무런 의심 없이 그러자고 했다.

결론부터 미리 말하면 절대 그냥 부탁해서는 안 되는 일거리였다. 처음엔 그냥 한두 권 봐주면 되겠거니 여겼다. 그런데 점심 먹고 퇴근시간까지 끊임없이 가져오는 것이다. 그리고 다음날은 일찍 나와 달라는 것이다. 그제야 이상한 기분이 들었다. 더 이상한 것은 과도한 양의 일을 단순히 우정의 협조 정도로 처리하는 사장의 태도였다. 사장의 저의를 의심하지 않을 수가 없었다. 책 출판 상담에 응하는 척하면서 목적은 어린이용 시리즈 원고를 통째로 손봐줄 사람으로 날 이용했던 것이다. 내가 그만 깜빡 속은 것이다. 겉으로는 교양 있는 척 문화계 인사인 양 굴면서 속으로는 어떻게 하면 돈 안 들이고 사람을 써먹을까 잔꾀를 부리는 사람에게 말이다.

하필이면 그런 자하고 전주 콩나물국밥을 먹었다니! 세월이 흘러서도 원통했다.

베이징에 학술회 일로 갔다가 우연히 알게 된 여성 학자가 있었다. 어쩌면 일회성으로 남을 만남이었는데, 내가 한국 사람이다 보니 그녀 쪽에서 한국을 화제에 올렸다.

"고향이 어디세요?"

보통 내가 한국 사람이라는 걸 알면 한국에 대한 얘기를 하지 고향까지 묻는 경우는 드문데 … 속으로 놀라면서 "전주예요. 전주비빔밥과 콩나물국밥이 유명한 곳이죠."라고 설명했다.

그랬더니 그녀가 대뜸

"아, 콩나물국밥!" 하며 아는 체를 한다. 자기 친구한테 들어 안다는 것이다. 나는 무슨 호평을 듣게 되려나 은근 기대를 하며 그녀가 하는 말을 들었다.

그녀에게 친구가 하나 있다.

그 친구는 한국의 한 지방대학 — 학교가 시내에서 꽤 떨어진 곳이라 구내식당만 의지해야 하는 곳 — 에 초대되어서 1년인가 2년을 머물고 돌아왔다. 그런데 친구가 귀국해서 하는 말이,

"야휴, 내 앞에선 콩나물의 '콩'자도 꺼내지 마!" 하면서 콩나물에 진저리를 친다고.

이유인즉슨 대학교의 지리적 위치 때문에 구내식당 밥만 먹어야 했던 친구가 주야장천 콩나물국밥을 시켜먹었다는 것이다. 어째서 한 가지만 먹지? 무슨 사정이 있었던 모양이지만 그건 큰 문제라고 생각되지 않았다. 외국인이 주문에 서투른 터에 그나마 질리지 않고 먹을 만한 음식이라서겠지, 그런 짐작을 굴리며 여성 학자의 말을 듣고 있었다.

"그렇게 맛없는 것을 이 년씩이나 먹어서 질렸답니다."

여성 학자의 어조는 친구에게 완전히 감정이입이 된 상태였다.

나는 속으로 깜짝 놀랐다.

내가 알기로 콩나물국밥은 담백하고 얼큰한 맛이 특징이라 결코 누군가를 고통스럽게 할 요리가 아니다. 그런데 어째서 이런 결과가 일어났단 말인가.

너무도 의외인 나머지, 콩나물국밥에 대한 좋지 않은 기억으로 고통받는 그녀의 친구에게 나라도 대신 사과를 하든지, 아니면 친구가 살았던 그 대학의 식당 요리사를 찾아 따지기라도 해야 할 것 같았다.

"음식을 왜 그렇게 맛없게 만들었습니까? 한 외국인이 당신의 무성의 때문에 나쁜 기억만 안고 떠났습니다. 이래도 된다고 생각하십니까?"

요리사도 사정이 있을지 모른다. 십분 양보해서 요리사의 고충을 이해해 줘야 할 수도 있다. 그렇지만 그렇다고 해도 이건 뭔가 크게 잘못된 일이다. 그 식당이 만든 요리로 하여 만리타국에서 내가 외국인의 입을 통하여 형편없는 콩나물국밥이었다는 악평을 듣고 있다니!

그것이 '전주' 콩나물국밥이었든 아니든 결국 '전주 콩나물국밥'의 명성에까지 타격을 입힌 것이니 말이다!

전주가 고향인 사람으로서 나는 따질 자격이 있었다.

"이왕 요리를 할 거면 성심성의를 다해 맛있게 하세요!"

마파두부麻婆豆腐

쓰촨 음식은 맛있다. 외국인인 내 입에도 맛있다.

음식 이름을 생각하기만 해도 군침이 돌 정도다

어째서 맛있을까? 혼자서 곰곰 생각해본 적도 있다.

청두에 살면서 음식이 맛없어서 짜증나는 식당을 만난 적이 있었던가? 없었던 것 같다.

마파두부도 맛있다.

'진 씨네 마파두부점陳麻婆豆腐店'. 청두에서 유명한 원조 마파두부집에 가본 적 있다. 친절한 청두 토박이 S씨 덕분이다.

"이 집이 원조 중의 원조예요."

새삼 실내를 둘러보았다. 벽 한쪽에는 가득 한자가 쓰여 있고 가게의 역사를 설명하는 글 같았다. 그러나 그때는 앉은 자리에서 그렇게 긴 설명을 읽을 수 없었다.

나중에 동화책에서 그 유래를 읽은 적 있다.

만복교 마가년馬家碾이란 곳에, 교교巧巧라고 하는 과부가 시누이와 바느질품을 하며 살고 있었다. 인정이 오가는 소박한 마을 사람들은 착한 두 여성이 굶지 않기를 바라는 마음에서 집에 있는 쌀이나 채소를 조금씩 나누곤 했다. 그러면 음식 솜씨가 좋은 교교는 받은 재료들로 후다닥 맛있는 요리를 만들어 나누었다. 교교는 솜씨가 좋아 뭘 만들어도 맛있었는데, 그중에서 두부볶음이 제일 맛있었다. 사람들이 모두 좋아하니 나중에는 식당을 열었다. 그것이 '진 씨네 마파두부점'이다.

인정이 넘치는 속에 창조된 요리란 점에 흥미가 느껴져 인터넷 검색도 해봤다. 거기에 나오는 설명으로 '마파두부'란 요리 이름이 어떻게 만들어졌는지 보다 정확히 이해할 수 있었다.

과거 중국에서 '파婆'란 결혼한 여인에 붙이는 존칭인데, 얼굴에 마마 자국이 있는 부인이라서 '마파麻婆'라 불렀다는 것이다. 마마 자국이란 천연두를 앓고 난 사람의 얼굴에 생긴 얽은 자국이다. 우리는 그런 얼굴을 부를 때 '곰보'라고 한다. 그러니까 이 요리를 처음 만든 부인은 얼굴이 곰보인데 남편 성이 '진' 씨이니 사람들이 그녀를 '진마파陳麻婆', 즉 진 씨네 곰보부인이라고 칭한 것이다.

이야기는 19세기 초 청나라 때로 거슬러 올라간다. 이 '진마파'가 청두의 만복교萬福橋 옆에 조그만 가게를 열고 장사를 하고 있었는데 어느 날 기름장수 하나가 들어왔다. 기름장수는 마침 두부와 쇠고기 한 쪽이 생겼고 자신에게 팔다 남은 기름도 있으니 그걸로 요리 하나 만들어주면 안 되겠냐고 진마파에게 물었다. 음식솜씨에 자신 있는 진마파로서는 어려울 것 없는 부탁이었다. 그래서 기름장수가 가져온 재료들을 받아서, 거기에 고추며 콩장豆瓣이며 간장, 후추, 쓰촨 소금까지 넣어서 센불에 들들 볶았는데 이 전까지 없던 요리가 맛조차 기막혔다. 그 구수함이 소문나기 시작하면서 사람들은 진마파가 만드는 두부 요리를 알아주게 되었다는 것이다. 마파두부는 이렇게 탄생했다.

'진 씨네 곰보부인'이라고 하면 곰보를 놀리는 것 같지만, 요리 앞에 붙으니 최고라고 인정하는 명칭으로 변한다. 전설이란 이야기를 전하는 사람에 의해 조금씩 살이 붙는다. 바느질품을 팔다 식당을 열었건 아니면 처음부터 식당을 차렸건 중요한 것은 남편을 잃고 생계가 막막했던 시절을 견뎠다는 점이다. 나아가 자신의 슬픔을 넘어 이웃을 배려하는 마음으로 요리를 했다는 점이다. 그러다 보니 자신이 제일 잘하는 특기로 사람들을 기쁘게 할 수 있었다. 덕분에 자신의 별명이 붙은 요리를 세상에 남길 수 있었다.

진마파의 창의가 놀라운 것은, 두부라는 재료의 특징을 제대로 살려서, 부담 없는 가격에 맛도 있고 배도 부른 음식을 만들어낸 점에 있다. 두부는 땅에서 나는 단백질로 알려진 콩을 원료로 한 것이니 영양이 풍부하다. 거기다 값도 싸니 비싸서 적게 넣은 쇠고기 대신 양을 채워준다. 그러나 두부 요리는 자칫 심심할 수가 있다. 그러나 진마파가 사는 곳이 쓰촨이 아닌가. 쓰촨 사람들이 쓰는 갖가지 양념들을 골고루 넣으면 두부와 조화를 이루어 적절한 맛이 생성된다. 이렇게 해서 서민적인 요리 — 즉 '가성비' 만점의 배도 부르고 영양도 있고 향도 살아나는 일석삼조의 요리가 탄생했다.

마파두부의 유래에서 가장 먼저 느껴지는 것은 쓰촨 사람들이 품고 있는 요리에 대한 자신감이다. 음식 맛은 재료 맛이다. 그러나 진짜 요리사는 대단한 식재료 없이도 후루룩 뚝딱 명요리를 만들어낸다.

그 다음에 감동받는 것은, 요리사가 손님이나 이웃과 교류하면서 형성한 따뜻한 인정과 지혜로운 배려심이다. 자신의 손재주에만 자만했다면 이런저런 요구를 하는 손님의 말에 응답할 필요가 없다. 그러나 진마파는 가난한 대로 배부르면서 동시에 맛있는 한 접시의 요리를 원하는 서민의 마음을 포용했다. 그러고 보니 생각난다. 어렸을 때 엄마가 콩나물 심부름을 시킬 때는 거의 어김없이 두부도 한 모 같이 사 오라고 했다. 콩나물국이 살짝 매울 때 순한 두부가 제격이다. 민중의 소박한 생활은 지혜의 원천이다.

아무튼 마파두부는 다른 어디의 것도 아닌 쓰촨의 요리다. 인정 넘치는 쓰촨이기에 탄생할 수 있었던 음식이다.

청두에는 내 단골 두부가게가 있었다.

아파트 단지 바로 옆에 야채시장이 있고 거기 2층에 두부가게가 있는데, 부지런한 젊은 부부가 운영하고 있었다. 남편은 주로 두부를 만드느라 바쁘고 가게를 지키는 건 달덩이처럼 얼굴이 고운 새댁이었다.

두부가 나오는 시간은 일정했는데, 오전에 한 번 오후에 한 번 이렇게 딱 두 번이다. 맛있다고 소문이 나서 큰 두부판은 금세 동이 나곤 했다. 운이 나쁘면 이미 다 팔려서 허탕을 치지만, 운이 좋은 날은 커다랗게 잘 쪄진 두부판이 막 좌판에 올려지는 걸 본다. 방금 만들어 따끈따끈한 두부를 받아 올 땐 그 하루가 뿌듯했다.

두부가게는 지금도 있을까?

한 쌍의 젊은 부부가 열심히 만들어내는 두부, 그렇게 고소하고 행복한 두부를 더는 사러 갈 수 없음이 아쉽기만 하다.

음식으로 정을 나누는 전통을 잃지 않은 청두사람들 "成都人好客"
필자 제공

쓰촨의 맛은 그냥 맛이 아니라 인정의 맛이다. 그곳은 어찌 그리
인정 넘치는 사람들이 넘쳐나는지? 사람들과 떠들썩하게 모여서
맛있는 음식을 권하는 행복, 내가 청두 사람들에게서 배운 행복
중 하나이다. 「쓰촨의 맛」

쓰촨의 맛四川風味

산둥山東에서 만난 여학생이 하는 말.

"쓰촨에 가보세요. 볼 것도 참 많고 음식도 하나같이 맛있어요."

산둥 아이한테 쓰촨 여행을 추천받을 줄은! 아이에게 내가 청두에서 오래 살았다는 걸 말하면 기껏 추천한 게 무안할 터여서 잠자코 듣고 있었지만, 그래도 내심 반가웠다.

나는 쓰촨의 청두를 떠나 저장浙江의 항저우杭州에 왔고, 그곳에서 다시 산둥 쯔보淄博로 온 지 만 2년째였다.

'청두에서 살 때가 좋았지.'

사람의 입맛은 정직하다.

항저우의 시후西湖가 아무리 좋아도 저장성 특유의 맹맹한 반찬보다는 훠궈火鍋나 마라탕麻辣燙, 관관향串串香, 향랄간과香辣幹鍋와 같은 '쓰촨 맛'이 아쉬운 나였다.(음식 이름을 쓸 때 중국 병음과 한자 독음을 혼용했음)

어쩌다 일이 생겨 청두에 갈 일이 있으면, "그래 바로 이 맛이야! 내가 찾던 맛은!" 하고 반가운 표정을 짓게 되는 그 맵고 고소하며 짜릿한 양념 맛이라니!

어디 그뿐인가, 식당 안 탁자마다 사람들이 둘러앉아 왁자지껄하게 떠드는 분위기는 잃었던 식욕도 되돌아오게 하는 마력이 있다.

쓰촨의 맛은 그냥 맛이 아니라 인정의 맛이다. 그곳은 어찌 그리 인정 넘치는 사람들이 넘쳐나는지? 사람들과 떠들썩하게 모여서 맛있는 음식을 권하는 행복, 내가 청두 사람들에게서 배운 행복 중 하나이다.

어딘가에서 읽었는데, 쓰촨 맛의 비결은 양념이고 그 갖가지 양념의 조합에 화목과 조화의 정신이 있다고 한다. '그럴 거야, 암, 그러고도 남지.'

산둥에서는 구내식당에 다행히 매운 쌀국수가 있어서, 쓰촨 맛이 그리울 땐 그걸 사 먹는다. 그렇긴 해도 면 음식을 날마다 먹을 수는 없다. 엊그제 슈퍼마켓 매장 한쪽에서 4위안쯤 하는 관관향 봉지를 발견했다. 너무 반가워 한꺼번에 여러 봉지를 쓸어 담았다. 공장에서 대량생산한 것이라 청두 노점상에서 구워 주던 고소한 맛과는 거리가 멀었지만, 그렇게라도 쓰촨 맛의 아쉬움을 채울 수 있으니 나름 고마웠다.

언젠가부터 나는 한국의 것을 떠올리는 만큼 청두의 것을 떠올린다.

한국 속담에 '타향도 정이 들면 고향'이란 말이 있다. 그런가 하고 여겼는데, 이제 보니 반은 맞고 반은 틀렸다. 왜냐하면 머물러 산다고 다 정이 드는 건 아니어서이다. 일생을 고향에서 보내면서도 염증을 낼 수 있고, 또 타향살이에 열심히 노력해도 정 붙이기 힘든 곳도 많을 것이다. 삶의 터전이라고 다 정이 드는 건 아닌 것이다. 그런데 청두에는 정이 듬뿍 들어 버렸다.

그래서인지 시도 때도 없이 청두가 생각난다. 어제도 그랬다.

산둥 날씨치고는 보기 드물게 해가 나오는가 싶더니 금세 구름 속에 가려져 하늘이 흐리다. 잠깐 얼굴만 보이고 들어간 아쉬운 햇빛 때문에 청두가 떠올랐다.

'청두 사람들은 해가 비치는 날을 참 좋아했지.'

아침해와 함께 일터로 학교로 향하는 이웃들   北沐 제공

태양을 위한 축제가 달리 필요 없다.
한두 시간이라도 해가 난다 싶으면 찻잎을 띄운 물병
하나씩 들고 사람들은 친구를 부른다. 왜요? 라고 물
으면 해가 이리 좋은데 왜 방안에 있느냐고 되묻는
다. 아아, 그런가요? 따라 나서면 해가 잘 비치는 양
지가 목적지이다.
                                          「쓰촨의 맛」

태양을 위한 축제가 달리 필요 없다.

한두 시간이라도 해가 난다 싶으면 찻잎을 띄운 물병 하나씩 들고 사람들은 친구를 부른다. 왜요? 라고 물으면 해가 이리 좋은데 왜 방안에 있느냐고 되묻는다. 아아, 그런가요? 따라 나서면 해가 잘 비치는 양지가 목적지이다. ― 나는 왜 이리 청두가 소상하지? 단지 햇볕 하나로 그들의 얼굴에 우정으로 가득한 미소가 비친다. 햇살 속에 삼삼오오 웃음소리, 너무도 평등한 낭만이다. 청두만의 행복 풍경이다.

아스라이 그리워진다. 그 서쪽 하늘을 향해 시 하나를 띄워 보내주고 싶다.

나날 속에서
위대한
태양 떠오르노라
내 마음 속에도

― 이케다 다이사쿠池田大作 『해피 로드』에서

두보의 싯구가 펄럭이는 산둥의 쯔보사범전문대

필자 제공

산둥 날씨치고는 보기 드물게 해가 나오는가 싶더니
금세 구름 속에 가려져 하늘이 흐리다. 잠깐 얼굴만
보이고 들어간 아쉬운 햇빛 때문에 청두가 떠올랐다.
'청두 사람들은 해가 비치는 날을 참 좋아했지.'

「쓰촨의 맛」

두견의 노래

두견 전설

쓰촨은 진달래 산하.

진달래 군락지가 많기로 쓰촨은 중국 안에서도 손꼽히는 지역이란다.

그런데 두견새나 두견화란 이름은 두우杜宇라는 고촉의 황제 망제望帝의 전설에서 유래한다. 두견의 다른 이름은 두우杜宇, 촉조蜀鳥, 자규子規, 자견조子鵑鳥, 포곡조布谷鳥, 최귀催歸, 귀촉도歸蜀道, 불여귀不如歸 등이다. 사람들은 두견을 촉 땅의 새로 여겼다. 그러나 사전에 의하면 두견의 서식지는 상당히 넓고 그 종류도 다양하다고 한다. 어쩌면 촉의 땅에 서식하는 두견 종류가 조금 달랐는지도 모르겠다.

두견은 촉 지방의 새이지만 요즘은 남부 지방에도 보인다.

— 이시진李時珍

이시진李時珍(1518-1593)은 명나라 사람으로 『본초강목本草綱目』이라는 유명한 의약학 연구서를 남겼다. 이런 연구자가 두견은 촉에만 있는 게 아니라고 한 것도 분명 객관적 근거가 있을 것이다.

장자는 나비 꿈에서 깨어 혼란한데
망제의 봄 시름 두견만이 안다네
莊生曉夢迷蝴蝶, 望帝春心托杜鵑.

— (唐)이상은李商隱 『금금錦瑟』

두견 울음이 우수憂愁를 자아내는 점은 사실 생물학적 특성에 있다고 한다. 두견이 자신의 알을 다른 새가 품게 하는 본성이 있고, 알에서 깨어난 새끼가 어미를 찾을 수 있게 일정거리를 두고 우는데 그 소리가 절절하게 들린다는 것이다.

촉의 새이면서 봄의 새로서 두견을 느끼려면 다음 전설이 알맞겠다. 『화양국지華陽國志』에서 말하길, 두견은 봄과 함께 나타나 한해 농사의 시작을 알리는 "춘조春鳥"인데, 고촉국 사람들은 농경사회를 이끈 두우가 두견이 되어 백성들의 봄 농사를 재촉하는 것으로 믿는다고 했다. 또 『태평환우기太平寰宇記』에서는 촉의 망제 두우가 총제叢帝 별령鼈靈에게 왕좌를 넘겼는데, 훗날 복위하고자 시도했으나 뜻을 이루지 못했다. 그 유감으로 영혼이 두견으로 변해서 해마다 봄만 되면 밤낮으로 슬프게 운다는 것이다. 촉의 백성들은 두견 울음을 들으면 "우리 망제님의 혼"이라고 했다고 한다. 어떤 전설은 보다 비극이 강조되어 별령이 두우의 왕비에게 딴마음을 품은 탓에 더욱 두우의 환궁을 막았다. 그리움을 안고 죽은 두우는 두견이 되고 왕비는 두견화가 되었다고 한다. 두견화에 대해서는 두견이 울다 울다 흘린 피가 두견화를 붉게 물들였다는 이야기도 있다.

두견제혈杜鵑啼血이라는 성어처럼 두견 울음에서 핏빛을 묘사하는 것은 고대의 문장에서도 보인다. '낙양의 종이값을 올렸다'는 문인 좌사左思(?250-?305)의 삼도부 중 『촉도부蜀都賦』에서는 ' … 벽출장홍지혈碧出

萇紅之血, 조생두우지백鳥生杜宇之魄. 망변화이비상忘變化而非常, 강견위우주석羌見偉於疇昔 … "이라 쓰여 있다. 장홍의 고사故事는 장홍화벽萇弘化碧, 벽혈단심壁血丹心이라는 사자성어로 전한다. 쓰촨 사람 장홍萇紅(?-BC492)이 정변 속에 억울한 죽음을 맞이한 사건을 두견이 울다울다 피를 토하며 죽어감에 빗댄 부분이다.

아무튼 한문학의 오랜 전통 속에서 두견은 촉도蜀道 그리고 인간의 애상과 연결되어 감정을 깊숙이 건드릴 때가 많다. 문인들은 두견을 "파촉巴蜀의 지방색"이나 봄의 계절감, 그 밖에 충절이나 애절한 한을 나타내는 시재詩材로 쓰곤 했다. 당나라 시인 이백은 『촉도난蜀道難』에서 이렇게 노래한다. "우문자규제야월, 수공산又聞子規啼夜月, 愁空山" — 여기서 자규子規는 두견의 다른 이름이다. 달빛에 자규 울음소리 텅 빈 산이 슬프다. 두견의 울음소리가 낯선 촉 땅을 향해 걷는 걱정스러운 마음을 대신하고 있다.

조금 다른 이야기이지만 한 연구에 의하면, 8세기 후반(당나라 때) 시인 이백·두보·왕유 등을 거친 이후부터 고시(즉, 한시) 속에 두견이 등장하는 현상이 증가했다고 한다. 그것은 안사의 난(755-763) 이후 어지러워진 나라 상황이 문인들의 자성과 회한을 자극했던 때문일 것이다. 시대적으로 당제국의 번영은 현종 재위 기간에 절정에 다다랐다가 곧바로 하강 곡선을 그리는데 그 기점이 되는 사건이 바로 안사의 난이었다. 제국의 번영을 이끌었던 황제의 몰락. 두보의 『두견행杜鵑行』에 나오는 두견은 안사의 난을 겪으며 처량한 신세로 전락한 현종을 상징하고 있다. 어쩌면 두보의 시사詩史 덕분에 후세 문인들이 두견 전설에 빗대어 암울한 현실을 들여다 볼 용기를 얻었는지도 모른다. 시인 중에서도 유달리 현실인식이 투철한 두보가 아니던가.

혼란 시기에 두보도 청두에서 삼 년 남짓(760-765) 머무른 적 있다. 때문에 촉의 도성에서 듣는 두견 울음소리에 감회가 남다름을 시『두견』에서 토로하고 있다.

...

두견모춘지, 애애규기간.
아견상재배, 중시고제혼.
杜鵑暮春至, 哀哀叫其間.
我見常再拜, 重是古帝魂.

시의 앞에 "아석유금성我昔遊錦城"이라는 시구가 있다. 금성錦城은 곧 금관성錦官城으로 성두를 가리킨다. 시의 전체 줄거리는, 두보가 전에 청두에 머물렀을 때 두견소리가 봄이 깊도록 슬프게 들렸다. 그때마다 두보는 마치 '망제望帝의 혼'(즉 황제)을 대하는 것처럼 그 울음소리가 나는 곳을 향해 절을 올렸다는 것이다.

한문학에서의 두견

어느 한국 학자의 연구를 빌리면, 한국 한문학에서 최초의 두견시는 최치원崔致遠(857-?)의 한시라고 한다. 최치원이 당에 머문 기간은 868년에서 885년 사이이니 당 현종의 시대로부터 약 백 년이 흐른 후이다.

윤월초생초, 송풍부동시.
자규성입이, 유흥자응지.
潤月初生處, 松風不動時. 子規聲入耳, 幽興自應知.

두견 문학이 처음부터 한문학의 영향을 받았다고 단정할 수는 없다. 다만 한자 문화를 공유했던 이유로 한국 문학에서 두견을 찾기란 어렵지 않다. 두견(혹은 두견의 다른 이름)은 한국 한시는 물론 시조, 민요, 근대기의 신체시며 어문일치 이후에 창작된 현대시까지 시대와 장르를 가리지 않고 등장하는 아주 친근한 제재題材였다.

이화梨花에 월백月白하고 은한銀漢이 삼경三更인 제
일지춘심一枝春心을 자규子規야 알랴마는
다정多情도 병病인 양하여 잠 못 들어 하노라.

　　　　　　　　　　　— 이조년李兆年 「다정가多情歌」

성성제혈염화지귀촉도불여귀聲聲啼血染花枝歸蜀道不如歸

　　　　　　　　　　　— 민요 「새타령」

자규야 울지 말아
울라거든 너 혼자 울지
국가 사상에 잠 못 드는 나까지
왜 깨우느냐…

　　　　　— 육당六堂 최남선崔南善 「공옥소학교 행보가」(1907)

지면상 두견이 들어가 더 절절한 현대시까지 인용하긴 어려우나, 꼭 하나 말해두고 싶은 일은 일제강점기에서 해방까지의 시기에 두견은 한국인의 아픔을 대변하는 상징으로서 시인들의 펜 끝에서 애타게 울고 또 울었다는 사실이다.

망총사望叢祠에서

아득한 고촉의 역사는 아무리 찾아 읽어도 더욱 뿌연 안갯속이다. 그래도 두우의 혼이 변해 두견으로 살아난 전설은 문학 속에 여전히 살아 있다. 두우가 곧 고촉의 제왕 망제望帝가 아니던가. 촉의 백성들에게 권농의 왕으로 추앙받았다고 하는. 역사상 밝혀진 바에 의하면 두우杜宇는 상商(곧 殷)나라 때(BC 약1600-BC 약1046) 존재했다. 두우 시기에 도성은 두견성杜鵑城이었고 그 성이 있던 자리가 청두의 비현郫縣이었다고 한다.

지난해, 진달래 피는 계절에 옛 두견성의 고장에 자리한 망총사望叢祠에 들렀다. 망총사가 세워진 건 남북조 시기, 제齊나라 명제明帝(재위 494-498)가 고촉의 망제와 총제叢帝(즉 鱉靈혹은 开明) 두 제왕의 능을 이곳으로 합쳤다고 한다. 나는 이 능묘의 설명을 읽으며 그동안 읽었던 옛 전설에 약간의 의문을 품게 된다. 고색창연한 망총사 원림園林 안에 두 왕의 능묘가 함께 모셔졌다는 건 두 왕의 관계가 절대 원수지간은 아니라는 뜻이다. 그런 점에서 두우는 평화롭게 양위한 왕으로서 애민의 왕으로만 기억하는 게 알맞아 보여서였다.

그렇다면 애절한 두견 전설은 웬일일까. 한때 번성했던 왕조는 어떤 이유로든 세월과 함께 사라졌다. 역사라는 도도한 흐름 속에 누구의 사연인들 묻히지 않았을까. 성쇠고락의 무상함에 대하여 위정자는 위정자대로 민중은 민중대로 뭐라 형용할 수 없는 만감이 교차했을 터이다. 그 간단하지 않은 감상들이 집단 정서로 융화되어 동방의 애달픈 이야기로 창조되었을 것이다.

처음엔 파촉의 민간전설로 입에서 입으로 전해지던 것이 점차 문학작품을 통해 우리 땅에도 퍼져나갔다. 역사의 정설만 고집했다면 외래적인 이질감이 장애물로 남았을지도 모른다. 그러나 민중의 마음으로 담금질이 된 전설이고 보면 사정은 다르다. 땅은 달라도 민중과 민중의 마음은 이렇게 쉽게 통할 수 있다.

그 덕분에 수천 년 시간 속에 지상의 삶이 자아내는 정한情恨이 두견 울음을 타고 우리의 가슴을 울린다. 그 울림을 거슬러 올라가면 뭐라 한 마디로 정의할 수가 없는 파촉巴蜀이란 정감부호情感符號에 닿고 마는 것이다.

자규루子規樓와 소년왕

중국의 어느 학자는, 당나라 안사의 난 이후로 한시에 '두견시'가 많이 나타났다고 주장했다. 나로선 따로 연구한 바는 없지만 우리 시에 두견 울음이 더욱 슬퍼진 것은 조선 시대 단종 폐위와 관련된 계유정난 이후가 아닐까 짐작한다.

조선 초기, 성군으로 존경받은 세종은 만년에 큰 근심이 있었다. 다름 아닌 왕위를 세습할 장자가 몸이 약하다는 것이었다. 그 장자가 문종(1414-1452, 재위 1450-1452)이다. 그는 성품이 인자하고 학문을 좋아했으나, 병약하여 재위한 지 2년 4개월 만에 승하한다. 그 문종의 뒤를 이은 왕이 조선 제6대 임금 단종(1441-1457, 재위 1452-1455)이다.

할아버지인 세종 슬하에 18남 4녀가 있었으니, 어린 임금 단종에게는 숙부가 많았다. 그중 권력에 대한 야심이 많았던 이가 바로 수양대군(이후 세조世祖가 됨)이다. 수양대군은 조카가 자신에게 의지하는 틈을 타서 단종을 지키려는 중신들을 제거하려고 '계유정난'(1453)을 일으킨다.

그 직후 단종은 왕좌를 숙부에게 넘겨주고(1455) 태상왕이 되어 연금생활과 같은 궁궐 생활을 하는데, 몇몇 신하들이 단종의 복위를 모의한다는 사실을 알게 된 세조는 그들을 즉각 처벌하는 동시에 조카를 강원도 영월 청령포로 유배 보낸다.(1457.7.) 그리고 그해 10월에 사약을 내려 죽게 하니 단종의 나이 겨우 열일곱 살이었다.

• • • • •

강원도 청령포.

그곳은 섬이나 다름없다.

삼면으로 깊은 강물이 에워싸고 나머지 한 면은 사람이 다닐 수 없는 절벽이다. 섬에 인가도 없다. 배를 타야만 그 섬에서 나올 수 있다. 어린 조카를 그런 곳에 가둔 것도 모자라 몇 달도 안 되어 사약까지 내렸다는 것은, 그만큼 세조가 차지한 왕좌가 정당치 못했다는 반증일 것이다. 그 조바심을 감추기 위해 얼마나 철저했던지, 죽은 단종의 시신조차 거두지 못하게 백성들에게 엄명을 내렸다고 한다. 그러나 세상이 아무리 험악해도 의인은 있는 법, 그 영월의 작은 관리였던 엄흥도라는 이가 남몰래 단종의 시신을 수습하여 묘를 만들어 숨겼다.

소년왕은 그 짧은 유배 생활 중 두견시 두 편을 남긴다.

『자규루子規樓』

달 밝은 밤 두견새 울 적에
시름 못 잊어 누각에 올라 앉았어라
네 소리 구슬퍼 내 마음 괴롭기가
네 울음 없으면 내 시름도 잊힐까
세상의 근심 많은 이들에게 이르노니
부디 춘삼월 자규루에 오르지 마오

月白夜 蜀魂楸, 含愁情 椅樓頭.

爾啼悲 我聞苦, 無爾聲 無我愁.
寄語世上苦腦人, 愼莫登春子規樓.

자규는 곧 두견이다. 누각 자규루는 영월 땅 조선 시대의 관청인 '관풍
헌觀風軒' 안에 있다.

원래는 그 관풍헌 동쪽의 매죽루梅竹樓라는 이름의 누각이었다. 그런
데 청령포 유배 중 홍수로 인해 단종의 거처를 잠시 영월읍의 관풍헌이
라는 객사로 옮겼을 때 단종이 이곳에 올라 자규시를 읊었던 유래가 있
어 누각의 이름이 자규루로 바뀌었다고 한다.

단종의 『영월군루작寧越郡樓作』이라는 또 한 편의 두견시 역시 이 누
각에서 지었다.

　　원통한 새가 되어 대궐을 나오니
　　외로운 그림자 산중에 홀로 섰네
　　밤마다 잠들려 해도 잠을 못 이루는데
　　어느 날쯤에나 이 한이 다할까
　　두견새 소리 그치고 조각달 밝은데
　　피눈물 흘러서 골짜기에 붉은 봄꽃 지는구나
　　하늘은 귀먹어 저 애닲은 소리 안 닿는데
　　어찌하여 시름겨운 내 귀에 자꾸 와 담기는가
　　一自冤禽出帝宮, 孤身隻影碧山中.
　　假眠夜夜眠無假, 窮恨年年恨不窮.
　　聲斷曉岑殘月白, 血流春谷落流紅.
　　天聾尙未聞哀訴, 胡乃愁人耳獨聽.

그 시를 읊고 얼마지 않아 소년왕은 독살된다.

숙부(세조)의 야심을 위해 순순히 왕위를 물려 준 것으로도 모자라, 1457년 태상왕太上王에서 노산군魯山君으로 강봉되고, 다시 동부 변방 지역인 청령포로 유배, 그리고도 채 몇 달 지나지 않아 무참하게 살해되고 만 것이다.

단종은 사후 여러 정치적 이유로 인해 제대로 갖춘 무덤 하나 없이 200여 년을 지내게 된다. 왕의 신분이 회복되고 시신을 모셔 능으로 조성한 것은 숙종 24년의 일이었다(1698). 그렇게 봉해진 능이 '장릉庄陵'인데 조선 500년 왕조의 역사상 유일하게 서울 경기를 벗어난 왕릉이다.

오吳나라 공주

고온다습한 쓰촨은 도시라 해도 녹음 우거진 숲이 흔하다. 나무가 많으니 새소리도 즐겁다. 학교 교정에는 새소리가 드물게 이쁜데 무슨 새인지 몰라 내가 꾀꼬리라고 부르는 새도 있다. 왜 사람들은 노래 잘하는 사람보고 꾀꼬리 같은 목소리라고 하지 않던가.

그건 그렇고 쓰촨에 와서 나는 여태 한 번도 실물로 본 적 없는 '두견' 이야기에 빠져들고 말았다. '두견 울음소리'가 들리는 시들을 찾아 헤매던 중에 뜻밖에 '오나라 공주'와 만나기도 했다.

> 낭군 그려 흘리는 눈물에 오강물은 차가운데,
> 망제의 혼 두견이는 돌아갈 길 없다고 우는구나.
>
> 事親淚落吳江冷, 望帝魂歸蜀道難.
>
> — 徐渭 『蕪湖靈澤夫人祠』

이것은 중국 안후이성安徽省 우후현蕪湖縣에 있는 영택부인靈澤夫人 사당에 걸린 것으로 영택부인의 죽음을 애도하는 대련對聯이다. 대련이란 건물의 입구나 문기둥에 거는 대구對句로서 일종의 시이다. 영택부인은 '손부인孫夫人'이라고도 칭해지는데, 오나라 손권孫權(182-252)의 누이동생이자 촉한蜀漢 유비劉備(161-223)의 부인 손상향孫尚香을 말한다.

소설 『삼국지』에 따르면, 유비가 이릉夷陵에서 싸울 때 오나라에는 유비가 전사한 것으로 잘못 전해졌고 손씨 부인은 상심한 나머지 유비가 있는 서쪽을 향해 통곡을 하고는 곧바로 강물에 투신해 죽었다고 한다. 중국의 삼국시대는 남편이 죽으면 부녀자들은 자유롭게 개가를 하는 풍습이 일반적이었다고 한다. 그런 시대였는데 공주의 마음이 유독 정결했던 모양이다.

남편에 대한 정으로 자결했다고 하면 혹시 봉건 시대의 순종적인 여성을 연상할지 모르나, 실제 오공주 손상향은 무술을 즐기는 매우 호쾌한 여걸이었다. 그런 그녀가 경쟁국의 유비를 어떻게 느꼈는지와는 별도로, 그 둘의 결혼은 오나라와 촉한 사이의 혼인외교가 틀림없다.

『삼국지·촉서蜀書』에는 "선주는 익주를 정하고, 손부인은 오나라로 돌아가게 했다.先主既定益州, 而孫夫人還吳."는 기록이 있다. 즉, 유비가 익주益州(지금의 청두成都)를 촉한의 수도로 정했으며, 촉한의 도읍으로 돌아갈 때 유비는 공주와 같이 가지 못하게 되어 공주를 오나라로 보내야 했다는 뜻이다. 이 해가 건안 16년(211)으로, 유비는 촉으로 들어가고 손권은 큰 배를 보내 여동생을 맞이했다. 공주는 그렇게 오나라로 돌아가서 다시는 촉 땅을 밟을 수 없었다고 한다. 그 후 손부인에 대한 어떤 기록도 정사正史에서는 보이지 않는다. 그것은 오나라와 촉나라 사이의 정치적인 복잡한 원인 때문일 수도 있고, 혹은 오왕 손권이 혈육에 대한 배려로 공주를 보호한 덕분일 수도 있겠다.

아무튼 그래서 공주는 낭군을 보내고 홀로 오나라 영토에서 나날을 보내는 중에 '이릉전투彝陵之戰(221-222)'가 벌어졌다. 전황戰況은 촉한 쪽이 불리하고 유비 또한 사망했다는 소식을 들은 것이다. 사실 촉한 유비가 동오東吳의 손권에 패해서 후퇴한 건 맞지만, 정작 유비의 죽음은 그 후 2년 뒤의 일이었다. 그러나 오와 촉의 연합이 깨져 자신의 혼인도 쪼

개지는 터에 오빠군대와 남편군대가 서로 대적하게 된 운명에 너무 고뇌했던 탓일까. 공주는 더 기다릴 것도 없이 곧바로 오강(吳江)에 몸을 던진 것이다.

우리가 아는 유비는 성품이 인자한 덕장이다. 그러한 유비라면 공주의 죽음에 무심할 리 없으련만 그 후일담은 찾아지지 않는다. 하긴 삼국이 서로를 노리는 상황에서 아무리 유비의 부인이라 해도 적국의 공주이다. 그녀가 유비를 한마음으로 사랑했다 해도 촉한의 백성의 입장에서 보면 유비를 죽게 한 적국의 공주이다. 게다가 공주의 죽음에서 유비의 병사(病死)까지는 1, 2년의 짧은 시간, 촉한의 정세가 날로 위태로워졌으니 그 복잡한 사정을 누가 알 것인가. 앞의 대련시(對聯詩)에서처럼 공주의 혼을 위로하는 건 두견 울음소리뿐이었을 것이다.

그러나 한편 생각하면, 공주의 죽음에선 일체 망설임 없는 어떤 올곧음 같은 것이 전해온다. 개인적 존엄뿐만 아니라 자신이 속했던 나라와 지금 속하고 있는 나라 모두를 존엄하게 지켜야 했던 공주다운 기개에서 선택한 길이었는지도 모른다. 공주로서 어떤 경우에도 원망이나 회한 같은 것을 남기지 않는 신분적 완수와도 같은 깨끗함이 그녀의 죽음에서 보인다.

이러한 공주라면 살아 있을 때에도 자신에 대한 연민과 같은 여린 감정을 초월해서 살았을 것이다. 물론 낭군과 함께 생사고락을 누리지 못하는 운명의 속박에는 두견이 울어주는 것도 괜찮다. 그러나 내면의 확고부동함으로 보면 그것은 단지 외연적인 환경일 뿐이다. 자신이 자신을 지키는 부동의 존엄성! 이 세상에는 동정보다 감탄이 앞서는 비극도 존재하는 법이다.

두견 울음소리가 때로는 이처럼 결연한 비극 속으로 스며든다.

엄마 가게에서 숙제를 하는 어린 소년 　　　　　　 필자 제공

이제 나는 '공주처럼'이 아닌 '나처럼' 살고 싶다.
왕궁의 공주도 상류층의 화려한 우아함도 좋지만, 모든
여성이 그것을 추구할 필요는 없을 것이다. 나는 나답게
내 인생에 맞는 추구를 하는 게 정답인 것이다.
언제부터 내 생각이 변했지?
무엇이 나를 철들게 한 거지?
잘 모르겠지만 청두 시기가 내 인생의 전환점이 된 건
확실하다. 　　　　　　　　　　　　　「공주처럼 산다는 것」

공주처럼 산다는 것

소녀들은 공주 이야기를 좋아한다.

공주 이야기를 들으면서 스스로가 그처럼 귀한 존재라고 믿는다.

"동화 속의 공주님이고 싶어."

나도 그랬다.

예쁜 드레스를 입고 화려한 왕궁에서 사는 공주님을 부러워했다. 물론 지금은 아니지만.

이제 나는 '공주처럼'이 아닌 '나처럼' 살고 싶다.

왕궁의 공주도 상류층의 화려한 우아함도 좋지만, 모든 여성이 그것을 추구할 필요는 없을 것이다. 나는 나답게 내 인생에 맞는 추구를 하는 게 정답인 것이다.

언제부터 내 생각이 변했지?

무엇이 나를 철들게 한 거지?

잘 모르겠지만 청두 시기가 내 인생의 전환점이 된 건 확실하다.

공자님은 열다섯 살 때 뜻을 세웠다고 했다.

"오십유오이지위학吾十有五而志于學"　　―『논어論語・위정편爲政篇』

그런데 나는 마흔 살에다가 다섯을 채우고서야 내 마음을 다 쏟아 부어도 아깝지 않을 어떤 것을 찾아 길을 떠났다. 그리고 도착한 곳이 청두, 오랜만에 다시 공부를 시작했다.

그냥 공부라면 자신이 사는 곳에서 틈틈이 파고들어도 되는 것이었다. 그런데 나는 남은 생을 몰두할 수 있는 어떤 것이 절실했고 그때까지 정해지지 않았고 꼭 찾아내야 할 것 같았다. 찾아지기만 한다면 살던 곳을 떠나는 것쯤 감행해야 한다고 여겼다.

그게 겨우 '공부'였냐고, 이미 충분히 배운 거 아니냐고 물으면 대답이 궁하긴 하다. 그러나 인생 중반에 새롭게 찾아 나선 공부는 내 생명이 진심으로 흥미를 느끼는 그런 것이어야 했다. 말하자면 그 공부를 지속하는 한 삶의 진정한 충실감을 획득할 수 있어야 했다. 찾을 수만 있다면 어디라도 가 보자.

"모두들 대단하구나!"

입학을 하고 모처럼 용기를 내어 대학 도서관에 가서 깜짝 놀랐다. 공부하는 학생들이 어찌나 많은지 빈자리가 거의 없었다. 전공을 파고들려면 문헌자료실에 가야 한대서 2층에 올라가서는 입이 다물어지지 않았다. 앞에도 옆에도 그 어렵다는 고문헌古文獻을 훌훌 넘기고 있다. 어떻게 저럴 수 있을까. 주위엔 모두 '공부의 신神'들이다. 학구적인 분위기에 기가 잔뜩 눌렸지만, 공부를 하기로 했다면 제대로 잘 온 것이다.

무엇보다도 항초項楚 교수님, 나의 지도교수님은 학구파로서 전설 중의 전설이다. 젊은 시절 쓰촨대학에서 공부할 때 교수님은 대장경이 있는 이 문헌실로 매일 출근하다시피 했다고 한다. 아침에 도시락 싸 들고 출근하여 저녁까지 책 보고 오는 거지(사모님의 증언이다). 그렇게 팔만대장경 독파만도 무려 세 차례였다고 한다. 중국의 스승의 날인 '교사절教師節' 같은 날에 교수님 댁에 가서 평생 서생書生을 자처하는 교수님의 생애를 증언하는 사모님 얘기를 듣노라면, 마음을 정한 학자의 길이 얼마나 신성한지 저절로 존경의 염이 솟구친다.

거기 비하면 나는 단지 모험에 나섰다는 것뿐, 아무것도 내세울 게 없다. 너무나 급히 결정한 유학이었고, '불교언어문학'이라는 전공도 고백하건대 미리 예정했던 건 아니었다. 어렴풋이 이것이면 했지만 딱 맞는 걸 못 찾아 그중 가장 근접한 것으로 낙점한 것이다. 그렇긴 해도, 나는 '우연'이 거듭된 경로를 통해 일생을 학문에 전념한 학자 중의 학자를 만난 것이다. 그러한 지도교수와 학구적인 동문들에 에워싸여 나는 곧 시인하게 되었다. 꿈에도 바라마지않던, 아니 그 이상의 진정한 학문의 요람으로 잘 착륙했던 것이다.

한번은 관련 과목을 청강하는 날이었다. 교수가 강의 중간 쉬는 시간에 사담처럼 자신의 근황을 들려줬는데, 요지는 "공부가 바빠 일체 사교 모임을 거절하고 있다"고 했다.

교수는 고문헌을 파고드는 게 너무 좋다고. 책 읽을 시간을 늘리기 위해서, 어지간한 만남이나 모임은 사절하고 지낸 지 오래라고 했다. 장시간의 독서로 허리가 많이 상해 수영을 시작했지만, 사실은 그 시간도 아깝다고 말했다.

'저이는 책에서 손을 떼는 시간이 그렇게나 아깝단 말이지?'

교수로서 연구 성과도 쌓이고 어느 정도의 지위에 오르면 독서의 재미쯤 옛일로 여길 줄 알았는데 그게 아니라니!

쓰촨은 정말 학구적인 땅이다. 항상 학생들로 가득 찬 도서관이며, 지도교수의 전설에 더해 눈앞의 교수님까지, 그들의 '주저 없이 파고듦'은 내겐 정말 신선한 자극이었다.

쓰촨에는 이러한 학자들이 대체 얼마나 많다는 말인가? 그 보이지 않는 힘에 압도당하는 동시에 쓰촨이 가진 그 웅혼雄渾한 학문 전통이야말로 내가 동경해마지않던 것이었을지 모른다는 생각이 들었다.

그러면서 나는, 아주 오래전에 헤어졌던 책 읽는 시간이 가장 행복했던 '나라는 어린아이'를 다시 꺼내볼 용기가 났다. 그 아이도 이러한 때가 오기를 기다리고 있었는지 모른다. '나라는 어린아이'는 내게 결의를 촉구했다.

그 아이는 아마 내게 이렇게 말하고 싶었을 것이다.

"책이어도 좋고 책이 아니어도 좋아. 네가 좋아하는 것을 발견하면 이제부터는 망설이지 말고 주저하지 말고 맘껏 파고들어. 네가 이제는 그렇게 살았으면 좋겠어."

무언가를 마음껏 파고들면서 산다는 것, 그러한 삶의 태도를 다시 가져볼 수 있다고 상상하는 것만으로도 가슴이 뛰었다. 이에 나는 동화한 편을 썼다. 공주 이야기인데, 공주가 어떤 주저함도 없이 책의 세계로 들어가는 내용이다. 다 써놓고 나는 생각한다. 공주가 들어간 곳이 쓰촨대학 도서관 옛 문헌이 가득 꽂혀 있는 2층 서고 어디쯤이 아닐까 하고.

중국의 상징 판다의 고향은 쓰촨   필자 제공

그런데 나는 마흔 살에다가 다섯을 채우고서야 내 마음을 다 쏟아 부
어도 아깝지 않을 어떤 것을 찾아 길을 떠났다. 그리고 도착한 곳이
청두, 오랜만에 다시 공부를 시작했다.   「공주처럼 산다는 것」

그림 속으로 들어간 공주님

옛날 옛날에 임금님이 있었어요.

어느 날 임금님이 이런 명령을 내렸답니다.

"궁궐 안에 있는 책을 모조리 없애도록 하여라."

무슨 그런 괴상한 명령이 있냐고요? 그게 말이죠, 임금님이 공주님 때문에 몹시 화가 나셨대요. 그날 이웃나라 왕자님과 정식으로 인사하는 자리에, 공주님이 준비도 없이 나오는 바람에 분위기가 아주 엉망이 되고 말았거든요. 그건 다 공주님이 책을 너무 좋아해서 벌어진 일이에요.

공주님은 이상한 버릇이 있는데, 한번 책을 읽기 시작하면 그걸 다 읽기 전엔 자리에서 일어나려 하질 않는대요.

바로 그날은, 다른 날도 아니고 공주님의 열여섯 살 생일잔치가 열리는 날이었어요. 그러나 이번에 여는 생일잔치는 그 어떤 때보다도 성대한 잔치였어요. 무엇보다도 이웃나라 왕자며 사신들이 많이 참가했던 거예요. 어쩌면 공주님의 신랑감이 정해질 수도 있는 기회도 될 것입니다. 그래서 임금님은 기대가 많았습니다. 공주님이 다른 어느 때보다도 잘해 주기를 바랐지요. 잔치의 주인공인 공주님은 당연히 미리 미리 머리단장도 하고 화려한 옷도 차려입어야 했지요. 그러나 공주님은 생일잔치가 있다는 것도 잊은 듯이 책 속에 빠져든 거예요.

책을 펼치기 전까지는 그런 사실을 공주님도 잘 알고 있었어요. 그러나 어쩌다가 공주님 손에 책이 닿은 거예요. 그냥 무슨 책인가만 보고 덮으려 했는데 첫 장을 읽게 되었고, 첫 장을 읽고 나니 둘째 장을, 그 다음엔 셋째장…, 이렇게 해서 자꾸 다음 장을 넘기게 된 거예요. 넘길수록 재미있어서 도무지 책을 덮을 수가 없었어요.

처음엔 그래도 잔치를 기억하고는 있었어요.

"공주님, 옷을 갈아입으셔야지요."

"으응, 알고 있어."

"공주님, 어서 옷도 갈아입고, 화장도…."

"알고 있다니까."

그러다 나중에는 생일 잔치가 있다는 것조차 다 잊어버린 모양이었습니다. 책이 아주 재미있었거든요.

시녀들은 그때까지 뭘 했냐고요? 웬걸요, 열두 명도 더 되는 시녀들이 저마다 임무를 갖고 공주님을 계속 재촉했지요. 그러나 아무 소용없었어요.

한번 책을 들면 꼼짝도 하기 싫어하는 공주님이었으니까요. 게다가, 책이 좀 재미있다 싶으면 누구 말도 귀에 안 들리는 상태로 변하거든요. 왕궁에 선 시녀들은 언제 어느 때나 윗사람에게 공손한 말투를 쓰게 되어 있잖아요. 그러니 더 안 들릴 밖에요.

나중엔 보다 못한 수석시녀가 나섰지요. 시끄럽게 목청을 높여 잔소리를 늘어놓기로 한 거예요. 급할 때 효과가 있던 방법이거든요. 다른 날 같으면 이 정도면 해결이 되곤 했습니다. 아무리 책이 좋아도 수석시녀가 이 정도 로 나설 땐, 정말 급하다는 것쯤 공주님도 경험으로 아는 터였으니까요. 그 런데 그날은 아니었습니다.

일이 그리 되려고 그랬는지, 그날따라 공주님이 집어든 책은 너무 재미있 는 장편소설이었어요. 게다가 하필, 수석시녀가 잔소리를 시작한 시점은, 마 침 주인공이 죽느냐 사느냐 하는 아주 중요한 대목이었습니다. 그것도 모르 고 떠들다니! 귀찮기만 한 수석시녀라고 생각했습니다. 방에서 얼른 내보내 야겠다. 공주님은 이젠 그저 아무 방해도 받지 않고 그 중요한 대목을 읽고 싶다는 생각뿐이었습니다. 그래서 말예요, 공주님은 거짓으로 책을 덮는 체

일어나서는, 꾀를 내어 시녀들더러 잠깐 나가달라고 했습니다. 그리고 얼른 방문을 잠가버렸습니다. 방 안에는 공주님 혼자입니다. 밖에서 아무리 두드려도 상관없습니다. 공주님은 느긋한 기분이 되어 다시 책을 펼쳤습니다.

그 다음은 말 안 해도 대충 짐작이 가지요?

잔치가 시작되고 한참이나 지났는데도 공주 모습이 보이지 않자, 임금님이 까닭을 물었습니다. 당연히 시녀들 대답이 시원치 않을 수밖에요. 급기야 임금님의 불호령이 떨어지고, … .

결국 공주님이 시녀들에 끌려오듯 나타나기는 했다는데요, 글쎄 그게 말입니다. 마구 구겨진 평상복 차림에 부스스한 머리며 매무시, 게다가 아직도 눈을 못 떼고 한 손에 들고 있는 책, 대강 이런 모습이었대요.

모처럼 모두에게 장성한 공주의 아리따운 모습을 보여주고 싶었던 임금님이었습니다. 얼마나 무안하고 화가 났겠어요? 공주 때문에, 점찍어둔 혼처를 눈앞에서 놓칠 판인데다, 일국의 왕으로서의 체면도 말이 아닙니다. 생각할수록 공주가 괘씸했겠지요. 그래서 잔치가 끝나자마자 그런 명령을 내린 것입니다.

"궁궐 안에 있는 책을 모조리 없애도록 하여라."

공주님이 아무리 눈물로 애원해도 왕은 명령을 거두지 않았습니다.

'책이 없는 세상이라니!' 공주님으로선 상상조차 할 수 없었습니다. 이제껏 자신을 에워쌌던 오색찬란한 빛깔들이 없어지고, 그 대신 캄캄한 어둠만 있는 텅 빈 동굴 속에 남겨지는 기분입니다. 거기엔 한 줄기 빛살조차 보이지 않습니다. 그런 세상을 공주님은 단 한 순간도 살 수 없을 것 같습니다. 그 생각만으로도 그날 밤, 공주님은 도저히 잠을 이룰 수가 없었습니다.

시녀들도 모두 잠이 든 삼경입니다. 공주님은 살며시 일어나 방문을 엽니다. 발소리를 죽이며 복도를 걸었습니다.

'어쩌면 그게 열릴지 몰라.'

한 가닥 희망을 안고 복도를 거쳐 뜰로 나옵니다. 그리고 연못이 있는 방향으로 향합니다. 연못가에는 왕실 서고가 있습니다. 공주님은 그리로 가는 것입니다.

왕실 서고라면 열쇠가 있어야 들어갈 수 있습니다. 전 같으면 아무 때나 시녀를 시켜 열쇠를 받아오게 하면 되었지만, 지금은 그럴 때가 아닙니다. 열쇠도 없이 한밤중에, 공주님은 대체 무슨 생각인 걸까요?

사실은, 공주님에게 한 가지 생각이 있는 것입니다.

며칠 전입니다. 서고에서 책을 고르고 있을 때였습니다. 공주님이 품에 안고 갔던 고양이가 보채기 시작했습니다. 바닥에 내려줬더니 폴짝 창틀에 올라 앞발로 창문을 긁어댔습니다. 밖에 나가고 싶은가 싶어, 고양이를 내보내려고 창문을 밀었습니다. 그런데 창문 고리가 낡았던 모양이에요. 여는 순간 툭-하고 문고리가 떨어지는 거였습니다. 고양이를 내보내고 창을 다시 닫고, 고리를 원래 자리에 꽂아두었습니다. 그 일이 생각난 것입니다.

빗장꽂이가 이미 헐거워져 아무나 건드리기만 해도 쉽게 열 수 있겠구나 하고 그때 생각했던 것이 기억난 것입니다. 만일 그 사이 누군가 창문을 고치지 않았다면 말입니다, 다행히도 그렇다면, 바로 지금이 서고에 있는 책을 몰래 집어 올 기회가 아니겠습니까.

서고에 도착했습니다. 공주님 가슴이 마구 뛰기 시작했습니다.

그때의 그 창문이라고 생각되는 창문을 어림짐작으로 찾았습니다. 힘을 주어 잡아당겨 봤습니다. 열렸습니다. 생각했던 대로였습니다. 공주님은 훌쩍 창틀을 뛰어넘었습니다. 창이 낮아서 그런 것은 문제도 아니었습니다.

어둠 속에서 조심조심 서고를 더듬었습니다. 공주님 손에 닿는 건 분명 책장이 분명했습니다. 그러나 이게 웬일입니까? 아무것도 잡히지 않는 것입니다. 책장이 하나같이 텅텅 비어 있었던 것입니다. '여기 책들까지 벌써 다?' 최후의 희망을 걸고 창을 넘었던 공주님은 그만 울고 싶어졌습니다. 마지막 기대가 와르르 무너지자, 온몸의 힘이 다 빠져 그대로 쓰러지고 말 것 같았습니다.

공주님은 멍해서 벽에 기댔습니다. 그런데 그때 문득 서고 창문 밖으로 가느다란 불빛 한 줄기가 비치고 있는 것이 눈에 띄었습니다. 서고 옆방의 불빛이 문틈으로 새어 나오는 것 같았습니다. 거기는 왕실 전속 화공의 화실이었습니다.

공주님은 화실 문을 열어봅니다. 아무도 없습니다. 아마도 누군지 늦도록 그림을 그리다가 등불 끄는 걸 깜박 잊고 돌아간 모양입니다. 공주는 아무래도 좋다고 생각했습니다. 그저 이 화실에서 아무 책이나 한 권 발견만 할 수 있다면 얼마나 좋을까, 오직 그 바람뿐이었습니다. 여기저기 늘어진 종이와 염료들 사이를 뒤적이며 제발 책아, 어디 숨었니, 어서 나오렴, 하고 조바심을 칩니다. 그러나 화실에는 늘 있기 마련인 화첩조차 눈에 안 띕니다. 하긴, 궁궐 안에서 어느 누가 임금님의 서릿발 같은 명령을 소홀히 여길 수 있겠습니까?

"정말이지 책이란 책은 깨끗이 치운 모양이네, 단 하루도 안 돼서!"

절망감 때문에 공주님은 아뜩한 표정이 되었습니다. 두 눈에선 금세라도 눈물이 떨어질 것 같습니다. 그러나 지금은 울고 있을 때가 아니야. 머리를 흔들고 눈을 들었습니다.

그 순간, 이게 웬일이죠, 책이 보이는 것이었습니다. 한 권, 두 권이 아닙니다. 책장 빼곡히 가득가득 올려진 책들이었습니다. 그것은 다름 아닌 원래 그대로인 왕실 서고였던 것입니다. 높다랗게 쌓인 책들! 공주님 눈이 반짝 빛날 수밖에요. 드디어 책을 찾은 것입니다. 더 이상 망설일 것은 아무것도 없었습니다. 그곳으로, 바로 눈앞의 책으로 빼곡한 서재로, 공주님은 쏜살같이 들어가버렸습니다.

그 모든 게 찰나였습니다. 앗, 공주님! 안 돼요! 하고 말리는 사람도 없는 깊은 밤, 아무도 없는 화실이었습니다.

리빙李氷과 두장옌都江堰

쓰촨 사람들은 리빙을 잊지 못한다.

"우리 청두는 자연재해도 없고 도무지 기근이란 걸 몰라요. 청두가 천부지국天府之國으로 불리는 건 다 리빙 덕분이랍니다."

청두 토박이인 친구의 말이다. '천부'란 하늘이 내린 곳간을 가리킨다. 이처럼 청두는 토지가 비옥하고 물산物産이 풍부한 천혜의 땅으로 알려져 있다. 하지만 처음부터 그런 것은 아니라 한다.

청두가 고질적인 수재 피해에서 해방되는 것은 리빙의 '두장옌'이 있고 나서이다. 기록이 자세하지 않은 고촉古蜀의 역사나 전설에서도 나라가 수재水災 때문에 시달렸음을 엿볼 수 있다.

다음은 두견 전설과 상관있는 두우杜宇 왕조 말기(BC8-BC7세기)의 일이다. 두우는 민강岷江이 범람하자 치수治水를 잘하는 별영鱉靈이란 사람을 중용했다. 치수가 성공하여 백성들이 별영을 따르니 두우는 별영에게 왕좌를 양위한다. 이로서 개명開明 왕조가 시작되고 별영은 개명 1세 총제叢帝가 된다.*

....

* 설에 따라 어부는 곧 잠총이라고도 하고, 어느 설에는 어부는 잠총보다 후대의 왕, 혹은 왕조라고 한다. 또 다른 설에서 어부 씨족氏族은 세력이 커지면서 잠총씨족 등을 정복, 청두 평원에 왕조를 세웠다라고 전한다. 또 다른 문헌에서는 두우가 어부를 밀어내고 고촉 제2대 왕조를 건립하고 패한 어부는 전산湔山으로 옮겨갔다고 한다.

남부역 고가교차로의 태양새太陽神鳥 상징탑 　　　　　世瑤 제공

청두라는 지명은 개명 9세 때 생겼다고 한다. 『사기·오제본기』는 이렇게 기록하고 있다.

"일 년 만에 마을이 되고, 이 년째에 읍이 되고, 삼 년이 되자 도읍을 이루었다." 　　　　　　　　　「리빙과 두장옌」

청두라는 지명은 개명开明 9세 때 생겼다고 한다. 『사기·오제본기五帝本紀』는 이렇게 기록하고 있다.

"일 년 만에 마을이 되고, 이 년째에 읍이 되고, 삼 년이 되자 도읍을 이루었다 一年而所居成聚, 二年成邑, 三年成都."

그런데 고증에 따르면 개명 왕조 시기에 세 차례의 천도가 행해졌는데 세 번 모두 수재와 관련된 것으로 추정된다고 하니 이것만 보아도 고대에 쓰촨 선인들이 얼마나 수재에 시달렸을지 짐작할 수 있다.

고촉국은 기원전 316년 개명 12세 때 진秦의 공격에 무너져 진나라에 속하게 된다. 이 시대는 중국 역사에서 전국戰國 시대라 구분하는데, 주周나라 말엽부터 전국7웅이 각각 한韓·위魏·조趙·제齊·초楚·진秦 7국을 세우고 서로 경쟁을 멈추지 않던 혼란기였다. 이중 진나라 영토가 커지며 시황始皇의 천하통일(BC221)로 이 시대가 마감된다.

그러나 리빙이 진나라의 관리로서 촉 땅에 재임한 시기는 통일 이전이다. 『사기·하거서河渠書』에 의하면 전국시대(BC475- BC221) 진秦나라 소양왕昭襄王(재위 BC306-BC251) 말년, 리빙이 촉에 부임하여("蜀守冰") 민강岷江 유역을 철저히 답사한 후 강줄기를 둘로 쪼개는 두장옌을 구축하는 한편 관개灌漑와 수로水路를 확장하여 백성들 모두 그 혜택을 누릴 수 있게 했다.

리빙이 촉에 부임한 기간은 기원전 277년부터 기원전 239년까지라고 한다. 촉의 번영을 위하여 반생을 다 쓴 셈이다. 그에 대한 기록을 보면, 부임하자마자 촉민의 근심이 수재에 있음을 알고 민생을 위해서는 그 대책 마련이 가장 우선이라 생각하여 온 정열을 쏟아부었다고 쓰여 있다. 결론적으로 그의 애민 정신이 청두평원을 천혜의 땅으로 변신시키는 원동력이었던 것이다.

이에 사람들은 리빙의 치수 업적을 기념하고자 리빙 부자를 모신 사당 '이왕묘二王廟'를 세우고 지금까지 제사활동을 이어오고 있다.

그런데 이 이왕묘의 석벽 한쪽에는 두장옌을 유지하는 원칙이 새겨져 있다고 한다. 일명 '치수治水 삼자경三字經'이라고도 부르는 글은 총 여섯 자이다.

"심도탄, 저작언深淘灘, 低作堰"

이것은 두장옌의 기본적인 관리법으로 물 흐름을 따라 내려온 진흙이 쌓이는 정도를 관찰하여 제때에 바닥의 진흙을 걷어내는 게 중요하다는 말이다. 놀라운 것은 이 간단한 원칙이 두장옌이 이천 살이 되도록 기능을 유지하게 만든 힘이다. 현대에 이르러서도 이 친자연적인 방법이 가장 기본적이면서도 매우 유효한 보수 방법이다.

이 원칙 위에 시행하는 두장옌의 보수 활동은 하나의 지방전통이 되었다. 이것을 '세수歲修'라고 하는데, 세수란 해마다 겨울철 물이 가장 말랐을 시기에 이 중요한 수리 시설을 점검하고 보수하는 일체를 말한다. 이것만으로 부족할 수 있으므로, 몇 년 걸러 한 번씩 물밑 파손된 부분까지 손을 써야 한다. 이는 구별하여 '대수大修(대수리)'라고 한다. 한나라 때도, 촉한 때도 관리의 책임 하에 그 수리를 했던 기록이 보일 정도로 두장옌의 세수 전통은 2천여 년 지속된 쓰촨의 특수한 문화였다.

두장옌은 요즘 식의 인공적인 댐이 아니다. 당초 리빙은 강유역의 지리 환경과 물흐름을 최대한 이용하여 한편으로는 우기에 홍수를 대비하면서 다른 한편으로는 관개와 수로의 이익까지도 확대하는 복합적이고 원대한 설계를 했다. 그 원대한 창안이 성공한 것은 하늘의 기후와 땅의 지세, 그리고 강의 흐름 모두를 정복해야 할 적이 아닌 인간 생활을 돕는 아군으로 받아들이고 적절히 응용 활용한 데에 있다.

두장옌이 있기까지, 청두평원은 오랜 동안 강하의 범람에 시달렸다. 그러나 수재의 위험에서 벗어난 강은 백성을 살찌우고 나라를 발전시켰다. 이에 대해, 저명한 문화평론가인 여추우余秋雨는 『두장옌』이란 문장에서, 리빙의 두장옌이 있음으로써 쓰촨의 경제적 풍요는 물론 인재가 모이고 문화가 발달하고, 두장옌이 있음으로써 쓰촨은 중국을 든든히 받쳐주는 후방이 될 수 있었다고 찬탄한다.

노자의 『도덕경』에는 이런 구절이 있다.

> 최고의 선善이란 물처럼 만물을 윤택하게 하면서 싫고 좋음을 다투기
> 는커녕 오직 만물과 조화를 이룰 뿐이니 이는 도道에 가깝다.
> 上善若水, 水善利萬物而不爭, 處衆人之所惡, 故幾於道.
> ― 노자 『도덕경道德經』

공교롭게도 물의 흐름에서 자연의 법을 발견한 도교의 발원지 역시 두장옌의 칭청산青城山이다. 리빙은 물을 다스리되 물을 정복하지 않았다. 자연과 인간 모두를 조화롭게 하려는 원점에서 일보도 벗어나지 않았다.

그런데 현대인들은 어떠한가. 대자연과 인간은 서로 의지하는 관계임에도 인간은 과학 기술을 믿고 오만한 정복을 일삼았다. 마치 조금 자랐다고 자신을 길러준 어머니를 아프게 하는 유치한 아이처럼 굴었다. 오늘날 지구촌 곳곳에서 일어나는 기상이변으로 인한 자연재해는 바로 인간 자신의 오만에 의한 과보果報임을 깨닫고 리빙의 두장옌처럼 인간 사회가 얼마든지 대자연과 조화를 이루며 살아갈 수 있다는 증명을 더욱 널리 확대해나가야 할 것이다.

한 마리 거대한 무소

이 세상 어느 인공물이 이천 년이 넘도록 그대로 계속 사용되는가.

이집트 피라미드는 여전히 견고하나 죽은 자의 무덤일 뿐이다. 그리스 신전 대리석 기둥은 아직 굳건하나 사람이 깃들지 못한다.

그러나 리빙의 두장옌은 이천 년 세월 속에 한 번도 그 쓰임을 멈춘 적 없다. 생명을 쏟아 붓는 정성이 아니고는 이럴 수 없다.

"공든 탑이 무너지랴!"

리빙이 치수에 기울인 노력과 정성을 증명하는 유물 하나가 청두박물관에 모셔져 있다. 다름 아닌 무소 석상이다.

무소는 신화 속에서 강물 줄기를 둘로 나누는 능력이 있는 신령한 동물이다. 무소 석상에 대한 기록은 『화양국지華陽國志』와 『촉왕본기蜀王本紀』에도 있는 바, 리빙이 민강岷江을 둘로 나누는 두장옌의 대공사를 할 때 만든 거라고 한다. 리빙이 두장옌을 만드는 공정은 민강 물줄기가 양 갈래로 갈라져 흐르게 하는 것을 중점으로 했다. 자연 지형을 최대한 이용한다고 하나 그 실현은 어려운 일이었다. 때문에 옛사람다운 발상으로 돌로 만든 무소의 힘을 빌리고자 별도로 무소 석상 다섯 채를 준비했다고 한다.

리빙의 애민정신이 빛나는 두장옌都江堰水利工程　　　　朱宥名 제공

그러나 리빙의 두장옌은 이천 년 세월 속에 한 번도 그 쓰임을 멈춘 적 없다.
생명을 쏟아 붓는 정성이 아니고는 이럴 수 없다.
"공든 탑이 무너지랴!"

「한 마리 거대한 무소」

강물의 피해를 방지하기 위해 촉의 태수 리빙은 신령한 소의 형상을
다섯 개나 만들어, 그 중 둘은 청두성내府中에, 하나는 시의 다리 아래
에, 남은 둘은 강물 속에 두어 물의 요괴를 누르도록 했는데…

『촉왕본기蜀王本紀』

청두 성내에 묻어두었던 두 채의 석상 중 하나가 두 차례나 세상에 모
습을 드러냈는데 1970년대 도시개발 과정에서였다. 두 차례 모두 석상이
너무 무거워서 기술상의 이유로 땅 위로 끌어올리는 걸 포기하고 그냥
되묻었다고 한다. 그러다가 다시 2012년 연말에 모습을 나타내는데, 천부
광장의 동북쪽에 자리한 쓰촨대극장의 공사 현장에서였다.

청두박물관에 진열된 석상이 바로 여기서 옮겨온 무소이다.

지난 3월 천부광장 옆 청두박물관을 찾았다.

그리고 나는 드디어 그 전설 속의 무소를 보게 된다.

이것이 그 신령한 소란 말인가.

직접 보면서도 믿기지가 않아, (그래도 되는지 모르지만) 팔을 뻗어 내
손바닥을 무소의 표면에 살짝 댔다. 그러고도 한참을 그 우람하다 싶은
몸체를 마주하고 서 있었다.

판다와 대나무

청두의 판다공원에 놀러간 날은 화창한 5월이었다.

그날 나와 함께였던 란란이라는 친구는, 빨간 머리 체코 여학생이었다. 그 전에 내가 책을 빌린 적이 있었는데, 돌려주면서 그녀에게 고맙다고 편지를 썼다. 그 편지에 란란이 답장하길, '네 편지에선 음악적인 리듬이 느껴졌어.'라고 했다. 그 후 이런저런 대화를 하며 친해졌다. 그녀는 자신이 실은 체코의 대학 입학 시험에 떨어져 대학에 못 가고 그 틈에 중국어를 공부한 것이 행운이 되어 쓰촨대학에 유학 온 거라 했다.

그 말을 하기 전에 아마 내가 먼저 뜻대로 안 되는 인생에 대해 고민을 털어놓았던 것 같다. 그녀로서는 내게 뭔가 격려를 해주고 싶어서 자신의 경우를 예로 들었을 것이다. 그녀의 진심에 고마워하면서 한편으론 '어쩜, 지구의 반대쪽 유럽인이 하는 말인데, 의미하는 바는 어떻게 중국의 사자성어인 '새옹지마塞翁之馬'와 똑같지?' — 묘한 일치감을 느꼈다.

• • • • •

란란은 머리카락이 빨갛다.

그래서 그녀를 보면 소설 『빨간 머리 앤』이 생각났다.

미국의 마크 트웨인(1835-1910)이 『이상한 나라의 앨리스』 이후 가장 사랑스럽고 감동적인 캐릭터라고 평가했다는 '앤'이 나오는 『빨간 머리 앤Anne of Green Gables』은 캐나다 작가 루시 모드 몽고메리(1874-1942)가 쓴 소설이다.

고아원에서 자란 앤은 어쩌다 소박한 농가에 양녀로 들어가게 된다. 그렇게 유복한 환경이라 할 수는 없었지만, 앤은 새 가족과 친구와의 정을 소중히 여기며 행복을 창조해나갔다. 성장한 앤은 대학 입학을 앞두고 매슈 아저씨가 갑자기 돌아가시는 바람에 진학을 포기한다. 뜻밖의 상황이었지만 앤은 이렇게 말한다.

"제 미래는 곧바로 뻗은 길이라고 생각했어요. 몇 마일 앞까지 내다보이는 듯했어요. 그런데 지금 길모퉁이에 와버린 거예요. 길모퉁이를 돌면 앞에 무엇이 있는지 알 수 없지요. 하지만 분명히 가장 좋은 것이 있을 거예요."

이처럼 앤은 명랑하고 낙관적 성격으로 주위를 밝게 만들 줄 아는 소녀였다.

"고난을 웃음의 씨앗으로 삼아, 그 고난을 이겨내자." — 작가 몽고메리의 말이다. 이러한 작가이기에 앤과 같은 주인공을 창조해낸 게 아닌가 싶다.

그런데 이렇게 긍정적인 소녀 앤은 뜻밖에 자신의 빨간 머리색을 몹시 싫어했다. 소설 곳곳에서 어린 앤이 그 빨간 머리에 얼마나 열등감을 느끼는지를 찾아볼 수 있다. 만약 요즘 같은 머리 염색약이 있었다면 앤이 반겼을까?

란란은 염색을 한다.

앤과는 반대로 머리카락을 빨갛게 물들이고 싶어서 일부러 염색하는 것이다.

그녀의 설명으로는 천연염색약을 구하기 위해 인터넷을 통해 인도 산지의 재료를 주문하면 배달되어 온단다. 염색제를 받으면 밤에 레몬즙에 섞어 머리에 바르고 잠을 잔다. 그렇게 하룻밤 자고 나면 머리색이 빨갛게 변한다는 것이다.

체코에서 날아온 아가씨가 중국 청두에 살면서 인도의 누군가에게 재배한 재료를 부탁해서 자신의 머리색을 바꾼다. 그녀의 머리칼을 볼 때마다 지구를 한 바퀴 빙 도는 듯한 순환감이 느껴졌다. 란란과 같이 있으면 나 또한 세계 어디든 얼마든지 연결될 것이라는 설렘 같은 것이 생겨나기도 했다.

• • • • •

화창한 날 햇살 아래 눈에 닿는 것은 온통 푸르다.

도착한 곳은 판다공원成都熊猫基地, 모처럼의 기분 좋은 나들이다!

다른 사람이 아닌 란란과 함께인 것도 너무 좋았다.

작은 연못가에 멈추었을 때 나는 휴대폰을 눈에 대었다. 란란을 찍어주고자 함이다. 내심 일행으로서 당연히 해줄 일이라고 생각한 나는 특별히 포즈를 취하라고 요구하지도 않았다. 그렇게 자연스러운 그녀의 뒷모습을 막 찍으려는 순간,

"앗, 싫어요!"

란란이 소리쳤다. 그리고 뒤돌아보며 분명하게 밝혔다. 난 사진 찍히는 걸 싫어해요, 라고.

"아니, 왜?"

이게 웬일인가.

"난 내가 예쁘지 않다고 생각해요. 그래서 사진을 안 찍어요."

"아냐, 넌 예뻐."

내 말은 진심이었지만 그애는 내 말을 믿지 않았다. 한 번 더 "아뇨, 난 사진 안 찍어요."라고 원래의 주장을 고집했다.

나는 그애가 자신을 밉다고 생각한다는 사실이 믿기지 않았다. 작지도 크지도 않은 아담한 몸집에 유럽인 고유의 하얀 피부에, 무엇보다도 이십 대 청춘이 아닌가.

어떻게 보아도 란란은 예쁘다!

내가 반박해 보았지만 란란은 고집을 꺾지 않았다. 내가 포기하는 수밖에 없었다. 무안해진 기분에 내 휴대폰을 넘겨주며 나를 찍어 달라고 했다. 그때 내 부탁을 받고 란란이 찍어준 사진이 지금도 있다. 하필 굵은 가로줄 무늬의 박스 티셔츠를 입어서인지 유달리 땅딸막한 모습이다. 이쯤 되면 판다가 따로 없네.

· · · · ·

판다의 움직임은 생각보다 재미있었다.

어기적어기적 걷는 모습이며, 아작아작 대나무를 먹는 모습이며 실제로 보기는 처음이라서 오래 바라보아도 질리지 않았다. 판다가 대나무만 먹는다는 건 익히 알았지만 저리 맛있게 먹을 줄은 미처 몰랐다.

판다에게 대나무는 우리로 말하면 밥인 모양이다. 사육사가 미리 알고 많이 쌓아둔 그 옆에 앉아서 먹고 먹고 또 먹는다. 하긴, 대나무 한두 개로 어떻게 배가 부르겠어? 아그작거리며 나무줄기를 먹고 있는 판다를 보면서 문득 물으나마나 한 질문 하나가 떠올랐다.

"판다 너는 대나무를 정말 좋아하는구나?"

Bamboo is the only one of my life

It's the best

It's my life oh

한국의 "혁오밴드"가 부르는 『Bamboo』라는 노래의 한 구절이다. 혁오밴드의 이 곡은 『Panda Bear』(2015)라는 전집에 실려 있다. 전집에 수록된 노래들 안에 바로 이 노래들을 작사 작곡한 '오혁'이란 음악인이 느끼는 판다가 있다.

오혁은 혁오밴드(2014년 결성)의 리더인데 어릴 때 부모를 따라 중국에서 청소년기를 보냈다고 한다. 그 때문인지 혁오밴드의 노래 속에서 중국적인 것이 찾아질 때가 있다. 중국을 많이 좋아하는 모양이라고 왜 좋아하나고 기자가 물었을 때 오혁은 이렇게 대답했다.

"특별한 이유가 있다기보다, 내가 소년 시절 대부분을 보낸 곳이 중국이니까, 자연히 정이 든 거지요."

잘은 모르지만 판다를 주제로 전집을 낸다는 건 중국 음악가도 미처 생각하지 못한 일일 것이다. 오혁은 판다의 독특한 생태에 흥미를 느껴 곡을 쓰게 되었다고 한다.[*]

사실, 판다공원에서 내 눈으로 직접 판다가 대나무 먹는 모습을 보기 전까진 곡조도 그렇고 오혁의 창작이 너무 단순하지 않은가 생각했었다. 그런데 눈앞에 판다를 두고 생각하니, 판다와 대나무 관계를 이보다 더 잘 형용할 수 있을까 싶으면서 오혁에 대해 혹은 오혁이 사물을 이해하는 관점에 대해 찬탄하는 마음이 든다.

....

[*] 『專訪hyukoh : 吳赫稱感到一點點紅 愛中國沒有理由』, 『社會偵探』, 2016-10-05 , https://www.360kuai.com/pc/9df8f3312c6e0128f?cota=4&kuai_so=1&tj)_url=so_rec& sign=360_57c3bbd1&refer_scene=so_1

도심에 세워진 판다 모형   王鵑 제공

판다는 우리 인간들에게 이렇게 말하고 있었는지도 모른다.
남들이 떠드는 말에 일일이 신경 쓸 것 없어요. 보세요,
누가 뭐라든 나도 나름 최선을 다해 살고 있잖아요!

「판다와 대나무」

걸음도 어기적어기적, 판다는 잘 걷지 않을 뿐더러 동작이 느린 편이다. 듣자니 판다는 짝짓기에도 게으르다고 한다. 그러나 그걸 게으르다고 보는 것은 우리의 눈일 뿐, 사실은 판다로서 그게 생활을 위한 가장 최선의 방식이었다. 오혁의 가사가 대변하듯이.

『Panda Bea』

같이 있는데 자꾸 부르지 마
혼자 있는 게 난 더 편하니까
조그만 일에 화를 내지 않아
더 이상 내 기분은 뜨겁지 않아
내가 누군지 물어보지 좀 마
나도 내가 누군지 모르니까

'살아 있는 화석'이라는 별명을 얻기까지 판다란 종족이 쏟아 부은 노력은 엄청난 것이었다.

연구에 따르면 판다는 원래 육식동물이었다고 한다. 판다가 아무 걱정 없이 대나무를 씹는 그 모습 뒤에 사실은 조상 대대로 육식을 채식으로 채식 중에서도 대나무로 선택하는 대변혁이 있었으며 대나무를 앞다리로 잡기 위해 없던 손가락 하나까지 생기게 하는 진화 과정도 있었던 것으로 추정된다.[*]

겉으로 보기에는 그저 아무 생각 없이 늘펀하기만 한 녀석들 같았는데 진실은 그게 아니었다. 생명이 있는 모든 것은 모두 이렇게 겉보기와 다

....

[*] 斯蒂芬·古爾德Stephen Jay Gould 著, 田洛 譯, 『熊貓的拇指』, 海口 : 海南出版社, 2008, 第2-6頁.

르게 살고자 엄청난 분투를 하고 있는 것이다. 그 삶이 겪은 시련과 분투가 모여서 자기만의 특성이 만들어지는 것이다.

판다는 우리 인간들에게 이렇게 말하고 있었는지도 모른다.

남들이 떠드는 말에 일일이 신경 쓸 것 없어요.

보세요, 누가 뭐라든 나도 나름 최선을 다해 살고 있잖아요!

영화 『호우시절』

"청두가 처음이십니까?"

영화 『호우시절』(2009, 허진호 감독)에서, 남자 주인공 박동하를 마중 나온 주재 직원의 물음이다.

주재 직원은 청두에 장기 체류 중인 한국인이다. 그런 만큼 청두가 난생 처음이라는 동하를 데리고 자신이 이미 적응한 도시를 안내하는 일을 은근히 재미있어 한다.

차를 타고 가면서는 '융통성(?)' 투성이의 교통상황에 대해 '이게 바로 중국이지요.' — 하는 표정을 짓고, 맵고 톡 쏘는 국물의 비장분肥腸粉을 아무 설명 없이 먹으라고 넘겨주고는 사레가 들린 동하를 보며 '못 먹겠죠? 이게 바로 쓰촨 맛이지요!' 놀리는 표정이다.

동하 앞에서 그는 쓰촨에 대해 모르는 게 없는 것처럼 말이 많아진다.

"쓰촨의 유명한 네 가지는 쓰촨 미녀·판다·쓰촨 술·쓰촨 요리⋯."

그 둘은 두보초당杜甫草堂에 간다. 뜻밖이지만 동하가 가보고 싶다고 원했기 때문이다.

동하를 안내하면서 주재원은 굳이 묻는다.

"팀장님은 두보杜甫를 좋아하십니까? 저는 이백李白을 좋아합니다."

출장 첫날부터 두보초당을 찾는 동하에게,

'당신과 나는 어쩌면 취향이 다른 것 같군요.' 주재원은 이 말이 하고 싶었던 거다.

어찌됐든, 동하가 매점 근처에서 두보의 것들에 눈을 떼지 못할 때 주재원은 배가 불룩한 미륵상 앞에서 머뭇대는 걸 보면, 둘 사이에 차이는 분명 있는 것이리라.

동하는 매점에서 두보시집 한 권을 사서 들고 오솔길을 걷는다. 주재원은 그 곁에 없다. 어느 결에 헤어진 것이다.

원림園林 사잇길을 따라 걷던 동하는 전날의 여자친구 메이May, 五月와 마주친다. 바로 "두보의 집"(두보초당 원림 안의 초가집) 앞에서였다.

메이는 여행단에게, 두보는 대나무도 좋아하고 복숭아나무도 좋아했다고 해설하는 중이었다. 그러다가 저만치서 자신을 바라보며 서 있는 동하를 발견한다.

반가움에 자신이 지금 해설 중이라는 것도 잊은 메이! 두보초당은 메이의 일터였다.

둘의 해후邂逅는 난데없었고 어찌 보면 필연인지도 몰랐다.

동하와 메이는 미국 유학 중에 알게 된 사이이다. 둘 사이엔 뭔가 뚜렷하지 않은 채로 서로에게 품었던 풋풋한 감정이 남아 있었다.

문득 내리는 봄비, 메이가 그 빗줄기를 바라보며 말한다.

"단비가 때맞춰 내리네요好雨來的總是時候."

시심詩心 풍부한 이 말에는 함축적 의미가 있다. 그 의미는 원래 두보의 시 『춘야희우』春夜喜雨(761) — '봄밤에 단비 내리네'에 나오는 첫 구절 "호우지시절好雨知時節"에서 유래한다. 해석하자면 '때맞추어 내려서 반가운 비'나 때로는 '제때 찾아온 사랑'을 은유한다. 때문에 영화 제목역시 『호우시절』이라 한 것이다.

봄빛 푸르러지려는데
때를 아는 비
밤바람 타고 부슬부슬
소리도 없이 만물을 적시네
들길에는 어둔 구름 자욱한데
홀로 등불 깜박이는 강가의 배
날 밝으면 죄다 꽃물이겠지,
얼마나 고울까, 나 사는 금관성錦官城.

好雨知時節, 當春乃發生. 隨風潛入夜, 潤物細無聲.
野徑雲俱黑, 江船火獨明. 曉看紅濕處, 花重錦官城.

'금관성錦官城'은 청두의 옛 이름이다.

비가 내리는 청두의 봄날, 두보는 어둠 속에 설렜다.

단비 속에 꽃도 나뭇잎도 설렜다.

동하와 메이도 설렜다.

한편 동하는 혼란을 느낀다.

다시 멀어지는 메이 때문이다. 사랑이 이번에도 비켜가려는가.

"내가 너 자전거 타는 법도 가르쳐줬는데 … 어떻게 기억을 못 할 수 있니."

함께 했던 추억을 떠올려 말해줘도 메이에게선 그 기억이 굴절되어 있다. 둘이 친했던 증표가 될 '자전거에 관한 일'조차 메이는 동하와 정반대로 기억하고 있다.

동하는 의문이다. 메이는 왜 다른 기억 속으로 걸어가버렸을까?

사실 동하가 모르는 메이만의 상처가 있다. 바로 얼마 전에 남편을 잃은 메이였다. 원촨 대지진이 발생한 탓이었다.

동하는 회사 일로 지진 복구가 진행 중인 현장을 시찰도 한 터이지만 정작 옛 연인 메이에게 지진의 충격이 어마어마하게 크다는 사실을 전혀 몰랐던 것이다. 출장 일정은 거의 끝나가고 동하는 주춤하며 멀어지는 메이에게서 마음을 거둘 채비를 한다. 그때 메이의 상처에 대해 전해 듣는 것이다.

그랬군요, 그래서 메이가 그런 거였군요.

그 마음속에 공동空洞이 파였을 뿐, 그것은 헤어질 이유가 아닌 것이다.

한국에 도착한 동하는 자전거를 선물로 부쳐온다.

메이에게 주는 노란 자전거다. 우편상자에서 딸려 나온 편지에는 동하의 목소리가 담겨 있다.

"여긴 줄곧 비가 와요.

마치 청두에서부터 비가 따라온 것 같아요.

… 보고 싶어요."

편지를 읽고 메이는 자전거를 탄다. 표정이 환하다.

두보초당 푸른 그늘 아래서.

• • • • •

동하에게 '청두의 비'는 어떤 의미일까?

왜 동하는 비가 따라온다고 기뻐하는가.

빗줄기가 하늘과 땅을 잇듯이 청두의 비는 홍실(즉 紅絲)이 되어 둘의 인연을 이어줄 것이라고 믿고 있는 양이다.

불전『법화경』의 비유 중에 '약초유藥草喩'가 있다.

하늘에 구름이 일고 비가 내리니, 그 비가 평등하게 모두를 적셔, 여러 약초와 큰 나무와 작은 나무 그리고 온갖 백곡의 싹이며 열매가 한결같이 비의 혜택을 받아 싱싱하고 윤택하게 성장한다. 여기서 비는 지상의 일체를 적시는 평등함을 상징한다. '약초유'는 법화경의 가르침이 모든 생명에 평등하게 골고루 혜택을 주는 것을 말하고 있다.

두보의 시구에서 소리도 없이 촉촉하게 만물을 적시는 봄비는 어쩌면 약초유 속의 비와도 통할 것이다. 그래서인지 이 비유를 들으면 나도 모르게 청두의 봄밤이 생각난다. 사람들이 모두 잠든 밤에 서두름도 늦춤도 없이 모두를 촉촉이 적셔주는 보슬비. 소리 없이 적셔지는 청두의 봄밤을 나는 안다.

그 촉촉함이 메이의 공동을 메우고 동하를 불러오며 모두를 기쁘게 하는 것이다.

• • • • •

사실은 동하에게는 접어둔 꿈이 있었다.

꿈을 과거로 봉인할 것인가, 미래로 열어둘 것인가.

꿈을 현실을 만족하는 데 쓸 것인가, 혹은 현실로 하여금 꿈을 향해 직진하도록 할 것인가. 풀리지 않는 갈등이 있었다.

동하가 기업의 월급쟁이로 일하고 있다는 걸 알고 나서, 메이는 매우 뜻밖이라는 표정으로 말했다.

"난 네가 시인이 될 줄 알았는데."

동하는 메이에게 변명한다.

"처음에는 잠깐만 직장을 다니려고 했어. 첫 월급 타면 그만두고 다시 글을 쓰겠다고 생각했는데 다음 달 월급이 들어오고 또 승진을 하고…. 그러다 보니 점점 더 그만두기 힘들어지더라."

영화는 시간을 건너뛰어, 동하가 두보초당 문 앞에 서 있고, 퇴근하는 메이가 그 동하를 향해 반갑게 다가가는 장면으로 끝난다.

메이를 기다리고 서 있는 동하의 차림새가 전과 확연히 달라져 있다. 지난 번 출장 때의 양복 차림은 간 데 없고 캐주얼한 차림의 상쾌한 동하로 돌아왔다. 옷차림으로 짐작하건대 이제까지 질질 끌었던 퇴직을 동하 스스로 감행했거나 그도 아니면 회사 퇴직에 맞먹는 일정한 자유를 확보한 것이리라. 아니면 벌써 시인이 되었는지도 모르겠다.

그렇다면 우리는 '시절을 아는 비'가 동하의 내면까지 흠뻑 적셔주었다고 믿어도 되리라. 그 단비로 하여 점점 고사枯死해가던 청춘의 꿈이 소생한 것이리라.

" … 어떻게 살 것인가, 내 인생을 … ."

이런 노랫말도 있듯이 청춘은 매일처럼 자문한다.

어떻게 살아갈 것인가.

쉽게 답을 찾으면 다행이지만 같은 질문을 날마다 반복하면서도 방황을 끝내지 못하는 경우도 많다. 스스로 지쳐간다. 혹은 망각하기로 한다. 혹은 망각도 포기도 못 한 채 미혹의 연속이다. 때로는 애잔하기도 하리라.

출장길 두보초당에 들어설 때 동하는 어땠을까?

두보의 시집을 사 들고 걸을 때는 비를 기다리는 들판의 심정이었을까?

이 영화가 방영된 이후 서점에는 '두보시집'을 찾는 사람들이 늘었다고 한다.

나도 청두에 가서 가장 먼저 가보고 싶은 곳이 두보초당이었다. 바라던 대로 초당에 간 날, 두보의 청동상 앞에서 유독 기다란 시인의 손을 쓸어보던 날, 나 스스로의 향방을 묻듯이 시인 두보에게 묻고 있었다.

어떻게 시인으로 버티었냐고, 무엇이 당신을 견디게 했느냐고.

동따졔東大街 풍선 수레

雲帆 제공

꿈을 과거로 봉인할 것인가, 미래로 열어둘 것인가.
꿈을 현실을 만족하는 데 쓸 것인가, 혹은 현실로 하여금 꿈을 향해
직진하도록 할 것인가. 풀리지 않는 갈등이 있었다.

「영화 『호우시절』」

두보초당杜甫草堂 가는 날

길을 잃다.

우리 셋은 두보초당을 찾아가는 길이었다.

청두에 도착한 지 채 일주일도 안 된 여자 셋이서 호텔 문을 나서 버스를 타고 두보초당을 가는 길인데, 그만 정류장을 잘못 내린 것이다. 다행이라면 셋 모두가 아주 엉성한 채로나마 한두 마디 중국어를 주고받을 수 있다는 것이지만, 실은 그 한두 마디를 잘못 알아들어서 내리는 데 오차가 생겼는지도 모른다.

어림짐작으로 초당이 멀지 않은 것 같긴 한데 도무지 길을 가늠할 수 없다.

"잘못 내렸나 봐요! 어떡하죠?"

마주치는 사람에게 길을 물어보지만 알아듣기가 힘들다.

우린 제대로 목적지에 도착할 수 있을까.

찌는 듯이 무더운 여름날 오후, 불안해진 마음에 셋 다 우왕좌왕한다.

특히 내 마음이 불편하다. 길도 모르면서 괜히 가자고 부추겼나 미안해진다.

한여름 날씨를 핑계로 내켜하지 않는 두 사람을 아침부터 설득하고 나섰던 건 나였다.

"청두에 온 첫 주말인데 두보초당에 가야지요."

청두에 도착하여 어디를 가볼 거라면 제일 먼저 두보초당에 가야 한다고 나는 생각했었다.

청두로 날아오는 비행기 좌석에서 '두보시집'을 읽다가 결심한 일이다.

두보杜甫(712-770)는 그 문학적 명성이 천하를 떨친 것치고는 현실에서의 삶은 아주 초라했다. 과거에 문인이 입신양명하는 길은 관직에 오르는 것인데 그럴듯한 관직도 없이 일가족을 이끌고 이리저리 유랑자처럼 떠돌아야 했던 두보. 그런 그가 759년에서 765년 사이에 다른 어디에서도 누리지 못한 일상의 평온을 맛보았던 도시가 바로 청두, '금관성錦官城'이었다.

청두로 올 때 내가 두보시집을 챙긴 건 우연이었다.

솔직히 말하면 내가 당시唐詩를 특히 좋아하는 것도 아니고, 중국 고시古詩에 조예가 깊은 것도 아니다. 다만 출발에 앞선 감상이랄까, 명색이 중국으로 유학 떠나는 길인데 두보시집 한 권쯤은 챙겨야지 싶어 핸드백에 넣어두었을 뿐이다. 비행기 안에서 한두 장쯤 읽다가 잠을 청하려고 했다. 그 한두 장쯤에서 나는 몰랐던 사실을 알게 된다. 내가 곧 도착하게 될 '청두'가 천여 년 전 두보와 인연이 깊은 도시라는 사실을 말이다. 그때 생각했다. 청두에 도착하면 두보초당부터 찾아가겠다고.

• • • • •

"請問, 去杜甫草堂怎麽走? 저기요, 두보초당에 가려면 어떻게 가야 하나요?"

너무나 중요한 이 한 마디.

세 사람이 번갈아 물으며 걷고 또 걸었다.

그러면서 이국적인 애완동물시장을 지나고 나팔꽃 덩굴 오르는 골목

길을 지나고, 강이 흐르는 다리를 지났다.

그러다 두보초당에 닿았을 때의 감격이라니!

이곳이 바로 중국 문학사에서 빼놓을 수 없는 성지이다.

초당이라 했지만 원림園林은 깊고 넓었다. 나무가 울창한 그 사잇길을 따라 걷다 보니 가장 상징적인 지점, 즉 두보가 살던 초가집이 나왔다. '두보초당'이라는 이름에 걸맞게 두보를 기념하는 옛날식의 소박한 살림집이었다.

낮은 목책을 두른 안으로 마당에 꽃나무가 있고 초가지붕의 일자형 건물 하나가 있다. 그 안으로 들어서면 시인이 다탁을 두고 객을 맞이했을 마루며 혼자서 시를 쓰고 책을 읽었을 서재 그리고 침대가 놓인 침실과 부엌이 보인다. 한눈에도 단출한 살림이지만 고상한 정신생활이 고스란히 느껴져 왔다.

부엌 문턱을 넘어 마당으로 나왔다.

돌 장기판이 있는 정자 아래 섰다. 정자 발치로 채마밭이 나름 정갈하게 가꿔져 있었다.

두보가 살던 시절에도 채마밭을 가꾸었겠지.

마당에는 깃발 하나를 표지 삼아 들고 휴대용 작은 마이크에 입을 대고 "두보는, 두보는…" 하며 열심히 해설하는 가이드들과 자신들의 가이드 앞에 서서 해설을 듣고 있는 여행객 무리들, 그들이 일으키는 작은 소음들로 마당이 채워져 있었다.

정자에서 몇 걸음 떨어져서 다시 초가지붕을 올려다본다. 두보가 여기서 머문 4년도 채 안 되는 기간에 무려 240수의 시를 지었음을 생각하니 초가지붕조차 성스럽게 빛나는 듯하다.

실제로 두보가 자신이 사는 초가집을 읊은 것으로 「가을바람에 초가지붕이 날아가다茅屋為秋風所破歌」(762)라는 시가 있다.

세심하게 조성된 고풍스런 원림_두보초당 연못   廖珺 제공

초당 원림을 한 바퀴 돌고 나오는 길, 들어올 때 보았던 그대로 앉아 있는
시인의 청동상이 고즈넉하다. 전체적으로 수척한 두보 전신상에서 손등만이
유독 금빛으로 빛나고 있다. 시인을 경애하는 무수한 사람들이 그의 손등을
쓰다듬고 지나간 탓이리라.

「두보초당 가는 날」

상원上元 2년(761) 봄부터 두보가 청두 완화계浣花溪에 모옥茅屋을 짓고 거처했는데, 8월에 갑자기 폭우가 쏟아지고 바람이 세차게 불어 지붕이 날아가는 일이 일어났다. 두보는 이를 사실적으로 묘사함에 머물지 않고 만백성의 고뇌를 대변하여 웅변을 토했다. 후세 사람들은 이 작품을 두보의 우국우민憂國憂民 정신이 나타난 최고작으로 꼽기도 한다.

팔월이라 가을이 깊어 바람 사납게 불어
우리 지붕의 세 겹 이엉 말아 올렸네.
이엉이 날아가 강을 건너고 강가에 뿌려지니
높이 날아간 것은 긴 숲의 나뭇가지 위에 걸렸고
낮게 날아간 것은 바람에 나부껴 돌다가 웅덩이에 빠졌다오.
남촌南村의 아이들 이 늙은이를 업수이 여기고는
이제는 눈앞에서 훔쳐가네.
공공연히 이엉 안고 대숲으로 들어가니
입술이 타고 입이 말라 소리도 안 나오고
돌아와 지팡이에 의지해 스스로를 한탄하네.
잠시 멎은 바람이나 구름은 흑빛이니
가을날 막막하게 땅거미 속에 어두워지네.
삼베 이불 여러 해 되어 쇠처럼 차가운데
우리 집 아이 험한 잠버릇에 여기저기 찢겼다오.
침상마다 지붕 새어 마른 곳 없는데
빗줄기는 삼대처럼 내려 끊이지 않으려나.
난리 겪은 뒤로 잠이 적어지니
긴긴 밤 흠뻑 젖어서 밤은 어이 샐 건가.
어이하면 방이 천만 칸인 대궐집을 만들어
천하에 가난한 이들 모두 품어서 하나같이 기쁜 얼굴
풍우에도 불안함 없이 산처럼 안온할 건가!

아아! 어느 때에나 눈앞에 우뚝 선 이러한 집이 생길지
내 작은 오두막 부서져 얼어 죽더라도 그때는 만족하리라!*

八月秋高風怒號, 卷我屋上三重茅.
茅飛度江灑江郊, 高者挂罥長林梢, 下者飄轉沈塘坳.
南村群童欺我老無力, 忍能對面為盜賊.
公然抱茅入竹去, 唇焦口燥呼不得, 歸來倚杖自歎息.
俄頃風定雲墨色, 秋天漠漠向昏黑.
布衾多年冷似鐵, 驕兒惡臥踏裏裂.
床床屋漏無乾處, 雨腳如麻未斷絶.
自經喪亂少睡眠, 長夜霑濕何由徹!
安得廣廈千萬間, 大庇天下寒士俱歡顏, 風雨不動安如山!
嗚呼!
何時眼前突兀見此屋, 吾廬獨破受凍死亦足!

시의 전반부는 두보의 현실, 초가을의 폭우로 인한 피해 상황이 펼쳐
진다. 가을밤 큰바람에 지붕의 이엉이 날아가 비가 새고 가족들은 떨며
밤을 새웠다. 이튿날 어떡하든 지붕부터 때워야겠다고 늙은 가장은 조바
심치지만, 동네 아이들은 힘없는 노인을 놀리듯 모아놓은 짚을 훔쳐간다.
(아마 마을의 다른 집들도 지붕 수리가 급했던 모양이다.) 오후에 다시
바람에 먹구름이 몰리니 또 하룻밤을 젖은 침상에서 온 가족이 떨며 지
낼 게 분명한데 이를 어떡해야 좋단 말인가.

이에 시인은 내 식솔에 대한 애달픈 마음을 그대로 다른 가난한 선비
들에게 펼친다. 대궐 같은 집 한 채 얻어서 곤궁함에 떠는 선비들을 안심
시킬 수 있다면 비록 오늘 밤 자신은 비 새는 지붕 아래 추위에 떨다 죽

....

* 시의 번역 출처는 동양고전종합DB(http://db.juntong.or.kr)임. 「초가집이 가을바람에
  무너진 것에 대한 노래」라는 제목으로 나옴. 번역문을 옮김에 크게 벗어나지 않는 범위
  내에서 조금 고침.

어도 여한이 없을 것이란다.

'어이하면 방이 천만 칸인 집을 세워서安得廣廈千萬間', 이 시구부터가 두보의 마음 크기이다. 백성을 끌어안는 큰 사랑ー내가 내 집 지붕 하나로 하루가 이렇게 다급하고 마음이 옥죄이는데 다들 어떻게 지내는 걸까? 혹시 다들 간밤의 거센 풍파에 놀라고 당황하여 제 본심까지 바람에 날리고 삶이 온통 흔들리고 있는 건 아닐까? 그 모두의 마음이 흔들리지 않도록 내가 지붕이 되어주고 싶다.

아까까지 지붕 없는 일에 허둥거렸던 시인의 노쇠한 모습은 온데간데 없고 개인과 가족을 초월하여 이 세상 모든 이의 아버지나 된 듯 우람한 목소리로 세상의 혼란을 잠재우고자 한다. 즉, 자기처럼 현실에 쫓겨 안둔할 곳 없는 이 세상의 선비들, 그리고 선비의 가솔들, 아니 모든 고통받는 백성들을 하나도 남기지 않고 품어줄 아주 큰 지붕을 얹어야겠다고 포효하는 것이다.

"내, 천만 칸 방을 들인 큰 집을 지어 추위에 몸 둘 곳 없는 천하의 선비들을 비바람에도 산처럼 흔들리지 않게 비호庇護해 주리라." 이 부분이 두보의 진면목이다. 두보의 우국애민憂國愛民 정신이 숨김없이 드러난다.

그렇다고 지붕 수리도 제때 못하고 허둥대는 가난한 노인네의 모습은 두보가 아닌가? 그렇지 않다. 한 순간도 눈앞의 현실을 외면한 적 없는 두보다. 이렇게 자신이 디딘 땅을 잊지 않고 살았던 시인이기에 민중을 생각하는 마음이 남달랐던 것이다. 어떤 처지 어떤 곤란 앞에서도 두보의 가슴 속에는 절대 지지 않는 마음이 있다. 그 지지 않는 마음이 문장이 되어 사람들을 일깨운다. 두보의 일생이 얼마나 곤고했는지, 그에 반해 두보란 시인이 가진 웅지雄志는 얼마나 크고 광활한지를 대조하노라면 한낱 객기로 찾아온 여행객의 마음마저 일순 숙연해진다.

초당 원림園林을 한 바퀴 돌고 나오는 길, 들어올 때 보았던 그대로 앉아 있는 시인의 청동상靑銅像이 고즈넉하다. 전체적으로 수척한 두보 전신상에서 손등만이 유독 금빛으로 빛나고 있다. 시인을 경애하는 무수한 사람들이 그의 손등을 쓰다듬고 지나간 탓이리라.

나 또한 쓰다듬어 본다. 시인의 손, 그의 손은 기다랬다.

파랑江

미소 속의 행복

금강!

강변 양 갈래로 산책로가 길게 뻗어 있다.

청두 사람들의 쉼터다. 그곳에선 누구나 여유롭다.

사실 강물은 혼탁하다.

그래도 백로 떼가 날아들고, 도시의 낚시꾼들이 보인다.

도심의 하천에 낚시하는 사람이라니!

나는 호기심을 갖고 낚시꾼에게 다가가 물었다.

"有魚嗎? 여기 물고기가 있나요?"

"有. 있다우."

"可以吃嗎? 먹을 수도 있나요?"

"可以. 먹을 수 있다우."

견문이 좁았던 탓이리라.

이전까지 나는 이런 선입견이 있었다. 대도시의 강은 오염되어 있고 그 강물에서 잡은 물고기는 먹지를 못한다. 때문에 도심의 강변에서 물고기를 잡는 도시인이 존재할 거라고 생각해 본 적이 아예 없다. 그런데 청두에는 존재했다.

흐린 날의 금강과 구안교에서 보이는 청두 시가지   필자 제공

강변 양 갈래로 산책로가 길게 뻗어 있다.

청두 사람들의 쉼터다. 그곳에선 누구나 여유롭다.

사실 강물은 혼탁하다.

그래도 백로 떼가 날아들고, 도시의 낚시꾼들이 보인다.

도심의 하천에 낚시하는 사람이라니!   「미소 속의 행복」

'내가 정말로 강태공姜太公의 나라에 온 거구나!'

중국의 고대 인물 '강자아姜子牙'는 주나라 문왕을 보좌한 공신이다. 그런데 그의 성과 직함의 조합인 '강태공'이란 호칭이 한국에서는 낚시하는 사람을 가리키는 별명으로 쓰인다. 그것은 태공이 초야에 묻혀 있을 때 '곧은 낚시질' — 물고기가 잡히지 않게 끝의 고리가 펴진 낚싯대를 던져놓고 때를 기다렸다는 '태공망太公望' 고사 때문인 것 같다.

나의 아버지는 이 태공망 이야기를 좋아하셨다. 지긋이 때를 기다리는 은자隱者의 태도에서 뭔가 배울 점이 많다고 느끼신 것 같다.

아버지로부터 강태공의 부인 이야기도 들었다. 태공의 부인은 출세는 커녕 집안 살림도 돌볼 줄 모르는 서생書生 남편이 한심해서 남편을 두고 떠났다. 하지만 누가 알았으랴! 강자아는 크게 출세했다. 후회막심한 부인은 전남편을 찾아가 지난 일을 잊어달라고 말한다. 그러나 강자아로부터 이미 "엎질러진 물"이라는 답만 들었다는 것이다.

강태공 이야기를 실감 나게 해주신 아버지는 이미 돌아가셨고, 그 딸은 지금 도시의 강태공과 이야기를 나누고 있다.

아버지 저는 청두에 와 있어요. 여기 사람들은 미소가 참 온화하지요.

·····

청두 사람의 미소를 떠올리노라니, 불현듯 아미산峨眉山이, 아니 아니 「아미산 가마꾼의 행복轎夫的快樂」이라는 수필이 생각난다. 영국 철학자 버트란드 러셀Bertrand Arthur William Russell(1872-1970)의 글이다. 러셀은 쓰촨의 아미산도 다녀갔다고 한다. 아미산은 오대산, 구화산, 보타산과 함께 중국 4대 불교 명산으로 유명하다. 그런데 러셀이 아미산에서 본 것은 가마꾼의 행복이었다.

러셀이 아미산에 간 날은 더운 여름날이었다.

러셀 일행은 가마꾼이 태워주는 가마를 타고 산에 올랐다. 산길은 좁고 험준하고, 가마꾼의 등은 땀범벅이었다. 러셀은 그게 너무 신경 쓰였다. 가마꾼은 얼마나 힘들까, 혹시 가마 위의 손님을 원망하는 게 아닐까, 혹은 더운 날 이렇게 힘든 일을 해야 하는 자신의 처지를 비관하고 있는 건 아닐까, 온통 그런 걱정뿐이었다.

그러다 도중에 쉴 참이 있어 가마꾼도 일행도 휴식을 갖는 시간이 왔다. 러셀은 아까의 미안함도 있어서 가마꾼들을 조심스럽게 살폈다. 예상과는 다르게 가마꾼들에게서는 신세 비관이나 원망하는 기색은 전혀 나타나지 않았다. 동료들과 담배를 나누기도 하며 즐겁게 웃고 떠드는 것이 행복해 보였다. 외국인인 러셀 일행에게도 말을 걸으며 아미산 주민의 풍속도 알려주고 외국의 일도 궁금해 했다. 마음속에 아무 거리낌이 없어 보였다.

알고 보니 가마꾼들은 행복했다. — 여기에서 러셀은 깨달았다고 한다. 자기의 관점에 서서 타인의 행복에 대해 이러니저러니 판단하는 자체가 얼마나 잘못된 것인지 알게 되었다는 것이다.[*]

러셀은 타인의 행복에 대한 섣부른 판단을 반성했지만, 사실 사람들이 헤매는 것은 행복에 대한 방향감이다.

현대 문화는 속도를 추구한다. 빠르면 빠를수록 행복지수도 높아질 것이란 전제가 있어서이다.

....

[*] 러셀이 중국에 왔던 해는 1924년인데, 그로서는 훗날 세계적으로 유명해진 『행복론』을 완성한 직후였고, 중국은 대륙 각지에 군벌軍閥들이 지배하던 혼란기였다. 필자는 러셀의 아미산 문장을 다음의 책에서 보았다. 魯先聖 編著, 『持續地敲門』, 華東師範出版社, 2009.

그러나 빠름을 좇을수록 잃어가는 것도 많다.

현대 도시의 생활에서 느긋하게 천천히 시간을 음미할 수 있다는 건 일종의 철학적 태도이다. 21세기의 도시인으로서 이 철학적 태도를 여전히 누릴 수 있다면, 도시 전체가 그것을 너무나도 당연하게 생각한다면? 다른 곳에서는 이러한 질문이 가정에 불과하지만 청두는 다르다. 이곳은 현대 도시임에도 여전히 느긋하다.

나만의 믿음일지 모르겠으나, 금강은 바로 청두 사람들에게 있어 느긋함의 행복을 음미하게 하는 사유의 여지이다. 금강 망강루望江楼 아래 강물결을 보고 있노라면 그런 생각이 절로 든다.

오랜 역사의 중국 차문화의 발원지로 추정되는 쓰촨, 실로 독특하다할
쓰촨식 찻집   王鵑 제공

현대 도시의 생활에서 느긋하게 천천히 시간을 음미할 수 있다는
건 일종의 철학적 태도이다. 21세기의 도시인으로서 이 철학적 태
도를 여전히 누릴 수 있다면, 도시 전체가 그것을 너무나도 당연
하게 생각한다면? 다른 곳에서는 이러한 질문이 가정에 불과하지
만 청두는 다르다. 이곳은 현대 도시임에도 여전히 느긋하다.

「미소 속의 행복」

탁문군卓文君

　중국 내륙의 남서부에 위치한 청두에 들르거나 머물러 본 사람이라면, 구수한 쓰촨 방언에서든 맵고 톡 쏘는 쓰촨 요리에서든, 차나 마작을 즐기는 차관茶館에서든 이 도시는 뭔가 다르다고 느낄 것이다. 그러면서 차츰 낙관적이고 자족적인 이 도시의 분위기에 빠져들고 말 것이다.

　한번은 서로 국적이 다른 유학생들과 청두의 이런저런 매력을 토론한 적이 있다. 그때 나는 청두의 어디가 가장 인상 깊냐고 물어보았는데 청두 안에 가볼 곳이 워낙 다양해서 답들이 제각각이었다. 알다시피 청두는 수천 년 전 엄연히 존재했던 고촉국의 도성인 이래 계속 도시로서 존재해왔다. 도교의 발원지로서 도교 사원은 물론이고 유서 깊은 불교 사찰도 많다. 한나라 이래 유교 문화가 넓혀진 영향으로 유교 서원도 도처에 있다. 이태백이니 소동파니 시인의 자취가 여기저기 서렸는가 하면, 멀지 않은 교외에 구채구九寨溝나 황룡계곡黃龍溪과 같은 명승지는 소박한 소수민족의 인정과 함께 대자연의 색다른 경험을 선사한다. 그리고 해학적이고 풍자적인 사천극川劇, 쓰촨 특산의 금수錦繡, 중국의 국보로 승격되어 관광객이 많이 찾는 판다기지熊貓基地 … 쓰촨이란 지방색을 엿볼 수 있는 것은 손으로 꼽자면 한이 없다. 토론 끝에 결국 깨달은 것은 청두의 인기 있는 장소를 물어 순위를 매기는 일 같은 건 생각한 자체부터가 무의미하다는 사실이다.

그래도 나라면 일순위로 '두보초당杜甫草堂'을 들 것인데 ⋯. 두보가 살던 유적지 말이다.

한국의 '다산초당茶山草堂'이 다산 정약용이 머물렀던 '소박한 초가집草堂'을 뜻하듯, 두보초당 역시 원래는 두보가 청두에 머물 때 기거했던 초가집을 가리키지만 두보의 명성을 흠모하는 사람들에 의해 성도뿐만 아니라 중국이 꼽는 문화적 성지로 가꿔진 곳이다. 초당을 찾아가 잘 가꿔진 전통 원림을 감상하는 것도 하나의 보람이지만, 시성詩聖으로 추앙받는 두보의 표현을 통해 청두의 아름다움을 찾아보는 노력도 의미 깊다 하겠다.

그 다음은 『삼국지』의 영웅 제갈량의 사당인 '무후사武侯祠'이다. 한나라 말기 세상이 혼란해지니 영웅들이 출현한다. 이 영웅들이 조조, 유비, 손권을 중심으로 위·촉·오 삼국의 역사를 만든다. 영웅들의 이야기는 역사서 『삼국지』와 소설 『삼국연의』에 담겨 중국을 넘어 한국과 일본 등으로 전해졌다. 특히 『삼국연의』는 생생한 묘사로 인하여 인기가 높았다. 비록 위나라나 오나라보다 약한 나라였다고 하나 촉한은 매력이 넘쳤다. 도원결의며 제갈량이며, 촉한의 도읍 청두는 충과 의에 죽고 사는 영웅들의 땅이다. 그 영웅들 속에 군계일학과 같은 제갈량은 천하제일의 지장智將으로 촉한의 승상이다. 유비가 나라 이름을 촉한으로 정한 뜻은 청두라는 촉의 도읍이 한나라 황실의 정통을 이어받아 천하를 평정할 본진이라고 선언한 데 있다. 제갈량을 비롯한 여러 촉한의 영웅들에게 청두라는 도성은 천하를 위해 멸사봉공滅私奉公하는 생명의 땅이었다.

내가 꼽는 세 번째는 금대로琴台路이다. 금대로는 사마상여와 탁문군의 낭만적인 사랑을 기념한 거리이다. 한나라 때 사마상여司馬相如(BC179- BC117)와 탁문군(BC175-BC121)의 가연佳緣은 중국 사람이라면 모르는 이가 없을 정도로 유명하다. 비록 거리는 비석과 탄금석상彈琴石像

외에 달리 유적지나 기념관을 갖고 있는 건 아니지만, 우리는 상상 속에서 사마천의 『사기』에도 기록될 정도로 정열이 넘쳤던 이천 년 전의 남녀 주인공과 만날 수 있다.

금대로와 연관하여 한 가지 덧붙이고 싶은 것은 가까이에 청양궁青羊宮이 있다는 점이다. 청양궁은 드물게 도심에 남아 있는 유서 깊은 도교 사원이다. 옛날 당 현종이 안사의 난을 피해 청두에 왔을 때 이 청양궁을 별궁으로 삼았다 한다. 금대로와 청양궁, 두 편의 러브스토리가 나란히 이웃해 있는 것이다. 탁문군과 사마상여의 행복한 사랑 이야기가 희극이라면, 국난 속에 생사이별한 양귀비와 현종의 이야기는 비극일 것이다. 사랑의 희극과 비극을 새겨보는 길, 그 길이 청두 그 안에 있다.

• • • • •

촉의 임공臨邛 땅에 사는 탁왕손卓王孫은 한나라 굴지의 대부호였다. 쓰촨의 4대 재녀才女 중 하나로 꼽히는 탁문군은 바로 이 탁왕손의 금지옥엽이었다. 금지옥엽으로 곱게 자랐어도 운명은 피할 수 없는 것인지, 탁문군은 이팔청춘에 과부가 되어 친정으로 돌아와 있었다.

이 무렵 임공의 현령이던 왕길王吉은 사마상여라는 문인을 식객으로 맞이하게 된다. 이에 탁왕손이 연회를 열어 왕길과 사마상여를 초대했고, 흥이 오른 사마상여는 금琴을 타며 자작곡을 부르는데.

봉鳳아 봉아, 고향으로 돌아왔구나
황凰을 찾아 천지를 날아다녔건만
아직 때가 아니었는지 얻을 수 없었거늘
어찌 알았으랴, 오늘 저녁 지붕 위에 나는 걸

어여쁜 숙녀 규방 안에 그윽한데
가까워도 닿을 수 없으니 애닯구나
어찌해야 둘이서 목을 감고 다정한 원앙새처럼
즐겁게 여기저기 날아다닐까

황아 황아, 나를 따라 둥지로 가자
정을 통하고 마음을 나누어 부부가 되자꾸나
한밤중에 날 따르면 누가 알아보리
두 날개 나란히 하여 높이 날아가자
내 사랑 모른 척하여 맘 아프게 말아요

　　이것이 「봉구황곡鳳求凰曲」이다. 봉황이란 신화 속의 상서로운 새로서 봉은 수컷, 황은 암컷이다. 짝을 구하는 봉새처럼 사마상여는 탁문군을 향해 사랑을 표현한 것이다. 그때까지 만난 적 없는 소문 속의 공주님을 향해 세레나데를 부른 셈이다. 짐작컨대 젊은 사마상여는 탁문군이 젊어 혼자된 처지로 아버지 집에 와 있다는 사실을 익히 알고 있었던 것 같다. 자신을 봉으로, 탁문군을 황으로 은유한 걸 보면 탁문군이 가진 매력, 즉 얼굴도 곱고 음률을 좋아한다는 것도 소문으로 알았을 것이다. 그런 탁문군이라면 통하는 데가 많을 것이라 믿었고 무엇보다 부호에 대한 동경도 없지 않았을 사마상여로서는 연회에 초대된 것을 기회로 삼고 싶었을 것이다. 자신이 지은 시로 악기를 타면 상대가 끌려올 것이라는 시인다운 자신감도 없지 않았다. 여인의 사랑을 일으키는 음악, 이것을 사람들은 '상여금심相如琴心' ― 상여가 악기 금을 타는 마음이라 일컫는다. 과연 탁문군은 사마상여의 뜻을 받아들여 야반도주를 감행, 사마상여가 사는 청두의 집으로 따라간다. 이 사랑 이야기는 사마천『사기』는 물론 (동진 東晉)『서경잡기西京雜記』에도 수록되어 전하고 있다.

이천 년 전의 사랑이야기를 새긴 금대로琴臺路 　　　　　　楊戀 제공

여인의 사랑을 일으키는 음악, 이것을 사람들은 '상여금심' — 상여가 악기 금을 타는 마음이라 일컫는다. 과연 탁문군은 사마상여의 뜻을 받아들여 야반도주를 감행, 사마상여가 사는 청두의 집으로 따라간다. 이 사랑 이야기는 사마천『사기』는 물론 (동진)『서경잡기』에도 수록되어 전하고 있다.　　　　　　　　　　　　　　　　　　　「탁문군」

아름다운 이여, 한번 보니 잊을 수 없네.

단 하루만 못 봐도, 그리워 미칠 것 같네.

有美一人兮, 見之不忘. 一日不見兮, 思之如狂.

이 시는 사마상여의 또 다른 『봉구황』이다.

· · · · ·

야반도주를 할 때까지는 몰랐으리라.

탁문군이 청두에 도착하여 알게 된 것은 서생 사마상여의 심각한 가난이었다. 급한 대로 문군 자신이 상여와 함께 술을 빚어 팔았다. 탁왕손의 금지옥엽이 술을 판다는 소문이 순식간에 퍼져 임공 땅 아버지의 귀에까지 들어간다. 이를 딱하게 여긴 누가 탁왕손을 설득한다.

"딸이 그렇게 살면 당신 체면이 뭐가 되오? 있는 재산 조금만 떼어주면 해결될 일 아닌가."

『사기·화식열전貨殖列傳』에 의하면 탁왕손의 가문은 대대로 철을 다루는 일에 관여해 왔는데冶鐵世家, 탁왕손의 대에 이르러서는 부유한 정도가 한 나라의 왕에 버금갔다. 하인이 무려 천 명에 이르고 그의 원림에는 밭이며 연못 등이 있는데 땅이 얼마나 넓은지 그 안에서 사냥을 즐겨도 될 정도였다고 한다.

이 정도의 부호이니 당연히 딸을 데려간 사마상여가 마음에 들 리 없다. 그래서 부녀관계를 끊고 지냈던 터였는데 사람들이 수군거리니 더 이상 모른 체할 수 없었다. 할 수 없이 딸에게 시종 백 명, 돈 백만, 그 외 의복과 패물 등 적지 않은 재산을 보내주기로 한다.

고생하던 부부는 이 재산을 받아 한시름을 놓게 되었다. 그 덕분에 상여는 넉넉한 자금을 지니고 왕성인 장안으로 길을 떠나, 문장으로 한 시대를 풍미하고 한무제漢武帝의 총애도 받는 대문인이 된다. 문장으로 명성이 높아진 덕분에 사마천은 사마상여의 이야기를 『사기』의 「사마상여열전司馬相如列傳」으로 남겼던 것이다.

한국의 옛 문인들도 사마상여와 탁문군의 이야기를 잘 알고 있었다.

> 세상에 사마상여와 같은 재주가 없으니,
> 어느 누가 능히 옛사랑을 회복할까.
> 世無相如才, 誰令復舊好.
> ― 이곡李穀(1298-1351), 『운명이 기박한 첩妾薄命
> 태백의 운을 떼어 짓다用太白韻二首』

이곡은 고려 말엽의 문인이다. 님의 마음에 사랑이 식어 회복하고 싶지만, 자신은 노래 한 곡으로 사랑을 일으키는 사마상여와 같은 재주가 없다는 노랫말이다.

다음은 조선 시대 속요 『봉황곡鳳凰曲』이다.

> " … 사마상여司馬相如 봉구황곡鳳求凰曲 탁문군卓文君이 따르느냐.
> 상정언약相定言約 없건마는 화촉연분華燭緣分 끝이 없다… "*

이 구절은, 사마상여가 봉구황곡을 부르니 탁문군이 따랐고, 미리 약속한 것도 아닌데 부부 인연이 깊게 맺어진 일에 감탄한다.

이처럼 우리 시가에 '상여금심相如琴心'의 전고典故가 보임은, 과거 왕조 시대에는 중국의 한자 문화를 널리 받아들여 문인들 중심으로 그 역

---

* 하응백 편집 및 주석, 『창악집성唱樂集成』, 휴먼앤북스, 2011.

사·문학·철학을 고루 공유하며 살았기 때문이다.

●●●●●

화제의 초점을 이동하여 남녀의 사랑이 아닌 남자의 성공에 대해 이야기해보자. 가난해서 활동 폭이 좁았던 사마상여는 탁문군이 아버지로부터 재산을 받고 나자 마음 놓고 입신양명의 길을 모색할 수 있었다. 호기롭게 황제가 있는 도성을 향해 출발한 것이다. 사마상여는 이때 청두의 승선교昇仙橋 다리 기둥에 '높은 수레, 필마를 타지 않고는 이 다리를 지나지 않으리.'라고 글을 썼는데, 다시 말해 성공하지 않고는 돌아오지 않겠다는 맹세이다. 이를 '상여제주相如題柱'라 한다. 뜻을 세워 이름을 떨치는 것은 봉건시대 지식인 청년들이 보편적으로 가진 몽상이었다. 사마상여는 장안에 도착하여 목적한 대로 자신의 실력을 발휘하여 황제에게 중용된다.

고향을 떠나 뜻을 이루고 나니 마음이 들뜬 탓일까. 상여는 딴생각을 품었다. 첩을 취하고 싶다고 청두에 있는 탁문군에게 통보를 한다. 서신을 받고 탁문군이 「백두음白头吟」을 지어 상여에게 보낸다.

> … 꽃가마 타고 가며 울지 않아도 되는 건
> 오직 나만 사랑하는 낭군을 만나
> 검은 머리 파뿌리 되도록 사랑할 것이니까. …
> … 嫁娶不須啼. 願得一心人, 白頭不相離. …

문군의 시는 구구절절 사랑이 쉽게 변하는 남자의 마음을 질책했다.
"사내라면 의기意氣를 잃지 말아야지!"
이 시를 받아 읽은 상여는 자신의 소행을 부끄럽게 여겨 첩을 얻겠다는 생각을 버렸다고 한다.

잠시 위기는 있었지만 시 한 수로 되돌아올 수 있는 사랑은 얼마나 낭만적인가? 아주 통쾌한 느낌이다. 탁문군은 역시 쓰촨의 여인이다. 왜 쓰촨 여인은 발랄한 매력이 있다지 않는가. 그녀는 사랑을 선택함에도 그 사랑을 지킴에도 한 치의 머뭇거림이 없다.

사실 그녀가 원하는 바는 '백년해로'라는 원만한 결말이다. 사랑 이야기의 이러한 해피엔딩은 동서고금 불변인지도 모른다. ― 두 사람은 서로 사랑하며 오래오래 행복하게 살았답니다.

그런데 사랑의 결말에 대해 우리는 뭐라고 장담할 수가 없다. 사랑이 깊어도 변심할 수 있는가 하면, 처음엔 얕았는데 점점 깊어가기도 한다. 사랑은 영원한가 아니면 무상한가, 라는 물음을 탐구한 수많은 문학작품이 있지만 결론이 나지 않는다.

"어떻게 사랑이 변하니?"

이것은 허진호(1963-)감독의 영화 『봄날은 간다』(2001)에 나오는 대사이다. 마음이 돌아선 연인에게 그 사실을 믿을 수 없어 묻는 청년의 표정, 믿음은 무너지고 현실은 망연하다.

하지만 탁문군은 흔들림 없다.

그녀가 토해낸 맵싸한 언어!

그런 탁문군을 배출한 촉군蜀郡의 강산이다.

쓰촨의 여성들은 뭔가 다르다. 명랑하면서 다기지다 할까, 역시 탁문군의 후예들이구나 하고 감탄하게 한다. 사람들은 이런 쓰촨 여성을 쓰촨 특유의 매운맛에 연결하여 "辣妹Lamei"라고 부른다. 굳이 번역하지 않아도 감이 잡히리라.

세한歲寒

황제 현종의 겨울

당 최고의 번성기 동아시아 문화의 중심에 있었던 황성 장안皇城長安, 그 황성에서 세기적 로맨스가 피어났으니 남녀 주인공은 다름 아닌 미녀 양귀비楊貴妃와 현종玄宗(685-762, 재위 712-756)이다.

그러나 황궁에서 둘의 행복한 시간은 755년 안록산安禄山의 모반을 계기로 위기에 닥친다. 난을 피해 어가 행렬이 대궐문을 나섰는데 촉도蜀都, 즉 청두를 향해 얼마 전진하지 않은 마외역馬嵬驛에서 불만에 찬 호위군들이 양귀비를 처단하지 않으면 호송을 중단하겠다고 일어선다. 그 일로 할 수 없이 양귀비가 자진自盡한다.

그러니까 현종은 짝을 잃은 새가 되어 청두에 도착한 것이다. 황제는 청두에 머문 길지 않은 기간에 아들이 이미 자신을 대신하여 황좌에 올랐다는 소식도 들어야 했다. 설상가상이라고, 불행한 일은 하나만 오지 않는다. 불청객과도 같은 나쁜 소식도 내칠 수 없으니 어찌할 것인가.

일 년하고도 두 달, 그 사이 현종은 쓰촨의 매화 꽃가지 사이로 보슬거리는 찬비에 무릎이 시렸을지 모른다. 그래도 동지 무렵 겨울 담벼락 사이로 납매臘梅의 향기에 문득 위안을 받았을지 모른다.

그렇다 해도 황궁이 아닌 임시 별궁에서 새해를 맞이할 때는 얼마나 쓸쓸했을까. 장안에서라면 신년(음력 1월 1일)을 맞이하기 훨씬 전부터 새해를 축하하는 신하들의 진상품은 물론 외국 사절들이 연달아 도착하여 신기한 선물들을 앞 다투어 올리며 황제의 마음을 기쁘게 했을 터….

불과 한두 해 사이에 천양지차天壤之差로 변한 세상사에 어떠한 기분이었을까.

암담하기 그지없는 그즈음, 뜻밖에도 신라 사신들이 찾아와 신년을 축하한다. 좋은 날 궂은 날을 떠나 여전한 우의友誼를 갖고 현종을 찾아온 것이다. 이날의 감동을 현종은 시로 남겼다. 신라 경덕왕(재위 742-765) 15년(서기 756) 봄 2월의 일이다.

이 일은 역사서『삼국사기』신라「경덕왕」조條에 자세한 기록이 있다. 대략 풀이하면 이렇다. 신라 경덕왕 15년(756) 봄 2월에 임금이 당나라 현종이 촉 땅에 있다는 말을 듣고 사신을 보냈다. 사신들이 양자강을 거슬러 올라가 청두에 이르러 조공했다. 현종은 그 의리에 대한 답례로 시를 직접 써서 주었다.

> 천지사방은 동서남북으로 나뉘어 있으나
> 세상만물은 모두 중심을 가지고 있네.
> 구슬과 비단은 천하에 널리 퍼져 있으나
> 산 넘고 물 건너 장안으로 찾아든다.
> 생각해 보니 먼 동방 신라는 길이 막혔어도
> 해마다 잊지 않고 황제를 찾아왔네.
> 아득히 땅의 끝 푸른 바다 멀리에 있지만
> 예를 잘 지키는 나라로 불리니
> 어찌 산 다르고 물 다른 나라라고 부르겠는가?
> 사신은 돌아가서 풍속교화를 전하고

사람들은 찾아와서 법과 제도를 익힌다.
의관은 예의범절에 맞출 줄 알고
충성과 신의는 유교를 존중할 줄 안다.
성실도 하여라, 하늘이 굽어볼 것이오
현명하기도 하여라, 덕은 외롭지 않으리!
깃발 세우고 백성을 다스리는 것이 같으니
보내준 후한 선물 정성이 넘친다네.
푸르고 푸른 지조 더욱 소중히 하여
바람과 서리에도 영원히 변하지 마시길."

이 시에 대하여 사관은 평한다. 현종이 피신 중인데도 신라가 천 리 길을 멀다 하지 않고 황제가 있는 곳까지 찾아와 조공했으므로 그 지극한 정성에 감동해 특별히 시를 지어 답했다. 시구 중의 '푸르고 푸른 지조 더욱 소중히 하여 바람 서리 맞아도 영원히 변하지 말라益重靑靑志, 風霜恒不渝.'고 한 것은 옛날의 명언 '강한 바람이 불어야만 강한 풀을 알게 되고 정치가 문란한 뒤에야 지조 있는 신하를 알 수 있다.'와 통한다고.

그 원문은 다음과 같다.

王聞玄宗在蜀, 遣使入唐, 泝江至成都, 朝貢. 玄宗御製御書五言十韻詩, 賜王曰:"嘉新羅王歲修朝貢, 克踐禮樂名義, 賜詩一首."
四維分景緯, 萬象含中樞. 玉帛遍天下, 梯航歸上都.
緬懷阻靑陸, 歲月勤黃圖. 漫漫窮地際, 蒼蒼連海隅.
興言名義國, 豈謂山河殊. 使去傳風敎, 人來習典謨.
衣冠知奉禮, 忠信識尊儒. 誠矣天其鑑, 賢哉德不孤.
擁旄同作牧, 厚眖比生蒭. 益重靑靑志, 風霜恒不渝.

天寶十五, 唐朝正處於"安史之亂", 皇帝避亂幸蜀. 這消息傳到了近鄰 新羅國, 國王就派遣使臣入唐谒見唐皇帝. 新羅使臣經由東海在江淮一帶 登陸, 溯江輾轉至成都. 正處於苦境中的唐玄宗被新羅國的友誼所感動, 親自寫下五言十韻詩, 交付新羅使者, 請其帶回贈與景德王. 玄宗御製御 書五言十韻詩, 主要表現『論語』"歲寒, 然後知松柏之後凋也"之意.

—『三國史記』卷第九「新羅本紀」第九

추사의 세한도歲寒圖

"세한, 연후지송백지후조야歲寒, 然後知松柏之後凋也." —『論語』

— 날이 추워진 후에야 소나무와 잣나무의 잎이 더디 시듦을 안다.
세한歲寒은 설 전후의 추위를 말한다. 동북아시아의 기후로 보면 일 년 사계 중 그때가 가장 춥다. 송백松柏은 소나무와 잣나무로 겨울이 되어도 푸른 잎을 갖고 있는 상록수다. 엄동의 추위 속에서 송백만이 푸르다. — 이 말은 그냥 음미하기만 해도 깊은 울림이 있다.

그런데 이 '세한'의 푸른 잎이 명화가 되어 남아 있음을 아는가? 바로 추사 김정희(1786-1856)의 『세한도』이다.

추사는 1840년부터 1848년까지 구 년 동안 제주도에서 귀양살이를 했 다. 지금은 아름다운 휴양지로 인기 있는 제주도이지만, 조선 시대 제주 도는 죄인의 유배지이기도 했다. 한때 많은 친구가 있었지만 추사가 죄인 으로 전락하니 찾아오는 사람 하나 없다.

그러한 때, 제자 이상적(1804-1865)이 스승 추사를 경모하여 먼 길을 마 다 않고 찾아온 것이다. 그 마음에 감동한 김정희가 이 그림을 그려서 제 자에게 준 것이다. 1844년, 추사의 나이 59세 때의 일이다.

그림 속에는 겨울날 황량한 풍경 — 조촐한 집 한 채, 한 그루 노송, 그리고 세 그루의 잣나무가 다이다. 그러나 그림을 그린 추사 자신에게는 지금 자신이 아무리 깊은 겨울이어도 소나무와 잣나무처럼 '변하지 않는 마음'만 있으면 겨울을 이길 수 있다는 다짐이리라.

나는 가끔 생각한다.

사람은 자신의 불우한 처지에 대해 어쩌면 담담할 수 있다. 오히려 불리한 나의 처지에 놀란 주위 사람들의 변심이 오히려 나의 불행을 견고하여 녹지 않는 빙산으로 만드는 것이다.

동화 『나이팅게일과 황제』

황제가 중병에 걸렸다.

황제가 곧 죽을 거라고 소문이 돌자 이제까지 따르던 문무백관이 모습을 비추지 않는다. 황제의 방에는 누워 있는 황제 혼자뿐이다. 오직 나이팅게일만이 황제의 방 창가로 날아와 노래를 불러준다. 어린 새의 진심을 담은 노랫소리에 황제는 병석에서 일어나서 밝은 아침을 맞이한다.

안데르센의 동화 『나이팅게일과 황제』의 줄거리다. 동화 속의 황제가 고독하게 홀로 병마病魔, 사마死魔와 싸우고 있는 장면에서 나는 왜 당나라 황제 현종의 노년을 연상했을까?

아마도 두보의 『두견행杜鵑行』이란 시 때문일 것이다. 이 시는 권세를 잃은 후의 황제 현종을 두견에 빗대어 표현한 것으로 알려져 있다.

… 애절한 울음소리 피가 맺혀도, 원통한 맘 어디에 호소하나.
애초엔 분노가 깊었지만, 초라한 모습에 스스로 부끄러워.
세상일 이리 될 걸 알았으랴, 도저히 예측할 수 없는 세상사라니. …

… 其聲哀痛口流血, 所訴何事常區區.
爾豈摧殘始發憤, 羞帶羽翮傷形愚.
蒼天變化誰料得, 萬事反覆何所無. …

"세상일 이리 될 걸 알았으랴, 도저히 예측할 수 없는 세상사라니." 황제 현종이 장안을 떠나 촉도蜀道로 향하는 서행길西遷과 그 후의 실의와 고독, ― 시인은 시인이라서 황제가 겪어야 했을 이런 참담한 현실에 감정이입을 했을 것이다. 그 매개체가 두견이다.

나는 지금 묻는다. 다시는 황좌로 돌아갈 수 없게 된 늙은 황제의 마음을 두견이 아니면 그 무엇으로 비유할 수 있을까.

그런데 그대는 아는가?

한국의 현대시 중 묘하게 현종의 피난길을 떠올리게 하는 아름다운 서정시가 있음을.(누군가 이것을 나 한 사람의 오독誤讀이라 여길지 모르겠지만 말이다.)

그것은 서정주의 『귀촉도歸蜀途』이다. 『귀촉도』는 1943년에 발표된 시로, 두견의 다른 이름이 귀촉도인데, 그 끝의 한자를 동음의 같은 뜻인 "途"로 바꿔 쓴 점이 특이하다.

눈물 아롱아롱
피리 불고 가신 님의 밟으신 길은
진달래 꽃비 오는 서역西域 삼만 리.
흰 옷깃 여며 여며 가옵신 님의
다시 오지 못하는 파촉巴蜀 삼만 리.

신이나 삼아 줄 걸, 슬픈 사연의
올올이 아로새긴 육날 메투리.

은장도 푸른 날로 이냥 베어서
부질없는 이 머리털 엮어 드릴 걸.

초롱에 불빛 지친 밤하늘
굽이 굽이 은핫물 목이 젖은 새.
차마 아니 솟는 가락 눈이 감겨서
제 피에 취한 새가 귀촉도歸蜀途 운다.
그대 하늘 끝 호올로 가신 님아.

촉도 ─ 두견의 땅 '파촉'으로 가는 길 중도에서 귀비를 잃었다. 귀비를 잃고 현종 홀로 아득히 서쪽을 향해 가고 있다.

그때 현종이 견딘 세월은 어떠했을까.

살아남은 현종에게나 죽어 혼백이 된 귀비에게나 두견의 울음소리가 예사로 들렸을 리 없다고 나는 믿는다.

• • • • •

어느덧 귀국하여 서울 거리를 배회하던 어느 오후. 무심코 고개를 드니, 저 멀리 석양이 붉다.

아, 저 서녘 하늘! 내 상념의 둥지!

'삼만 리'라는 그 아득함의 어디쯤에 그리운 땅, 그리운 이가 있는 것이다. 그리로 가는 마음길에 귀촉도 귀촉도 ─ 울음소리.

'바다의 눈'을 보았나요?

쓰촨에 '바다의 눈海眼'이 있다고 한다.

그 전설은 이렇다.

따츠쓰大慈寺 뒤쪽 전각에는 옛날에 아미타불 청동상을 모시고 있었다. 불상 크기가 일장육척一丈六尺이나 되는데, 불상 등에는 전서체 작은 글씨로 '리빙李冰 조립하다'라고 새겨져 있었다. 전하는 말로는 리빙이 치수공사를 할 때 이 불상으로 '바다의 눈'을 눌러두었다는 것이다.

'바다의 눈이 따츠쓰 전각 아래 있다고?'

사람들은 이렇게도 전한다. 사방이 고요한 한밤중 그 바다의 눈에 귀를 대고 있으면 바다 물결 소리가 들려온다. 만약 따츠쓰의 불상을 이동시키면 바닷물이 그리로 솟구쳐서 청두 시내가 물난리를 겪게 될 것이라고.

그런데 지금 따츠쓰에는 그 아미타불상이 없다. 1958년 '대약진운동' 때에 사람들이 달려들어 깨고 부순 다음 내버렸다는 것이다.

한편, 몇몇 고증은 이 청동불상이 리빙의 시대보다 훨씬 후대인 남조의 양나라 때 조성되었을 것이라고 추정한다. 전설과 다른 것이다. 이러한 바다의 눈 전설과 따츠쓰의 관계는, 청두 사랑을 대표하는 문인 유사하流沙河(1931-2019)가 쓴 『부용추몽芙蓉秋夢・옛청두老成都』에 자세히 쓰여 있다.

•••••

　따츠쓰는 유서 깊은 불교 사원이다. 우리에게 『서유기』의 '당삼장'으로
알려진 당나라 고승 현장법사가 머물렀던 사찰이기도 하다.

　그런데 따츠쓰의 번영은 현종 황제의 천도와 밀접한 관련이 있다고 한
다. 현종 황제는 당나라의 황금기를 이끌었지만 '안록산의 난'에 쫓기듯
황궁을 나와 서쪽 내륙의 비교적 안정된 도읍이라는 청두로 피신했다.

　황제뿐만 아니라 내란으로 터전을 잃은 유민들이 여기저기 떠돌던 시
대였다. 그때 따츠쓰 스님 영간永干이 굶주린 백성을 위해 죽을 퍼주는
일에 열심이었는데, 현종이 그 모습에 감동하여 특별히 '대성자사大聖慈
寺'라는 편액扁額과 상당한 전답을 따츠쓰에 하사하고, 당시 청두에 있던
신라 왕자 무상대사無相大師를 주지에 임명했다고 한다(756).

　그러한 이유로 따츠쓰는 황가사원皇家寺院에 해당하게 되어 백 년 뒤
중국 불교사에 이례적이라 할 회창會昌 5년 당무종唐武宗의 '훼불毀佛
사태(845)'를 피할 수 있었다.

　당시 전국의 사찰이 대부분 파괴되고 스님들은 강제로 환속할 수밖에
없었는데, 현종의 은덕을 입어 무사할 수 있었던 따츠쓰는 이후 쓰촨 지
방을 통틀어 규모가 제일 큰 사찰로서 중요한 불교 거점이자 불교 예술
의 보고로 그 명성을 떨치게 된다.

•••••

　'무상대사가 신라 왕자라고?'

　나는 깜짝 놀라서 탄성을 냈다.

　당연한 일 아니겠는가? 청두에 온 현종 황제로부터 임명된 주지 스님
이 무상대사이고 그는 원래 신라 왕자였다고 하는데, 나 자신 청두에서

유학 중인 한국인으로서 어찌 아무 감회가 없을 것인가.

당장 무상대사에 관해 알고 싶어졌다. 비교적 상세한 책을 구했는데 그것이 변인석의 『정중 무상대사淨衆無相大師』라는 책이다.

이 책에서 저자는 무상법사가 신라 신문왕의 넷째 왕자 김사종일 개연성이 크다고 했다. 그리고 『삼국사기』권8 「성덕왕」조條에 나오는, 김사종이 신라 제33대 성덕왕 27년(728)에 유학을 위해 당나라에 입국했다는 기록과 연결하여 무상의 당에서의 활동을 추적했다.

저자의 주장대로 무상대사를 김사종이라고 보면 신라 역사 속의 역대 왕과 대사의 관계를 밝힐 수 있다. 앞의 성덕왕은 무상대사의 둘째 형이고 제32대 효소왕은 대사의 맏형이다. 그리고 성덕왕의 아들인 제34대 효성왕과 제35대 경덕왕은 무상대사의 조카가 분명하므로 숙질관계인 셈이다.

그런데 『삼국사기』 「경덕왕」 조에는 매우 흥미로운 사실史實이 있다. 신라 사신들이 청두에 피난 중이던 현종 황제를 찾아갔던 일이다. 근린우호국으로서 그게 뭐 대수냐 하겠지만 현종의 청두 체재 기간은 황제의 위엄이 땅에 떨어진 시기였다. 즉, 나라 전체가 혼란하여 외국의 조공 사절이 일체 끊겼을 때이다. 그러한 비상기에 유일하게 현종을 찾아 청두까지 신라국 외교 사신이 갔으니 이것이 당시 청두 따츠쓰의 주지 무상대사와 전혀 무관한 일이겠는가?

물론, 경덕왕(?-765)과 현종 사이에 동시대의 제왕으로서 남다른 유대가 작용했다고 전제해볼 만하다. 단, 따츠쓰의 무상대사를 중심으로 당시의 사건을 보면 자신의 조카 경덕왕이 사신을 보내온 것이다. 어쩌면, 현종이 무상대사를 중시한 저변에 우호국으로서 신라라는 배경이 있었는지도 모른다. 그렇다면 무상대사와 현종, 무상대사와 경덕왕 사이에 우리가 모르는 긴밀한 밀지密旨가 오갔던 것은 아닐지 알 수 없는 일이다.

무상대사와 관련해 또 하나의 의문이 있다. 무상대사가 당나라에서 생을 마친 일에 대해서이다. 우리도 알다시피 경덕왕의 24년 재위기간(742-765)은 우리나라 역사상 가장 찬란한 불교 문화를 꽃피웠던 시기이다. 그만큼 신라의 황금기였다. 그에 비하면 '안사安史의 난(755-763)' 이후로 당나라는 이전의 번영을 회복하지 못했다. 국운과 문화 면에서 신라는 상승일로였다. 상황이 그런데도 무상대사가 고국을 찾지 않은 것은 자의였을까 타의였을까, 풀리지 않는 수수께끼이다.

• • • • •

그것은 그렇다 치고 화제를 다시 무상대사와 현종의 청두 인연으로 돌려보자.

입당入唐 후 장안에 도착해 무상은 현종 황제를 배견할 기회가 있었다. 왕족 출신이란 이점 때문에 주어진 외교적 의례였는지도 모른다. 하지만 대사는 그대로 장안에 머물기보다 배움과 수행을 위해 이곳저곳 유력遊歷한 이후 쓰촨에 있는 지세선사智洗禪師의 문하로 들어갔다. 이것이 훗날 현종이 청두로 천도遷都하면서 두 번째의 만남으로 이어진 것이다.

대당大唐을 호령하던 황제와의 접견은 일생의 한 번으로 족하다 여겼는데, 황제 현종이 서남의 도읍으로 천도할 날이 올 줄 누가 감히 예상이나 했으랴! 예사롭지 않은 두 사람의 인연에 황제는 황제대로 대사는 대사대로 새삼 놀랐을 것이다.

• • • • •

전해지는 바, 따츠쓰의 '선차禪茶 문화'는 무상대사로부터 시작되었다고 했다. 따츠쓰에 갔던 첫날 경내의 게시판에서 읽은 내용이다. 본당 섬

돌 모서리에 세워진 게시판이었는데, 몇 년 뒤 두 번째로 들렀을 때는 어디로 치웠는지 그 게시판이 보이지 않았다. 사원 개축이 한창인 걸로 봐서 그 때문인 것도 같다.

아무튼 내 기억에 의하면, 무상대사가 따츠쓰에서 '다례茶禮' 의식을 거행할 때 현종 황제가 친히 참석했다고 게시판에도 적혀 있었다. 신라인 무상대사가 주도한 다례라 하니 『삼국유사』에 보이던 신라 스님들의 다례가 생각났다.

충담사忠談師의 '헌다獻茶수행'은 그 기록 또한 구체적이다.

승려 충담사가 다구茶具를 가지고 다니면서, 불상 앞에 차를 끓여 올렸다. 우연히 충담사와 마주치게 된 임금님(경덕왕)이 그 차 맛을 보니, 맛이 특이하고 향기가 진했다.* 원문 기록에 "차지기미이상茶之氣味異常"이라는 문구가 나오는데, 나는 거기에 가설 하나를 설정했다. 즉, 충담사가 끓인 차의 재료는 신라의 산야에서 채취한 식물이었을 것이라는 가설이다.

왜냐하면 경덕왕 당시 신라는 당과 적극적으로 교류하던 시기였고 당시 당나라 상류층에서는 차를 마시는 게 유행이었고, 그러한 당나라의 문화를 접하며 신라의 왕공 귀족 사이에도 당에서 건너온 명차名茶를 맛볼 기회가 얼마든지 있었을 것이다. 그러한 때 신라 왕에게 충담사가 끓여 올린 차 맛이 색다르게 느껴졌다면 그건 분명히 널리 알려지지 않은 충담사만의 차종茶種이 아니겠는가?

옛말에 정성이 지극하면 하늘이 감동한다지 않던가.

문헌에는 구도자로서 충담사가 부처님께 차를 올리는 수행에 열성을 기울였다고 기록되어 있다. 그런 그가 누군가의 후원도 없이 자발적으로

....

* 원문 : 僧曰 僧每重三重九之日 烹茶饗南山三花嶺彌勒世尊 今玆旣獻而還矣 王曰 寡人亦一甌茶有分乎 僧乃煎茶獻之茶之氣味異常 甌中異香郁烈.

불상 앞에 매일 차를 공양하고자 했다면, 자기 능력으로 쉽게 구할 수 있는, 향기 또한 뒤떨어지지 않는 그런 식물을 찾으려고 들과 산을 헤맸을 것이고 마침내 좋은 토종차를 찾아냈을 것이다.

만약 이러한 가능성이 비단 충담사에 한한 일이 아니라 했을 때, 신라의 수행승들 사이에 제각각 자신의 차를 부처님께 공양하는 헌다 문화가 있었다고 할 때, 무상대사가 행한 다례가 당시 신라 불교의 특성을 가진 것으로 짐작해도 무리는 아닐지 모른다.

그렇다면 혹시 무상대사는 신라의 차종茶種을 갖고 서해를 건넜던 것은 아닐까? 따츠쓰를 자신의 도량으로 정한 뒤 사원의 차밭에서 자신이 고국에서 가져온 차종도 재배하지 않았을까? 그랬다면 고국의 차 맛으로 향수를 달랠 수 있었을 터이다. 다례에 관한 나의 궁금함은 끊어질 줄 모르고 이어지는데 … 우리는 다시 현종과 선승禪僧 무상 그 둘의 대화를 듣기 위해 따츠쓰 아미타불을 모신 전당으로 가봐야겠다.

• • • • •

강석講席을 마치고 무상스님과 당 황제 현종이 마주앉아 있다.

대사는 찻잔에 물을 따르고 황제는 찻잔에 김이 서리는 것을 보고 있다.

그동안 둘은 무슨 애기를 나누었을까? 침묵 속의 이심전심으로 그저 찻잔만 기울였던 것일까? 그것도 아니라면, 현종 일생의 통한이었을, ― 안록산의 모반謀反이며 양귀비楊貴妃(716-756)의 죽음을 결자해지結者解之의 이법으로 풀어내는 자리였을까?

청두 시절의 현종이라면 그 어떤 일보다도 안록산의 배신에 가슴을 쳤을 것이다.

그 때문에 양귀비를 잃지 않는가! 맹세컨대 귀비에게 죽음을 명한 것은 자신의 뜻이 아니었다. 피난길 호송을 맡은 병사들의 저항 때문이었다. 귀비를 죽이지 않고는 더 이상 호위할 수 없다는 것이다. 그대로 있다간 모두 죽겠기에, 할 수 없이 흰 비단 끈을 내려주었다. 흰 끈에 목매달아 죽으라는 간접적인 명령이었다. 황성皇城 장안長安에서 불과 63킬로미터 떨어진 마외馬嵬역에서의 일이다(756.7.15).

이때, 귀비의 나이 서른여덟이었으니, 양옥환楊玉環을 귀비로 봉한 지(745) 십 년 후의 일이다. 역사 속의 양귀비는 마외에서 죽었다. 관도 장례식도 없이 아무렇게나 흙에 묻혔다.

· · · · ·

그런데 양귀비가 너무 아름다워서인가?

그것도 아니라면, 시인 백거이白居易의 『장한가長恨歌』가 너무 애절해서인가?

일본국에는 양귀비가 마외역에서 죽지 않고 일본에서 생을 마쳤다는 전설이 있다고 한다. 양귀비가 살았다는 마을도 있고 자신이 양귀비의 후예라고 밝히는 미녀도 있다고 한다.

황해를 통해 서로 이어지는 삼국 — 대륙과 한반도, 그리고 일본열도이고 보면, 그 옛날 역사의 전변轉變 속에 미래를 도모하여 근린국으로 망명하는 왕공장수王公將帥도 있었을 것이고, 인생이 마음대로 되지 않아 옆 나라로 떠나야 했던 유민遺民은 왜 또 없었겠는가.

그렇게 피치 못할 사정으로 일본국으로 향하는 배 안에 혹여 아리따운 귀부인 하나가 있었다 하자. 그녀의 도착지는 일본국에서도 한촌寒村 중의 한촌이었다. 원래 교통과 통신이 발달하지 않은 시대에 도성에서 먼 해안가 어촌일수록 세상 소식에 담 쌓고 살기 마련이다. 전란이 이웃나라 일이고 보면 제 아무리 절세미인이 눈앞에 나타나도, 어느 누가 그녀를 먼 나라 황제의 귀비라고 생각할 것인가.

• • • • •

현종은 어떻게든 귀비를 살려두고 싶었다.
"극동의 나라로 피하거라."
어쩌면 이것이 사랑하는 귀비에게 선사하고 싶은 황제의 마지막 사랑이었을 것이다.
긴박한 상황, 황제는 밀지密旨를 쓴다. — 호위무사들의 험상궂은 기세에 할 수 없이 흰 비단끈을 준비해 귀비에게 보내기는 했지만, 별도로 은밀하게 심복을 불러서 명을 내린다.
어떻게든 귀비를 살려내라.
멀면 멀수록 좋으니 일본이라면 안심이겠구나.
반드시 그녀를 안착시켜 다오.

• • • • •

무상대사가 현종 황제를 마주하고 차를 올리던 그날, 현종은 따츠쓰에 바다의 눈이 있다는 말이 사실이냐고 묻는다. 그 바다의 눈을 보아야겠다고 말한다. 살길을 구해 망망대해를 건너고 있을 양귀비의 안위를 확인하고 싶어서이다. 확인하지 않으면 아무것도 할 수 없을 것 같아서이다.
무상대사는 그저 묵묵히 찻물을 끓이고 있을 뿐.
한없는 정적이 이어진다.
따라놓은 찻물은 그대로 식어, 찻잔 위로 모락모락 피어나던 김도 가라앉은 지 오래이다.

얼마나 지났을까.

고집스럽게 앉아 있던 대사가 더는 못 버티겠는지 허리를 세우고 일어선다. 몇 걸음 앞으로 가 불상 아래에 서서 연대蓮臺의 한 지점에 등을 대고 밀어낸다.

연대가 스르륵 밀려나고 그 바닥에 네모난 돌판 하나가 드러난다.

대사는 몸을 굽혀 돌판을 이리저리 살피더니 한 귀퉁이를 찾아 고리를 비튼다. 끼이익, 묵중한 소리를 내며 돌판이 열린다.

그제야 대사는 황제 쪽을 향하여 예를 다해 눈짓을 한다. 다가오시라는 신호다. 황제는 알겠다는 듯이 돌판이 열린 그곳으로 다가가 아래를 굽어본다.

"아니, 이것이 바로!"

더 물을 것도 없다.

바다다!

망망대해, 멀리 배 한 척이 보이누나.

뱃전에 홀로 있는 그림자, 귀비 아니더냐!

형체가 너무 작아서 자세하지는 않지만 분명 나의 귀비로구나, 살아 있구나 … .

황제의 눈이 젖어든다.

·····

옛날 옛날 천 년도 더 된 아주 아주 먼 옛날에, 바닷가에서 한참 떨어진 중국의 한 도읍 — 촉도蜀都의 따츠쓰에는, 그리움에 먹먹해서 아무도 모르게 '바다의 눈'을 보고자 했던 황제 한 분이 찾아왔습니다. 그런 황제를 맞아 조용히 차를 권하던 스님이 있었는데 그는 한번 고국을 떠나 다시는 고국에 돌아가지 않았던 신라 왕자 무상대사라고 합니다. 황제는 스님에게 바다의 눈을 보여 달라고 졸랐답니다. 스님은 마지못해 그 부탁을 들어주었답니다. 황제는 자신의 귀비가 살아 동쪽으로 가고 있는 것에 눈물을 흘렸습니다. 스님은 황제의 눈물방울이 바다로 떨어지기 전에 재빠르게 바다의 눈을 닫아야 했습니다. 그러지 않으면 어찌 될지 스님은 알고 있었으니까요.

일체는 사람입니다

망자성룡望子成龍

"Wonderful! So Wonderful!"

이것이 헤밍웨이(1899-1961)의 중국에 대한 첫인상이다.

"중국은 정말 멋진 곳입니다!"

헤밍웨이는 1941년 4월에 미국 기자의 신분으로 충칭과 청두에 다녀갔다고 한다. 그때 한 중국 기자와 인터뷰를 할 때 한 말이란다.[*]

중국은 정말 알면 알수록 신기한 나라다.

역사며 지리며 옛 서적이며…, 캐고 또 캐도 그 아래 얼마나 더 많은 게 있을지, 아마 대륙에서 나고 자란 본토인조차 그 전모를 파악하기 힘들 것이다.

교육 현실만 해도 그렇다.

같은 동아시아권 나라의 한 사람으로서 어쩌다 중국에서 아이를 키우게 된 한국인으로서, 중국의 교육 환경은 알면 알수록 신기하다. 학부모들의 교육열 면에서는 한국과 막상막하이지만, 그 현실을 받아들이는 정서나 태도는 참 많이도 다르다.

....
*인용출처 『重慶中央日報』, 1941.4.15.

"망자성룡望子成龍".

중국의 교육열을 한 마디로 압축하는 말이다. 즉, 부모는 자식이 크게 되길 바란다는 뜻이다. 여기서 '용'은 큰 인재를 말하니, '성룡成龍'이라 함은 큰 인재로 성장함을 뜻한다.

중국에는 용문龍門폭포의 전설이 유명하다. 누런 잉어 떼가 강을 거슬러 올라가는데, 용문이라는 폭포 아래가 고비이다. 잉어가 힘껏 폭포를 거슬러 오를 수만 있다면 용으로 변해 승천할 수 있다. 그러나 그것은 하늘의 별 따기다. 물줄기도 사나운 폭포 물을 역행하기가 어디 쉬운가? 거기다 잉어 떼의 움직임을 보고 먹이가 왔다며 잔뜩 신나서 노리고 있는 적 — 곰이며 독수리의 공격에서 벗어나야만 한다.

용문폭포를 올라야(즉, 등용문登龍門) 잉어가 용으로 변한다. 소년의 부단한 분투를 말하는 것이다. 일본의 잉어 모양을 만들어 깃발처럼 날리는 풍습은 이 등용문의 전설과 관련이 있다고 한다. 좀 다르지만 한국의 속담 중에 '개천에서 용 난다'란 말이 있다. 즉 어려운 환경 속에 자란 소년이 오히려 더 큰 인재로 성장할 수 있다는 의미이다.

자기 자식이 훌륭한 성인으로 성장하길 바라는 부모의 기원만은 나라나 민족을 떠나 똑같았다.

그런데 비교적 숭문崇文적 분위기가 강했던 유교 문화권에서는 과거급제를 통해 자신을 인재로 증명하는 전통이 있었다. 때문에 사람들은 과거제도처럼 입신출세로 나아가는 최후의 관문을 등용문이라고 말하게 되었다. 지금에 이르러선 대학입학고사가 과거제도를 대체하는 대표적인 등용문일 것이다.(대략 지금 보이는 경쟁의 집중화와 교육의 획일화는 그 옛날 과거제도에서 비롯한 폐단이 아닐까라는 주장도 있지만…) 이 점에서는 한국도 중국도 크게 다르지 않다.

현대에 이르러 입시 경쟁도 그렇다. 오히려 어떤 면에서는 중국이 훨씬 더 심하다. 그러함에도 불구하고 보통의 중국 학부모들은 현실에 대한 한탄이나 비판, 상대적으로 강자에 대한 투사投射 심리에 인생을 소모하고 싶어 하지 않는다. 중국의 부모들은 입시 제도가 가진 폐단을 비판하기보다 그 제도의 이점을 희망과 전진의 방향으로 수용하는 데 힘쓴다.

물론 안 그런 사람도 있지만 내가 접한 서민들의 경우 한국인보다 중국인이 훨씬 낙관적이다. 곤란하거나 불리한 일과 마주쳐도 보다 미래적인 시야로 받아들인다. 시련 없는 인생이 어디 있겠는가. 용문폭포에 오르는 일이 쉬울 리 없지. 그 점을 기억하며 웃을 수 있는 분위기. 과연 역사를 중시하는 중국이다.

그들은 과거제도에 대한 역사 인식을 대전제로, 지금의 입시제도를 기본적으로 평등주의 실현의 한 방법으로 인정한다. 부작용이 발견된다 해서 바로 제도를 뜯어고치거나 없애는 성급한 처리는 보류한다.

왜냐하면 과거제도는 인재 선발을 목적으로 만들어진 국가고시였다. 평민에게도 평등하게 기회를 주었다. 그러므로 상대적으로 기회가 적은 일반 백성들에게 희망의 출구나 다름없었다. 절대 낙담과 절망의 원천이 아니었던 것이다. 일일이 따지자면 하나의 제도에 빛과 그늘이 공존하겠으나 '그래도' 가장 공평한 인재 등용문이라는 사실만은 뒤집히지 않았다. 바로 이 점에 긍정의 에토스ethos가 있는 것이다. 그러한 인식 위에 지금의 대입시험 제도를 받아들인 중국인 것이다. 그러기에 여러 가지 장애가 있다 해도 크게 일희일우하지 않을 수 있다. 그래도 이 제도만큼은 평등을 원칙으로 만들어졌다고 믿는 것이다. 수많은 불평등에도 불구하고 그것을 믿느냐고? 안 믿을 도리가 없다. 중국의 역사가 그 점을 분명하게 증명하고 있으니 말이다.

무후사

촉한蜀漢 시대의 가장 대표적 유적지가 바로 무후사武侯祠일 것이다. 동아시아 최고의 지장智將으로 손꼽히는 제갈량諸葛亮(181-234)의 사당이 무후사에 있다.

"사람입니다. 모든 것은 사람에 달려 있습니다."

제갈량의 주장이었다. 적벽대전(208)에서 승리한 직후, 유비劉備(161-223)가 제갈량에게 나라를 번영시킬 방도를 물었을 때였다.

항구도시 인천의 '차이나타운' 골목길에서 삼국지 벽화를 보았다. 유비가 '삼고초려三顧草廬'를 통해 제갈공명을 설득하는 장면이 첫눈에 들어왔다. 사실, 인재를 얼마나 중시해야 하는지 알려주는 고사故事로 '삼고초려'만 한 게 있을까.

'초려草廬'란 초가집인데 본디 뜻은 융중隆中의 제갈량의 집이지만 초야에 묻혀 사는 은사隱士의 거처를 비유한다. '고顧'란 '예를 다해 방문하다'로 읽으면 될 것인데 유비가 겸허하게 제갈량을 모신 일을 말하고 또 유비처럼 진심과 성의를 다해 인재를 모시는 실천을 뜻한다. 소설이 꾸며낸 이야기가 아니라 실제로 유비는 제갈량을 모시기 위해 제갈량의 집까지 찾아갔다고 한다. 이때 제갈량과 유비가 만나면서 '청두'가 화제에 오르는 만큼, 소설 『삼국지』의 해당 대목을 인용해본다.

유비의 진영엔 용맹한 장수도 많았지만, 훌륭한 참모가 없어 늘 '조조'에게 패하였다. 그러다 '서서徐庶'가 참모로 들어와 빛을 보기 시작하였으나, 조조의 계략으로 서서는 유비의 진영을 떠날 수밖에 없게 되었다. 미안한 마음도 갚을 겸 서서는 유비에게 제갈량이란 훌륭한 인물을 천거한다.

"성은 제갈諸葛이요, 이름은 량亮, 자는 공명孔明이라 하지만 저희

도우道友들 중에는 와룡臥龍 혹은 와룡선생이라고 부르기도 합니다. 와룡을 얻는다면 천하를 얻는 것이므로 그 분을 찾아보시기 바랍니다."

유비는 관우와 장비를 데리고 융중 마을의 와룡강가에 있는 제갈량의 집을 찾아갔다.

첫날은 허탕이었다. 두 번째 찾아가는 날, 장비는 날도 추운데 이 무슨 고생이냐고 툴툴대었다. 유비는 불평 많은 장비를 타이른다.

"서서가 말하길 와룡선생은 '훌륭한 현자'라고 하셨다. 대현을 모시는데 이런 수고가 무섭겠느냐?"

두 번째 방문도 허탕이었으나, 다행히 제갈량의 아우 제갈균이 맞아주었다. 유비는 제갈균에게 다음과 같은 서신을 남긴다.

― 저 유현덕은 오랫동안 와룡 선생의 명성을 흠모하고 있습니다. 저는 선생을 만나려 두 번이나 왔으나 올 때마다 뵙지 못해 애석한 마음을 금할 길이 없습니다. 한漢나라 종실의 핏줄로 태어나 분에 넘치는 벼슬을 살고 있는 저는 이 어지러운 세상을 바로잡을 수 있는 능력이 부족합니다. 비탄에 빠진 백성들을 보고 있으면서도 백성들의 적(대역죄인들)을 뿌리 뽑아 주지 못하니 제 마음은 갈기갈기 찢어지고 있습니다. 저는 이 나라의 혼란을 바로잡고 싶은 마음만은 누구에게도 지지 않으나 너무나 어리석은 사람입니다. 때문에 저는 와룡선생을 찾은 것입니다. 선생이 저를 도와 정의, 자비, 충성, 신뢰를 펼쳐주시길 감히 부탁드리옵니다. 부디 와룡 선생이 그 재능을 아낌없이 펼쳐 도탄에 빠진 이 세상을 바로잡아 주신다면 이보다 더 기쁜 일은 없을 것입니다. ―

제갈량 본인을 보고자 하는 마음은 급했으나, 예의상 주인 없는 집에 묵을 수 없어서 유비는 두 형제와 함께 눈보라가 거세게 치는 밤길을 걸어 돌아간다.

세 번째로 와룡강을 찾은 때는 봄이었다. 날을 잡아 경건히 목욕재계까지 마친 삼 형제는 다시 융중마을로 들어간다. 그런데 학동學童이 나와 인사하면서 선생은 지금 낮잠 중이라는 것이다. 그 말에 유비는 제갈량이 일어날 때까지 기다리겠다며 공손히 두 손을 맞잡고 방문 앞에 선다. 그런 자세로 시간이 자꾸 흐르자 성질 급한 장비가 씩씩대기 시작했다.

"에잇! 형님, 저 자식 분명 자는 척하는 걸 거예요! 제가 놈을 깨우던가 아니면 불을 싸질러서라도 벌떡 일어나게 하겠습니다!"

관우가 나서서 호령하여 장비를 가만히 있게 하였다. 그러고도 한참이 지나서 제갈량이 시 읊는 소리가 들려온다. 이제 침상에서 일어난 모양이다.

" … 초당에서 꾼 꿈으로도 흡족한데, 마침내 은둔의 날이 끝나려나 싶노라."

어쩌면 이 시는 유비에 대한 응답의 신호일 것이다. 제갈량은 이미 자신이 맞이해야 할 사람이 문 앞에 와 있음을 직감한 것이다. 그러나 그는 아주 신중한 사람이라 쉽게 움직이지 않았다. 유비가 눈물을 흘리며 간절하게 요청한다.

"공명 선생마저 저를 거절하신다면 불쌍한 백성을 어떻게 하오리까?"

유비가 괜히 눈물 쇼를 벌이는 게 아니었다. 대인재를 얻지 못하여 대업을 이루지 못하면 그만큼 백성들이 고생할 것을 생각하니 눈물이 멈추지 않았던 것이다.

그 진심이 전해져 제갈량은 유비와 마주 앉는다.

그날의 대화가 바로 '융중대隆中對'이다. 공명은 이 자리에서 저 유명한 "천하삼분론天下三分論"을 펼쳐드는 것이다. 천하란 중원대륙을 말하는 것이요, 삼분이란 조조와 손권, 유비 셋이 힘의 균형을 갖고 대치하는 것을 뜻한다. 하북河北의 조조와 강동江東의 손권孫權에 대치하면서 유비가 형주와 익주益州(지금의 청두)를 차지하여 힘을 기른 다음에 한나라 황실을 복원하는 대업을 완수하자는 큰 전략이었다.

　첫 만남에 흉중胸中 전략을 내놓은 것은, 두말할 것도 없이, 훌륭한 인재를 얻어 백성을 편안히 하고자 한 유비의 진심이 제갈량의 마음을 감동시킨 때문이다.[*]

　이때 천하삼분론을 보면, 제갈량이 청두(당시 익주益州)를 얼마나 잘 파악하고 있는지 알 수 있다. 제갈량의 이러한 파악은 유비가 촉한蜀漢을 세우면서 이 익주를 도읍으로 삼게 되는 아주 중요한 근거가 되었다.

　선비는 자신을 알아주는 이를 위해 죽는다고 했던가! 유비의 삼고초려 이후 제갈량은 유비의 숙원宿願을 자신이 생명을 바칠 필생의 사업으로 정했다. 그것은 제갈량의 『출사표出師表』에도 분명히 나타난다.

　유비 편에서 보면 인재를 소중히 여긴 덕분에 공명 같은 큰 현자를 얻고 그것이 촉한을 세우는 큰 힘이 되었다. 진정한 삼국의 시대는 어찌 보면 유비의 '인재 중시'의 행동이 있었기에 그 막이 열린 것이다.

　　"과인에게 공명이 있음은 마치 물고기가 물을 얻은 것과 같다. 孤之有
　　孔明, 猶魚之有水也."
　　　　— 진수陳壽 『삼국지·촉지·제갈량전三國志·蜀志·諸葛亮傳』에서 유비의 말

　인재가 얼마나 소중한지, 인재를 어째서 존중해야 하는지를 이 한마디처럼 잘 설명하는 말이 있을까? 한 나라의 국왕으로서 유비가 이 일점을 잊지 않았기에 촉한은 번성할 수 있었다. 그만큼 제갈량과 유비는 변함없는 순금純金의 관계였다.

　13세기 일본국 일련존자日蓮尊者는 제자들에게 사이좋게 단결하는 일

----

* 나관중 지음·박장각 편역 『삼국지』, 제이클래식, 2014, 304-325쪽 참고 및 인용.

이 중요함을 강조했다.

"자타피차自他彼此라는 마음 없이 수어水魚라고 생각을 해서 이체동심異體同心이 되어"(1337)라고 권했다. 이 "수어라고 생각을 해서"의 의미는 유비의 말에서 유래한 것으로 물과 물고기처럼 하나가 되어 사이좋게 나아가는 동지애를 말하는 것이다.

인간주의의 행동가이며 중일우호中日友好의 선구자인 이케다 다이사쿠池田大作 선생은 인재를 중시하는 중국의 전통을 높이 샀다.

"중국에는 제갈량과 같은 인재가 수십만, 수백만이 있다. 어디에나 있다. 도시에도 있고 농촌에도 있다."

제갈량같이 뛰어난 자가 한 명 두 명, 백 명 이백 명도 아니고 무려 수십만 수백만이라니, 이 얼마나 굉장한가 … .

듣는 내 마음이 다 설레었다. 중국에 머물며 접했던 이웃들, 골목 안의 현자들, 그들의 면면이 주마등처럼 떠올랐다. 여기에 내가 중국이라는 나라에 외경심을 갖는 이유가 있다.

문옹석실文翁石室

청두에는 인재 육성의 역사가 빛난다. 그 대표적 증좌證左가 문옹석실이다.

문옹文翁(BC187-BC110)은 문관이자 교육자였다. 한나라 경제景帝(재위 BC156-BC147) 말기에 촉군태수蜀郡太守로 청두에 부임하여 두루 어진 정치仁政를 베풀었다. 이때 청두에 학교를 세웠는데 문옹이 돌로 지었다 해서 '문옹석실'로 불린다.

문옹석실은 기원전 143년에서 141년 사이에 지어진 것으로 추정된다. 중국 최초로 지방에 세운 학교라고 한다. 이천 년 전에도 학교였고, 21세기인 지금에도 학교이다. 비록 석실은 사라지고 현대식 교사校舍로 바뀌었지만.

쓰촨 지역의 향학 전통은 문옹석실에서 비롯되었다고 말해도 과언이 아닐 것이다. 그때까지 지방에 학교가 없었는데 문옹석실의 성공을 보고 한 무제는 전국에 학교를 세우라 명했다(BC 124). 문옹석실이 교육기관으로 역할을 하면서 점차 쓰촨의 인재들이 두각을 나타낸다. 이에 "촉의 학풍이 '공자의 땅(즉, 산둥)'에 맞먹는다蜀學比於齊魯.'라는 말이 나왔다.

아들이 '석실石室중학교'(청두제4중)에 입학했다. 입학식 날 아들과 함께 고풍스러운 붉은색 담장을 따라 솟을대문이 있는 학교에 들어서던 순간이 지금도 내 눈에 생생하다. 교정의 안쪽 중심에 문옹석실을 기념하는 상이 놓여 있었다. 타국의 이천 년 역사가 깃든 학교에 내 아들이 다니게 되었다니 이 무슨 행운인가! 감격스런 기분이었다.

고등학교 삼학년, 6월을 맞아 아들은 '고고高考'라는 중국의 수능 시험을 치러야 했다. 과거에 삼 년 동안 다닌 석실중학교가 아들의 고사장이었다. 학부모들도 초조하긴 마찬가지여서, 시험이 끝나기도 전에 고사장으로 달려간다고 했다. 나도 달려갔다. 나온다! 수험생들이 나온다!

드디어 큰일을 무사히 마쳤다는 미소를 지으며 시험을 마친 수험생들이 연이어 쏟아져 나오고 있었다. 나는 발 디딜 틈 없이 빽빽하게 모여든 학부모들 틈에 끼어서 아들을 찾았다. 모두가 내 아들 같아서 구별할 수가 없었다. 아들 찾기를 그만 포기하고 감동에 젖어 생각했다.

이날 시험을 치르기까지 저 소년들은 제각각의 시련이 있었다.

눈앞은 용문폭포, 저 소년들은 폭포 위로 도약하고 있는 잉어들이다!

고3 석실 중학교 교실 뒷칠판 _ 아들의 그림　　　　　　필자 제공

아들이 '석실중학교'(청두제4중)에 입학했다. 입학식 날 아들과
함께 고풍스러운 붉은색 담장을 따라 솟을대문이 있는 학교에
들어서던 순간이 지금도 내 눈에 생생하다. 교정의 안쪽 중심에
문옹석실을 기념하는 상이 놓여 있었다. 타국의 이천 년 역사가
깃든 학교에 내 아들이 다니게 되었다니 이 무슨 행운인가! 감격
스런 기분이었다.　　　　　　　　　　　　　　「일체는 사람입니다」

오장원五丈原의 노래

유비의 능

위·촉·오의 삼국 시대는 적벽대전(208)으로부터 시작한다.

한나라 말기 손권과 유비가 연합하여 적벽대전에서 조조를 이긴 이후 조조의 위나라, 손권의 오나라, 유비의 촉한 이 세 나라가 천하를 나누어 병립한다. 이 삼국의 역사는 280년까지 계속되는데 그 역사가 진수陳壽 (233-297)의 『삼국지』에 기록되었다. 이 정사正史를 토대로 14세기 나관 중이 그와 관련된 설화와 희극을 합해 소설로 엮은『삼국연의』가 나와, 중국은 물론 한국, 일본 등에서 독서 열풍이 지속되고 있다.

『삼국지』의 독서 열풍에 연결하여 대표적으로 꼽을 수 있는 도시라면 우선 쓰촨의 청두를 꼽아야 할 것이다. 청두는 의리의 영웅들인 제갈량, 유비, 관우, 장비가 결집한 촉한의 도읍으로, 무후사武侯祠라는 제갈량의 사당과 유비의 능인 혜릉惠陵이 잘 보존되어 있다.

능묘 혜릉은 무후사 경내境內, 제갈량전諸葛亮殿의 서남쪽에 자리 잡고 있다. 촉한의 황제 유비는 백제성白帝城 전투에 출진하여 전세가 불리한 중에 223년 음력 4월에 병사한다. 제갈량이 황제의 유해를 청두로 모셔와 장례를 치른 것은 그해 8월이었다.

혜릉은 이제까지 도굴꾼의 손을 전혀 타지 않은 것으로 유명하다. 사람들은 그 이유로 제갈량이 혜릉을 직접 설계하고 조성했다는 점을 꼽는다. 천하제일의 지모가智謀家가 설계한 능이라면 얼마나 치밀할까, 지레 두려워진 도굴꾼들이 감히 넘볼 생각을 못 했다는 것이다. 일설에는 유비가 여름에 서거한 탓에 시신 부패의 문제로 백제성 인근에 왕릉이 비밀스럽게 조성되었고 혜릉은 단지 황제의 의관만 묻은 의관총衣冠冢일 것이라고 한다. 이 때문에 도굴의 목표가 되지 않았을 것으로 추정하는 이들도 있다.

또 하나 전설이 있다. 한 도굴꾼이 혜릉에 들어갔는데 유비와 관우가 안에서 바둑을 두고 있더라는 것이다. 그때 유비가 도굴꾼을 보더니 목숨을 보전하고 싶거들랑 어서 나가라고 조용히 경고해서 오금이 저린 도굴꾼이 빈손으로 빠져나왔다는 것이다.

어떻게 이천 년 동안 아무도 건드리지 않았을까? 여기에 가장 아름다운 추측이 있는데 그것은 유비의 어진 인품이 모두에게 존경받아서 아무도 혜릉에 해를 끼치려는 생각을 품지 못했다고 보는 것이다. 고고학계 역시 이 뜻을 존중하여 지금껏 혜릉을 전혀 손대지 않고 있다고 한다.[*]

진중陣中 어두운 오장원

무후사 경내 나무들이 있는 화단을 돌다가 도원결의를 행하고 있는 세 영웅을 보았다. 조각상이긴 하지만 그럴듯했다. 더구나 의식을 치르는 영웅들 뒤로 시동 하나가 화로에 차를 끓이고 있어 사실감을 배증시켰다.

생각해보면 삼국의 영웅들이 각각 멋짐을 뽐내며 여러 사건을 전개시

....

[*] 참고인용의 출처, 『劉備的墓葬在何處，爲何經歷千年依舊完好無損!』2019-05-06. https://www.sohu.com/a/312051683_100050680

키지만 독자에게 가장 원초적인 감동을 주는 장면은 뭐니 뭐니 해도 이 도원결의가 아닐까 싶다. 『삼국지』의 열성 팬들이 촉한의 도읍을 기억하는 첫째 이유도 바로 유비, 관우, 장비가 맹세한 결의에 있을 것이다. 죽는 날까지 누구도 서로를 배반하지 않았고 나라를 세운 뒤 권력을 잡은 뒤에도 붕당이 되어 부귀영화를 탐하지 않았고 처음 맹세한 "한나라 왕실 부흥"이라는 목적에 한마음이었다. 셋 중 하나는 군주요, 둘은 그 아래의 장수가 된 입장인데도 언제까지나 형제의 의리를 잊지 않기는 어려운 일이다.

한번 맹세한 뜻을 끝까지 관철하는 우정은 인간이 보여줄 수 있는 가장 아름다운 모습이다. 여기에는 자신의 부족을 인정하고 상대의 우수함을 칭찬할 줄 아는 유비의 포용력이 지대한 작용을 했다. 말할 것도 없이 유비의 인품이야말로 제갈량이라는 인재를 끌어당기는 인력이었다.

> 온 생명을 다 바쳐 죽을 때까지 나라를 위해 진력할 뿐이다.
> 鞠躬盡瘁, 死而後已.   제갈량諸葛亮 『후출사표後出師表』

제갈량의 『출사표出師表』에는 군주와 뜻을 같이하는 승상의 우국충정愛國忠貞이 곡진曲盡하게 드러난다. 『출사표』는 제갈량이 조위曹魏를 토벌하러 떠나며 그 뜻을 소상히 밝혀 후주後主에게 올린 글이다. 촉한 제1대 황제 유비는 위나라 땅을 수복하지 못하고 죽었으며, '반드시 북방을 수복하라'는 유언을 남겼다. 승상 제갈량은 돌아가신 유비의 유업을 실현할 목적으로 북벌 원정에 나서며 후주 유선劉禪(207-271)에게 표문을 올린다. 유선은 유비의 아들로 촉한 제2대 황제이다. 제갈량의 출사표는 전후 양편이 있고 일반적으로는 더 유명한 것은 「전출사표前出師表」라고 한다. 첫 출병을 앞두고 쓴 글이다. 「전출사표」(227)는 『삼국지・제갈량전』에 기재되어 있다.

제갈량의 북벌은 모두 다섯 차례에 걸쳐 시도되었다. 그리고 마지막 북벌전에서 제갈량은 숨을 거둔다(234). 이때 사마의는 제갈량이 죽었다는 소식을 듣고 승리는 따 놓은 당상이라 여겼지만 제갈량이 미리 짜놓은 계책에 놀라 달아난다. 여기에서 "죽은 제갈량이 산 사마의를 쫓아냈다"는 속담이 나왔다. 제갈량이 마지막 숨을 거둔 장소가 바로 오장원五丈原(지금의 섬서성陝西省 보계시寶鷄市)이다.

촉한의 군대는 숙적 위나라 군대와 싸우려고 북쪽으로 오장원까지 진출했다. 그러나 위나라의 사마의는 전략을 장기전으로 정하고 여름이 지나 가을바람이 불기 시작해도 꿈쩍을 안 했다. 이윽고 공명이 부대 안에서 병으로 쓰러졌다. 절체절명의 시각이다. 대위업을 앞에 두고 승상의 생명은 위태로운데 촉군의 상황 또한 마음 놓을 수가 없다. 다음 '오장원의 노래'는 바로 이 순간 제갈량이 겪었을 고뇌를 묘사한다.

> 기산비추祁山悲秋에 바람이 불어
> 진중陣中 어두운 오장원
> 영로零露의 방울도 슬퍼하노라
> 양초糧草 쌓여 말은 비옥하여도
> 촉군의 깃발 빛이 없도다
> 고각鼓角의 소리도 지금은 고요
> 승상丞相 병세 깊어가도다
> 승상 병세 깊어가도다

『성락추풍오장원』 노래가사 일부

일본 시인 도이 반스이土井晩翠(1871-1952)가 「성락추풍오장원星落秋風五丈原」이란 제목의 400행 장편시를 썼다. 이 시를 발표할 때 시인의 나이는 스물일곱이었다고 한다. 이 시에 곡을 붙였다는 '오장원의 노래'는 곡조가 아주 장중하다. 나라의 운명을 어깨에 짊어진 제갈량이 느꼈을 막중한 사명감 앞에 청년이라면 누구라도 일어서야 할 것 같은 절박감마저 느껴진다.

그러나 승상의 마음을 이어받은 후계가 없었다. 촉한은 멸망하고(263), 유선은 위나라에 투항한다. 제갈량의 죽음으로부터 30년 뒤이다.

유선은 위나라의 도성 낙양으로 끌려가 안락현공安樂縣公에 봉해지고 그곳에서 여생을 보내게 된다. 한번은 위나라 사마소가 유선에게 넌지시 묻는다. 후주에게 혹시 반역의 속셈이 있는지 알아보려는 목적이었다.

"공은 가끔 고국이 그립지 않나요? 頗思蜀否?"

이때 유선이 말했다.

"이곳이 너무 좋아 전혀 생각나지 않습니다. 此間樂, 不思蜀也."

사마소는 이 말을 듣고 걱정을 내려놓았다고 한다. 여기서 생겨난 사자성어가 '악불사촉樂不思蜀'으로, 새로운 환경에서 즐겁다 보니 예전의 곳으로 되돌아갈 생각을 잊는다는 뜻이다.

이로써 짐작컨대 제갈량이 출사표를 올릴 때 유선은 아마 유비가 품었던 중원 통일의 결의를 깊이 이해하지는 못했거나, 이해하긴 했어도 목숨을 바쳐 실현하겠다는 결의는 없었던 모양이다. 그러한 후주後主를 모신 승상의 입장인데도 선주先主 유비의 유업遺業을 완성하고자 죽는 날까지 북벌을 멈추지 않은 것에 제갈량의 위대한 정신이 있다.

"선비는 자기를 알아주는 사람을 위해 죽는다士爲知己者死."

사마천의 『사기』에 나오는 말이다. 제갈량이야말로 선비였다. 성실로써 신의를 지킨 사람이었다.

악비岳飛와 이순신李舜臣

그런데 주군이 알아주지 않아도 일생 충정을 다한 영웅들이 있다.

악비岳飛(1103-1142)는 남송 시대 무장인데 오늘날 송나라 최고의 영웅으로 추앙받는다. 원래 남송은 북방의 금나라에 져서 국토의 반쪽을 잃은 상태였다. 악비는 오직 금나라를 물리치고 잃은 땅을 수복하려는 일념에 불탔다. 그러나 그것은 군주 고종高宗과 간신 진회秦檜 등의 뜻에 맞지 않았다. 때문에 간신들에 의해 모반이란 죄명으로 살해된다. 1142년의 일이다.

악비의 묘는 항저우杭州의 아름다운 서호西湖 옆에 있다. 흥미로운 것은 악비의 묘 앞에 장군을 죽게 한 간신배들을 석상으로 새겨놓았다는 점이다. 즉 진회秦檜·왕씨王氏·만사설萬俟卨·장준張俊과 같은, 악비를 반역자로 모함한 이들을 죄인으로 꿇어앉혀 놓은 것이다. 그런다고 악비의 억울함이 풀릴까 싶지만, 뜻을 다 못 펴고 옥사한 영웅의 비극적 결말을 조금이나마 달래주고픈 민중의 진심이 느껴진다. 그래도 고종의 다음 대 왕인 효종孝宗대에 이르러 시호가 내려지는 등 악비의 명예가 회복되었다. 죽은 악비에게 내려진 첫 시호는 무목武穆이었고 다음에 추가된 것이 충무忠武이다.

조선에도 충무라는 시호를 받은 무장이 있다. 바로 이순신(1545-1598) 장군이다. 장군은 조선 최대의 위난危難인 임진왜란을 승리로 이끈 구국의 영웅이지만, 살아서는 남송의 악비와 마찬가지로 간신의 모함과 주군의 의심을 받아 죄인으로 몰려 죽임을 당할 뻔했다.

32세에 무관 생활을 시작한 이순신은 선조 24년인 1591년 전라 좌수사에 제수됐고, 부임하자마자 군비를 증강시키며 해군의 힘을 키웠다. 임진왜란(1592-1598)이 발생하자 준비가 없던 조선은 곧 멸망할 것 같았다.

육지전은 대부분 패하고, 고작 20일 만에 한양성이 무너지고 선조는 홀로 피난을 갔다. 그런데 이순신은 옥포 해전을 시작으로 모든 해전에서 연속 승리했다.

해군 장수로서 해전마다 승리를 거듭한다. 이것은 기뻐해 마땅할 일이지만 간신들의 모함과 왜군 첩자의 이간질 속에 진실을 가릴 능력이 없었던 선조는, 조정을 기만하고 임금을 무시한 죄, 적을 토벌하지 않고 나라를 저버린 죄, 다른 사람의 공을 빼앗고 모함한 죄, 방자하여 꺼려함이 없는 죄 등의 죄명으로 이순신을 잡아들여 한 달 남짓 혹독한 신문訊問을 하고, 심지어는 죽이려고 했다. 1597년, 본국으로 건너갔던 왜군이 다시 침입하여 정유재란이 일어난 직후의 일이다.

그러나 이순신이 없는 사이 조선 해군이 대패하고, 이순신이 그전까지 구축했던 해군이 거의 소실되고 만다. 그제야 왕은 자신의 의심을 후회하고, 이순신을 다시 통제사로 임명한다.

그때의 교서敎書에 "지난번에 경의 관직을 빼앗고 죄를 주게 한 것은 또한 사람이 하는 일이라 잘 모르는 데서 나온 것이오. 그래서 오늘날 패전의 욕을 보게 되었으니 그 무엇을 말할 수 있겠소." 라고 썼다고 한다.

통제사로 재임용되어 본영에 돌아온 장군에게 인계된 것은 남은 군사 120명에 병선 12척(혹은 13척)이 고작이었다. 명량 해전은 그 빈약한 병력으로 133척의 왜군과 대적해 승리를 거둔 싸움이다. 이후 노량진 해전에서 왜군 전함 500여 척과 싸워 승리를 거두었으나 애석하게도 장군은 전사하고 만다(1598).

"살려고 하면 죽을 것이요, 죽으려고 하면 살 것이다." 이것이 장군의 좌우명이었다. 노량진 해전에서 적의 포탄에 맞아 죽는 그 순간에도 "싸움이 바야흐로 급하니 내가 죽었다는 말을 삼가라."고 유언을 하여 아군의 기세가 꺾이지 않도록 했다. 군사들은 장군이 죽은 사실을 모른 채 왜군을 대파했고, 나중에야 사실을 알고 모두들 "죽은 이순신이 산 왜군을 물리쳤다."고 말했다 한다. 이것은 바로 제갈량이 오장원에서 죽었으면서도 대적 중이던 맞수 사마일을 물리쳤던 고사에 통하는 칭송이었다.

제갈량은 자는 공명孔明이고 호는 와룡臥龍이다. 생전에는 무향후武乡侯로 봉해졌고 사후에는 충무후忠武侯로 봉해졌으며, 동진 왕조에서는 제갈량의 장수로서의 지모智謀에 특별히 봉하기를 무흥왕武興王이라 했다. 제갈량을 기념하는 사당의 이름이 무후사인 것도 시호에서 유래한다. 신기하게도 훗날의 남송의 악비, 조선의 이순신 둘 다 시호가 충무忠武인 것이다.

『선조실록』에서 사관史官은 이순신의 죽음을 이렇게 기록했다.

"이순신의 단충丹忠은 나라를 위하여 몸을 바쳤고, 의를 위하여 목숨을 끊었네. 비록 옛날의 양장良將이라 한들 이에서 더할 수가 있겠는가. 애석하도다! 조정에서 사람을 쓰는 것이 그 마땅함을 모르고, 이순신으로 하여금 그 재주를 다 펼치지 못하게 하였구나. 병신년에서 정유년 사이 통제사를 갈지 않았던들 어찌 한산도의 패몰敗沒을 초래하여 양호지방兩湖地方(忠淸道—全羅道)이 적의 소굴이 되었겠는가. 그 애석함을 한탄할 뿐이로다."*

사관이 안타까이 여기며 개탄한 "사람을 쓰는 것이 그 마땅함을 모르고, 이순신으로 하여금 그 재주를 다 펼치지 못하게" 한 조정을 이끈 이는 조선 제14대 왕 선조(1552-1608, 재위1567-1608)이다. 그런데 선조가 왜란으로 인한 천도 중 무후사를 세우기도 했으니[`.

『승정원일기』에 의하면, 임진왜란 때 선조가 한양을 떠나 평양을 거쳐 의주로 향하던 즈음에 근처에 와룡이라는 산이 있다는 말을 듣고 그곳에

* 이순신의 생애, 한국민족문화대백과, 한국학중앙연구원. 인용 출처 : 네이버 지식백과

제갈무후諸葛武侯의 무후사武侯祠를 세운다(선조 36, 1603). 이 사당은 영조 14년에 삼충사三忠祠란 이름으로 바뀌었다(1738).

선조가 무후사를 세운 일은 영조 2년 어느 날 군신이 함께 인재를 기용하는 일의 어려움을 토론하던 중에 거론되었다. 이날 토론은 유비라는 군주와 재갈량과 같은 재상의 조합에서 군신의 모범을 보았다는 데에 대강의 결론이 모아졌다.[*]

아무튼 선조의 무후사 건립 명령은 임진왜란이 발발(선조 25, 1592.4.13.)하고 두 달쯤 뒤의 일이다. 기록상 압록강변 의주에 도착한 날이 1592년 6월 22일로 나오니, 왜적 침입 후 겨우 두 달 만에 조선이 멸망 직전의 위기로까지 몰렸음을 알 수 있다. 그만큼 나라의 명운이 위태로웠고, 구국의 인물이 절실히 필요했던 시점이었다. 그러니 선조가 어떤 마음으로 무후사를 세웠는지 능히 짐작이 간다. 이처럼 제갈량 같은 인재를 갈구한 선조였는데 왜 정작 자신의 재위 시절 충신 중의 충신인 이순신을 의심해서 죽기 직전까지 몰아갔는지, 인간사는 알면 알수록 요지경이다.

그런데 서울 남산 한 기슭에 무속의 건물로 '와룡묘'가 있는데 일설에는 선조대에 세웠다고도 하고 아니라고도 하고 그 유래를 알 수 없다.

노병은 죽지 않는다

조선 시대 조정에서 세운 이순신의 사당은 통영의 충렬사, 여수의 충민사, 아산의 현충사 이렇게 세 곳이다. 규모는 장군의 묘소가 안치되어

---

[*] "昔者宣廟, 自龍灣返駕, 至永淸縣, 有山名臥龍, 故遂立武侯祠, 聖祖此學, 蓋因國步危難, 寤寐英豪而然也." 『承政院日記』 611冊(脫初本 33冊) 英祖二年(1726, 雍正(淸, 世宗4年)2月16日). 『承政院日記』는 군왕의 언행을 상세히 기록한 문헌으로서 『朝鮮王朝實錄』과 더불어 조선의 중요한 역사서이다.

있는 아산 현충사가 가장 크다. 그러나 장군에게 의미가 가장 깊기로는 1593년 장군이 삼도수군통제사에 임명되어 군영의 본부를 두고 진두지휘한 곳이었던 통영이 아닐까 한다. 그래서 통영 시민들은 도시 이름 '통영統營'에 긍지를 느낀다고 한다.

삼 년 전 겨울 충렬사에 참배하며 새삼 실감했다. "노병은 죽지 않는다. 다만 사라질 뿐이다.Old soldiers never die; They just fade away."라는 맥아더 장군의 말이 사실이라는 것을.

위대한 인물일수록 시련도 크다.

어쩌면 거꾸로 인간이 겪는 시련의 크기가 그 사람의 위대함을 증명하는 것일지도 모른다.

마치 맹자님이 하신 말씀처럼.

> 하늘이 그 사람에게 큰일을 맡기려 하면,
> 반드시 먼저 그의 심지를 괴롭게 하고
> 뼈와 힘줄을 수고롭게 하며
> 육체를 굶주림에 시달리게 하고
> 아무것도 가진 것이 없게 하여,
> 그가 행하고자 하는 바와 어긋나게 한다.
> 그 까닭은 마음을 시험하여 참을성을 키움으로써
> 큰 임무를 능히 해낼 수 있게 성장시키기 위함이다.

출전 『맹자孟子·고자장구하 제15告子章句下第十五』

금강錦江

청두에 도착하고 얼마 동안은, 시도 때도 없이 마음이 먹먹했다. 그래서인지, 흘러가는 금강 물을 보면 가슴이 아린 게 강가를 떠나기 어려웠다. 그때의 마음 상태를 뭐라 형용해야 할지 모르겠다. 이제 세월이 많이 흘러 그 알 수 없는 비애는 다 사라졌지만, 그래도 그때 먼 나라 강가에서 배회하던 내 모습이 뇌리에 오롯하니 새겨져 있다.

그 탓이었을까. 귀국길 우연찮게 '문학의 밤' 행사에 참여해서 나는 이런 시구를 만난다.

"그대는 지금 그 나라의 강변을 걷는다 하네."

때는 쾌청한 가을밤이었다.

그 나라의 강변을 걷는 그대, 이것은 바로 청두에서의 내가 아닌가. 시인의 이름은 문인수文仁洙(1945-2021), 전혀 모르는 시인이었다. 때마침 현장에 시인이 있었고, 나는 초면에 용기를 짜내 이런 부탁을 올렸다.

"나중에 제가 수필집을 내면 이 시를 꼭 인용하고 싶습니다. 괜찮습니까?"

시인은 흔쾌히 허락해주었다.

"대신, 수필집이 나오면 내게 연락하시게."

밤의 '란정蘭庭' 포장마차   北沐 제공

겨울을 견딘 그대여,
아직도 모르는가.
그 겨울 누군가 네 곁으로 달려왔었음을…….   「금강」

그러나 나는 약속을 지키지 못하게 되었다. 청두에 관한 수필을 쓸 것이라는 전제로 부탁한 바이지만 사실 이 책『금강연가錦江戀歌』를 집필하게 되기까진 복잡하고 더딘 과정이 있었고, 그로 인해 책의 출간이 정해질 무렵에는 시인은 이미 이 세상 사람이 아니었다. 노환으로 별세하신 것이다. 그래서 이제 시인과 직접 연락할 길이 없다.

그립다는 말의 긴 팔*

그대는 지금 그 나라의 강변을 걷는다 하네.
작은 어깨가 나비처럼 반짝이겠네.
뒷모습으로도 내게로 오는 듯 눈에 밟혀서
마음은 또 먼 통화 중에 긴 팔을 내미네.
그러나 바람 아래 바람 아래 물결,
그립다는 말은 만 리 밖 그 강물에 끝없네.

'맞아, 구안교九眼桥를 오갈 때 내 맘이 꼭 이랬어!'
누구에게나 자기 스스로도 묘사할 길 없는 인생의 한 구비가 있을 것이다. 다른 사람도 그런지 모르겠지만 그때 내 옆으로는 강물이 흐르고 있었다.
미련이 깊은 탓에 이국의 강변에서 홀로 아팠다. 시인은 눈이 맑아 어

....

* "그립다는 말의 긴 팔"이란 제목은 매우 오묘하다. 나로 하여금 '그리움'이 '팔'이 되고 그 '팔이 길어지는 것' 이 두 개의 변화가 거의 동시적으로 일어나는 이미지를 그리게 한다. 그래서 안타깝고 그래서 충만하다. 그 점에서 '긴 팔'이란 이미지는 상대에게 가닿기 어려운 현실적 거리가 주는 안타까움이라 하겠지만, 반대로 시공時空의 거리를 뛰어넘는 마음의 왕래, 불가시적不可視的인 이타애利他愛에 대한 어떤 확신의 표현일 수도 있다.

떤 슬픔에도 가닿는가. 마치 순간의 연인처럼 시인은 먼 나라 강변을 걷는 마음을 아파하고 있다. 나 이제, 강변에서 들리는 시인의 속삭임을 적어본다.

겨울을 견딘 그대여,
아직도 모르는가.
그 겨울 누군가 네 곁으로 달려왔었음을….

강변연가江邊戀歌

망강루가 보이는 금강 강가에 노천카페가 있다. 내가 보기에, 금강 물결은 망강루 공원이 있는 그쯤에서 가장 시적詩的이다. 햇빛에 반짝이는 강물결을 바라보며 꽃차를 마신다.

마주앉은 친구는 당나라 때 여성 시인 설도薛濤(779-831) 이야기를 해준다.

망강루는 설도가 살았던 곳, 설도는 금강물로 고운 빛깔 작은 편지지 '설도잔薛濤箋'이란 걸 만들었다지.

사실 한결같은 전통적 제지법에서 보면 '설도잔'은 그 빛깔이나 크기면에서 매우 독창적이었다. 조선 문인의 설명을 빌리면, "촉 땅의 기녀설도는 특별한 종이를 만들어 그 위에 시를 쓰곤 했다는데, 보통 종이에견줘 폭이 좁았다고 한다. 이를 설도전이라 하는데, 전지牋紙란 폭이 좁은 종이를 일컫는다."* 유장원柳長源 『상변통고常變通攷』 권29의 해설이다. 옛 문인들에게 있어 문방사우 중 하나가 종이이기에 조선 문인들도설도잔에 대한 관심이 적지 않았다.

· · · · · · · · · · · · · · · · · · · ·

* 원문: "蜀妓薛涛, 好製小詩, 惜紙幅大, 狹小之, 謂之薛涛牋. 牋紙, 蓋謂小幅紙也."

지란芝蘭 패옥 찬 이들도 어여쁘게 여기나니,
늙은 누에의 고치처럼 윤기 나는 만지蠻紙로세.
칸을 나눠 이어 붙인 새로운 종이 양식이여,
청두의 설교서成都薛校書는 여기에 끼지도 못하겠네.[*]

　서영보徐榮輔(1759-1816)의 시인데, 마침 보기 드물게 질도 고급스럽고
양식도 새로운 종이를 대하고서 전설적인 설도잔보다 더 창의적인 종이
가 아닌가 하고 감탄하는 내용이다. 눈길을 끄는 곳은 4행 첫 구절인데,
"청두의 설교서成都薛校書"란 청두에 살았던 설도가 교서 직함을 받은
일로서 설도잔을 나타낸 말이다. 하긴, 청두의 꽃빛 아름다운 금강이 아
니라면 어찌 그런 고운 색지가 생겨났을 것인가.
　또, 조선의 유명한 서예가 김정희(1786-1856)의 시를 보자.

사 태부謝傅 정을 상하던 날이라면은
강랑江郎이 부賦를 짓던 그해로구려
매화는 담담하여 꿈만 같은데
옛 친구들 속절없이 서글프기만
아스라이 추억해라 진루秦樓의 달에
퉁소 소리 바다 하늘 길게 뻗쳤네
그대는 가면 고작 즐겁겠지만
우리들은 도리어 슬프게 여겨
가는 세월 아끼어 힘을 다하고
설도잔을 나누어 부쳐주소서分寄薛濤箋[**]

．．．．．．．．．．．．．．．．．．．．

[*] 『賦新牋 呈竹里直學士』: "芝蘭雜佩意憐渠, 蠻紙勻柔老繭如. 界欄塌得裁新樣,
　不數成都薛校書."『竹石館遺集』第二冊『詩』.
[**] 『送心湖丈人 遊關西』: 謝傅傷情日. 江郎作賦年. 梅花淡如夢. 舊雨空悵然. 遙憶

10행으로 나누어 쓴 한역韓譯에서 중요한 실제 사연은 7행 이후에 나온다. 앞의 6행까지는 옛 고사를 들어 이별의 아득함을 표현했고, 7행부터 10행까지 다시 쉽게 풀어쓰면 '떠나는 그대는 즐겁겠지만 남은 우리는 슬프다오. 그러니 우리 만남을 아끼는 뜻으로 가끔 편지라도 부쳐주오'라고 말한다. 시인이 강조한 뜻은 마지막 행 "설도잔을 나누어 부쳐주소서分寄薛濤箋"에 담겨 있다. 떠나가는 우인友人에게 이 이별이 끝이 아니니 잊지 말고 안부를 써 보내라, ― 여기서 '설도잔'은 더 이상 종이가 아니다. 그리움이며, 설렘이며, 마음이다.

사실 설도잔은 설도의 사랑 이야기와 떼어놓고 생각할 수 없다.

관기官妓였던 설도가 유일하게 진심으로 사랑했던 연인으로 당대의 유명한 문인 원진元稹(779-831)이 있다. 그러나 원진은 청두를 떠나게 되었고 이후 설도는 자신만의 편지지에 시를 써서 부치곤 했다.

문득 고개를 들면 여전히 위로 치솟은 망강루의 지붕이 보이고 그 너머 허공에는 그리움의 붉은 빛이 고여 있는 듯하다.

설도의 우물터 가까이에서 차茶에 취한 내 귀엔 방금 전까지의 소음도 정적으로 변해 있다. 눈동자 가득히 한 폭의 풍경화가 있고, 그 안에 강변 나무 그늘 아래 우물터, 그리로 다가오는 시인 설도의 발걸음이 보인다. 그녀가 길어 올린 우물물이 꽃물이 되고 그 물로 꽃빛 편지지가 나오면 붓을 들어 쓰리라. 내 그대 향한 그리움을 …. 하지만 이제 허공에 흩뿌려진 세월이 너무 흘러 이미 늦어버린 편지이런가.

이것은 상념인가, 환상인가.

때마침 누군가의 소망을 담아 떠오른 공명등 허공에서 은은하다.

秦樓月. 簫聲咽海天. 君去卽歡樂. 吾輩還自憐. 努力愛歲華. 分寄薛濤箋.『阮堂全集』第九卷『詩』.

대체 내게 있어 금강은 왜 이리 신비한가.

나는 경이로운 마음으로 강가를 걷기 시작했다.

단오절 무렵에는 금강변에 꽃등을 파는 상인도 등장한다. 안데르센 동화집 『그림 없는 그림책』의 여주인공처럼 나 역시 꽃등 하나 사서 강물에 띄워 보낸 적이 있다. 꽃등을 흘려보내기 전 강물로 내려가는 계단참에서 다급히 소원 몇 자 적어 넣기도 했다.

> 밤강에 휘영청 휘영청 작은 꽃등들이 흔들리며 멀어진다.
> 아아, 아름답구나.
> 금강.

• • • • •

중국의 지형은 서쪽이 높고 동쪽이 낮아 '수천 년을 동으로 향하는 물길'이라고 노래한다. 강물이 노래하는 것은 수천 년의 역사일 것이나 강가에서 중얼거리는 나의 이야기는 짧디짧은 순간의 탄식일 것이다.

> 반복되는 하루는 단 하루도 없다.
> 두 번의 똑같은 밤도 없고
> 두 번의 한결같은 입맞춤도 없고
> 두 번의 동일한 눈빛도 없다.*

흘러간 금강 물결은 다시 돌아오지 않을 것이다.

두 번 다시 오지 않는 단 한 번의 순간이라니.

....
* 1996년 노벨문학상 수상 시인 비슬라바 쉼보르스카의 시 「두 번은 없다」.

이곳에 들러 조선의 황진이를 떠올렸다고들 하는 설도정薛濤井

설도의 우물터 가까이에서 차茶에 취한 내 귀엔 방금 전까지의 소음도
정적으로 변해 있다. 눈동자 가득히 한 폭의 풍경화가 있고, 그 안에 강변
나무 그늘 아래 우물터, 그리로 다가오는 시인 설도의 발걸음이 보인다.
그녀가 길어 올린 우물물이 꽃물이 되고 그 물로 꽃빛 편지지가 나오면
붓을 들어 쓰리라. 내 그대 향한 그리움을 … . 하지만 이제 허공에 흩뿌
려진 세월이 너무 흘러 이미 늦어버린 편지이런가.   「강변연가」

보물이 숨은 강

2008년 가을 어느 날.

"한번 같이 갈 데가 있어요."

그때 리아李亞가 나를 데리고 간 곳은 망강공원望江公園 옆 강둑 아래였다. 얼른 보아서는 덤불만 무성한 곳인데 대체 뭐가 있다는 걸까? 나는 의아한 마음으로 리아를 따라 걸었다. 몇 걸음 앞에 검은 돌로 된 소가 보였다. 그것도 두 마리가 강변 풀덤불 속에 묵중하게 엎드려 있었다.

리아가 석상 앞 비석을 가리켰다.

"이 돌소가 있는 곳에 보물이 있다고 쓰여 있어요."

비석에 새겨진 노래.

> 돌소와 돌북이 마주한 곳에
> 금은보석이 한가득 있다네.
> 만약 어떤 이가 그곳을 찾아내면
> 이 성 하나 사는 것쯤 식은 죽 먹기지.
> 石牛對石鼓, 金銀萬萬五.
> 有人識得破, 買個成都府.

"옛 전설이에요. 이 강물 아래 보물을 숨겨놓고 이 석상으로 표시를 한 거라고⋯. 그러나 정작 물속에서 이 소를 끄집어 올릴 때는 보물 같은 건 보이지 않았대요."

나는 눈이 휘둥그레졌다.

도심을 흐르는 강 속 어딘가에 보물상자가 숨겨져 있다니!

저 검은 돌소가 보물이 있다는 표지란 말이야?

나는 돌소와 비석을 다시 돌아보았다.

아무것도 모르고 서 있는 나를 두고 강물은 많은 비밀을 안은 채 느릿느릿 흘러가고 있었다.

그런데 보물은 대체 어디 있다는 걸까?

오랫동안 여러 추측이 있었다고 한다. 아직 찾진 못했어도 역시 석상이 발견된 장소 어디쯤이라느니, 금강錦江 아래쪽의 황룡계곡黃龍溪谷이라느니, 민강岷江이 흐르는 팽산彭山이라느니⋯. 혹은 약간의 진전이 있어서 뭘 좀 건졌다느니⋯.

돌소와 관련된 보물 이야기를 들을 때는 내 귀가 먼저 쫑긋했다. 숨을 듯 나올 듯 간지러운 숨바꼭질처럼 느껴져 모른 체할 수가 없었다.

나중에 알게 된 사실은, 2005년에 이미 보물이 숨겨진 위치를 알 수 있는 중요한 단서가 나타났다는 것이다. 망강루 아래 서서 보물에 대해 처음 호기심을 느꼈던 그해보다 3년이나 전의 일이었다.

팽산의 민강 유역에 사는 양부화楊富華라는 주민이 우연히 강변 공사 현장에서 돌멩이와는 다른 뭔가를 주웠는데 그게 은덩이銀錠(즉 은화)였다. 그는 은덩이에 "숭정○○년, 향은50냥, 은장강국태崇禎○○年, 餉銀五十兩, 銀匠姜國太."라고 새겨진 걸 보았는데 '숭정'이란 연호에서 자신이 주운 게 보통 물건이 아님을 직감했다.

신문 기사에 의하면, 그 은덩이의 발견이 단서가 되어 이후 10여 년

간 발굴이 이루어져 많은 은덩이 외에도 대량의 금은 장식품 4만 여 점을 수집했다고 한다. 이것으로 대대로 내려오는 보물 이야기 ㅡ 반란군 수장首將이 은화 등 보물을 실은 배를 강물 아래 가라앉히고 패주敗走했다는 전설이 사실이었음이 증명된 것이다.

300여 년 전의 일이라고 한다.

명나라 말기 혼란한 정세를 틈타 장헌충張獻忠(1606-1646)이란 인물이 반란을 일으켰다. 숭정崇禎 17년(1644)에 청두 지역을 점령하여, 자신의 영토를 '대서국大西國이라 하고 자신을 왕이라 칭했다. 하지만 벼락황제의 영화는 길지 않아서 3년 뒤 정부군의 반격을 받고 패주하다가 죽음을 맞았다.

장헌충이 보물을 강에 버린 것은 싸움에 져서 도망치기 급해지자 더이상 무거운 것을 가지고 갈 수가 없어서였다. 『팽산현지彭山縣志』에 의하면 장헌충이 그동안 거둬들인 금·은·보주 등의 귀중품 수백 수천 개가 그대로 강물에 던져졌다고 한다. 1646년의 일이다.

이로 하여 민간에 "보물 실은 배를 가라앉혔다"라거나 보물이 숨겨진 곳은 "소와 북이 석상으로 마주한 곳" 이라는 전설이 퍼진 것이다. 전설이 동요로 변하면서 보물이 있는 곳에 "석우와 석고石牛對石鼓"가, 혹은 "암소와 황소石公對石母" 한 쌍의 석상이, 혹은 "석룡과 석호石龍對石虎"가 세워져 있다며 신비함을 더했다.

일설에는 장헌충이 쓰촨을 점령하면서 대규모로 도살을 자행하고 그 과정에서 재물과 여자를 탐했다고 한다. 전해지는 장헌충의 폭정에 대해서 혹자는 과장이 있을 가능성을 제기하기도 한다. 하지만 최후까지 보물이 아까워 누구도 갖지 못하게 강물 아래로 가라앉힌 걸 보면 그가 탐욕에 눈먼 자였을 확률이 크다. 진정 백성을 위해 반란을 일으킨 수령이라면 성을 점령하고 불과 2년 만에 그 많은 보화를 제 것으로 차지했을까?

절대 불가능하다.

　장헌충이 죽고 사라진 보물에 대한 관심이 관官·민民 할 것 없이 높았던 모양이다. 덕분에 팽산 일대를 중심으로 대대적인 보물찾기가 행해졌다거나 혹은 우연히 약간의 보물을 얻었다는 일화가 적지 않았다. 그러다가 2005년의 은덩이가 장헌충의 보물이 틀림없다는 감정이 나온 것을 계기로 2010년에는 "장헌충보물발굴구역(즉, 江口沉銀遺址)"이 지정된다. 그곳이 바로 팽산현 강구진 쌍강촌彭山縣江口鎭雙江村이다. "쌍강촌"은 민강岷江 흐름과 금강錦江의 부하府河가 합쳐짐에서 유래한 지명이다.*

　강줄기 두 개가 합쳐져 쌍강촌이라는 이름이 붙었다는 데에서 홀연히 '양수리'가 생각났다. 경기도 양평군의 양수리 말이다. 북한강과 남한강, 이 두 강물이 합쳐지는 곳이어서 생긴 이름이다. 양수리의 순우리말 이름은 '두물머리'이다. 두二(雙), 물水(江), 아마도 여기서 ― 머리는 '끄트머리'에서의 ― 머리처럼 어떤 부분이나 지점이란 의미인 듯?

　이 지명은 조선 후기의 유학자 다산 정약용(1762-1836)의 시에서도 보인다.

> 북한강 남한강 두 강물이 만나는 곳
> 그래서 마을 이름이 두물머리
> 마을 앞 점방의 늙은이가
> 지나치는 배를 줄곧 눈으로 배웅하네
> 汕濕交流處　邨名二水頭
> 當門一店叟　堅坐送行舟

....

* 장헌충과 그 보물에 관하여 참고인용. 潭平·馮和一等四人 編著, 『天府文化與成都的現代化追求』, 成都 : 巴蜀書社, 2018, pp.257-258.

전설 속의 보물을 지키는 석우   필자 제공

장헌충이 강물에 쏟아버린 보물들 역시 전설의 시대에는 사람들의 무지개였다. 잡힐 듯 잡힐 듯 잡히지 않는 몽상의 불빛이었다. 민강과 금강가의 아이들은 돌소와 돌북을 노래하며 자신들의 산하에 묻혀 있는 보물에 가슴이 떨리기도 했을 것이다. 그것으로 좋은 것 아닌가.   「보물이 숨은 강」

다산이 이 시를 쓴 것은 18년이나 되는 유배를 마치고 집에 돌아와 2년이 지난 그의 나이 59세 때였다. 모처럼 배를 타고 부모님의 산소가 있는 충주로 성묘를 가던 중 양수리를 지나게 되어 쓴 시라고 한다.[*]

두물머리에 수종사가 있다. 1460년에 창건되었으니 500여 년 역사를 지닌 사찰이다. 전설에는 조선 제7대 왕 세조(1417-1468, 재위 1455-1468)가 배에 종을 싣고 가려는데 무슨 조화인지 갈 수가 없었다, 그래서 할 수 없이 멈추어진 그곳에 절을 지었다고 한다. 이와 조금 다른 이야기도 있다. 세조가 배를 타고 지나다 이곳에 묵는데 어디선가 종소리가 들려왔다. 그래서 소리 나는 쪽으로 쫓아가보니 폐사처廢寺處였다. 종을 캐내고 그곳에 사찰을 중건한 뒤 절 이름을 수종사라고 지었다고 한다.

사찰 이름에서 '수水'는 강가라는 뜻일 터이다. 또 '종鐘'자가 있는 것으로 보아 짐작컨대 우리는 모르는 어떤 이유로 하여 이 절에서 '종'이 보통 이상의 존재감을 갖게 된 모양이다. 두 개의 전설 모두 종을 빌미로 해서 절을 세운다는 공통점을 갖고 있다.

아무튼 전설 속에 세조가 출현하는 것으로 보아, 세조가 이 절의 창건 혹은 중창重創에 기여한 것만은 틀림이 없는 듯하다.

그런데 세조가 누구던가! 바로, 본인의 권력욕을 채우려고 조카인 단종과 당대의 내로라하는 충신들을 죽이고 왕좌에 오른 인물이다. 한편 유교를 국가이념으로 한 조선의 왕이었음에도 왕 자신은 불사佛事에 상당히 적극적이었다. 수종사도 그중 하나이리라.

왕은 혹시 살생에 대한 회한과 반성이 깊었던 게 아니었을까. 세조가 속리산 법주사를 간 것도 오대산 상원사를 참배한 것도 잘 낫지 않는 피

---

* 다산의 시에 대해 참고인용. 박석무, 「풍광 좋은 두물머리」, 2009.3.2., 출처 : 다산연구소 홈페이지.

부병 때문이었다고 한다. 병으로 인한 참회에 대해서는 법주사 가는 길 '정2품 소나무'나 강원도 오대산 상원사에 있는 문수동자상 복장 유물로 나온 '피 묻은 적삼'에게 물어야 할지도 모른다.

그건 그렇고 팽산의 쌍강촌에서 건져 올린 보물은 긴 세월 쌓여만 가던 사람들의 궁금증을 일시에 해소했다.

그렇다고 하나 내 머릿속은 여전히 강가 풀숲에 엎드려 있던 돌소가 남긴 수수께끼에 머물고 있다. 석상을 보다가, 강물을 보다가, 금강 물결 아래의 보물들을 상상하다가…, 오색 아롱아롱한 환상은 한없이 지속되었다. 그 설렘을 시로 적어놓기도 했다.

무제無題

강물이 마음처럼 흘러옵니다.

강가 풀덤불 속에
물소가 있고
그 물소는 돌로 만들어졌습니다.
전설에 의하면
옛날, 아주 옛날
도망가던 장군이 강 밑바닥에 보물을 두고
그 표지로 물소를 고여 놓았다고 합니다.

전설은 너무 유명해서
아이들도 노래를 부릅니다.

돌소가 엎드린 자리에 보물이 있다고
그러나 누군가가 강 밑의 물소를 들어냈을 때는
보물은 보이지 않았다고 합니다.

어느 날인가, 그녀가 물소 곁에 다가갔을 때
소는 강물을 바라보고 있었습니다.
엎드린 검은 소의 배 아래 풀덤불이 제법 무성해 있었습니다.
사람들은 이제 소에게서 보물을 상상하지 않는 듯했습니다.

그러나 그녀는 가슴이 뛰었습니다.

물소가 강가를 지키는 한
보물 또한 강 어딘가에서 영원히 존재할 것이기 때문입니다.

보이지 않는 것은
언제나 보이는 것에 연緣하여 나타납니다.

보이는 것은
언제나 보이지 않는 것에 응應하여 머뭅니다.

누군가가
강변에 놓아두고 간
어떤 마음도 이와 같을 것입니다.

오늘도
돌소가 있는 강변 풀숲으로
바람 한 줄기 스칩니다.

강물이 마음처럼 흘러갑니다.

보물이란 그런 것이다.

정작 보이면 이미 누군가의 것이지만, 보이지 않을 때는 우리 모두의 것이다. 때문에 사람들의 마음을 풍요롭게 한다. 한바탕 설레기도, 꿈에서 홀리기도 한다.

장헌충이 강물에 쏟아버린 보물들 역시 전설의 시대에는 사람들의 무지개였다. 잡힐 듯 잡힐 듯 잡히지 않는 몽상의 불빛이었다.

민강과 금강가의 아이들은 돌소와 돌북을 노래하며 자신들의 산하山河에 묻혀 있는 보물에 가슴이 떨리기도 했을 것이다. 그것으로 좋은 것 아닌가.

청두 박물관은 천부광장天府廣場 한 옆에 있었다.

도시가 품은 시간은 현대만이 아니다. 도시의 역사가 길수록 도시의 박물관 전시실도 깊어진다. 보고 알아야 할 것이 끝이 없었다.

내가 가진 시간으로는 주마간산走馬看山일 수밖에 없다. 그래도 전공이 불교 문화와 연관된 탓이어서인지 옛 쓰촨의 불교 문화를 접할 때는 몇 분에 불과할지라도 발길을 멈추게 된다. 양나라南梁(502-557) 시대의 불교 조각품인 '석가다보釋迦多寶 이불병좌상二佛並坐像' 앞에서는 좀 더 머물렀다.

이불병좌란 두 부처가 나란히 앉아 있다는 뜻이다. 이불병좌의 두 부처란 석가불과 다보불을 말한다. 석가불이 영축산靈鷲山에서 법화설법을 하자 과거불 다보가 보탑을 타고 솟아나고 그 인연으로 허공 중의 보탑 안에 다보불과 석가불이 나란히 앉고 법화경의 '허공회虛空會' 설법이 시작되는 것이다.

3세기 말엽 이래 한역漢譯 『법화경法華經』이 여러 번역본으로 유행하고 '법화경 신앙'이 넓혀지면서 허공회의 '이불병좌상'은 영원의 법을 설하는 상징이 되어 법화 예술의 중요한 표현으로 쓰이곤 했다. 중국 초기 불교의 흔적이 잘 남아 있는 석굴 예술 속에서도 이불병좌상은 그 수효가 적지 않다고 한다. 여기까지는 내가 책으로 아는 부분이다.

그런데 옛날 쓰촨에서 조립된 이불병좌상을 박물관에서 보게 될 줄이야! 석가불과 다보불 두 부처가 각각의 연화대에 나란히 앉아 허공에 떠 있고, 머리에 화관을 쓴 보살들이 두 부처를 에워싸고 있는 부조浮彫이다. 설명을 보니 '장원張元'이라는 사람이 양나라 대동11년大同十一年(545)에 조립했다고 쓰여 있다.

6세기 중엽의, 그것도 양나라의 연호가 박혀진 법화 예술이라니! 유학 시기 박사학위 논문의 초점을 법화경 신앙과 예술에 맞췄던 인연도 있어서 내심 반가움이 컸다. 중국 불교사를 공부하면서, 남조南朝의 양나라 무제武帝가 불교를 굉장히 숭상하여 동아시아권에 그 영향이 적지 않았음을 배운 터에, 때마침 석굴 예술의 특징을 지닌 '이불병좌상'을 만났기 때문이다.

『법화경』의 제11품인 『견보탑품見寶塔品』에 등장하는 보탑은 그 화려함은 말할 것도 없거니와 웅장한 규모 또한 상상을 초월한다.

> 이때, 칠보탑七寶塔이 석존의 앞에 나타났다. 높이는 5백 유순由旬이요, 둘레는 2백5십 유순인데, 땅에서 솟아오르더니 허공중에 떠 있었다…

칠보탑이란 칠보七寶로 장식된 화려한 보탑이다. 보탑이 땅에서 나오는데, 난간의 수효가 오천 개이고 방이 천만 개나 되는 크기이다. 높이가 500 유순, 一 유순이란 길이 단위로 1유순을 15킬로미터 정도라고 한다. 그 엄청난 높이로 하여 탑의 꼭대기가 세계의 중심인 수미산須彌山 허리의 사천 왕궁에 닿는다 했다. 이러한 보탑인데 허공으로 솟아오를 때의 서상瑞相 또한 놀랍다. 하늘에서 꽃비가 내려오고 하늘 음악도 울려온다. 그리고 탑의 사방에는 전단栴檀 향기가 가득하다. 이러한 이변을 보면서 영축산에 참석한 대중들은 놀람을 감추지 못하고 있다. 사실 영축산의 법화회좌에 모인 대중은 1만2천의 승려와 신도, 그리고 8만의 보살菩薩, 천룡팔부天龍八部 등 그 회좌會座 역시 대규모였다.

이때, 보탑 안에서 커다란 음성이 찬탄하며 말하기를, "훌륭하여라, 훌륭하여라! 석가모니 세존은 평등대혜로서, 보살법인 부처가 호념하는 '묘법화경'을 대중에게 가르쳐 설하시네, 모두 진실이다, 석존이 지금 설하는 것 모두 진실이라네.

도대체 저 소리의 주인은 누구일까? 사람들은 보탑에 대한 궁금함을 참을 수 없었다. 이때 석가불이 보탑의 주인은 과거불인 다보불多寶佛이라고 하며 지금 등장한 까닭을 설명해준다. 다보불은 자신의 서원에 의해 법화경을 설하는 곳이 있으면 탑과 함께 그 앞에 나타나 법화경의 진실을 찬탄한다는 것이다. 그러니까 다보불의 탑이 출현한 이 자리는 진실의 법 "법화경"이 설해지는 회좌會座이다. 설명을 들을수록 그 실제 모습을 보고 싶어 하는 대중의 마음을 알고, 석가불은 그렇게 해주겠노라고 대답한다. 그러기 위해 우주에 퍼져 있는 모든 부처를 불러 오면서 무수한 부처님이 주할 수 있게 세상을 청정하게 확대·재배치하신다. 이렇게 대변혁을 이룬 다음 석존이 보탑의 문을 여니, 탑 안의 다보불이 자신이 앉은 옆자리를 내주면서, 석존에게 들어와 앉기를 청한 것이다. 이렇게 두 부처가 허공 중의 탑 안에 있으니, 대중들은 자신들도 허공으로 오르게 해달라고 청한다. 석존이 그 청을 받아들여 영축산의 대중 모두를 허공으로 끌어올리는 것이다. 여기서부터 법화경 설법처는 "허공회"라 구분되어 제22 『촉루품囑累品』까지 이어진다. 다보불이 자신의 세계로 돌아가면서 허공에서의 회좌는 다시 영축산 산상으로 내려오는 것이다.*

이 허공회 이후의 '후後 영축산' 설법 속에 우리에게 너무 친숙한 관세음보살이 출현하는 것이다. 바로 제25품 『관세음보살보문품觀世音菩薩普門品』에서다.

· · · · ·

불교에 대해 잘 모르는 사람도 관세음보살은 친숙하다. 관세음보살은 관음觀音이라고 불리기도 하며, 광세음光世音, 관자재觀自在 등 다른 이름도 있다. 관세음보살은 중생의 구도심을 돕고자, 언제 어디서든 자신의 이름을 부르는 소리가 있으면 바로 달려간다. 이러한 자비심으로 그는 어떤 모습으로든지 변하여 상대를 이끄는 능력이 있다고 한다. 중생의 위난을 즉시 해결해주려고 항상 '세상의 소리世音'를 관觀하고 있어서 명호를 '관세음'이라 한 것이다. 관세음보살이 등장하는 불교 경전은 적지 않지만 그 명호名號의 유래며 그 자비의 실천에 대해서는 『법화경』의 경문이 가장 자세하다고 본다. 그래서 『법화경』 신앙의 유포와 함께 관세음보살은 사람들에게 인기가 높아졌다. 보통 사람들은 어떤 고난 중에도 즉시 응해주는 관세음보살의 행동에서 '위대한 어머니'의 자애를 느꼈다.

사실 인류는 일찍부터 '대지모신大地母神(위대한 어머니)'에 대한 갈앙 및 신앙이 있었다. 연구에 따르면, 불교의 관음보살도 천주교의 '성모 마리아'도 인류 역사의 초기에 나타난 이 대지모신 신앙에 통하는 바가 있다고 한다. 이러한 전제를 감안하면 불교 문화권인 동방에 관음 신앙이 보편적으로 널리 유행하는 사실 또한 무척 자연스러운 현상이라 하겠다.

· · · · · · · · · · · · · · ·

* 이 문장에서 취한 이불병좌의 장면 설명은 다음 논문을 참고. (日)菅野博史, 『中國佛教對, 『法華經一見寶塔品』的諸解釋 ― 以寶塔出現與二佛立坐的意義爲中心』, 출처 : 『佛學硏究』, http://www.chinabuddhism.com.cn/a/fxyj/2008/2k08f35.htm

· · · · ·

　나는 아주 우연한 인연으로 쑤이닝逡寧의 '관음문화논단'에 참석하면서, 쓰촨성의 한 도시에 법화경의 보살 문화가 상상 이상으로 농후한 사실을 알게 되었다. 놀라운 것은 이 지역에 전해 내려오는 '묘선妙善관음' 전설에 대한 이 지역 사람들의 믿음이었다. 불심이 두터운 주민들은 쑤이닝 시가 중국 관음으로 불리는 '천수千手관음'의 전신인 묘선공주妙善公主의 탄생지라는 것에 자부심이 대단하다.

　묘선 관음에 관한 문헌 중 하나인 『향산대비보살전香山大悲菩薩傳』에서는 "옛날에 장왕庄王이라는 왕이 살았는데 그곳이 어디인지는 모른다. 장왕은 공주가 셋이었고 그중 셋째가 묘선으로 자라서 자신의 팔을 잘라 부왕의 병을 낫게 했다."는 구절이 있다.

　그런데 쑤이닝 지방의 전설을 보면 묘선공주가 탄생한 땅에 대해 다음과 같은 설명이 있다. "부강涪江 유역에 서역으로부터 온 사람들이 '흥녕국興寧國'을 세웠는데, 그 나라에 묘장왕妙庄王이란 임금이 있었다. 묘장왕에게는 세 딸이 있었고 그중 셋째가 묘선공주이다."

　여기서 부강 유역이라 함은 지금의 쑤이닝에 해당한다.

　묘선의 때는 중국 대륙에 불교가 아직 유행하기 전이어서 묘장왕은 묘선의 불도 수행에 크게 반대했다. 분노한 아버지 때문에 온갖 시련을 겪으면서도 묘선은 수행에만 전념했다. 그 사이 아버지 묘장왕은 큰 병을 얻었고 백방으로 약을 구해도 아무 소용이 없었다. 그래서 마지막으로 묘선을 찾아 아픔을 호소하는데, 공주는 아버지를 낫게 하려고 자신의 두 팔을 떼어준다. 그 순간 아버지는 병이 낫고 팔이 떨어진 묘선의 몸에는 천 개나 되는 팔이 돋아나 관음으로 화했다고 한다.

　이상의 전설에서 알 수 있듯 천수관음은 손이 천 개나 달린 관음보살이다. 사람들은 보통 일손이 너무 바쁠 때 '손이 열 개라도 부족하다'고 말한다. 보살의 손이 천 개라는 것은 중생에 대한 자비심과 그 무한한 구제력을 손의 수효로 상징한 것이다.

· · · · ·

나는 아무래도 쑤이닝 시에서 관음을 만났던 듯하다.

쑤이닝에 도착한 첫날 저녁, 갑자기 위경련 같은 증세가 있었다. 전에 한 번도 겪어보지 못한 증세인데, 호텔 의무실에는 그에 맞는 약이 없다고 했다. 회의 기간 중에 나는 발표도 해야 하고 회의 일정 또한 빠듯하다. 다들 바빠 내게 신경 쓸 겨를이 없으니 십중팔구 약을 구하지 못할 것 같았다.

배를 움켜쥐고 저녁 개막식에 참석했다. 현지의 불교 신도들도 많이 참석하여 내 옆자리에도 여자 신도가 앉았다. 이야기를 나누다가 그녀가 의료인인 걸 알게 되었고 나는 얼결에 아프다고 호소했다. 그렇다고 갑자기 뭘 상의하자는 뜻은 아니었다.

잠을 제대로 자지 못한 이튿날, 시간도 이르게 기상했다. 역사가 오랜 사찰 정업선사浄業禅寺를 참관하기 위해서였다. 급히 결정된 일이라 학술회 시간을 피하느라고 이른 시간이어야 했다는 것이다. 정업사 입구에서 본 하늘은 새벽 어둠이 아직 가시지 않았다.

일정이 이렇게 빡빡하다니 나는 잘 견딜 수 있을까?

컨디션이 좋지 않은 데다 유일한 한국인으로서 나는 밤새 의기소침해져 있었다. 아픔을 참으며 앞선 사람들을 따라 사찰 입구로 발을 내딛고 있었다.

바로 그때였다.

누군가 내 팔을 끌었다. 얼굴을 보니 바로 어제 옆자리에 앉았던 여자 신도였다. 그녀는 내게 약봉지를 주려고 일찍 도착하여 기다리던 참이라고 했다. 그러고는 자신의 직장에 출근하려면 서둘러야 한다며 내가 뭘 물어볼 틈도 없이 그 자리를 떠났다. 그 순간부터 내 기분은 좋아졌고, 그녀가 가져다준 약 덕분에 위경련 없이 발표도 성공적으로 마쳤다.

그로부터 2년 뒤, 나는 한 번 더 쑤이닝 관음논단에 참석할 기회를 얻었고, 저번처럼 논문을 발표하기로 했다. 내심 2년 전의 그분을 만날 수 있지 않을까 기대하는 마음이 없지 않았다. 나를 보면 그분이 먼저 알은 척하겠지, 믿고 싶었다. 왜냐하면, 안면 인식 장애가 있는 나로서는 먼저 그분을 알아볼 자신이 없었기 때문이다.

하지만 못 만났다. 그분과의 해후는 없었다.

오지 않았을까, 숨었을까 … ?

딱 한 번의 인연인가?

아쉬운 한편, 그녀가 혹시 관음보살의 화신은 아니었을까 의문도 생겼다.

나는 일찍이 『관세음보살영험기觀世音菩薩靈驗記』를 탐독했다. 이 책은 관음 신앙사에 중요한 남북조 시대의 문헌으로 현대적 출판물로는 『관세음보살영험기삼종역주觀世音菩薩靈驗記3種譯註』라 해서 강소고적출판사江蘇古籍出版社에서 발간했다. 그 책의 부록편에 실린 "사문발정沙門發正" 조條가 특히 기억난다.

백제 승려 발정發正이 502년부터 519년 사이에 중국으로 유학 가서 30여 년을 머무르다가 고국으로 돌아오는 도중 월주越州 지방에 있는 관음 현신지를 참배했다는 기록이다. 여기에 발정이 관음 현신지에서 들었다는 관음 이야기가 전한다.

두 수행자가 그곳 암자에서 각자 경문을 외우기로 했다. 한 수행자는 『화엄경』으로 정했고 경문이 긴데도 비교적 빨리 외웠다. 그러나 다른 수행자는 『법화경』을 외우기로 했는데 다 외우지 못했다. 그가 『법화경』을 독송하는 동안 음식을 가져다주는 노인이 있었다. 이 일을 수행자는 예사롭게 여겼는데, 동료와 이별할 즈음 이 노인을 애써 기다릴 때는 나타나지 않았다. 자신이 관음보살의 화신이라는 게 밝혀지는 걸 원치 않았던 것이다. 어제까지의 노인이 관음보살이라니! 이것을 안 뒤 아무리 찾아도 나타나지 않았다 ― 여운이 남는 결말이었다.

'보살은 타인을 구제해주기만 바랄 뿐, 자신이 도움이 되고 나면 더 이상 나타나지 않는 모양이야.' 새벽녘에 달려와 자신이 조제한 약을 전해주고 돌아간 그녀 역시 그런 거라고 여겨졌다.

쑤이닝 사람들에게 묘선공주의 전설은 그냥 전설이 아니었다. 그들의 긍지이고 가르침이고 믿음이었다.

묘선공주는 자신이 누릴 수 있는 지위도 행복도 마다하고, 불도 수행으로 진리를 구하고자 한다. 부왕父王은 그런 딸을 증오하여 군사를 풀어 죽이려고까지 한다. 이런 박해 속에 자비를 실현하는 보살이 되기까지 보통 사람이 상상할 수 없는 고난이 있었다. 새벽 바람을 가르고 내게 약을 가져다준 그녀, 그녀도 묘선공주의 후손이었다. 쑤이닝 사람이었다.

· · · · ·

마르크스는 종교는 아편이라고 말했다.

나는 중국을 생각할 때 마르크스주의에 기반을 둔 사회주의 국가인 만큼 종교적 성향이 옅을 거라는 선입견이 있었다. 비록 방대한 불교 문헌이 유산으로 남아 있을지라도 그것은 과거에 해당할 뿐 종교 정신이 이어져 오고 있을 줄은 몰랐다. 청두에 도착하고서야 내 생각이 오해였음을 알게 되었다. 그런데 쑤이닝은 청두는 저리 가라 한다. 불교 전통이 하나의 문화 현상이기 이전에 한 사람 한 사람의 마음과 행동을 변화시키는 생활 윤리로 깊이 작용하고 있다.

· · · · ·

중국의 저장浙江 조우산舟山 앞바다에 보타산普陀山이 있다.

한반도에는 강원도 낙산사가 가장 오래된 관음 도장으로 알려져 있다. 보타산도 낙산이란 산 이름도 '보타낙가Potalaka'의 음역에서 유래했다. 관음보살의 상주처常住處가 인도 남해南海 보타락가산補陀落迦山이라고 경전에 쓰여 있기 때문이다. 보살의 상주처 신앙에는 인간세상이 바로 불국토佛國土(이상적인 사회)라는 현실관이 있다. 관음을 사랑하는 민중들은 자신이 사는 곳에 보타산이 있다고 믿는다. 법화경에서도 부처가 법화경을 설하고 있는 영축산 — 넓게는 인간이 사는 지구 전체가 바로 불국토임을 강조하고 있다.

자신들의 국토가 곧 보살 혹은 부처의 상주처인 것이다. 이 말은 곧, 내가 살고 있는 이곳을 내가 바꿀 수 있다는 신념이다. 불국이란 현실을 떠나야 갈 수 있는 그런 곳이 아니다.

21세기 과학·기술의 발달과 함께 종교 무용론이 넘쳐나는 시대이다. 그러한 시대에 중국 서남부의 쑤이닝에서 나는 묘선공주의 보살 정신을 실천하는 시민들을 통해 이상사회 건설의 희망을 보았다.

그 점에서 쓰촨성 쑤이닝은 살아 숨 쉬는 보살 문화를 내게 아낌없이 펼쳐 보여준 도시이다. 민중의 순수한 구도심이 연꽃으로 피어난 아름다운 '연꽃의 도시'이다.

마오쩌뚱毛澤東 상이 보이는 천부광장 　　　　　　　　　　　　　　　　　　　　　필자 제공

나는 중국을 생각할 때 마르크스주의에 기반을 둔 사회주의 국가인 만큼 종교적 성향이 엷을 거라는 선입견이 있었다. 비록 방대한 불교 문헌이 유산으로 남아 있을 지라도 그것은 과거에 해당할 뿐 종교 정신이 이어져 오고 있을 줄은 몰랐다. 청두에 도착하고서야 내 생각이 오해였음을 알게 되었다. 「쑤이닝 _ 묘선관음의 고향」

또 하나의 비단길

역사에 대한 경직된 사고를 바꿀 수는 없는가?

어떤 학자는 묘선공주의 전설을 역사적 사실이라 가정하고, 고대에 서남 무역로가 역사에 알려지지 않은 불교 이동로였음을 깊게 확신하고 있다. 전설의 시대를 역사 속에 편입할 때, 묘선공주의 불도 수행은 불교사에 공인된 불교의 최초 중국 전래 시기인 동한 '영평'10년東漢'永平'十年(67)보다 이전이다. 여기에 역사적 신빙성은 얼마나 있는가, 그 의문을 파고든 결론인 것이다.

고대 역사에 그다지 아는 바가 없는 내가 그런 문제에 뭐라 평할 수 없다. 다만 첫째는 돈황敦煌을 거쳐 유입된 서역인과 서역 문화에 대하여, 둘째는 쓰촨 청두를 기점으로 인도로까지 연결된 오래된 무역로와 그 길의 민간에 의한 불교 전래의 가능성에 대하여 유연한 사고가 필요하다는 주장에 동의한다.

서남西南 비단길. 이 무역로는 한나라 이전부터 통하고 있었던 것으로 추정된다. 사마천司馬遷의 『사기史記』는 이 비단길을 기록한 가장 오래된 역사책이다.

사마천은 이 길을 "촉신독도蜀身毒道"라 기재했다. 옛날 중국에서는 인도를 '신독身毒*'이라 적었다. 촉蜀(지금의 四川)에서 인도에 이르는 길이라는 뜻이다.

　역사상 이 길의 존재를 놓고 처음 대화를 나눈 사람은 장건張騫과 한무제漢武帝였다. 한무제는 기원전 135년경, 서역 국가들과 외교를 시도하려는 목적으로 장건을 파견한다. 기원전 128년, 장건은 파미르고원을 넘어 서쪽에 있는 '대하국大夏國'에 도착했다. 대하국에서 장건은, '공죽장邛竹杖'*과 '촉포蜀布'가 거래되고 있는 것을 본다.** 촉에서 만든 포목과 공죽장이 촉의 상인들에 의해 티베트와 인도로 운송되고, 다시 대하국에 들어와 교역되고 있었던 것이다. 인도는 대하국의 남동쪽으로 수천 리 밖에 위치한다고 했다. 그러한 까닭에 사마천은 그 교역로의 이름을 '촉신독도'라고 했다. 귀국한 장건은 촉 상인들이 이용하는 교역로가 따로 있음을 한무제에게 보고했다. 이에 한무제는 이것을 자세히 조사하고자 했지만 성공하지는 못했다고 한다.

　이때 장건이 말한 '촉포'를 일설은 운남산雲南産 비단이라고 한다. '촉 지방의 상인蜀賈'들이 운반하고 판매하는 포목이니 촉포라 통칭했을 것이라고. 그렇다고 하나 '촉의 비단'이 예부터 유명했던 점을 감안하면 촉에서 생산한 옷감일 수도 있다. 그 생산지는 여하튼 쓰촨 사람들이 무역상으로 활약했다는 뜻으로 읽어도 될 것이다.

．．．．．．．．．．．．．．．．．．

* '身毒'은 '인도Sindhu'를 음역音譯한 말이다. 산크리스트어梵語 원음은 'Sindhu'인데 고대 파키스탄어에서 'Hindhu'로, 고대 그리스어는 이것을 'Indus'라고 했다고 한다.
* 대나무의 일종인 "공죽邛竹"은 원산지가 사천공래四川邛崍이다. 장杖이라 함은 지팡이를 뜻한다. 공죽장邛竹杖의 원재료인 공래邛崍 대나무는, 보통의 대나무와 달리 마디 간격이 짧고 굵기가 큰 편이라고 한다.
** 『사기史記・대완열전大宛列傳』(장건이) "在大夏時, 見邛竹杖, 蜀布". 대하국은 지금의 '사마르칸트'이다. 장건에 대한 기록은 사기의 『大宛列傳』과 『西南夷列傳』조에 나온다.

· · · · ·

촉 지방의 비단 역사는 고촉국古蜀國으로 거슬러 올라가고 중국의 상 나라 때 이미 나라를 이루고 있었던 것으로 추정된다. 남아 있는 유물에 서 '촉蜀'이란 나라 이름이 가장 이르게 쓰인 예는 상商 대의 갑골문甲骨 文이다. 주무왕周武王이 '목야전牧野戰'에서 상나라와 싸울 때 촉나라 사 람들이 협공했다는 기록이라는데, 이 목야전에서 주나라가 승리하고 상 나라는 멸망했다. 상 왕조는 은殷이라 불리기도 하는데 중국 역사상 최초 왕조이며 기원전 1600년경부터 기원전 1046년경까지 존립했다.

촉의 비단이 역사 기록에서 언급된 시기는 진秦대이다. 기원전316년에 고촉국을 멸한 진나라는 고촉의 도성인 청두를 촉금蜀錦 생산의 중심지 인 '금관성錦官城'이라 명명하고, '금관'이라는 전문적으로 비단을 담당하 는 관리를 두어 촉 비단 생산을 장려했다. 이것만 보아도, 중원中原에서 탐내는 질 좋은 촉금이 일찍부터 유명했음을 알 수 있다. 실제로 고촉국 의 '잠총蠶叢, 蠶叢氏'이란 왕은 '잠신蠶神'으로 불렸다는 전설이 있다. '잠'은 '누에고치' 또는 '누에를 친다'는 뜻을 가진 글자이다.

· · · · ·

묘선공주의 출생으로 시작하여 쓰촨에서 인도로 이어진 서남의 비단 길, 그 길을 통해 전해진 불교…. 사람들의 상상은 한없이 넓혀진다.

그런데 쓰촨 지방으로의 불교 전래라고 하니, 한반도 가야국伽倻國의 허황후許皇后(33-189)를 떠올리지 않을 수 없다.

『삼국유사三國遺事』에 전하는 허황후의 기록에 의하면, 공주는 한반도 에 불교를 최초로 전래한 인물이기도 하다.

「금관성 파사석탑金官城 婆娑石塔」조條에 따르면 허황후 황옥黃玉은 서기 48년 서역의 아유타국阿踰陁國에서 온 공주이다. 아유타국은 고인도古印度의 '아요디아Ayodhya'로 추정된다. 또 「가락국기駕洛國記」 조에 적혀 있기를 배를 타고 먼 바다를 건너온 공주는 가야伽倻, 駕洛국 수로 왕의 왕비가 되었다.

인류학자 김병모가 쓴 『김수로 왕비의 혼인길』*에는 새로운 주장이 있다.

저자는 공주가 인도 왕족의 후예였을지라도 한반도 남쪽 해안으로 출항하기 전에는 중국에서 출발했을 것으로 보았다. 이러한 파격적인 주장이 나온 데에는 우선적으로 '쌍어문雙魚紋'이라는 고대 문양을 중요한 단서로 하여 탐구한 학자로서의 자신감과 고대인의 이동 가능성을 넓게 열어두는 관점이 크게 작용했다.

결론적으로 저자는 공주가 태어나 성장한 곳이 쓰촨의 안악安岳이었을 것으로 추정했다. 안악의 고대 행정명이 '보주普州'인데, 허황후의 시호가 "보주태후허황옥普州太后許黃玉"인 점과 일치하는 것 외에, 저자가 쓰촨 안악 일대의 '허씨 집성촌'을 답사하고 얻은 몇몇 증거와 허황후 출항 직전에 중국 사서에 보이는 일단의 변화를 주장의 근거로 삼았다.

그의 연구는 쓰촨과 한국을 잇는 새로운 계기가 되어, '황후의 이동로'에 관심을 가진 후손들, 특히 김해김씨金海金氏와 김해허씨金海許氏 문중에서 단체로 안악의 집성촌을 찾아오기도 했다고 한다.

나는 집성촌까지는 가보지 못했다. 한번은 안악 시내에 사는 지인의 집을 방문할 기회가 있었는데, 그때 들렀던 현지의 여행사 사무실에서 한국 여행객을 안내해 집성촌에 갔던 가이드와 대화를 나눌 수 있었다. 인

....

* 김병모 『김수로 왕비의 혼인길』, 푸른숲출판사, 1999.

상 깊었던 것은, 허씨 집성촌 사람들하고 한국에서 온 단체 여행객의 용모가 상당히 닮아서 서로 신기해했다는 가이드의 말이다.

몇 해 전인가 허황후의 아유타국이 과연 어디인가를 탐사하는 텔레비전 프로그램을 본 적이 있다. 그 신빙성이 어떻든 간에, 우리가 어찌 이천 년 전 선조의 이동 경로를 다 안다 할 수 있으랴?

다만 나는 금관성에 잠시라도 머물고 있는 한국인으로서, 허황후가 많은 비단을 싣고 왔다는 기록에서 문득 '촉 비단蜀錦'을 연상해본다. 쓰촨에서 장강長江(즉 양쯔강)을 통해 황해로 출항 가능한 수로가 있었으니 그 해류를 따라 한반도 남쪽에 도착할 수도 있겠다는 생각이 든다.

또 김해 지역에 허황후가 전래했다는 '죽로차竹露茶'가 유명하다는 사실과 관련하여 쓰촨이 고대부터 차로 유명한 곳이었음을 연결해본다. 이능화李能和의 『조선불교통사朝鮮佛敎通史』는 한국의 중요한 불교 문헌 중 하나인데, 김해의 백월산에 있는 죽로차가 가락국 김수로왕의 비 허황후가 인도에서 가져온 차 씨에서 비롯되었다는 전설이 기록되어 있다. 나는 죽로차를 직접 보지 못했다. 이름으로 보건대 혹시 댓잎과 어떤 상관이 있다는 건가. 만약 그렇다면? 이런 호기심과 함께 내 머릿속에선 청두의 '죽엽차竹葉茶'가 떠오른다. 투명한 유리잔 속에서 푸른 창끝처럼 일어서던 죽엽차, 이 찻잎은 뭐랄까, 동적動的 기세 같은 것이 있었다.

중국이 불교를 받아들인 시기를 후한後漢(25-220) 말기로 보는 것이 일반적이다. 정사에 기록된 한반도 최초 불교 전래는 고구려 소수림왕小獸林王 2년이다(372). 그런데 허황후 전설에 따르면 그녀가 한반도 최초의 불교 전래자이다. 이럴 때 인도에서 형성된 불교가 서남 실크로드를 거쳐 쓰촨 지역에 퍼졌다거나, 묘선공주 전설에서처럼 불교를 접촉한 서역의 부족이 쓰촨 지역으로 이주해 살았을 경우를 가정하면, 허황옥이 어려서부터 부모를 따라 불교를 믿은 것도 가능해진다.

쓰촨의 안악에서 허황후의 이야기를 들은 흥분이 쉽게 가라앉지 않지만, 그렇다고 옛일에 대해 왈가왈부하자는 마음이 있는 건 아니다. 내게 그럴 만큼 박학한 지식이 있는 바도 아니다. 그저 가능성을 열어둠을 환영하는 심정이라는 것이다.

현대와 같은 엄격한 국경 개념이 없던 고대에는 지금의 우리로서는 상상도 못할 먼 이동이 오히려 많았을 수도 있다. 예나 지금이나 사람들이 길을 떠나 신천지를 꿈꾸며 멀리 떠나는 마음은 똑같을 것이다. 그 속에서 사람들이 섞이고 문화 간의 접촉이 이루어졌을 것이다.

지나간 역사에 모든 가능성을 열어놓으면 인류가 행복을 구해 어디든 이동하여 새 삶을 가꾸었던 무궁무진한 이야기가 들려온다. 이렇게 열린 세계관이 필요 없이 날카로워진 민족 분쟁, 국경 분쟁을 해결할 실마리인지도 모른다.

촉나라의 비단蜀錦

청두는 고대로부터 비단 생산이 유명하다.

촉의 비단은 촉금蜀錦이라 했는데 금錦이란 비단 직조법에 따라 분류한 명칭이다. 촉금은 고대 중원의 통일국가인 진나라, 한나라 때부터 이미 유명했다.

금錦을 생산하고 판매하는 집결지는 단연 촉도蜀都 청두였다. 청두는 촉금의 중심지로서 비단 제조를 관리하는 성이라 하여 "금관성錦官城"이라 불렸다. 그 후 금관성 혹은 금성錦城은 청두를 칭하는 미명이 되었다.

중국의 비단이 처음 로마에 전해진 것은 기원전 1세기 무렵이라고 한다. 실크로드는 중국의 장안長安(지금의 시안西安)에서 로마로 이어진 비단 무역로를 가리킨다.

당시 로마 사람들은 비단이 누에고치에서 뽑아낸 실로 만든 것을 모르고 솜털 같은 식물에서 나는 산물일 것으로 여겼다고 한다. 로마어 'serica'는 비단을 뜻하는데 진秦나라의 '사絲' 자의 음에서 유래한 것이다.

로마인은 비단에 완전히 매료되었다. 이 때문에 비단 수입으로 인한 막대한 지출이 발생하고 로마 원로원은 재정 상태를 고민하지 않을 수 없었다. 그만큼 그들에게 비단은 최고급 사치품이었던 것이다.

비단에 대한 사람들의 광적인 열망에 대해 철학자 세네카Seneca Lücius

Annaeus(BC 4추정-65)는 이렇게 비평했다.

"비단 옷은 신체를 보호할 수도 없으며, 부끄러움마저 가릴 수 없다. (생략) 부인네들이 공공연하게 자신들의 몸매를 드러내려고 막대한 돈을 들여가며 상인을 부추겨 먼 미지의 나라에서 가져온 것이다."

세네카가 엄숙한 도덕주의자처럼 개탄한 말이지만 이를 통해 우리가 오히려 알게 되는 것은, 비단이 수입되기 전에는 인체를 가리면서도 우아하게 인체미를 드러낼 수 있는 옷감이 없었다는 점, 그 점을 보완하는 얇고 하늘하늘한 비단의 질감에 당대 사람들이 매혹되었다는 사실이다. 사람들이 비단옷을 입자 서양의 미술 작품도 비단에 감긴 인체의 아름다움을 묘사하기 시작했다.

중국의 비단이 서쪽으로 전해진 경로에는 흉노족이 있었다고 한다. 한나라가 당시 북방의 유목 민족이던 흉노족을 달래려고 평화조약을 맺고 성의 표시로 비단, 술, 쌀 등을 나눠준다. 흉노족은 이렇게 받은 잉여 물자를 이용해 서쪽의 다른 유목 민족과 물물교환을 했다. 그러면서 점차 서쪽으로 중국 비단이 팔려간 것이다.[*]

그런데 비단길 연구를 통해 속속 밝혀지는 바, 서역으로 전래된 비단 중에 촉금의 비중도 상당할 것으로 추정된다. 고고학계에 놀라움을 일으킨 1972년 장사長沙의 마왕퇴馬王堆 고분에서 발견된 여성의 미라는 2200년 전의 귀족 부인으로 밝혀졌다. 그런데 이 귀족 부인이 걸치고 있는 화려한 무늬의 의상 역시 전형적인 촉금의 일종으로 추정된다.

....

[*] 실크로드에 대하여 참고 인용, 피에르 드레주 지음, 이은국 번역, 『실크로드』, 시공사, 1995, 12-32쪽.

강물결 위로 밤의 불빛이 아름다운 안순랑교安順廊橋

금관성이 있고, 도읍 곳곳에 비단이 운송되고,
실을 뽑고, 염색하고, 강가에 색색이 널어 말리고 … .
그 색감이 얼마나 아름다웠을까.
그런 역사를 알고 나면 금강이란 이름에 이끌린다.
그런 역사를 모르고도 금강이란 이름은 아름답다.
어쨌든 나는 이 금강을 몹시 좋아한다.   「촉나라의 비단」

• • • • •

오늘날에도 청두 곳곳에는 무후사武侯祠 옆의 금리錦里나 도심을 흐르는 금강錦江과 같은 예전의 비단 직조와 관련 깊은 지명들이 남아 있다. 우리에게 시성詩聖으로 알려진 당나라 시인 두보杜甫(712-770)도, 당나라 여성 시인 설도薛濤도 실제로 금강변에 살았으니 비단 산업으로 강변마저 화려한 풍경을 모르지 않았을 것이다.

나는 금강이란 이름이 처음부터 좋았다. 우리나라에 금강이 있어서 그랬을 것이다. 「금강에 살어리랏다」라는 노래 때문인지도 모른다. 또 시인 신동엽(1930-1969)의 장편 서사시 『금강』(1967년) 때문인지도 모른다. 시인은 이 시를 통해 역사 속의 동학농민운동을 현대를 사는 우리 가슴에 있는 이상 사회에 대한 열망과 연결시킨다. 이 시 속에 「파랑새」라는 민요가 나온다. 「파랑새」는 조선 말엽의 민요로 전봉준을 노래한 것이다.

새야 새야 파랑새야
녹두밭에 앉지 마라
녹두꽃이 떨어지면
청포장수 울고 간다

1894년 동학농민운동이 일어나고 전봉준은 그 지휘자였다. 농민운동은 당시 민중의 지지를 크게 얻었으나 금강 유역의 우금치전투에서 관군에 패하고 만다. 녹두장군으로 불렸던 전봉준에 대한 민중의 사랑이 파랑새 노래를 낳았다. 파랑새는 관군과 연합하여 동학군에 반격한 일본군, 청포장수는 동학군을 지지한 민중, 그리고 녹두꽃은 전봉준을 상징한다고 보는 게 일반적 해석이다. 비록 싸움에 져서 농민군 장수들은 처단되고 말았으나 민중의 행복을 위해 일어선 농민운동의 정신은 어디로도 사라질 수 없다. 시인 신동엽은 금강에서 그걸 깨달았는지도 모른다.

……
하늘,
잠깐 빛났던 당신은 금세 가리워졌지만
꽃들은 해마다
강산을 채웠다
태양과 추수와 연애와 노동
……

여기에는 역사의 불행 같은 것을 넘어선 지상의 찬란한 삶이 있다. "꽃들은 해마다 강산을 채웠다"라는 구절에서 자신이 사는 세상을 사랑하는 시인의 마음을 느낀다.

청두 역시 그러한 땅이다. 일 년 사시사철 꽃이 피고 진다. 옛 시인들은 꽃빛이 어룽지는 금강 물결을 바라보며 청두를 찬탄했을 것이다.

촉 땅에서 자란 이백李白(701-762)은 청두를 두고 읊었다.

초수운산여금수草樹雲山如錦繡
— 출전 『상황서순남경가上皇西巡南京歌』

꽃이며 나무가 우거지고 구름 위로 산이 솟고 비단처럼 자연이 아름다운 쓰촨의 청두를 묘사한 시구이다. 먼저 이 시의 제목을 풀어보면 상황上皇은 당 현종을 말한다. 서순西巡은 서쪽으로 이동함을, 즉 현종이 장안에서 청두로 행차함을 말한다. 남경南京은 청두를 가리키며 당시 도읍으로서 청두의 지위가 높았음을 엿볼 수 있다. 현종이 청두에 머문 시기는 비록 내란이 있던 때였으나, 청두는 평화 도시로서 자연 경치도 인문 환경도 시인의 찬탄을 받기에 조금의 부족함도 없는 훌륭한 도시였다.

시구 중 "금수錦繡"란 촉나라 고유의 직조법으로 색실이 촘촘히 들어가 무늬가 화려한 비단을 말한다. 그러니 '여금수如錦繡'란 청두가 마치 빛깔 고운 촉의 비단처럼 아름다운 곳이라는 뜻이다. 그러고 보면 우리 귀에도 익숙한 어구가 있다. '삼천리 금수강산三千里錦繡江山'. 사는 곳은 달라도 자신의 국토를 사랑하는 마음은 이렇게 비단을 통해 만나기도 하는 모양이다.

비단 제조에 관해 잘은 모르지만 어렴풋한 채로나마 나는 청두의 옛날을 상상해본다.

금관성이 있고, 도읍 곳곳에 비단이 운송되고, 실을 뽑고, 염색하고, 강가에 색색이 널어 말리고…. 그 색감이 얼마나 아름다웠을까.

그런 역사를 알고 나면 금강이란 이름에 이끌린다.

그런 역사를 모르고도 금강이란 이름은 아름답다.

어쨌든 나는 이 금강을 몹시 좋아한다.

여성 시인 설도

망강공원望江公園은 청두의 손꼽히는 명소 중 하나이다. 고색창연古色蒼然한 누각 망강루望江樓가 서 있고 그 주위로 울창한 죽림竹林이 푸르고, 푸른 그늘 사이로 삼삼오오 차를 마시며 담소하는 사람들이 보인다. 나는 '망강'이란 공원의 이름에 끌린다. 망강공원에 가면 흐르는 강물을 보게 되니까. 강을 바라보고 있노라면 내가 다 헤아릴 수 없는 세월의 노래가 감겨오니까.

망강공원에 끌리는 또 하나의 이유로는 여성 시인 설도薛濤(약 768-832)가 있다. 청두에 머문 적 있는 시인 두보(712-770)보다 50년쯤 늦게 태어난 설도의 주된 삶은 청두를 배경으로 한다. 그의 예술적 자취를 간직한 설도기념관도 망강루 옆에 있다.

설도는 장안 출신이다. 설도가 어릴 때 아버지가 쓰촨의 관원으로 부임하면서 청두로 이사했다고 한다. 그런데 가장인 부친이 일찍 돌아가시고 집안 살림이 빈궁해지자 소녀 설도는 관기의 길을 택했다고 한다. 시를 잘 짓는 설도의 재능은 이때부터 크게 발휘되어 당대의 저명 문인들과 활발한 교류를 하게 되었다. 특히 문인 원진元稹과 나눈 사랑시는 지금껏 유명하다.

한국의 잡지에서 설도와 조선의 황진이를 대비한 문장을 읽었는데 나도 같은 연상을 했다. 하지만 조선 시대 문인 심수경의 문집 『견한잡록遺閑雜錄』에서 설도의 문장력은 황진이가 아닌 허난설헌이나 이옥봉 등과 비견되었다.* 사실 심수경의 문장에서 주의하게 되는 것은 뒤에 이어진 내용이다. 저자는 조선 여성 시인들의 재능에 탄복하는 입장이지만 사회 여론은 여자가 집안일에나 전념할 것이지 웬 문장이냐, 부덕이 없다, 이렇게 비판 일색이라는 것이다. 조선 사회는 글재주가 있는 여인에게 냉혹하기 그지없는 환경이었다. 결혼 전에는 혹시 괜찮기도 하겠지만 결혼한 이후에 시댁의 지지를 받지 못하게 되면 여성 시인은 실력을 발휘하기는커녕 사람들의 비난 속에 고립되고 만다. 허난설헌도 예외가 아니었지만 가장 심한 경우가 이옥봉이었다.

이옥봉은 허난설헌과 동시대 여인으로 한시에 능했다. 허난설헌의 동생이면서 현대인에게도 유명한 허균(1569-1618)은 『성소부부고惺所覆瓿藁』에서 이옥봉의 시재를 허난설헌과 나란히 두고 칭찬했다.

그런데 이렇게 탁월한 재능을 지녔던 이옥봉이 갑자기 남편에게 쫓겨나 누구의 도움도 받지 못한 채 방랑 끝에 자살로 일생을 마쳤다 한다. 소박맞은 이유가 고작 사정이 딱한 이를 돕기 위해 남편 몰래 시 한 수를 지어준 때문이었다.

....

* 婦人能文者. 古有曹大家班姬薛濤輩. 不可彈記. 在中朝非奇異之事. 而我國則罕見. 可謂奇異矣. 有文士金誠立妻許氏. 卽宰相許曄之女. 許筬筠之妹也. 筬筠以能詩名. 而妹頗胜云. 号景樊堂. 有文集. 時未行於世. 如白玉樓上樑文. 人多傳誦. 而詩亦絶妙. 早死可惜. 文士趙瑗妾李氏. 宰相鄭澈妾柳氏. 亦有名. 議者或以爲. 婦人當酒食是議. 而休其蠶織唯事吟哦. 非美行也. 吾意則服其奇異焉. —沈守慶『遣閑雜錄』(1590), 출전 "한국고전종합DB". 여기서 "文士金誠立妻許氏.卽宰相許曄之女. 許筬筠之妹也."라고 소개된 부분은 허난설헌을 가리킨다. 그 외 "文士趙瑗妾李氏."는 이옥봉을 가리킨다. 또 "宰相鄭澈妾柳氏."는 정철의 첩 유씨를 들고 있다.

쓰촨의 여성 시인 탁문군卓文君은 시「백두음白頭吟」을 써서 가정의 행복을 유지시키며 천고千古 전설을 남겼는데 조선의 이옥봉은 타인을 돕자고 쓴 시 한 수로 하여 일생의 행복을 박탈당했던 셈이다.

처음엔 이옥봉 역시 탁문군처럼 사랑에 용감했다. 선비 조원趙瑗에게 첫눈에 반해 그와 결혼하게 해달라고 아버지께 당당히 그 뜻을 밝혔다고 한다. 자유 연애가 원천적으로 봉쇄된 시대였고 자신의 안목과 판단을 주장하기 쉽지 않은 나이인데도 그녀는 용감했다. 조원은 첩이어도 좋다고 하는 이옥봉에게 글쓰기를 접어두고 아녀자의 본분만 지키라고 요구했고 이옥봉은 선선히 받아들였다. 한동안 행복한 나날을 보냈다. 그런데 어느 날 억울한 사정을 도와달라고 옥봉에게 호소하는 사람이 있었다. 그 딱한 사정을 모른 체할 수 없어 시를 한 수 지어주며 그것으로 해결해보라 일렀는데 그게 사달이었다. 남편은 그길로 이옥봉을 내쫓았다. 약속을 어긴 부인이라는 게 이혼 사유였다. 이옥봉은 행여 남편의 마음이 누그러질까 기다렸지만, 조원은 다시 돌아보지 않았다. 사랑하는 남편과 행복했던 가정에서 쫓겨나자 마음이 텅 빈 그녀는 절망 끝에 바다에 빠져 죽었다고 한다.

참으로 놀라운 일은 자살한 그녀의 시신이 발견된 곳이 뜻밖에도 중국의 해안이었다. 시신은 온몸에 종이가 친친 감고 있었고 그 종이에는 그녀가 살았을 때 쓴 시가 빽빽이 적혀 있었다고 한다. 이 얼마나 마음 아픈 일인가! 이 비극의 배경에는 글을 다루는 여인을 부덕이 없는 여자로 비하한 일그러진 사회 풍조가 있었다. 조선은 그런 나라였다. 더 심각한 것은, 이옥봉은 몇 편의 시나마 남겼지만 조선 500년 간 어두운 그늘 속에서 눈물을 멈추지 못하며 죽은 이루 헤아릴 수 없이 많은 무명의 여성이 있을 것이라는 사실이다. 어쩌면 작은 국토에 봉쇄적인 조선의 체제가 남성을 옥죄면서 남성에 비해 사회적으로 약자인 여성은 더욱 질식시켰던 건지도 모른다.

허난설헌은 생전에 조선의 여인으로 태어났음을 한탄했다고 전한다.

허난설헌(1563-1589)의 소녀 시절은 행복했다. 재상을 지낸 허엽의 딸로 태어나 이름은 초희楚姬, 호는 경번당景樊堂 혹은 난설헌蘭雪軒이다. 자라면서는 남자 형제들 틈에 끼어 글공부도 할 수 있었다. 그러나 시가媤家의 분위기는 달랐다. 특히 그녀의 남편 김성립은 아내의 글재주에 열등감을 느꼈던지 그녀를 멀리했다. 남편과 시가의 냉대 속에 건강을 해친 데다가 슬하의 두 자녀를 잇달아 잃은 슬픔으로 쇠약해진 난설헌은 젊은 나이에 세상을 떠났다. 죽기 전 그녀가 지은 시는 슬픈 중에도 시 세계가 넓고 아름다워 몽환적인 느낌을 자아낸다.

> 푸른 바닷물이 구슬 바다에 스며들고
> 푸른 난새는 채색 난새에게 기대었구나.
> 부용꽃 스물일곱 송이가 붉게 떨어지니
> 달빛 서리 위에서 차갑기만 하여라.
> 碧海浸瑤海, 青鸞倚彩鸞. 芙蓉三九朶, 紅墮月霜寒.

다음은 죽은 두 아이의 무덤 앞에서 슬픔을 묘사한 시이다.

> 곡자시哭子詩

> 지난해 귀여운 딸아이 여의고
> 올해는 사랑스런 아들을 잃다니
> 서러워라 서러워라 광릉廣陵 땅이여
> 두 무덤 나란히 앞에 있구나
> 사시나무 가지엔 쓸쓸한 바람

도깨비 불 무덤에 어리비치네
종이돈을 태워 너희 혼을 부르고
술을 부어 너희 앞에 놓으니
너희 남매 마땅히 알고서
밤이면 찾아와 서로 어울리겠지
복중에 너희를 잉태하고
탈 없이 성장하길 고대했건만
어찌 나는 부질없는 '황대사'나 읊조리며
애끓는 피눈물에 목이 메이나.

去年喪愛女, 今年喪愛子. 哀哀廣陵土, 雙墳相對起.
蕭蕭白楊風, 鬼火明松楸. 紙錢招汝魂, 玄玄酒奠汝丘.
應知弟兄魂, 夜夜相追遊. 縱有腹中孩, 安可期長成.
浪吟黃臺詞, 血泣悲吞聲.

생명처럼 소중한 아기를 잃어버리고, 아이들의 작은 무덤 앞에서 울다 지친 난설헌. 그런 그녀를 위로하기는커녕 시집 식구들은 차갑기만 했다. 그래도 그녀에게는 누이의 시적 재능을 아끼는 남자 형제들이 있었다. 그 중에서도 남동생 허균은 누이가 죽은 후에도 누이의 시를 간직하며 언젠가는 세상에 널리 알리리라 굳게 마음먹었다. 지금 전해지는 허난설헌의 시는 모두 213수라고 한다. 허균의 공헌이 없었다면 전해지지 못했을 것이다.

죽은 누이의 시를 정리해 보관하던 허균은 남녀차별이 극심한 조선의 현실을 너무나도 잘 알기에 차별의 시선을 버리고 누이 작품의 진가를 알아봐줄 안목이 필요하다고 생각했다. 그래서 한문학의 발원지인 중국 출신의 문인을 선택하여 누이의 작품을 보여주었다. 첫 기회는 1598년 정유재란 중 종군 문인으로 명나라 사람들이 조선을 방문했을 때 왔다. 이 일로 허난설헌의 시는 명에서 발간한 『조선시선』, 『열조시선』에 몇 편수록된다.

그러다 1606년에 더 좋은 기회를 맞는다. 명에서 황태손의 탄생을 알리는 성절사聖節使가 왔는데 그 사절단의 정사正使가 주지번朱之蕃(1575-1624)*이었다. 그들을 맞이하는 조선 측의 대표단에 허균도 포함된 것이다. 허균은 주지번에게 자신이 정리해둔 누이의 시집을 건네준다.

일을 마치고 명나라로 돌아간 주지번이 그 시집을 발행하면서 『난설헌집蘭雪軒集』이 명나라에 알려졌다. 이 시집은 조선에서는 1607년 허균에 의해 간행되고, 1711년에는 일본에서도 간행되었다. 이렇게 하여 명과 조선, 일본 3국에서 그녀의 시를 애송하는 사람들이 늘어갔다.

....

* 주지번의 행로에 대하여 : 명나라의 외교 사신 주지번朱之蕃은 어떻게 한국과 중국 문화의 가교 역할을 했을까? 필자는 그의 행적에 주의하게 된다. 주지번은 명나라 대신까지 지냈던 서화가이다. 1595년 과거에 장원급제했는데 그 전에 시험 준비를 하면서 상당히 고생하던 시절이 있었다. 주지번은 도성에 머물면서 시험에 붙을 때까지 경비 절약을 위해 잡부로 일했다. 1592년 조선외교사절단이 명나라에 와 머무는 숙소에서 조선 사신 표옹瓢翁 송영구宋英耈(1556-1620)와 마주친 것도 잡부로 일하면서이다. 숙객 송영구는 일하면서 시험 준비를 하는 주지번을 어여삐 보았다. 송영구는 국적을 떠나 청년 주지번에게 공부 비결도 알려주고 격려의 뜻으로 몸에 지녔던 얼마간의 자금을 건네준다. 뜻밖에 외국 문인에게서 격려를 받은 주지번은 그 후 얼마 지나지 않아 과거시험에서 장원급제를 한다. 그 때문에 사신으로서 조선에 올 때는 은인의 나라에 온다는 벅찬 기분이 컸다. 가능하면 송영구를 보겠다는 마음도 있었다.
한편 그가 뛰어난 서예가라는 명성을 익히 들은 조선의 관원 및 문인들은 주지번에게 글씨를 요청하고자 줄을 섰다. 덕분에 그는 조선의 중요한 건물에 그의 서체로 된 편액區額을 적지 않게 남겼다. 서울에 있는 조선 시대 외교사절단을 맞이하는 문 위에 걸린 "영은문迎恩門", 조선 유생의 최고 학부인 성균관의 "명륜당明倫堂", 전라도 전주 객사客舍에 걸린 "풍패지관豊沛之館"이라는 편액 등, 모두 그의 글씨이다. 특히 전주 객사의 편액은 그가 외교 절차를 마치고 틈을 내어 이국의 은사 송영구의 고향집을 찾아 익산益山으로 가는 도중에 머물렀던 인연으로 써준 글씨라 한다.
세월이 흘러도 변하지 않는 것, ─ 그것은 우정의 마음이다. 사람과 사람의 성실한 만남, 그것이 마음을 잇고 나라를 잇고 평화를 가져온다. 문화 교류라 해서 거창한 것이 아니다. 한 사람의 진심이 또 한 사람에게 전해지는 것이 모든 것의 시작이다.

여시인 설도의 예술혼이 서려있는 망강루望江樓 입구　　　　필자 제공

망강공원은 청두의 손꼽히는 명소 중 하나이다. 고색창연한 누각 망강루가 서 있고 그 주위로 울창한 죽림이 푸르고, 푸른 그늘 사이로 삼삼오오 차를 마시며 담소하는 사람들이 보인다.

나는 '망강'이란 공원의 이름에 끌린다. 망강공원에 가면 흐르는 강물을 보게 되니까. 강을 바라보고 있노라면 내가 다 헤아릴 수 없는 세월의 노래가 감겨오니까.　　　　　　　　　「여류시인 설도」

오누이

지금으로부터 사백 년 전의 일입니다.

마당이 넓고, 시중드는 하인도 많은 재상의 집이 있었습니다. 그 집은 글 읽는 소리가 그치지 않았습니다. 지위가 높은 아버지부터 형들과 소년, 그리고 하나밖에 없는 소년의 누이, 모두가 글공부를 좋아했습니다.

그러나 담장 밖으로 퍼져나가는 글 읽는 소리 중에 이 누이의 목소리는 없었습니다. 왜냐하면 여자는 목소리를 크게 내서도 안 되고, 여자가 사내아이처럼 글을 배운다는 것은 자랑하면 안 될 일이었기 때문입니다. 대부분의 사람들은 글공부는 남자만 하면 된다고 생각했습니다. 자고로 여자는 시집가서 남편을 떠받들며 집안일을 야무지게 하면 다인 것을, 여자아이가 글을 배워 대체 어디에 쓰겠느냐는 것이었습니다.

그래서 누이는 공부 시간에 남자 형제들과 한 자리에 앉았더라도, 있는 듯 없는 듯 조용히 읊고, 자신의 시가 마음에 들더라도 그것을 다 내보이지 않았습니다.

소년은 누이가 쓰는 시가 궁금했습니다. 왜냐하면 누이의 시에서 다른 어떤 문장에서도 느끼지 못한 감동을 받았기 때문입니다.

"누나, 지금 시 짓는 거야?"

소년이 다가가 물으면 쓰고 있던 것을 살짝 가리면서 미소만 짓는 누나.

"응? 아무것도 아니야."

"에이, 좀 보면 어때서? 우린 한 가족이잖아."

"보지 말래두. 넌 한번 보면 외워버리잖아."

누나는 팔을 내저었습니다. 소년에게 좀 거리를 두고 떨어져 있으라는 표시였습니다. 소년은 누나의 시상을 방해하지 않으려고 시키는 대로 저만치 떨어져 앉았지만, 곁눈질로 누나가 쓰는 마지막 글자까지 다 볼 수 있었습니다. 그리고 깜짝 놀랐습니다.

'누나가 지금 쓰는 시, 지난번에 본 것보다 몇 배나 잘 썼네. 형님들하고 아버지한테도 외워서 들려드리자. 누구보다 글을 사랑하는 아버지시니 누이의 이번 글을 들으면 좋아하실 게 틀림없어.'

그러나 소년의 생각이 틀렸나 봅니다. 아버지는 다 듣고 나서 기뻐하기는커녕 오히려 걱정스럽게 소년을 바라보았습니다.

"너, 지금 외운 시, 다른 사람한테도 말하고 다녔느냐?"

"아닙니다. 아버지께 처음 말씀드리는 겁니다."

"그럼 내 말 잘 들거라. 어디 가서 누이가 시를 잘 짓느니 마느니 떠벌리고 다닐 생각 절대 하면 안 된다. 그게 네 누이를 위하는 일이다. 내 말 알아들었느냐?"

"네? 네에. 그렇지만…. "

"알았으면 알았지, 그렇지만이 무엇이냐! 담장 안과 밖은 다르니라… 한탄하려면 네 누이가 사내로 태어나지 못한 걸 한탄해야지…. "

소년도 세상일을 모르지는 않았습니다. 조선이라는 나라에서 여자는 재능이 있어도 그것을 갈고 닦을 환경은커녕 의지조차 지니기 힘듭니다. 가난한 집 처녀들이야 말할 것도 없고, 한 동네에 소년네 집만큼 잘사는 김 대감댁만 해도, 딸들이 글 배우는 서당 근처에는 얼씬거리지도 못하게 한다고 합니다.

그러나 다행히도 소년의 아버지는 달랐습니다. 누이에게 글공부를 허락해 주었습니다. 그걸 알기에, 소년이 안심하고 여쭈었던 것입니다. 누이의 시에서 느껴지는 아름다운 시향, 그 시의 작가가 누나라는 게 너무나 자랑스러워서요. 하지만 아버지는 오히려 고뇌하는 표정이었습니다. 아마도 누이의 혼사 문제를 걱정하고 있는 거겠지요.

"오늘은 별일이구나? 금세 가더니 되돌아오는 게….."

누이가 방싯 웃었습니다.

"누이."

"응?"

"실은 내가 방금…. "

소년이 아버지를 찾아갔던 이야기를 전하자 누이 얼굴이 살짝 붉어집니다. 그걸 못 본 체하고 소년은 볼멘소리로 불평을 덧붙였습니다.

"그런데 난 아버지 맘을 알다가도 모르겠어. 분명 좋다고 느끼셨을 텐데 꼭 그렇게 나무라셔야 직성이 풀릴까? 여긴 밖이 아니고 집 안이고 아버지한테 누이는 자식이잖아. 내가 아버지라면 내 자식이 이렇게 시를 잘 지으면 덩실덩실 춤이라도 추겠고만."

동생이 하는 말이 귀여웠는지 누이가 푸훗 웃었습니다. 그리고 소년에게 연못을 가리킵니다. 하얀 연꽃이 해맑게 피어 있는 게 보였습니다.

"동생아, 저기 연못에 둥싯둥싯 피어난 연꽃을 봐. 연꽃이 누구 칭찬이나 받자고 저렇게 피어났을까?"

"식물이 설마 칭찬 같은 거 의식하고 피었을까."

"그렇지, 나도 그래. 이 세상 사람들의 잣대에 나를 맞추려고 했으면 나는 시 같은 거 벌써 포기했겠지. 아무도 보아주지 않아도 좋아. 나는 내 길을 걸어갈 뿐이야."

누이는 조용히 자신의 결심을 말했습니다. 그 말에 무슨 대답을 해야 할지 아무 생각도 떠오르지 않았습니다. 소년은 그저 속으로 외쳤습니다.

'누이야, 누이가 쓴 시를 세상 사람들에게 알리는 일은 내가 할 거야. 두고 봐.'

그로부터 얼마 후, 집안에 좋은 일이 생겼습니다.

누이의 혼처가 정해진 것입니다.

소년의 집, 넓은 마당이 부산합니다. 누이의 혼례식이 거행되었습니다.

혼례를 치르고 얼마 안 되어 누이는 시집으로 떠나야 했습니다. 양 볼과 이마에 연지 곤지를 찍고, 구슬이 화려하게 달린 족두리를 쓴 어여쁜 신부가 되어 가마에 올라탔습니다. 누이를 태운 꽃가마가 대문을 나설 때, 소년은 마음속으로 누이의 행복을 축복했습니다.

'누이, 행복하게 살아, 시도 계속 쓰고..'

그러나 소년의 자형은 누이에게 걸맞은 남자가 아니었나 봅니다. 집을 두고 사람들과 어울려 밖에서 밤을 보내기 일쑤라는 소문도 들렸습니다. 그런 소문을 들을 때마다 소년은 마음이 아팠습니다.

"형님들, 자형한테 뭐라고 말을 한번 해봐요."

"인석아, 우리가 나서기 싫어서 가만있는 줄 아니? 우리가 나설수록 네 누이가 더 힘들게 돼."

"쳇! 누이가 불행해지는데도 가만히 있는 게 사람 도리라니 … 이상도 하지."

이런 소년을 보고 어머니가 말렸습니다.

"아서라, 그런 말 함부로 했다가 선비가 수양이 부족하다고 비난 받을라. 네 누이 팔자가 그런 걸 어쩌겠느냐. 네 아버지도 그렇지, 글공부를 아들한 테만 시킬 것이지, 뭐하자고 딸까지 배우게 해서는, 그 아이가 그 때문에 더 구박받는 것이 분명하다."

이번엔 어머니까지 나서서 걱정인지 잔소리인지 한탄인지 모를 소리를 합니다. 일껏 말을 꺼낸다 해도, 이렇게 어머니의 한탄으로 끝나고 마니 더 이상 의견을 낼 수도 없었습니다. 누이가 앓고 있다는 소식 사이로도 세월은 흘렀고, 누이는 갈수록 쇠약해지는 모양이었습니다.

"마님, 아침부터 별당에 못 보던 흰 새 한 마리가 날아와 구슬피 우는데요."

처음 보는 새였습니다. 새 울음소리가 이상하게 가슴에 파고들었습니다. 사람들이 떼로 모여들자, 새는 높이 날아오르더니 담장 너머로 사라졌습니다. 돌아보니 별당 마루에 하얀 깃털 하나가 떨어져 있었습니다.

그날 누이가 죽었다는 소식을 들었습니다.

누이의 장례는 몹시 단출하여, 이제 청년이라고 불러도 될 소년의 마음이 더욱 쓸쓸했습니다.

오직 하나 다행이라면, 누이가 생전에 썼던 시 묶음이 여러 사람의 손을 거쳐 돌고 돌다가 결국 동생의 손에 돌아온 것입니다. 떨리는 손으로 누이의 필적이 있는 두루마리들을 펼쳐보았습니다.

'누이!'

누이는 소년의 걱정과는 달리 괴로움에 조금도 지지 않았습니다. 오히려 한층 더 밝게 빛나는 별빛이 되었습니다. 누이의 시 한 수 한 수가 그 점을 증명하고 있었습니다.

"누이, 안심해. 누이의 시를 세상 사람들에게 꼭 알리고 말 테니까."

동생은 누이가 앞에라도 있는 듯 맹세의 말을 남겼습니다.

기회는 뜻밖의 일로 찾아왔습니다.

대륙의 명나라에서 사신이 오고, 조선의 임금님은 대국의 외교사신을 영접하는 일을 맡을 사람들을 모았는데, 그중에 글재주가 뛰어난 남동생도 뽑힌 것입니다.

"명나라 외교 사절 중엔 학식 높은 분도 있으니 그들을 영접해 주시오."

"예, 잘 알겠습니다."

허균이 맞이한 명나라 사신 중에는 주지번朱之蕃이라는 시를 좋아하는 문인이 있었습니다.

"오호, 이 시집을 낸 시인이 대체 누구요? 볼 수 있소?"

"실은 제 누이인데, 이 세상 사람이 아닙니다."

허균에게서 허난설헌의 시집을 받은 주지번은, 그 시의 가치를 높이 여겨, 귀국하여 시집을 발간했습니다.

명나라에는 주지번이 발행한 『난설헌집』 외에도, 전경익錢謙益이 편찬한 『열조시집列朝詩集』, 그리고 주이존朱彝尊이 발행한 『명시종明詩綜』 등에 그녀의 시가 실려 전해지고, 동쪽의 일본에까지 그녀의 명성이 퍼졌답니다.

죽림竹林과 한산寒山

죽림촌竹林村

사람들은 묘하게 대숲에 끌리는 마음이 있다.

올곧은 대나무와 촘촘한 잎들, 멀리서도 가까이서도 온통 푸른 죽竹들의 영역, 그들이 내는 소리. 그에 대한 묘사로는 내가 기억하는 한 작가 최명희의 장편소설 『혼불』의 이 대목이 정말 압권이다.

> 청명하고 볕발이 고른 날에도 대숲에서는 늘 그렇게 소소한 바람이 술렁이었다. 그것은 사르락 사르락 댓잎을 갈며 들릴 듯 말 듯 사운거리다가도, 쏴아 한쪽으로 몰리면서 물소리를 내기도 하고, 잔잔해졌는가 하면 푸른 잎의 날을 세워 우우우 누구를 부르는 것 같기도 하였다.

최근에 전라남도의 담양 죽녹원에 가보았다.

예로부터 담양은 대숲 원림으로 이름난 지방이다. 대숲도 대숲이지만, 죽녹원 주위로 산과 마을, 들판과 강이 그리 평화로울 수가 없었다.

그러나 대숲이라면 쓰촨을 이야기하지 않을 수 없다. 도처에 대숲이 보인다. 심지어는 청두의 도심 안에 그늘 짙은 대숲이 있다. 바로 망강공원望江公園이다.

공원 밖에는 씽씽 오가는 차들과 매연이 가득하지만, 담장 하나를 사이에 두고 짙푸른 대나무 줄기들이 하늘로 솟아 있다. 식물성으로 빚어내는 울울한 비취색, 그 안으로 들어서기만 하면 세상의 그윽함을 혼자 다 누리는 듯 서늘하게 스며드는 기분…. 내 기억 속의 망강공원은 푸르름으로 물드는 혈관의 이미지.

망강공원은 나로 하여금 시를 쓰게 했다. 그것도 오언율시五言律詩를.

『가을소요秋日逍遙』

나뭇잎 울창한 촉도 땅에, 햇빛은 늘상 구름에 가려
가을이 와도 허명虛名일 뿐, 맑고 쾌청한 날 드물다네
호숫가 빈 배 꿈꾸는 듯 흔들리는 건 누구의 마음일까?
오늘 비록 머물 만하나, 가버린 어제 오지 않고
옛사람 노래 영원해도, 사랑이 아니면 어찌 의지할까.
그 답을 듣길 원하여, 노래 흐르는 곳을 쫓으니,
고운 가락 슬픔에 쳐지는데, 새소리 무심히 날아오르네
정 넘치면 상심도 깊은 법, 일찍이 알았다면 옷소매 적실 일 없었을 거네.

蜀都低綠地，大都陽光微.
秋來唯美名，稀事清陽輝.
湖畔空船迷，搖搖動心誰？
今日尚可留，昔日逝不歸.
古人卻歌永，非情更何依.
願聽彼所靠，應凝歌所追.
雅歌悲已過，鳥聲輕上飛.
早知多情恨，勿用淚沾衣.

울창한 대숲이 있는 망강공원   필자 제공

공원 밖에는 씽씽 오가는 차들과 매연이 가득하지만, 담장 하나를
사이에 두고 짙푸른 대나무 줄기들이 하늘로 솟아 있다. 식물성으로
빚어내는 울울한 비취색, 그 안으로 들어서기만 하면 세상의 그윽함
을 혼자 다 누리는 듯 서늘하게 스며드는 기분…. 그런 내 기억
속의 망강공원은 푸르름으로 물드는 혈관의 이미지.

「죽림과 한산」

이 시상을 떠올리던 그날, 공원은 처음이었고 청두에서 야외 수업을 하는 것도 처음이었다. 물론 오언율시를 숙제로 받아보기도 처음이었다. 그리고 한시를 써서 칭찬을 받아보기도 처음이었다. 공원을 향해 걸을 때 누군가 말했다. 예전에는 망강공원과 쓰촨대학 교정이 하나였다고. 나중에 길을 내면서 분리되었다고. 그제야 이해가 갔다. 쓰촨대학 교정 동남쪽으로 교직원 아파트 단지 이름이 왜 '죽림촌'인지. 대숲으로 유명한 망강공원이 지척이라서겠지.

죽림촌.

그 주소를 받아 적던 순간이 지금도 생생하다. 지도 교수님이 알려준 주소를 손에 들고 아파트 사잇길을 긴장한 채 걸었던 것도 방금 전의 일 같다.

사위가 마냥 조용했다.

나를 맞아 친히 문을 열어주시던 지도 교수님. 거실에서 일대일로 마주 앉은 것은 입학 전 정식 면접 후 삼 년 만이었다. 학문의 길을 과연 지속할 수 있을까? 나는 계속 방황하고 있었다. 그래서 긴장했는데 교수님은 뜻밖일 정도로 친절하게 대해주셨다. 표현도 어설펐을 내 생각을 관심 있게 들어주셨다. 사라진 줄 알았던 의욕이 다시 솟아났다. 방황은 거기서 끝이 났다. 그런 점에서 망강공원 옆 죽림촌은 내 학업의 길에서 진정한 전환점이었다.

한산寒山

『가소한산도可笑寒山道』

기쁘도다 한산 가는 길,
마차 드나든 흔적 전혀 없는데.

시냇물 구비구비 흐르는 골짜기,
산봉우리에 산봉우리 깊고 깊구나.
맑은 이슬 풀잎마다 맺혀 있고
푸르른 솔가지에 바람의 노래.
아무래도 산속에서 길 잃은 것 같은데,
그림자는 어쩌자고 나만 따라오는가.

可笑寒山道, 而無車馬蹤. 聯溪難記曲, 疊嶂不知重.
泣露千般草, 吟風一樣松. 此時迷徑處, 形問影何從.

— 한산 『한산시집寒山詩集』

한산(691-793추정)은 중국 당나라 때의 승려이자 시인이다. 그는 원래 유생으로 몇 차례나 과거에 낙방하자 마음을 바꿔 서른 살 무렵에 출가한다. 승려가 된 그는 중국 저장浙江성의 천태산天台山·한암寒岩에 은거하며 호를 한산寒山 혹은 한산자寒山子라 했다. 그래서 그가 쓴 시들을 통칭하여 '한산시寒山詩'라 한다.

한산시는 시어가 분명하나 철학적인 깊은 뜻을 품고 있다는 양면적 특징이 있다. 이러한 한산체寒山體는 송나라 이후 불교계의 선禪의 전통에 활용되었고, 유가의 문인들에게서도 환영을 받았다.

한산은 앞일을 알았던지 자신의 시가 어쩌다 눈 밝은 이에 의해 유행하게 될지도 모른다고 예견했다. 그의 예언대로 정말로 눈 밝은 자가 나타나더니, 점차 일본과 유럽, 미국 등 세계적 범위로 한산시 열풍이 형성되었다. 사람들은 점차 한산의 오의奧義를 인간이 완주해야 할 길道의 도달점이라고 믿기 시작했다.

현대사에서 더욱 흥미로운 일은 그의 시가 지닌 상징성이 천여 년 뒤 지구의 반대쪽인 북미 대륙의 젊은 히피족들에게도 정신적 영감을 주었다는 점이다.

히피 운동이란 1960년대를 대표하는 미국의 청년 문화였다. 당시의 미국 사회는 혼란과 동요의 시기로 암살과 폭력, 시위가 만연했다. 그 시절 대학생을 중심으로 한 반전 운동이 전국으로 확산되었으며, 수많은 젊은 이들이 미국 사회가 내걸었던 기존의 가치를 거부하기 시작했다. 동시에 기존의 생활 방식을 대체할 새로운 생활 방식을 시도했는데, 그 시도가 다 건전하다 할 수는 없었지만 그 시대 청년들이 외쳤던 평화, 반전, 박애, 평등이라는 구호와 추구는 어떤 식으로든 그 다음 세대가 나아가는 방향에 큰 작용을 했다.

시대의 막힘 앞에서 좌절하고 싶지 않았던 청년들은 '인간 세상이 진정으로 추구해야 할 미래'를 고민하면서 중국의 옛 시인 한산이 형상화한 오묘한 지점을 자신들이 추구하는 이상으로 받아들였다. 그래서 시인 한산은 히피 세대에게 선대의 스승으로까지 추앙된다.

일종의 오독 속의 정독이라고 할까?

순전히 독자에게 맡긴 시 해석의 자유가 오히려 한산시의 본질에 다가간 건지도 모른다.

그러나 중국의 문화 풍토에서 창조된 한산시를 정확히 해석하고 싶다면, 먼저 인도에서 발원한 불교 사상과 그 불교가 중국 민족의 문화 속에 융합되어 간 긴 토착화의 과정, 그리고 유교 소양을 지닌 불교 수행자로서 한산이 형상화한 본뜻을 알아야 할 터이다.

누군가 말했다. 한산시를 정독하려면 항초項楚 교수의 『한산시주寒山詩注』를 펼치라고.

항초 교수, 이분이 바로 나를 죽림촌으로 불러준 은사이다.

항초項楚 지도교수 논문전집 출간기념회 　　　　　필자 제공

세상의 청년은 모두 길을 묻는다.
어디로 가야 하는가.
그러나 길은 보이지 않는다.
걷는 자가 없으니 길이 없는 것이다.
지상 위의 모든 길을 보라.
처음엔 길이 없었지만 사람들이 걷고 걸으니
길이 되지 않았는가.
희망의 힘으로 막힘도 뚫어야 하는 것이다.

「죽림과 한산」

사제師弟의 도道

21세기 초에 나온 영화 『콜드 마운틴Cold Mountain』은 '한산寒山'을 영역한 제목이다. 이 영화는 2004년에 아카데미상 여섯 종목을 휩쓸었다. 이 영화는 찰스 프레제Charles Frazier(1950-)가 쓴 동명소설(1997)을 원작으로 한다. 작가는 선대 가족의 이야기와 당시의 사료를 수집하고 칠 년 동안 집필해 소설을 완성했다. 그런데 이 소설의 속표지에 한산의 시 한 수가 걸려 있다.

사람이 있어 한산 가는 길을 물으나
한산 가는 길은 막혀 있어라.
人間寒山道, 寒山路不通.

세상의 청년은 모두 길을 묻는다.
어디로 가야 하는가.
그러나 길은 보이지 않는다.
걷는 자가 없으니 길이 없는 것이다.
지상 위의 모든 길을 보라.
처음엔 길이 없었지만 사람들이 걷고 걸으니 길이 되지 않았는가.
희망의 힘으로 막힘도 뚫어야 하는 것이다. 노신魯迅 선생의 말처럼.*
막다른 곳에서 스스로 길을 낸다는 각오로 한 걸음 앞으로 내딛는다는 건 엄청난 용기가 필요하다.
이러한 때야말로 스승의 존재가 필요하다.

....
* "希望是本無所謂有, 無所謂無的, 這正如地上的路, 其實地上本沒有路, 走的人多了, 也便成了路." 출처 魯迅『故鄕』

'전진을 주저하지 마세요.'

인간으로서 나아가는 길 그것이 인간도人間道라면, 사제師弟가 있어 그 길이 열릴 것이다.

참고문헌

成都通史編纂委員會 主編, 『成都通史』卷1-7, 成都: 四川人民出版社, 2011.

何一民·王苹 主編, 『成都歷史文化大辭典』, 北京: 社會科學文獻出版社, 2018.

譚平·馮和一 等 共著, 『天府文化』, 成都: 巴蜀書社, 2018.

天府文化研究院主 編, 『天府文化研究』, 成都: 巴蜀書社, 2018.

天府文化研究院主 編, 『天府文化研究』卷1-4, 成都: 四川大學出版社, 2018.

譚繼和, 『仙源故鄉』, 成都: 成都時代出版社, 2009.

劉沙河, 『老成都 —— 芙蓉秋梦』, 南京: 江蘇美術出版社, 2004.

陳立基, 『趣說三星堆』, 成都: 四川文藝出版社, 2001.

王仁湘·張征雁 編著, 『金沙之光』, 成都: 四川文藝出版社, 2008.

陳錦, 『川人茶事』, 成都: 四川人民出版社, 2010.

車輻, 『錦城舊事』, 成都: 四川文藝出版社, 2003.

李致 主編, 四川省川劇藝術院 編, 『川劇傳統劇目集成』, 成都: 四川人民出
     版社, 2009.

胡世厚 主編, 『三國戲劇集成』, 上海: 复旦大學出版社, 2019.

劉輝, 『中國觀音與人文遂寧』, 成都: 巴蜀書社, 2011.

馮和一, 『穿越長河漢渚』, 海口: 海南出版社, 2015.

墨人 主编, 『中國歷代名女之謎』, 北京: 中國戲劇出版社, 2006.

巴金, 『憶』, 上海: 東方出版中心, 2017.

巴金, 『家』, 北京: 人民文學出版社, 1981.

田夫, 『巴金的家和『家』』, 上海: 上海文化出版社, 2005.

文森特·凡高 著, 平野 譯, 『親愛的提奧』, 三河: 南海出版公司, 2010.

安徒生, 『安徒生童話』, 吉林: 吉林美術出版社, 2015.

奧斯卡·王爾德, 『快樂王子』, 上海: 上海人民美术出版社, 2012.

管家琪(文) 奚阿興(圖), 『傳說』(下), 太原: 希望出版社, 2004

安意如, 『人生若只如初見』, 天津: 天津教育出版社, 2006.

魚夫 著, 천현경 역, 『杜甫』, 서울: 눈 출판사, 1989.

李白 著, 이병한 역, 『李白詩選』, 서울: 민음사, 1978.

나관중 지음, 박장각 편역, 『삼국지』, 오산: 제이클래식, 2014.

변인석, 『정중 무상대사』, 파주: 한국학술정보출판, 2009.

한국문원편집실, 『왕릉』, 서울: 한국문원, 1995.

Francoise Dunand·Roger Lichtenberg 저, 이종인 역, 『미라 - 영원으로의 여행』, 서
　　울: 시공사, 2006.

이케다 다이사쿠 저, 『해피로드』, 서울: AK커뮤니케이션스, 2013.

치우치핑 저, 김봉건 역, 『다경도설: 그림으로 읽는 육우의 다경』, 서울: 이른아침출
　　판사, 2005.

그 외, "네이버지식백과", "한국고전종합DB"

| 지은이 소개 |

박종무朴鍾茂

1962.1.2. 전주에서 태어남
1980 전주여고 졸업과 동시에 상경
1984 동덕여대 국어국문학과 졸업과 동시에 중등국어교사로
     중랑중, 숭인여중, 상계여중 근무
1988 한국외국어대학교 교육대학원에서 한국어교육학 석사
1992 문화일보 하계문예에 동화 당선
2012 중국 쓰촨대학교 불교언어문학 전공·박사
2013 지필문학 평론부문 신인상
현재 중국 관음문화연구소 소속

불교와 문학 그리고 한자문화권에 관한 논문 다수 발표
중국과 한국 양국에 공저논문집 다수 출간
동화집 『한 지붕 세 둥지』(동아출판사), 『내 옆에 오지 마』(시지시),
     『숲속쥐와 동전 십환』(공저, 계몽사), 『우리나라 으뜸동화1』(공저, 동쪽나라) 등

금강연가

錦江戀歌 蜀國情思

초판 인쇄   2023년 2월 5일
초판 발행   2023년 2월 11일

지 은 이 | 박종무
펴 낸 이 | 하운근
펴 낸 곳 | 學古房

주   소 | 경기도 고양시 덕양구 통일로 140 삼송테크노밸리 A동 B224
전   화 | (02)353-9908 편집부 (02)356-9903
팩   스 | (02)6959-8234
홈페이지 | www.hakgobang.co.kr
전자우편 | hakgobang@naver.com, hakgobang@chol.com
등록번호 | 제311-1994-000001호

ISBN 979-11-6586-277-0   03810

값: 26,000원

■ 파본은 교환해 드립니다.